KB052249

요란한 아침의 나라

신원섭
장편소설

요란한 아침의 나라

황금가지

차례

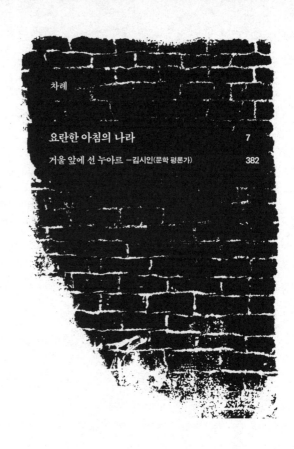

1

가양시는 음험한 도시다. 위성도시 베드타운으로 개발된 지 40년이 지났고, 기나긴 세월을 거듭해 쇠락해 왔으며, 언제나 가장 가난한 자들이 머무는 곳이었다.

아이를 키우는 부모들은 특히 구시가지를 피했다. 멀쩡한 동네에서 속 썩이는 아이들은 대학을 못 가는 정도로 그치지만, 이 동네 문제아는 어른이 되면 교도소에 갔다. 초등학교 고학년 양아치들은 가방에 라이터와 담배, 절단기를 넣고 다녔다.

누구도 그 아이들의 인생에 개입하려 들지 않았다. 이 동네 어른들은 대개 자기 인생 하나 건사하기도 고달픈 처지였기 때문이다. 누구라도 형편이 나아지면 이곳을 떠나고 싶어 했다. 남은 이들 대부분은 인근 공단을 오가는 떠돌이와 외지인이었다.

한편으론 그 때문에 이곳에 머무는 자도 왕왕 있었다. 미꾸라지가 뻘밭에 사는 것과 마찬가지로.

이진수 역시 그러한 부류였다.

그도 한때 이 도시를 떠나려 했다. 그러나 돌아올 수밖에 없었다. 떠돌이 폭력배에게도 일자리는 필요한 법이니까. 폭력이 생계가 되어 버린 이들은 이내 익숙한 삶, 익숙한 터전으로 되돌아오곤 한다.

그렇게나 큰 흉터를 안겨 준 이곳으로, 마침내 이진수는 되돌아왔다. 영원히 사라지리라 다짐한 지 불과 5년 만에.

* * *

여름비가 내리는 새벽. 이진수의 자그마한 트럭이 어느 버려진 폐차장 입구에 들어섰다. 빗방울은 다그치듯 앞 유리를 두드렸다. 차곡차곡 쌓아 올린 고철 더미가 암벽처럼 휘두른 공간이었다.

흉측한 구조물 위로 쏟아지는 빗줄기가 제법 경쾌한 타악기 소리를 냈다. 이진수는 공터에 차를 대고 내렸다. 폐차장 안쪽 깊은 곳에 그의 은신처가 있었다.

컨테이너를 쌓아 만든 가건물인데, 본래는 폐차장 사무실로 쓰던 곳이다. 여기저기 덧댄 골조를 용접해 얼기설기 만들어 낸 널따란 공간이었다.

녹슨 각파이프 골조 위에는 슬레이트 지붕을 덮었다. 세월의 흔적이 뿌리내린 건물은 화강암을 깎아 만든 암자 같았다.

사무실 창문은 빛바랜 신문지와 낡은 커튼으로 대강 막아

놓았다. 신문지의 벌어진 틈새로 형광등의 주광색 불빛이 균열처럼 퍼져 나왔다.

이진수는 집에 돌아온 사람처럼 태연하게 2층으로 향했다. 계단을 딛고 오를 때마다 삐걱대는 쇳소리가 났다. 자물쇠를 따고 사무실로 들어서자 꿉꿉한 공기와 땀 냄새가 코를 찔렀다.

사무실에는 늙수그레한 남자가 결박되어 있었다.

노인의 이름은 한병진. 사람들은 그를 한 사장이라 불렀다. 가양시의 부동산 개발업자이자 건달, 전과 5범의 사기꾼이다.

벌거벗은 한 사장은 바짝 말린 황태 같았다. 뾰족한 코끝에는 반쯤 말라붙은 콧물이 주렁주렁 매달렸고 재갈을 물린 입가에는 마른침이 거스러미처럼 일어 있었다. 삐삐 마른 몰골이 흡사 죽은 사람 같았다.

한 사장을 향해 이진수가 말했다.

"오래 기다리셨죠?"

뒤늦게 인기척을 느낀 한 사장이 화들짝 고개를 들었다. 그가 몸을 움직일 때마다 곰팡이로 얼룩진 벽지에 어린 음영이 덩달아 일렁거렸다.

한 사장은 겁에 질린 눈으로 이진수를 올려다보았다. 이진수가 말했다.

"놀라진 마시고. 잠깐 계셔 보세요."

말을 마친 이진수가 뒷주머니에서 작은 칼을 꺼냈다. 한 사장은 두려움과 기대가 뒤섞인 짧은 한숨을 내쉬었다. 이진수는 능숙한 손놀림으로 한 사장을 결박한 빨랫줄을 잘라 냈다.

비틀대는 한 사장을 부축해 접이식 의자에 앉혔다. 재갈을 풀고 생수로 몸을 씻겼다. 한 사장은 기갈이 난 사람처럼 흐르는 물을 받아 마셨다. 그가 정신을 차릴 무렵, 이진수가 덧붙였다.

"좋은 소식이 있어요."

한 사장이 물었다.

"뭔데?"

"배 대표님 계좌로 잔금이 들어왔대요."

별안간 한 사장이 흐느껴 울기 시작했다. 팔자에 없던 인질 노릇도 드디어 끝났다는 생각이 왈칵 치받친 탓이다. 이진수가 쾌활하게 물었다.

"저한테 뭐 서운한 건 없으시죠?"

한 사장은 신경질적으로 고개를 흔들었다. 지금 같은 상황에서 달리 뭘 어쩌겠는가? 그저 한시라도 빨리 집에 가고 싶을 따름이었다.

이진수는 한 사장의 고분고분한 태도가 마음에 들었다. 이진수는 노인의 곱은 손에 자동차 열쇠를 쥐여 주었다. 그러고는 자못 진지한 태도로 말했다.

"악감정이 있어서 괴롭힌 건 아닙니다. 이해해 주십쇼."

한 사장은 한층 격하게 고개를 끄덕였다. 한 사장이 물었다.

"내 옷은?"

이진수는 턱짓으로 캐비닛을 가리켰다. 한 사장이 옷을 갈아입는 동안 이진수는 소파에 널브러진 이부자리를 걷었다. 창을 열고 국방색 군용 담요를 털자 반사적으로 재채기가 나왔다.

마시다 남은 생수는 바닥에 털어 버렸다. 테이블에 놓인 부루스타를 집어 서랍에 처박았다. 부탄가스와 식기 따위는 캐비닛에 대충 던져 넣었다. 언제나 그래 왔듯이.

이진수는 단출한 세간살이가 담긴 더플백을 챙겼다. 그러고는 폐차장 입구 공터까지 비를 맞으며 걸었다.

트럭 짐칸의 방수 갑바를 걷어 올리고 아무렇게나 짐을 부렸다. 짐칸에 올라앉은 이진수는 양반다리를 한 채 폐차장 사무실을 바라보았다.

요 며칠 한 사장과 함께 먹고 자고 한 곳이다. 배 대표의 지시로 한 사장을 납치한 지 일주일째였다.

지내는 동안에는 한 사장에게 최대한 편의를 봐주었다. 이것은 언제부턴가 프리랜서 깡패가 된 이진수의 철칙이기도 했다. 한번 엮였던 사람을 언제, 어디서, 어떻게 다시 만날지 모를 일이다. 때로는 작은 호의가 큰 행운으로 돌아올 때도 있는 법.

어스름에 잠긴 세상은 빗소리로 가득했다. 잠기운에 눈을 감으니 머리 위로 와라락 천둥이 지나갔다. 이진수는 잠을 쫓기 위해 손바닥으로 눈을 문지르며 한 사장이 나오기를 기다렸다.

잠시 후, 나직하고 걸걸한 목소리가 들려왔다.

"나랑 얘기 좀 하지."

이진수는 소리가 나는 방향으로 고개를 돌렸다. 한 사장이었다. 새빨간 벤츠 골프 우산을 받쳐 든 그는 처음 붙잡혀 왔을 때 모습 그대로 멀끔한 정장 차림이었다. 왜소한 체구를 휘감은 시어서커 맞춤 정장.

이진수는 한 사장의 손을 붙잡아 트럭 짐칸 위로 끌어 올렸다. 한 사장은 더플백 위에 태연하게 걸터앉았다. 그제야 이진수와 눈높이가 비슷해졌다.

이진수가 먼저 입을 열었다.

"해 뜨기 전에 여길 떠날 겁니다."

"왜?"

"험한 꼴 당하기 싫어서요. 사장님 패거리가 저를 그냥 놔두겠어요?"

한 사장이 껄껄 웃으며 되물었다.

"그렇게 겁이 많은 사람이 나한테 이런 짓을 해?"

"적성엔 안 맞아도 이게 제 일인데요. 먹고는 살아야죠."

이진수는 건빵 주머니에 손을 넣어 뒤적거렸다. 반쯤 피우다 남은 담배 한 갑. 입으로 한 개비 꺼내 물었다. 한 사장에게도 한 대 물려 주었다. 한 사장은 안주머니에서 듀퐁 라이터를 꺼내어 불을 붙였다. 청아한 종소리가 울려 퍼졌다.

한 사장이 말했다.

"나는 건달이 아니야. 사업하는 사람이지."

"저도 깡패 아닙니다. 그냥 돈 받고 심부름하는 거예요."

"자네, 가양시 토박이야? 아니면 여기저기 떠돌다가 돈 떨어질 때쯤 돌아오나?"

"비밀이에요. 그리고 이제는 두 번 다시 안 올 겁니다. 오가다 들를지는 몰라도."

한 사장이 이해한다는 듯 고개를 끄덕이며 물었다.

"배 대표 밑에서 일한 지는 오래됐어?"

"두어 달 됐어요."

이진수의 대답을 들은 한 사장이 혀를 찼다. 노인네의 얇은 입술에서 길고 가느다란 연기가 뿜어져 나왔다. 한 사장이 말했다.

"배 대표 그 인간, 양아치인데."

"사장님한테 돈을 떼였다고 하더라고요. 땅을 팔았는데 돈을 안 주니 잔금 들어올 때까지 어디 좀 모시고 가 있으라 해서."

이진수의 말에 한 사장이 발끈하며 대들었다.

"내가 그 인간한테 당한 거야. 그 얘긴 모르지?"

"무슨 소리예요?"

"반듯한 땅을 보여 주길래 덜컥 믿었지. 지적도 위조해서 사기 치는 줄도 모르고. 알고 보니 진입로가 없는 맹지더라고."

그 땅이라면 이진수도 대강 들어 알고 있었다.

땅의 위치는 가양시로부터 20킬로미터 떨어진 쌍봉산 남쪽 기슭으로, 2만 평 남짓한 장방형의 대지가 야트막한 내리막을 향해 예쁘게 펼쳐져 있었다.

볕이 잘 들고 물도 잘 빠지는 곳이었다. 토지 왼편으로 실개천이 하나 지나가는데, 물길이 둥글게 땅을 감싸며 남동쪽 산자락으로 빠져나가 저수지로 모여들었다. 바람을 피하고 물을 얻기 쉬운 땅. 재물이 모이고 세간의 공경을 받는 땅. 이른바 비룡심수(飛龍尋水)형 명당이었다.

이러한 명당에도 단점이 하나 있었으니 바로 진입로가 없다는 사실이었다. 50미터 떨어진 곳에 폭 8미터짜리 2차선 국도가 지나긴 했다. 그러나 한 사장의 땅에서 국도를 면한 부분은 웬 엉뚱한 건물에 의해 사실상 가로막혀 있었다.

그 건물은 바로 사회복지법인 '사랑의 집'에서 운영하는 미혼모 쉼터였다. 쉼터가 존재하는 한 한 사장의 땅이 개발허가를 받는 일은 불가능했다. 결과적으로, 사기를 당한 사람은 배 대표가 아니라 한 사장인 셈이었다.

전후 사정을 듣고 보니 이진수도 조금은 껄끄러운 마음이 들었다.

처음에는 남의 돈 떼어먹는 나쁜 사람을 혼내 주는 일인 줄로만 알았는데 알고 보니 고용주가 사기꾼이었다니.

머쓱해진 이진수가 물었다.

"그런데, 배 대표랑은 어떤 사이예요?"

"고향 선배야. 젊었을 때 친했어. 그러니까 덜컥 믿어 버렸지."

"그런 속사정은 몰랐습니다. 드릴 말씀이 없네요."

사과 비슷한 말을 건네는 이진수를 향해, 한 사장은 어깨를 으쓱 들어 보였다.

"한 번씩 속기도 하고 속이기도 하고 그런 거지."

"맞습니다. 그 양반도 언젠가는 임자 만나겠죠. 너무 마음 쓰지 마세요."

이진수가 제 나름 한 사장을 달래 보았지만 한 사장은 어쩐지 시큰둥한 반응이었다. 한 사장이 말했다.

"내 나이가 내일모레 일흔이야. 정의 구현 같은 거 안 믿어.

어디 배 대표뿐이겠나? 백주 대낮에 버젓이 돌아다니는 나쁜 놈들이 얼마나 많은데."

이진수는 한 사장이 말하는 '나쁜 놈'이 어쩐지 자신을 지칭하는 것 같다고 생각했다. 그도 한때는 경찰이었다. 지금은 나쁜 놈들 뒤치다꺼리나 하며 밥벌이를 하는 형편이지만.

괜스레 무안해진 이진수가 궁색한 변명을 늘어놓았다.

"이런 말씀 드리는 것도 좀 웃기긴 한데요. 세상에 죄짓는 거 좋아하는 사람 있나요? 아무 이유 없이 사람 괴롭히는 놈은 하나도 없어요."

"……."

"저도 마음 같아서는 나쁜 놈들 잡아다가 조지고 싶죠. 근데 보통은 나쁜 놈 혼내 달라고 돈 찔러 주는 놈도 나쁜 놈이더라니까요?"

한 사장은 재미있다는 듯 이진수에게 되물었다.

"자네도 배 대표, 그 개자식 편에 서서 나를 납치했잖아. 그건 나쁜 짓 아니고?"

"그건 뭐…… 알고 그런 건 아니니까요."

"그리고 세상엔 아무 이유 없이 사람 괴롭히는 놈들도 많아."

"전 그렇게 이상한 놈 아니에요. 저는 지금 당장 사장님을 해칠 수도 있거든요? 근데 안 그러잖아요? 역량은 있지만 의도가 없는 거죠. 나쁜 의도가 없는데, 제가 나쁜 사람일 리 있겠어요?"

천연덕스러운 이진수의 대답에 한 사장이 껄껄 웃었다.

표범은 개를 사냥할 때 종종 절름발이 흉내를 낸다고 한다.

개가 흥미를 느끼고 다가오면 단숨에 달려들어 숨통을 끊기 위해서다. 한 사장은 문득 이진수가 어수룩한 척을 하는 건지도 모른다고 생각했다.

본질적으로 이진수는 닳고 닳은 청부업자다. 타인의 갈등에 기생해서 살아가는 존재. 이곳에서 갈등이 해결되면 또다시 기약 없는 먼 길을 떠나야 한다.

이진수는 표범일까? 아니면 그저 떠돌이 개에 불과할까? 한 사장은 언제부터인가 이진수라는 인물에게 흥미를 느끼기 시작했다. 한 사장이 말했다.

"자네, 내 밑에서 일해 볼 생각 없어?"

예상치 못한 제안이었다. 자신을 납치했던 사람을 고용하겠다니. 이진수의 머리가 복잡해졌다.

함정은 아닐까? 넙죽 받아 물었다간 코가 꿸지도 모른다. 그러나 한편으로는 관심이 가는 것도 사실이었다. 사시사철 맞춤 정장을 입는 노인네다. 한 사장에게서는 달콤한 돈 냄새가 났다.

이진수가 되물었다.

"무슨 일인데요?"

"사람 구하기가 힘들어서 그래. 알다시피 이 바닥에는 유능한 경력직이 별로 없잖아."

"배 대표한테 복수하게요?"

"복수 다 부질없어. 해 봤자 잠깐 기분 좋고 그만이거든. 그냥 자네랑 같이 사업 하나 해 보고 싶어서 그래."

이진수가 고개를 갸우뚱했다. 한 사장이 말했다.

"배 대표가 판 그 땅이 아주 곤란해. 처분하든지 개발하든지 해야 하는데. 거기 진입로에 건물 있는 거 봤지?"

이진수는 기억을 더듬었다. 사랑의 집 미혼모 쉼터. 검은 벽돌로 쌓아 올린 성채 같은 집이었다. 이진수가 대답했다.

"오며 가며 봤죠. 무슨 복지단체 건물이라던데요?"

누가 엿듣기라도 하는 듯이, 한 사장이 목소리를 낮췄다. 한 사장이 말했다.

"아무래도 그걸 치워야겠어."

"주인 있는 건물을 어떻게 빼앗아요?"

"누가 빼앗는댔나? 제값 주고 사면 되지."

이진수가 코웃음을 치며 물었다.

"그 사람들이 순순히 팔겠다고 할까요? 공들여 지은 건물 같던데."

바로 그 점 때문에 한 사장이 골머리를 앓고 있는 것이었다. 사실 배 대표에게 사기를 당한 직후 한 사장도 나름 발 빠르게 대책 마련에 나섰다. 쉼터를 운영하는 사랑의 집에 연락을 취해 매각 의사를 타진해 보았으나, 결과는 완고한 거절이었다.

한 사장에게는 문제 해결을 위한 몇 가지 원칙이 있었다. 우선은 대화로 합의를 볼 것. 합의가 안 되면 법으로 해결할 것. 그래도 안 되면 무슨 수를 써서든 되게 만들 것.

젊은 날 한 사장은 그 마지막 원칙을 충실히 지켰고, 그 덕에 무시로 교도소를 들락거렸다. 그리하여 마침내 수백억을 주무르는 사업가로 우뚝 섰다.

한 사장이 말했다.

"그 사람들, 쉼터 땅으로 뭔가 해 보고 싶어 하는 것 같아. 묘한 애착 같은 게 있더라고. 자네, 전에도 사람 내쫓는 일 해 본 적 있지?"

"뒤집어엎고 그런 거야 많이 해 봤죠."

그것은 한 사장이 원하는 방식이 아니었다. 한 사장에 따르면 그런 건 군사정권 시절에나 먹히던 구닥다리 방법론이었다.

"요즘 세상에는 뭐든 스마트하게 해야 해. 함부로 쳐들어가서 남의 살림 뒤집으면 큰일 난다고. 내가 볼 때 자네도 아주 지독한 사람 같진 않던데."

한 사장은 이진수에게 문민정부에 어울리는 방식들을 몇 가지 가르쳐 주었다. (아무래도 한 사장은 '문민정부'라는 말이 입에 붙는 모양이었다.)

먼저 사랑의 집 운영진의 비리를 캔다. 비리가 없으면 사생활을 캔다. 요즘 세상에 정수리부터 바짓단까지 온통 깨끗한 사람이 몇이나 되겠는가?

한 사장이 덧붙였다.

"뭐라도 하나 나오면 내가 아는 기자들 동원해서 들쑤시면 돼."

"기자들이 한 사장님 뜻대로 움직여 줄까요?"

"그럼! 내가 그동안 골프 치면서 개들 주머니에 찔러 준 돈이 얼만데? 그렇게 나가떨어질 때까지 달달 볶아서 흔들어 놓는 거지."

"한마디로 그 사람들이 쉼터 사업을 접게 만들자는 거죠?"

"바로 그거야. 쉼터를 매물로 내놓게 만들어야지."

이진수가 다시 물었다.

"캐 봤는데 없으면요? 진짜로 좋은 사람들이면 어떡해요?"

멍청한 질문이라는 듯, 한 사장이 혀를 찼다.

"요즘 세상에 안팎이 모두 하얀 사람 봤나?"

이진수는 잠자코 고개를 끄덕였다.

한 사장은 목표가 명확한 만큼 계산도 분명했다. 일이 잘 풀리면 이진수에게는 수고비 조로 세탁된 현금이 지급될 것이다. 활동 경비는 별도 정산이었다.

쉼터를 포함해서 옆에 딸린 부지까지 800평이니, 주변 시세대로 평당 100 잡으면 대략 8억 원이었다. 건축물이야 땅값에 훨씬 못 미칠 것이고, 철거하자면 평당 30으로 넉넉하게 잡아도 3000만 원 남짓. 2만 평에 100억 이상을 물린 한 사장의 사업 규모에 비하면 감당할 만한 금액이었다.

경우에 따라서는 쉼터 주인과의 합의에 따라 몇천 정도 깎아 볼 여지도 있었다. 그건 전적으로 이진수의 활약에 달린 문제였다. 한 사장이 말했다.

"깎은 값의 절반은 자네 인센티브로 줄게. 그러니까 달달 괴롭혀서 후딱 팔고 나가게 만들자고."

"만약에 그 법인이 해산되면요?"

"공익법인이 청산되면 기부받아서 조성한 쉼터는 당연히 나라에 귀속되는 거야. 그럼 그 땅은 비슷한 공익단체로 증여될 테고."

"그럼 사장님은 그 땅 못 사는 거 아니에요?"

"이 동네에 공익단체가 몇이나 된다고? 별로 없어. 누가 될지는 뻔하니 새 주인이랑은 대화로 잘 풀어 가면 돼. 여의치 않으면 내가 복지법인 하나 만들지 뭐. 가양시 공직자 태반이 내 친구들이니까 자잘한 건 걱정할 거 없어. 어때? 할 마음이 들어?"

적극적인 한 사장의 태도에 이진수가 혀를 내둘렀다.

"사장님도 대단하십니다. 이래저래 경황도 없으실 텐데."

한 사장이 껄껄 웃으며 손을 내밀었다.

"옛말에 칼이 짧으면 일 보 전진하라고 했어."

두 사람은 트럭 짐칸에서 손을 맞잡고 악수를 했다. 갈 곳 잃은 미혼모들을 위한 쉼터, 사랑의 집을 쫓아내기로 결의한 것이다.

어느덧 동틀 무렵이었다. 멀리 쓰레기차 지나가는 소리가 들렸다.

2

가양시장 입구 한구석에 작고 초라한 연단이 설치되어 있었다. 나무 박스를 쌓아 만든 가설무대 양옆에는 군데군데 청테이프를 발라 놓은 낡은 스피커가 놓여 있었다.

마이크를 쥔 사람이 연단에 올랐다. 수수한 베이지 색 블라우스에 낚시조끼를 걸친 중년 여성이었다.

"가양 시민 여러분 안녕하세요."

아무도 대답하지 않았다. 가는귀먹은 노인들이나 호기심에 걸음을 멈추었을 뿐.

"저는 사회복지법인 사랑의 집에서 일하는 오유라라고 해요. 뉴스에서 많이 들어 보셨죠?"

연단 아래에 서 있던 자원봉사자 한 명이 열렬하게 박수를 쳤다. 스마트폰 게임을 하던《가양일보》취재기자가 박수 소리에 놀라 사진을 찍기 시작했다.

노인들은 각자 제 갈 길을 향해 걸음을 재촉했다. 자원봉사자의 박수 소리도 힘없이 잦아들었다. 기자는 다시 스마트폰 삼매경에 빠져들었다.

연단에 선 오유라는 아랑곳없다는 듯 밝은 미소를 지으며 존재하지 않는 청중을 향해 손을 흔들었다. 그녀는 미혼모 쉼터를 운영하는 저명한 사회 활동가였다. 운동권 대학생으로 커리어를 시작해 미혼모 지원단체의 대표 활동가가 되기까지 30년 세월을 겪어 온 베테랑이었다.

오유라가 말했다.

"저희 사랑의 집은 형편이 어려운 미혼모들을 지원하는 단체입니다. 아주 정의롭고 명망 높은 단체지요. 오늘은 시민 여러분께 부탁의 말씀을 드리고자 이 자리에 나왔습니다. 어려운 부탁인 줄은 알고 있습니다. 참으로 외람된 부탁입니다. 그러나 여러분의 후원이 없으면 저희 사랑의 집은 더 이상 쉼터를 운영할 수 없습니다. 쉰여섯 명의 미혼모들이 갈 곳을 잃고 또다시 거리로 내몰려야 합니다."

오유라가 연설을 하는 동안, 자원봉사자는 가슴께에 모금함을 둘러매고 연단 주변을 어슬렁거렸다. 《가양일보》기자는 기사를 짜깁기하는 데 필요한 만큼의 사진을 찍은 뒤 떠나 버렸다. 오유라가 눈물을 흘리며 목청을 높였다.

"커피 한 잔 값이면 오갈 데 없는 미혼모들이 따뜻하게 겨울을 보낼 수 있습니다. 시민 여러분! 도와주십시오. 저희를 지지해 주십시오. 이들이 다시 희망을 꿈꿀 수 있도록 도와주세요."

실제로 50여 명이나 되는 인원이 쉼터에 상주하는 것은 아니었다. 절반은 서류상으로만 존재하는 유령이었고, 나머지 절반은 구시가지 쪽방촌에서 하루 벌이 일자리로 연명하고 있었다. 오유라는 형식적으로나마 그들에게 월세의 일부를 지원할 따름이었다.

쪽방촌은 열악했지만, 어쨌거나 그곳에는 삶이 있었다. 사람도, 일자리도 거기에 있었다. 그에 비해 쌍봉산 쉼터는 너무 멀고 외지다는 이유로 서서히 잊혔다. 시간이 흐르자 새로 들어온 미혼모들은 쉼터의 존재조차 모르게 되었다.

버려진 쉼터는 한동안 사랑의 집 사무실로 쓰이다가, 몇 년 전부터는 오유라가 귀빈을 모시는 별장으로 전락했다. 때가 되면 일반산업단지 개발계획에 편입되어 오유라의 든든한 노후 자금이 되어 줄 것이다.

오유라는 행인들에게 한 걸음 다가서며 목소리를 높였다.

"여러분은 아이에게 먹일 분유가 없어 고민해 본 적이 있나요? 부디 이 불쌍한 소녀를 도와주세요."

곧이어 무대 위 모니터에서 애잔한 음악과 함께 내레이션이 흘러나왔다.

"교복을 입고 학교에 가는 또래들을 바라보는 열여덟 살 영희. 그녀는 한 아이의 엄마입니다."

홍보 영상 속 미모의 대역 배우는 표정 없는 얼굴로 창밖을 내다보며 칭얼대는 아이를 어르고 있었다. 영상 하단에는 보일 듯 말 듯 한 작은 글씨로 다음과 같은 문구가 적혀 있었다.

본 영상은 실제 사례를 바탕으로 구성하였으며, 가명 및 대역 촬영으로 진행되었습니다.

모든 선의가 그러하듯, 사랑의 집도 시작은 아름다웠다.

스물한 살의 오유라는 강의실 대신 거리를 택한 투사였다. 목소리를 잃어버린 사람들을 대신해 소리쳤고, 집이 없는 아이들과 함께 비를 맞았다. 부조리에 맞선 투쟁이 벌어지는 모든 곳에 그녀가 있었다. 사랑의 집을 이끄는 선장으로서 말이다.

쉼터는 십수 년 전 어느 독지가의 후원을 받아 쌍봉산 남쪽 기슭에 지어졌다. 갈 곳 없는 미성년자 미혼모들을 위해 어렵사리 마련한 장소였다.

오유라가 청춘을 바쳐 설립한 이곳 쉼터에서, 미혼모들은 따뜻한 보살핌을 받으며 사회의 품으로 돌아갈 준비를 했다. 그때까지만 해도 쉼터는 누군가의 희망이었다.

그렇게 갖은 풍파를 헤치며 십수 년이 지났다. 지난한 세월에 스스로를 돌보지 못한 탓일까? 언제부터인가 오유라의 마음은 해풍에 삭아 버린 폐선처럼 벌겋게 녹이 슬었다.

그사이 땅값은 치솟았고 오유라는 변했다. 젊은 활동가는 어엿한 사업가가 되었다. 속 편하게 얘기하자면, 삶이 그녀를 집어삼킨 셈이다. 어쨌거나 마음은 사람의 가장 닳기 쉬운 부분이니까.

뜻을 함께했던 동료들은 하나둘 떠나고, 청년 활동가 오유라의 명성은 껍질째 바스러졌다. 남은 거라곤 100년이 지나도 허물어지지 않을 단단한 건물과 드넓은 토지뿐이었다.

미혼모가 사라진 미혼모 쉼터는 몰락한 왕조의 구중궁궐처럼 을씨년스러웠다.

* * *

모금 활동은 한 시간 남짓 계속되었다. 여름 볕이 따가운 오후였다. 오유라는 마이크를 끄고 연단에서 내려왔다. 오유라가 말했다.

"오늘은 여기까지 할까요?"

모금함을 들고 있던 자원봉사자가 오유라를 향해 꾸벅 묵례를 했다.

"고생하셨습니다, 대표님."

"기부금은 좀 들어왔어요?"

오유라의 질문에 자원봉사자는 난처한 듯 울상을 지어 보였다.

"13만 원밖에 안 돼요."

"곤란하네. 세상인심이 이렇게 각박해서야…… 쉼터 사람들은 우리만 믿고 있을 텐데."

오유라는 짐짓 걱정이라는 듯 미간을 찌푸렸다. 자원봉사자는 지갑에서 5만 원짜리 한 장을 꺼내어 모금함에 집어넣었다. 그가 말했다.

"대표님. 얼마 안 되는 돈이지만 이거라도 보태서 좋은 일에 써 주세요."

"어머나, 김 선생님. 이렇게 고마운 일이…… 너무 감사해서 어쩌죠?"

"어려운 사람 돕는 일인데요."

자원봉사자의 말에 오유라의 뺨을 타고 한 줄기 눈물이 흘러내렸다. 한량없는 감사의 눈물이었다. 오유라는 자원봉사자를 으스러져라 끌어안았다. 살집이 두툼한 두 손으로 그의 야윈 등을 토닥이며 울먹였다.

"선생님 덕분에 쉼터 친구들도 엄혹한 시절을 씩씩하게 이겨 내고 있어요. 마음 같아서는 제 사비를 털어서라도 선생님께 식사 대접 한번 해 드리고 싶은데, 법인 기부금이라는 게 투명하게 운영해야 하다 보니 여의치가 않네요."

"괜찮습니다. 대접받으려고 봉사활동 하나요? 대표님이야말로 미혼모들을 위해 인생을 걸고 계시잖아요. 제가 오 대표님 많이 존경하는 거 아시죠?"

따뜻한 한마디에 오유라는 가슴이 벅차올랐다. 정의로운 일을 하고 있다는 자부심은 고단했던 지난 세월마저 자랑스러운 기억으로 탈바꿈시키는 힘이 있었다.

오유라가 남편과 함께 사랑의 집을 설립한 지도 어느새 15년이 지났다. 사업이 여의치 않았던 초창기에는 끼니를 굶어 가며 거리로 나서야 했다. 그랬던 사랑의 집이 이제는 정부와 기업의 지원을 받는 중견 단체가 되었다.

가난한 활동가였던 오유라도 어엿한 중산층이 되었다. 본인

명의로 33평 아파트를 가지고 있었고, 친정엄마 명의로는 14평 빌라 두 채를 사서 세를 놓고 있었다.

오유라의 남편은 쉼터 별채에 머물며 노동 문학을 집필하는 작가였다. 스무 살 난 아들은 미국에서 유학 중이었고, 18살 딸내미는 자립형 사립고에 다녔다.

이 모든 게 밑바닥에서 맨주먹으로 일궈 낸 성취였다. 사회를 위해 정의로운 일을 하면서도 알뜰살뜰 재산을 모을 수 있다는 건 얼마나 큰 축복인가? 돌아보면 모두 감사한 일뿐이었다.

오유라는 소매 끝으로 눈물을 닦으며 자원봉사자를 배웅했다. 그가 돌아가고 난 뒤에는 남편에게 전화를 걸었다. 오유라의 남편, 진상이 전화를 받았다.

"여보세요."

오유라가 물었다.

"어디야?"

"거의 다 와 가. 영업 끝났어?"

"이제 슬슬 접으려고. 날이 더워서 오래는 못 하겠다."

수화기 너머로 진상이 물었다.

"장사는?"

"파리 날렸지 뭐. 그래도 《가양일보》 박형민 기자가 와서 사진 많이 찍어 갔어."

"잘됐네. 영업비 좀 찔러 줬어?"

"지방지 기자한테 뭘 그렇게까지 해? 어차피 자기도 기삿거리 궁해서 왔을 텐데."

오유라의 대답에 진상은 껄껄 웃었다. 더위에 지쳐 있던 오유라의 얼굴에도 비로소 미소가 걸렸다.

하여간 목소리 하나만은 멋진 남자였다. 훤칠한 키에 부리부리한 눈매도 매력적이었다. 책상에 턱을 괴고 앉으면 제법 지식인 냄새가 풍기는 인상이었다. 하는 짓은 영 못 미더운 무능한 남편이었지만 말이다.

'이 인간 학벌만 그럴싸했어도 정치를 시키는 건데. 포스터 사진만으로도 시의원쯤은 했을 거야. 하여간 하드웨어는 대통령감인데 소프트웨어가 영……'

오유라는 속으로 한숨을 쉬었다.

'하긴, 반반한 남편 데리고 사는 것만 해도 내 복이지.'

아내의 속내를 모르는 진상은 시종일관 밝은 목소리였다. 그가 말했다.

"그래도 간만에 신문에 나는 건데. 김주미 시장 보기에도 그럴싸하잖아."

"됐어. 주미 걔 정계 입문한 뒤로 목에 힘 들어간 거 꼴도 보기 싫어. 얼른 와서 현장 정리하고 장비 챙겨. 나 먼저 퇴근할 테니까."

"알았어. 우리 여보, 화이팅!"

"그리고 쉼터 들어가기 전에 사무실 좀 들르고."

"오케이!"

오유라는 낚시조끼를 벗어서 연단에 개어 놓았다. 선글라스와 모자를 뒤집어쓰니 아주 다른 사람 같았다. 늘 그래 왔듯 집

회 뒤처리와 잡무는 남편의 몫이었다. 오유라는 시장 뒤편 공
영주차장을 향해 10분 남짓 걸었다.

가로수가 없는 골목길은 지옥이었다. 여름 뙤약볕에 등줄기
가 축축하게 젖어 들었다. 오유라는 벤츠 E클래스 운전석에 앉
아 에어컨을 최대로 틀었다.

오유라의 벤츠가 주차장을 빠져나갈 때, 오토바이 한 대가
조용히 그 뒤를 따랐다.

미행자는 검은 옷을 입은 남자였다. 남자의 오토바이 헬멧에
는 고프로 캠이 달려 있었다. 오유라를 지켜보는 내내 그녀의
일거수일투족을 녹화하고 있었던 것이다.

* * *

가양시의 옛 주택가 일대에는 후미진 골목이 미로처럼 얽혀
있었다. 적벽돌로 찍어 내듯 지어 댄 몰개성한 연립주택이 끝
도 없이 늘어선 골목이었다.

그중에 하나, 30년 된 5층 건물 꼭대기 층이 바로 사랑의 집
사무실이었다.

직원들은 모두 퇴근하고 없었다. 오유라는 귀퉁이가 닳아 해
진 레자 카우치에 드러누워 선풍기 바람을 쐬고 있었다. 문밖
에서 노크 소리가 들렸다. 오유라가 외쳤다.

"들어와."

진상이 쭈뼛대며 사무실 안으로 들어섰다. 50대로는 보이지

않는 훤칠한 미남이었다. 귀 뒤로 빗어 넘긴 희끗희끗한 장발은 제법 예술가적인 풍모를 보여 주고 있었다.

아닌 게 아니라, 진상은 예술가였다. 약관의 나이에 세상의 부조리를 깨닫고 시민운동에 투신했던 그는 오십 평생 남과 같은 직업을 가져 본 적이 없었다.

비록 제 손으로 돈 한 푼 벌어 본 적 없었지만, 태생이 영민했던 그는 억압받는 노동자의 현실에 대해 알 만큼은 아는 사람이었다.

또한 진상은 동료 문인들 사이에서 제법 인기 있는 시인이자 소설가이기도 했다. 젊은 시절에는 한 문예 동인지에 작품을 발표하고 상을 받은 적이 있었는데, 스스로도 그 일을 매우 자랑스럽게 생각했다.

그러나 세상 물정에 밝은 오유라의 눈에는 모두 부질없는 짓일 따름이었다. 오유라가 쏘아붙였다.

"기어 왔니? 뭐 하느라 늦었어?"

진상은 변명하듯 뒷머리를 긁었다.

"요 앞에 차가 많이 막히네. 오늘 힘들었지?"

"나 더위 먹었나 봐. 이 짓도 오래는 못 해 먹겠어."

"우리 마누라가 좋은 일 하느라 고생이 많아. 조금만 더 힘내. 첫째 졸업하고 둘째 대학 갈 때까지만."

"팔자가 웬수지. 마누라는 더위 먹고 쓰러져 있는데 남편이란 인간은 10원 한 장 벌어 오질 못하니."

투덜대는 오유라를 바라보며 진상은 멋쩍은 듯 웃어 보였다.

딱히 틀린 말은 아니라서 뭐라고 대꾸할 거리도 없었다. 이럴 때는 비위나 맞추면서 기분을 풀어 주는 게 최선이다.

탕비실 냉장고에는 시원한 밀크티가 있었다. 신시가지에 새로 문을 연 카페에서 산 8000원짜리 수제 밀크티였다. 진상은 밀크티 뚜껑을 따고 빨대를 꽂아 오유라 입에 물려 주었다. 오유라는 눈을 감은 채 달콤한 음료를 쪽쪽 빨아 마셨다.

오유라가 물었다.

"이거 몇 개 남았어?"

"그게 마지막이야."

오유라가 앓는 소리를 내며 천천히 몸을 일으켰다. 소파 옆 협탁에 놓여 있던 기부금 모금함에 손을 넣었다. 손때 묻은 만 원짜리가 몇 장, 그리고 자원봉사자가 건넨 5만 원짜리 한 장이 딸려 나왔다.

오유라는 5만 원을 진상에게 건네며 말했다.

"이 집 밀크티 맛있네. 다음 주에 그거 몇 개 더 사다 줘."

손가락을 꼽으며 셈을 하던 진상이 물었다.

"여섯 개 사면 2000원 남는데?"

"잔돈은 여보 심부름값 해."

선심 쓰듯 대답하는 오유라를 향해, 진상은 환한 미소를 지어 보였다. 마누라 기분을 풀어 줬으니 슬슬 본론으로 들어갈 타이밍이었다. 진상이 말했다.

"여보. 나 용돈 좀."

별안간 오유라의 얼굴에서 표정이 사라졌다.

"돈? 얼마나?"

"한 20만 원?"

"미쳤냐? 20만 원을 어디다 쓰게?"

"간만에 문우들이랑 친목도 다질 겸 내가 한턱 쏘기로 했지."

진상은 양손 검지로 허공을 찌르며 총 쏘는 시늉을 했다. 오유라는 철딱서니 없는 남편 때문에 복장이 터질 지경이었다. 자연스레 목소리가 높아졌다.

"인간아. 쓸데없이 거기서 술은 왜 사니? 허구한 날 도움도 안 되는 인간들 만나서 술은 왜 처먹냐고."

"도움이 왜 안 돼? 그리고 이번 모임에는 거물급이 온단 말이야."

"그 바닥 거물이 너랑 왜 어울려? 누가 오는데?"

진상은 헤실헤실 웃으며 대답했다.

"《21세기 미래문학》편집장님. 놀랐지? 거기 되게 유명한 문예지란 말이야. 이번 호 계간지에 내 시 한 편이랑 인터뷰가 실리거든. 사랑의 집 홍보자료도 실어 준댔어. 그래서 한턱 쏘기로 한 거야."

사랑의 집 홍보 기사가 실린다는 말에 오유라의 마음도 다소 누그러졌다. 오유라는 지갑에서 법인 카드를 꺼내어 진상에게 건네주었다. 당부의 잔소리도 잊지 않았다.

"기사 밑에 후원계좌 명기하라 그래. 그리고 제발 쓸데없는 짓 좀 하지 마. 요즘 세상에 누가 문예지를 읽는다고 20만 원짜리 광고를 태워? 아까워 죽겠네, 진짜."

진상은 생일선물이라도 받은 사람처럼 기뻐했다. 가끔 건네받는 오유라의 법인 카드에서는 화수분처럼 돈이 쏟아져 나왔다. 덕분에 경기가 좋을 때나 나쁠 때나 지식인다운 품위와 체면을 유지할 수 있었다.

"고마워, 여보. 계간지에 사랑의 집 얘기가 실리면 후원도 왕창 들어올 거야. 원래 글 쓰는 사람들은 감수성이 풍부하잖아."

오유라가 못마땅한 듯 쏘아붙였다.

"감수성 풍부하면 뭐 해? 기부할 돈이 있어야지."

* * *

30분 뒤. 진상은 사랑의 집 사무실을 빠져나왔다. 타고 왔던 승합차는 주차장에 둔 채 택시를 잡아탔다. 택시는 15분 남짓 달렸다. 목적지는 신시가지의 한 민속 주점이었다.

한 무리의 중년 남성들이 먼저 도착해 있었다. 가양시 문예 동호회 회원들이었다. 낮부터 어디서 한 잔씩들 걸치고 왔는지, 대부분은 발그레한 얼굴이었다.

문인들은 파전에 소주, 막걸리를 마시며 왁자지껄 떠들어 대다가 자리에서 일어나 각자 자신의 시를 읊기 시작했다. 시계 방향으로 한 바퀴 돌아 마침내 진상의 차례가 되었다.

선후배 문인들이 너도나도 진상을 추켜세웠다. 진상은 그들 중에 유일한 등단작가였기 때문이다. 진상은 겸연쩍게 웃으며 손사래를 쳤다. 여기저기서 볼멘소리가 튀어나왔다.

"빼지 말고 한 수 읊어야지."

"이 사람, 자꾸 친구들 부끄럽게 하기야?"

주변 사람 성화에 떠밀려 자리에서 일어난 진상은 《21세기 미래문학》에 발표하기로 했다던 시를 읊기로 했다. 물론 《21세기 미래문학》이라는 잡지는 존재하지 않았다. 단지 오유라가 그 사실을 모르고 있을 뿐이었다.

하지만 진상은 당당했다. 실존하되 인식의 경계 너머에 존재하는 것, 인식했으되 실제로 존재하지 않는 것. 그 둘 사이에 무슨 차이가 있을까? 어차피 오유라 같은 속물은 동굴 바깥의 이데아를 보지 못한다.

그러므로, 하얀 거짓은 거짓이 아니다. 그저 관점의 차이가 만들어 낸 작은 소동이자 부조리일 뿐. 진상은 진심으로 그렇게 믿었다.

진상은 눈을 감고 대자연을 향한 그들만의 찬가를 암송하기 시작했다.

"순결한 소녀의 봉긋한 젖가슴 같은 내 고향 쌍봉산. 싱그러운 과즙처럼 굼실대던 실개천. 그 상큼하고 싱싱한 자연의 향기! 쌍봉산 하이얀 젖무덤에 코를 박은 나, 어머니 자연에게로 돌아가리라."

낭독을 마치자 우레와 같은 박수 소리가 터져 나왔다. 저마다 엄지를 치켜든 중년 남성들의 축축한 손바닥이 진상의 어깨를 힘차게 토닥거렸다.

"이야, 역시 진 선생 감수성은 여전하구먼."

"이만하면 출판사에서 서로들 모셔 가야 하는 거 아냐? 요즘 애들은 대체 뭘 읽는 거야?"

"요즘 젊은 애들은 문학을 몰라요. 죄 스마트폰만 들여다보고 있지."

왁자지껄한 모임은 저녁까지 계속되었다. 술값은 오유라의 법인 카드로 긁었다. 불콰하게 취한 중년 남성들을 향해, 진상이 말했다.

"자, 선생님들. 오늘 모임은 더치페이입니다. 각자 2만 원씩 부탁드립니다."

순식간에 현금 18만 원이 모였다. 현금을 지갑에 갈무리하며, 진상은 뿌듯한 얼굴로 술집을 나섰다.

* * *

술집 구석에서 이 모든 걸 지켜보던 사람이 있었다. 마스크와 모자로 얼굴을 가린 거구의 남자였다. 낮에 오유라를 미행했던 바로 그 사람, 이진수였다.

이진수는 진상 일행이 자리를 뜨자 재빨리 계산대로 다가갔다. 포스기 옆에는 진상이 버리고 간 영수증이 남아 있었다. 이진수는 진상의 영수증을 챙겨 밖으로 나왔다.

여름이라 해가 길었다. 9시가 다 되어 가는데 이제야 서쪽으로 노을이 지고 있었다.

진상은 대로변에서 택시를 기다렸다. 이진수는 가로수 옆에 세워 둔 오토바이에 올라 어디론가 전화를 걸었다. 두어 번 신호음이 울렸다. 곧 탁한 목소리의 노인이 전화를 받았다. 한 사장이었다.

"뭐 좀 나왔나?"

이진수가 대답했다.

"이건 뭐, 한마디로 요약이 안 될 정도인데요. 구린 데가 너무 많아서."

"누구 미행 중이야?"

"오유라 남편이요. 와이프 법인 카드로 자기 술값을 긁었어요."

"증거는?"

"법인 카드 영수증을 찾았습니다. 녹취랑 영상도 딸 수 있는 만큼 따는 중이에요."

한 사장이 짧은 환호성을 질렀다.

"좋았어. 잘 만들어서 일 좀 키워 보자고. 계속 수고하게."

때마침 진상이 택시에 올라탔다. 이진수는 전화를 끊고 진상의 뒤를 쫓았다.

구시가지 유흥가에는 싸구려 러브호텔이 즐비했다. 진상은 그중에서도 가장 외진 곳에 내렸다. 진상은 손목시계를 흘끔거리며 한동안 거리를 서성거렸다.

딱히 미행을 경계하는 것처럼 보이지는 않았다. 어쩌면 그저 약속한 상대가 나타날 때까지 시간을 죽이고 싶은 건지도 모른다.

골목길을 돌고 돌아 진상이 도착한 곳은 솜누스 모텔이었다. 주차장이 딸린 9층 건물은 다소 낡아 보이긴 했지만 제법 잘 관리되고 있는 듯했다.

진상은 맞은편 편의점에서 맥주 두 캔과 자잘한 썹을 거리, 그리고 사정지연 콘돔 한 통을 샀다.

"어이쿠. 하마터면 마누라 카드로 긁을 뻔했네?"

진상은 너스레를 떨며 카운터 너머로 현금을 건넸다. 한심하다는 듯 외면하는 편의점 알바를 뒤로한 채 모텔 6층으로 올라갔다. 이진수도 조심스레 진상의 뒤를 밟았다.

카운터의 미닫이 창문은 굳게 닫혀 있었다. 손가락으로 창문을 두드리자 쪼글쪼글한 노인이 고개를 내밀었다. 손바닥만 한 창문 너머로 덥고 탁한 공기가 흘러나왔다.

이진수가 물었다.

"숙박 되죠?"

"특실 드릴까요, 일반실 드릴까요?"

"좀 전에 들어갔던 남자분 옆방으로 주세요. 일행이라서요."

노인은 604호 열쇠와 일회용 세면도구를 건네며 물었다.

"아까 오신 손님은 대실 하셨는데. 같이 주무실 건 아니죠?"

"그런 사이 아닙니다."

곁눈질로 이진수의 행색을 살피던 노인이 대뜸 고개를 주억거렸다. 그러고는 아무래도 상관없다는 듯 느릿느릿 모습을 감췄다. 그게 무슨 의미인지는 이진수도 알 수 없었다.

이진수는 604호의 불을 끄고 현관에 쪼그려 앉았다. 현관문은 5센티미터 정도 열어 놓았다. 드나드는 사람을 감시하기 위해서였다.

15분 남짓 지났을까. 엘리베이터 문이 열리고 앳된 얼굴의 여자가 나타났다. 청바지 차림의 수수한 여자였다.

여자는 진상의 방문 앞에 서서 잠시 망설이는가 싶더니 곧 초인종을 눌렀다. 진상이 문을 열어 주며 말했다.

"영희 왔어?"

"……네."

힘없이 떨어지는 맑은 목소리. 어쩌면 미성년자인지도 모른다. 그런 생각이 들자 이진수는 아랫배에서부터 혐오의 감정이 끓어오르는 것을 느꼈다. 다시 들려오는 진상의 목소리.

"덥다. 얼른 들어와."

잠시 후, 싸구려 모텔의 얇은 벽체 너머로 밭은 신음이 들려왔다. 남녀가 거칠게 정사를 나누는 소리였다. 이진수는 녹음기를 벽에 바짝 붙이고 숨을 죽였다. 뒤틀린 취향 때문이 아니라, 일 때문이었다.

두 사람의 행위는 오래가지 않았다. 3분쯤 지나자 무겁고 축축한 침묵이 내려앉았다.

잠시 후 들려오는 의기소침한 목소리.

"……내가 술을 많이 먹어 가지고."

진상의 말에 여자는 담담하게 대답했다. 처음부터 기대 따위 없었던 듯이.

"괜찮아요."

"이거 참, 오늘따라 컨디션이 안 받쳐 주네."

"저는 좋았어요."

여자가 듣기 좋은 말로 용기를 북돋워 주었다. 진상의 목소리가 다시 밝아졌다.

한동안 두 사람의 잡담이 이어졌다. 엿듣는 입장에서는 고역이었다. TV 예능 프로그램 소음, 이불 속에서 바스락대며 몸을 뒤척이는 소리, 샤워기의 물소리.

이진수는 모텔 벽에 귀를 붙인 채 숨을 죽였다. 팔뚝에는 쥐가 났지만 녹음기를 쥔 손을 움직일 순 없었다.

마침내 진상의 입에서 쓸모 있는 말이 흘러나왔다. 한 사장이 바라 마지않던 고급 정보였다.

"벌써 쉼터로 돌아가게?"

"가야죠. 대표님 빨래도 아직 못 돌렸는데요."

"나 술 마셔서 운전 못 해. 오늘은 못 데려다줘."

"혼자 갈 수 있어요. 아직 막차 시간 남았거든요."

여자의 말에 진상은 아쉬운 듯 투덜거렸다.

"아기 맡기고 나온 김에 도시 냄새도 좀 맡으면서 하루 푹 쉬지 왜. 간만인데."

"아니에요. 저 진짜 괜찮아요."

여자는 어쩐지 진상에게 쩔쩔매는 듯했다. 아버지뻘 되는 진상의 기분을 맞추기 위해 애쓰는 것처럼 보였다. 그래야만 하는 이유가 있는 걸까? 이진수는 문득 궁금해졌다.

진상이 실실 웃으며 말했다.

"아침에 한 번 더 할까 했더니만. 나 술 깨면 진짜 쌩쌩하거든."

"알아요. 근데 오늘은 저 먼저 들어가 봐야 할 것 같아요."

"빨래 때문에?"

"그냥. 대표님께 죄송하기도 하고……."

여자가 말끝을 흐리자 진상은 불쑥 역정을 냈다.

"또 그 소리. 미안하긴 뭐가 미안해? 내가 우리 마누라한테 미안해야 하니? 영희 네가 오유라한테 미안해야 해? 미안할 게 뭐 있어?"

"바람이잖아요, 이거."

머뭇거리는 여자의 대답에 진상은 짜증스레 한숨을 내쉬었다. 언제부터인가 여자는 흐느끼며 울고 있었다. 진상의 목소리가 다시금 부드러워졌다. 어떻게든 그녀를 달래 보려는 듯했다.

"영희야. 바람이라니. 누가 보면 진짜 불륜이라도 저지르는 줄 알겠다."

"아니면 뭔데요?"

여자의 질문에 진상은 자못 엄숙하고 진중한 말투로 대답했다.

"사랑이지. 운명적 사랑."

엿듣고 있던 이진수는 그만 피식 웃고 말았다. 그러다 이내 자신의 실수를 알아채고는 재빨리 손바닥으로 입을 틀어막았다. 다행히 옆방에서는 눈치채지 못한 것 같았다.

3

고영희는 나이 열아홉에 엄마가 되었다. 지옥 같던 집을 뛰쳐나와 세상을 떠돈 지 3년 만이었다. 천애 고아로 이런저런 놈팡이와 어울리다 얼결에 얻은 아이다. 아이는 이제 막 15개월이 되었다. 밉고도 안쓰러운 딸이었다.

덕분에 고영희는 세상의 냉혹함을 뼈저리게 배웠다. 남자에게 마음을 의탁한다는 게 얼마나 알량한 생각이었는지도.

돌이켜 보면 아쉬웠다. 직접 겪지 않아도 배울 기회는 많았기 때문이다. 하다못해 선생님 말씀만 잘 들었어도 이렇게까지 비싼 수업료를 치르진 않았을 거다. 편모 가정 애들은 답이 없다는 핀잔에 발끈해서 자퇴하는 대신, 어떻게 해야 답을 찾을 수 있는지 한번 물어나 볼걸 그랬다.

학교를 관두겠다는 말에 어머니는 시큰둥하게 쏘아붙였다.

"하여간 대책 없는 건 제 아비를 쏙 빼닮았다니까."

그 시절을 떠올리면 기계적으로 화가 났다. 때때로 거친 말이 혀끝에서 달싹거렸다. 그러나 머릿속의 생각을 입 밖으로 끄집어내기란 쉽지 않은 일이었다. 마치 화를 내는 이유를 잊은 것처럼.

어머니는 장대비가 내리던 밤에 홀연히 사라졌다. 시신은 이튿날 아침 쌍봉산 저수지에서 발견되었다. 메모지에 휘갈긴 유언장은 뚝방 위, 벗어 둔 구두 안에 들어 있었다. 유언장 어디에도 고영희에 대한 언급은 없었다.

의외였다. 늘 화가 나 있던 엄마는 그악스러운 여자였다. 살인을 하면 했지, 얌전히 자살할 성격은 못 된다고 생각했는데.

유골은 집 근처 논두렁에 몰래 뿌렸다. 땅 주인이 지랄할까 봐 그 길로 짐을 싸서 집을 나왔다. 그 후로 몇 달은 친척 집에서, 몇 달은 위탁 가정에서 지냈다.

가출한 뒤에는 또래들과 어울려 살았다. 그나마 건실해 보이던 놈과 조촐한 살림을 차렸는데, 그놈도 미친놈이었다.

짧았던 소꿉놀이 끝에 고영희는 아이를 얻었고, 또다시 빈털터리로 거리에 나앉았다. 불과 1년 전 일이다. 그녀는 세상의 그늘에 머물며 어떻게든 살아남았다. 그 와중에 숱한 상처를 얻었다. 보통은 남에게 쉽게 마음을 내준 탓이었다.

대체로 마음의 상처란 쉬이 아물 수 없는 것으로, 상처 입은 자들은 강해지기보다 외려 독해지게 마련이었다. 그러나 고영희는 타고난 심성이 모질지 못했다.

오유라를 처음 만났을 때, 그녀는 고영희의 손을 맞잡고 이렇게 말했다.

"저는요. 영희 씨가 하루빨리 웃음을 되찾았으면 좋겠어요. 소외된 이웃에게 희망을 주는 게 우리 사랑의 집의 존재 이유 거든요."

그날로 오유라는 고영희에게 쉼터 입주를 권했다. 주변에서는 무척이나 이례적인 일이라고들 했다. 나중에야 알게 된 사실이지만 쉼터는 몇 년 전부터 비어 있었기 때문이다.

쉼터는 아름다웠다. 산으로 둘러싸인 너른 땅은 호젓하고 고요했다. 청고벽돌로 쌓아 올린 2층 건물은 여느 기업의 회장님 댁에 견줄 만큼 넓고 웅장했다.

쉼터 외곽은 오래된 장원처럼 견고한 담장으로 둘러싸여 있었다. 높게 쌓아 올린 벽은 일견 외부의 감시와 견제를 허용하지 않겠다는 의지로 읽혔다.

그 까마득한 담장이 고영희는 오히려 든든했다. 비슷한 처지의 친구들과 함께 산다고 생각하니 가슴이 두근거렸다. 그렇게 부푼 기대와 함께 쉼터에 입주했으나, 입주자는 오직 고영희 모녀뿐이었다.

고영희는 숙소에 머물며 주로 오유라의 집안일을 도왔다. 월급 한 푼 받지 못한 채 청소와 빨래, 장보기와 잔심부름 따위 허드렛일을 도맡았다. 그녀가 쉴 수 있는 날은 일요일 하루뿐이었다.

입주 첫날. 고영희는 관리인 진상을 만났다. 중년의 나이임에도 훤칠한 미남이었다. 머리는 다소 희끗희끗했지만 숱이 많고 풍성해서 나이보다는 훨씬 젊고 건강해 보였다.

진상은 쉼터 본관 뒤편 별채에 머물렀다. 가끔 잔디를 깎거나 마당에 물을 뿌리는 외에는 특별히 하는 일이 없었다. 가끔 쉼터 관련 일로 외부인이 찾아올 때면 진상이 나서서 중재를 하거나 협상을 하기도 했다.

얼마 전에는 웬 건설업체 사람들이 나타나 길을 좀 열어 달라고 부탁을 해 왔다. 쉼터 뒤편 임야에 간이 농막을 하나 설치하려는데, 쉼터 건물이 유일한 진입로라고 했다.

오후 내내 계속되는 농막 공사를 지켜보며, 진상이 혀를 찼다.

"아니 어떤 정신 나간 사람이 저런 맹지를 돈 주고 사는 거야?"

진상은 대체로 남의 일에 관심이 많은 편이었다. 고영희에게도 진심 어린 충고를 아끼지 않았는데, 대부분은 먹고살기의 지난함에 관한 이야기였다.

"짬짬이 검정고시 준비도 하고. 미용이건 네일아트건 나중에 써먹을 만한 자격증을 따 놓아야 해."

왜냐하면 언젠가는 너도 나이를 먹을 테고, 머리가 굵어질 테니까. 진상의 충고는 그렇게 들렸다. 고영희가 세상 물정을 깨닫는 날이 오면 오유라는 언제든지 그녀를 내칠 수 있다고.

"생각해 보면 너 말고도 여기서 식모살이할 사람 많잖아. 우리 와이프가 왜 너를 골랐겠니?"

"……제가 말을 잘 들어서요?"

"그렇지. 보기보다 눈치가 빠르구나?"

진상은 장하다는 듯 손바닥으로 고영희의 머리를 쓰다듬었다.

진상에게는 장성한 자녀가 둘이나 있었다. 큰아들은 미국 유학 중이었고 딸은 서울에서 고등학교에 다녔다. 멀리 떨어져 있는 탓인지 자녀들과는 별로 교류가 없는 듯했다. 한 달에 한두 번 걸려 오는 안부 전화가 전부였다. 고영희가 보기에, 진상은 외로운 사람이었다.

그래서인지 그는 유독 고영희의 딸을 귀여워했다. 고영희가 바쁠 때는 진상이 아이를 돌보았다. 아이에게 젖병을 물리며 어르고 달랠 때는 친아버지처럼 다정해 보였다.

"고 녀석 참 예쁘다. 맘마도 잘 먹고 울지도 않네."

"눈치가 빠른가 봐요. 우리 윤이, 자꾸 울면 오 대표님이 싫어할까 봐 참는 거야?"

아이는 말똥말똥한 눈으로 고영희를 올려다보았다.

진상이 껄껄 웃으며 말했다.

"진짜 그럴지도 몰라. 우리 마누라가 아기 우는 소리 엄청 싫어하거든. 첫째 둘째 다 내가 업어 가며 키웠어."

"대표님은 바깥에서 큰일 하시잖아요. 집에서는 쉬고 싶으셨겠죠."

별생각 없이 보탠 말이었는데 진상이 코웃음을 쳤다.

"큰일이라. 그럼 내가 하는 일은 뭐, 작은 일인가?"

"죄송해요. 그런 뜻으로 한 말은 아니었어요."

"괜찮아. 그럴 수도 있지 뭐. 영희는 아직 여기 돌아가는 사정을 잘 모르잖아? 말이 나왔으니 말인데, 사랑의 집 실세는 나야. 와이프가 영업을 잘하니까 전면에 나서고는 있지만 실제로 재단을 운영하는 사람은 나란 말이야."

점잖게 거드름을 피우는 진상을 보며 고영희는 내심 깜짝 놀랐다. 진상의 허세를 덜컥 믿어 버린 것이다. 진상을 다시 보게 된 그녀가 눈치 없는 질문을 던졌다.

"그런데 선생님은 왜 사무실에 안 계시고 별채에서 지내세요?"

"도시 생활은 번잡해서 싫더라. 쌍봉산 공기도 좋고, 여기가 편해. 나 같은 예술가한테는 마음 편히 작품 활동할 수 있는 환경이 중요하거든."

예술가라는 말이 재차 고영희의 호기심을 자극했다. 그녀가 되물었다.

"무슨 예술을 하시는데요?"

"나 소설가잖아. 몰랐어? 인터넷에 내 이름 치면 나오는데."

"정말요? 죄송해요. 제가 가방끈이 짧아서요."

"괜찮아. 요즘은 배운 사람들도 잘 모르더라고. 하긴, 소설가가 무슨 벼슬도 아닌데. 그치?"

말은 그렇게 했지만 진상은 내심 서운한 기색이었다. 굳이 휴대 전화로 자기 이름을 검색해서 고영희에게 보여 주려 했다. 네이버에는 아무 정보도 뜨지 않았다. 하는 수 없이 구글에서 출판사 홈페이지를 뒤졌다.

한참을 헤맨 끝에 15년 전 기사에서 그의 마지막 단편 소설이 출간되었다는 단신을 찾아낼 수 있었다. 진상은 다시 어깨를 펴고 예전처럼 고고한 얼굴로 돌아왔다.

그가 물었다.

"그나저나 영희야. 쉼터에는 언제까지 있을 생각이야?"

"대표님께서 있고 싶은 만큼 있어도 된다고 하셨어요."

진상은 자못 걱정이 된다는 투로 다시 물었다.

"그 얘기를 믿니?"

"네?"

"널 위해서 하는 말이야. 세상에 믿을 건 너 자신뿐이니까."

뻔한 얘기였지만 사실 고영희는 꽤나 감동을 받았다. 그녀는 심적으로 취약한 상태였고, 진상은 일견 사회적 지위와 식견을 갖춘 어른 같았으며, 무엇보다 진심으로 그녀를 걱정하는 듯 보였기 때문이었다.

* * *

쉼터에서는 종종 오유라가 주최하는 바비큐 파티가 열렸다. 대부분 가양시를 주름잡는 유력 인사들을 접대하는 자리였다. 차기 도지사 후보로 거론되는 김주미 시장이나, 사채업계의 큰손으로 알려진 도미애 등이 주요 손님이었다.

파티가 열리는 날에는 진상이 직접 목장갑을 끼고 고기를 구웠다. 손님 접대와 뒤처리는 고영희 몫이었다.

가양시의 거물들은 테이블에 둘러앉아 고상한 대화를 나누었다. 고영희로서는 들어도 이해할 수 없는 이야기였다.

"조만간 좋은 소식이 하나 나올 거예요."

김주미 시장의 한마디에 일순 테이블이 조용해졌다. 오유라가 김주미를 향해 몸을 돌리며 물었다.

"어머나, 이번엔 또 무슨 일이에요?"

"구시가지 빌라촌 있죠? 가양시장 서편에."

"가양시장 서편이면…… 도미애 여사님 건물 있는 데잖아요?"

"그렇게 말하면 어떻게 알아요? 도 여사 건물이 한두 개도 아니고."

"가양시장 근처면 거기네. 구시가지 성환연립."

사람들의 시선이 도미애에게 집중되었다.

도미애는 젊은 나이에 임대업과 대부업으로 큰 재산을 일군 사업가로, 김주미 시장의 유력한 후원자 중 한 사람이었다. 한편으로는 그녀를 둘러싼 어두운 소문 또한 무성했는데, 모두들 그에 대해서는 언급을 자제하는 분위기였다.

도미애는 언제나 귀밑까지 오는 단발머리에 수수한 검은 정장 차림이었다. 과묵한 성품과 차가운 인상 탓에 쉽게 다가가기 어려운 사람이었지만 김주미는 언제나 그녀를 각별하게 생각했다.

김주미가 흐뭇한 미소를 지으며 말했다.

"엊그제 그 동네를 먹자골목으로 지정해서 재개발하기로 결론 났어요. 장기적으로는 가양시를 대표할 수 있는 관광특구로 키울 생각이에요."

볼거리라고는 교도소와 공단뿐인 막장 도시에 관광특구가 웬 말인가 싶었지만, 어차피 이들에겐 땅값이 오를 만한 호재냐 아니냐가 중요했다.

모두가 축하의 뜻으로 박수갈채를 보냈다. 도미애는 존경과 감사의 의미로 거듭 머리를 조아렸다. 김주미 시장 역시 소중한 후원자인 도미애의 손을 맞잡고 다독였다.

수혜 당사자가 아닌 사람들조차 덩달아 큰 이득을 본 듯, 진심으로 축하의 인사를 건넸다.

"세상에. 정말 축하드려요."

"간만에 기분 좋은 소식입니다. 이참에 도로도 싹 정비하시죠? 구시가지 꼬불길 악명이 자자하잖아요?"

김주미가 손사래를 치며 대답했다.

"난 유세할 때도 그 동네는 안 가고 싶더라니까. 어찌나 지저분하고 낙후됐는지. 아무튼 그쪽은 싹 밀어내고 재개발할 거예요."

"잘 생각하셨어요. 가양시장 상권이 살아야 서민경제도 살아나지 않겠어요? 시장님께서 정말 애써 주셨습니다."

이 자리에 모인 손님들은 대부분 점잖은 편이었다. 다들 어지간한 사회적 지위와 그에 걸맞은 교양을 갖추고 있었던 것이다.

그래서일까? 이권이 걸린 일에 그들이 직접 나서서 보채는 경우는 별로 없었다. 그저 곗돈 타는 날을 기다리듯 김주미로부터 좋은 소식이 들려오기만을 묵묵히 기다릴 따름이었다.

기다리다 보면 언젠가 자신의 몫이 돌아온다는 사실을 그들 또한 알고 있었기 때문이다. 그런 점에서 김주미 시장은 신의

가 두텁기로 유명한 사람이었다.

모두가 즐거운 와중에 유독 오유라만 표정이 어두웠다. 박수갈채가 잦아들 때쯤 오유라가 물었다.

"소장동 자연녹지 해제된다던 거는 어떻게 됐어요?"

김주미가 고개를 갸우뚱하며 되물었다.

"어디요?"

"전에 시장님이 지도 찍어 준 데 말이야. 나 작년에 시장님 말만 믿고 예금 헐어서 3000평 질렀잖아."

오유라의 말에 싸늘한 정적이 내려앉았다. 청렴의 상징인 김주미 시장이 가양시의 개발 예정지를 찍어 주다니! 모두가 알고 있지만 감히 입 밖에 내선 안 될 말이다. 눈치 빠른 손님들은 김주미의 표정부터 살폈다.

김주미는 언짢은 듯 퉁명스레 대꾸했다.

"거긴 몇 년 기다려야 할 것 같아."

"기다리면 뜨긴 뜬다는 얘기네?"

오유라는 신이 나서 엉덩이를 들썩거렸다. 호재가 있으리란 소식에 마음이 들뜬 탓이다. 때마침 진상이 쟁반을 들고 다가왔다. 쟁반에는 김이 모락모락 피어오르는 돼지갈비가 놓여 있었다.

진상이 물었다.

"좋은 일 있어? 왜 이리 신났어?"

"여보. 우리가 잘되면 그건 다 주미 덕분이야. 주미랑 나랑 고등학교 베프였잖아. 다들 그거 모르셨죠?"

오유라의 넉살에 진상이 웃으며 덧붙였다.

"당신도 참. 여기 계신 분 중에 당신이랑 시장님 관계를 모르는 사람이 어디 있다고."

진상의 말과 달리 대부분의 후원자들은 오유라와 김주미의 관계를 모르고 있었다. 그저 오유라 또한 자신들과 마찬가지로 김주미에게 정치 자금을 대거나 차명계좌를 공유하는 사이겠거니 막연히 짐작했을 따름이었다.

한편으로는 의문점 하나가 해소된 셈이기도 했다. 격에 안 맞는 이런 여자가 어떻게 김주미의 최측근이라는 후원회에 끼게 된 것인지.

손님 중엔 벌써 자기들끼리 귀엣말을 나누는 사람도 있었다. 시종 무표정으로 일관하던 도미애조차 오유라를 향해 뜻 모를 미소를 지어 보였다.

진상은 돼지갈비를 내려놓고 "앞으로도 잘 부탁드립니다!" 하며 김주미를 향해 90도로 머리를 숙였다. 김주미가 떨떠름하게 화답하자 몇몇 손님들의 표정이 미묘하게 일그러졌다.

도미애가 자연스레 화제를 돌렸다.

"도시재생 위원회에 입김 넣느라 고생이 많으시겠어요."

다시금 원래의 온화한 얼굴로 되돌아온 김주미가 화답했다.

"고생은 무슨. 보람 있죠. 다 민생을 위한 일인데요. 참, 도시재생 위원장도 조만간 우리 모임에 나오시기로 했어요."

"멤버가 나날이 든든해지네요. 물류단지 건은 언제쯤 결정될까요?"

"아직 일정 얘기가 나올 단계는 아닌데. 잘될 거예요. 2선 시장 끗발 못 믿으세요?"

김주미의 호언장담에 다시 한번 박수갈채가 터져 나왔다. 누군가 자리에서 일어나 건배 제의를 했고 몇 순배 술이 돌았다. 이번에는 오유라 차례였다. 오유라가 청중을 향해 와인 잔을 치켜들며 말했다.

"좋은 일 하는 사람이라고 평생 가난하게만 살란 법은 없죠. 오히려 저 같은 사람이 잘돼야 사회가 정의롭게 되는 거 아니겠어요? 내가 거지꼴로 살아 봐. 앞으로 누가 시민운동 하겠다고 나서겠어요?"

"아이고. 자기 없어도 하겠다는 사람 많아."

김주미의 농담에 좌중에서 웃음이 터져 나왔다. 오유라도, 진상도 호탕하게 웃으며 잔을 높이 들었다.

그런 오유라를 바라보며 도미애는 환한 미소를 지어 보였다. 도미애는 떨리는 손으로 와인 잔을 높이 들어 올렸다. 손떨림은 일종의 금단증상이었다.

도미애는 잔을 입에 대긴 했지만 술을 마시지는 않았다. 일단 한 잔이라도 마시게 되면 통제 불능이 되기 때문이었다.

김주미 시장은 도미애의 냉혈동물 같은 철두철미함을 신뢰했다. 그러므로 도미애는 드러나는 모든 면에서 완벽해야만 했다. 김주미의 골칫거리를 조용히 처리하고 입을 다물어 주는 게 그녀의 비즈니스였으니까. 알코올의존증 환자에게 그런 일을 맡길 VIP는 없다.

도미애는 남몰래 핸드백에 손을 집어넣었다. 늘 가지고 다니는 위스키 플라스크를 불안한 듯 만지작거리며 한시라도 빨리 이 지루한 모임이 끝나기를 기다릴 뿐이었다.

* * *

파티는 자정 무렵 끝이 났다. 술에 취한 오유라는 진작에 곯아떨어졌다. 고영희의 일과는 이제부터 시작이다. 산더미 같은 설거지와 마당 청소를 마친 뒤에야 잠이 들 수 있을 터였다.

일은 고되고 힘들어도 고영희는 오히려 파티 날을 손꼽아 기다리는 편이었다. 그날만은 난생처음 보는 요리를 양껏 먹을 수 있었기 때문이다. 손님들이 남긴 스테이크와 새우, 소시지와 구운 파인애플 따위가 모두 그녀의 차지였다.

고영희는 부엌 한쪽에 서서 차갑게 식은 고기를 집어 먹었다. 아침 이후 첫 끼니였다. 돼지 등갈비는 딱딱하게 굳어 있었지만, 여전히 맛있었다. 고영희는 손가락에 묻은 달콤한 양념까지 쪽쪽 빨아 먹었다.

먹고 남은 음식은 소분해서 락앤락에 담았다. 냉동칸에 얼려 두면 몇 주는 두고두고 먹을 수 있을 것 같았다.

정리를 마친 고영희가 고무장갑을 끼고 돌아서서 싱크대를 바라보았다. 씻어야 할 빈 그릇이 고무 대야 한가득 쌓여 있었다. 그때, 누군가 고영희의 어깨를 다독였다.

진상이었다. 그가 말했다.

"그만 들어가 봐."

진상은 고영희의 가늘고 새하얀 팔목을 부드럽게 감싸 쥐었다. 그녀의 작고 여윈 손에서 헛도는 고무장갑을 벗겨 제 손을 끼워 넣었다. 고영희가 그를 만류했다.

"선생님은 그냥 계세요. 제가 할게요."

"무리하지 말고 들어가 쉬어. 오늘 고생 많았잖아."

말을 마친 진상은 묵묵히 설거지를 시작했다. 미안한 마음에 곁을 지키는 고영희에겐 자못 무관심한 듯, 눈길조차 주지 않았다.

고영희는 마음이 어지러웠다. 고마운 마음이 울컥대며 치받쳤다. 문득 혼잣말하듯, 진상이 물었다.

"식모 노릇 하기 힘들지?"

무심코 던진 한마디 말이 고영희의 눈시울을 뜨겁게 만들었다. 고영희는 일부러 씩씩하게 대답했다.

"아뇨. 하나도 안 힘들어요. 오 대표님이나 진 선생님이나 저한테는 은인인걸요."

진상은 냉소했다.

"아무한테나 쉽게 마음 주면 안 돼. 세상 그렇게 만만한 곳 아니다."

"갑자기 왜 그런 말씀을 하세요?"

"네가 상처받을까 봐. 나는 영희가 속상한 게 싫어."

고영희는 결국 와락 울음을 터뜨리고 말았다. 우는 모습을 들키기 싫어 고개를 돌렸다. 마치 그 순간을 기다렸다는 듯이,

진상이 고영희를 향해 몸을 돌렸다. 고무장갑을 벗고 너른 가슴으로 그녀의 어깨를 끌어안았다.

그의 앞섶에서는 은은한 향수 냄새가 났다. 고영희가 태어나서 한 번도 맡아 본 적 없는 상쾌하고 달콤한 향기였다.

고영희는 차라리 지금 이대로 시간이 멈춰 버리기를 바랐다. 누군가와 서로를 끌어안은 채 모든 게 오롯이 멈춰 버렸으면, 하고 생각했다. 설령 그게 환갑을 바라보는 유부남일지라도 지금은 싫지 않았다. 여태껏 그 누구도 그녀에게 이토록 따뜻했던 적 없었기 때문이다.

고영희는 아무래도 상관없다고 생각했다. 한 번쯤은 거짓 사랑이라도 받아 보고 싶었다. 고된 일과 후 식어 버린 잔반으로 허기를 때우고 나니 부쩍 사랑이 고팠다.

그녀는 지쳐 있었다. 삶은 버겁고 두려운 일들의 연속이었다. 오갈 곳도, 의지할 데도 없는 그녀는 이제 겨우 스무 살이었다.

진상이 보기에 고영희의 마음은 반쯤 허물어진 담장이나 다름없었다. 구둣발로 두어 번 걷어차면 제집처럼 드나들 수 있을 것 같았다.

진상은 전에도 고영희와 같은 여자를 다루어 본 경험이 있었다. 종종 무심하게 던지는 모진 말로 분별력을 흐리게 만든 뒤 다정한 손길로 어루만지는 식으로.

상처에 약을 발라 주며 '너를 아끼기 때문'이라 말한다. 그런 일이 몇 달이고 반복된다. 결국 피해자는 자신을 구둣발로 걷어차던 사람이 누구인지조차 잊어버리게 된다.

안방에서는 오유라의 코 고는 소리가 들려왔다. 진상이 별안간 고영희의 입술에 열렬한 키스를 퍼붓기 시작했다. 뱀 같은 혓바닥이 그녀의 앙다문 입술을 비집고 들어왔다. 어쩔 줄 몰라 하던 고영희도 마지못해 진상을 받아들였다.

갑자기 진상이 웃옷을 벗어 던졌다. 나이에 비해 단단한 상체가 모습을 드러냈다.

고영희는 당황했다. 그래서 더더욱 진상을 거부할 수 없었다. 어쩌다 보니 여기까지 분위기가 흘러왔는데, 이제 와서 거절했다가는 모진 책망이 떨어질 것만 같았다.

고영희는 진상을 실망시키고 싶지 않았다. 그를 사랑해서가 아니라, 그를 존경하는 한편 두려워했기 때문에.

'참자. 딱 한 번만 참아 보는 거야.'

그렇게 생각하고는, 머뭇거리던 고영희가 진상에게 물었다.

"……여기서요?"

"테라스로 나가자. 창문 닫으면 아무 소리도 안 들릴 거야. 건물 지을 때 창호는 제일 비싼 걸로 달았거든."

진상의 손길이 허둥지둥 고영희의 웃옷을 더듬었다. 빌어먹을 단춧구멍은 왜 그리도 작은지. 진상은 속으로 욕을 퍼부어 댔다.

그의 거친 손길이 고영희의 블라우스를 풀어 헤치는 사이, 그녀는 쭈뼛대며 바지를 벗었다. 유리창에 어렴풋이 비친 나신이 창피했다.

진상의 말이 옳았다. 창호의 방음은 완벽했다. 테라스에 나가 통유리 미닫이를 닫으니 성난 황소 같던 오유라의 코 고는 소리도 풀벌레 울음소리에 묻혀 들리지 않았다. 달빛에 의지해 몸을 섞는 와중에 고영희가 속삭였다.

"오늘 한 번만이에요."

"왜?"

"왜냐하면…… 원래 이러면 안 되는 거니까요."

진상은 헛웃음을 지었다. 그가 말했다.

"좋아. 대신에 하나만 약속해 줘."

"뭔데요?"

"내가 나중에 오유라랑 헤어지게 되면, 그때도 내 곁에 있어 주겠다고 약속해."

"생각해 볼게요."

원래라면 생각할 가치도 없는 일이었다. 고영희는 다소 순진하긴 했지만 바보는 아니었다.

하지만 그날 밤은 달이 밝았고 유난히 허기진 하루였다. 간간이 산자락에서 더운 바람이 불어와 땀에 젖은 몸을 어르고 지나갔다. 참으로 이상한 밤이었다.

고영희의 희망과 달리 그날 이후 진상은 고영희가 부담을 느낄 만큼 가까이 다가오기 시작했다. 어느 순간부터 진상과의 관계는 상처가 덧난 듯 아리고 껄끄러워졌다. 진상의 요구가 과감해질수록 고영희의 고민도 깊어졌다.

오유라를 대하는 고영희의 마음 역시 점차 불편해졌다. 처음에는 미안하고 죄스러웠지만, 날이 갈수록 두려움이 앞섰다. 다른 무엇보다 맨몸으로 쉼터에서 쫓겨날까 봐 겁이 났다.

반면 진상의 행동은 점차 대범해졌다. 종종 밀회를 즐기기 위해 고영희를 시내로 불러내는 일도 있었다.

"미안하긴 뭐가 미안해? 내가 우리 마누라한테 미안해야 하니? 영희 네가 오유라한테 미안해야 해? 미안할 게 뭐 있어?"

그렇게 강변하는 진상을 볼 때마다 고영희는 혼란을 느꼈다. 진상의 말과 행동은 그동안 고영희가 배워 왔던 도덕과 윤리를 송두리째 부정하고 있었기 때문이다.

그럼에도 진상은 늘 당당했다. 남들 앞에서는 언제나 한 점 부끄럼이 없는 사람처럼 입바른 소리를 멈추지 않았다.

고영희는 아직 무엇이 옳고 그른지 확신이 서지 않았다. 그녀가 우물쭈물 대답했다.

"바람이잖아요, 이거."

"영희야. 바람이라니. 누가 보면 진짜 불륜이라도 저지르는 줄 알겠다."

"아니면 뭔데요?"

"사랑이지. 운명적 사랑."

만약 이것이 운명이라면 그녀의 마음을 어지럽히는 모순은 쉽게 설명될 수 있었다. 그녀는 함정에 빠진 것이 아니다. 다만 사랑에 이끌렸을 뿐. 그녀는 나쁜 사람이 아니다. 그저 비극적 운명의 희생자일 뿐.

참으로 쉽고 달콤한 논리였다. 나쁜 것은 그녀가 아니라 이 모질고 부조리한 세상이라는 궤변.

　이것이 불륜이 아니라면 오유라에게도 미안할 이유가 없다. 누구라도 사랑 앞에서는 같은 선택을 했을 것이다. 그러므로 배신은 본래 나쁜 일이지만 때때로 어떤 배신은 불가피한 법이라고, 진상은 거듭 강조했다.

　"모르겠니? 나도 피해자야. 너와 사랑에 빠졌기 때문에 내 마음이 이렇게 아픈 거잖아."

　진상은 이미 그런 식의 사고에 익숙한 사람이었다. 하지만 아직 사회생활 경험이 없는 고영희로서는 이 모든 게 그저 가증스러운 위선일 따름이었다.

　'궁지에 몰린 사람 모두가 부도덕한 선택을 하는 것은 아니야.'

　고영희는 차마 그런 생각을 입 밖으로 꺼내지 못했다. 소리 내어 말하는 순간 그녀 또한 죄인이 되어 나락으로 떨어질 것 같았으니까.

4

쌍봉산 쉼터 뒤편 임야에 간이 농막 하나가 들어섰다. 겉보기엔 제법 그럴싸한 오두막이었다. 한편으로는 기획부동산 깔세 사무실처럼 어수선해 보이기도 했다.

문을 열고 들어서자 거대한 레자 소파와 티테이블이 눈에 들어왔다. 생수기 옆에는 커피믹스와 종이컵 박스가 가지런히 쌓여 있었다.

한쪽 구석에는 서랍장과 업무용 책상 하나, 철제 간이의자 따위가 배치되었다. 텅 빈 책상에는 노트 한 권과 검은색, 빨간색, 파란색 모나미 볼펜 세 자루가 나란히 놓여 있었다. 하나같이 이진수의 일에는 전혀 도움이 되지 않는 물건들이었다. 하여간, 한 사장이 벌이는 일이란 대체로 이런 식이었다.

소파에 걸터앉은 한 사장이 말했다.

"이만하면 대충 구색은 갖췄지?"

"낮에는 덥겠는데요. 선풍기라도 한 대 놔 주시면 안 됩니까?"

60

이진수의 질문에 한 사장이 고개를 가로저었다.

"맹지잖아. 전기 들어오려면 쉼터 주인 동의서를 받아야 하는데…… 아마 안 될 거야. 자기 집 마당에 전봇대 심고 지붕 위로 전선이 지나간다는 데 동의할 사람이 어디 있나?"

"수도는요?"

"도로랑 떨어져 있어서 안 돼. 그리고 원래 농막에는 상수도 연결 안 해 줘. 나중에 지하수를 파든가 해야지."

이쯤 되자 이진수는 자못 걱정이 되는 눈치였다.

"이거 관청 허가 받고 지으신 건 맞죠?"

"당연하지! 시청 담당자가 내 오촌 종질이야. 화장실은 쓰지 말게. 정화조가 없으니까."

"그럼 용변은 어떻게 해결해요?"

한 사장은 소파에서 일어나 뒤편 커튼을 힘차게 열어젖혔다. 시야 가득 쌍봉산의 솔숲이 너르게 펼쳐졌다.

"산세가 이렇게 웅장한데 설마 대장부 오줌 눌 데가 없을까?"

한 사장은 작은 체구와 달리 생각이나 말투에는 제법 호방한 면이 있어서, 가끔은 듣는 사람조차 가슴 뛰게 만들곤 했다.

그러나 세상사에 닳고 닳은 이진수에게 그런 속임수는 통하지 않았다. 이진수는 생각하기도 싫다는 듯이 손사래를 쳤다.

"아이고, 사장님. 사무실이고 책상이고, 이게 다 무슨 소용이래요? 여기 앉아서 공무원 시험이라도 칠까요? 차라리 이 근처 모텔에 달방이라도 잡아 주세요."

"어디서 지내든 상관은 없는데, 앞으로 일주일에 한 번씩은 나랑 여기 와서 회의하자고."

한 사장에게는 묘한 신념이 있었다. 그만의 미신인지는 몰라도, 한 사장은 언제나 적을 곁에 두고 싶어 했다. 쉼터 바로 뒤편에 굳이 감시초소 같은 농막을 설치한 것도 그러한 이유에서였다.

한 사장의 고집에 이진수도 부득불 따르기는 했지만 볼멘소리가 나올 수밖에 없었다. 실제로 한여름의 폭염을 견뎌야 하는 것도 그였고, 모기에 물려 가며 숲으로 들어가 용변을 볼 사람도 그였다.

"사장님, 어차피 오유라는 쉼터 잘 안 와요. 그 사람들 실제 사무실은 구시가지라니까요?"

완고한 한 사장은 은근슬쩍 다른 얘기를 꺼내며 말을 돌렸다.

"말 나왔으니 말인데, 새로운 거 좀 파 봤어?"

"흥미로운 게 하나 있더라고요. 오유라 대표의 남편 말이에요."

"진상인가 하는 그 인간?"

"마누라 몰래 바람을 피우고 있는 것 같아요."

이진수의 대답을 들은 한 사장이 물었다.

"증거는 있고?"

"현장 녹취를 땄죠. 100퍼센트 확실해요."

잠시 고민하던 한 사장이 말했다.

"그건 일단 킵 해 두지. 자고로 허리 아래 문제는 논하지 말라는 말도 있잖아."

"제일 맛있는 걸 나중에 드시는 타입이시네요."

"내가 좀 그래. 아마 사람들 입맛도 나랑 비슷할걸? 오유라 쪽은 뭐 없나?"

한 사장의 질문에 이진수가 휴대 전화 메모장을 꺼내 들었다. 오유라의 비위 행위를 정리한 목록이었다.

목록은 길고 빼곡했다. 지난 몇 주간 이진수가 조사한 내용만 해도 한 화면에 담지 못할 정도였다.

"오 대표 쪽도 잡다하게 지저분해요. 차명계좌로 기부금 착복, 지자체 지원금 횡령, 부동산 투기. 위장전입 의혹도 있습니다."

"위장전입?"

"그 집 딸이 서울에서 유명한 고등학교에 다녀요. 정양 고등학교라고, 원래 일반고였는데 재작년에 자립형 사립고가 됐거든요. 아마 자사고로 전환된다는 정보를 어디서 먼저 들었나 봐요. 온 가족이 서울로 위장전입 한 케이스죠. 오 대표 가족은 18평 원룸으로 전입했다가 3주 만에 실거주지로 돌아갔는데, 재밌는 게 뭔지 아세요? 지난 2년간 그 원룸에 전입했던 사람이 아홉 명이에요."

듣고 있던 한 사장이 껄껄 웃었다.

"위장전입 브로커가 끼어 있구나. 자식 교육에 돈 쓰는 거 부질없는 짓인데. 요즘 세상에는 그냥 돈으로 물려주는 게 나아."

"이 정도 되는 인간들이 설마 자식 물려줄 돈 없을까요? 암만 부자라도 출신이 지방대면 남들이 흉봐요."

한 사장은 이해가 가지 않는 듯 고개를 절레절레 흔들었다.

그는 지금껏 뒤에서 욕하는 사람을 두려워해 본 적이 없었다.

물론 한 사장도 이진수나 마찬가지로 떳떳하게 돈 버는 부류는 아니었다. 그래도 한 사장은 떠돌이 인생을 택한 이진수와는 본성 자체가 다른 인간이었다. 어찌 보면 강단 있는 성정이었고, 달리 보면 염치가 없는 사람이었다.

한 사장이 물었다.

"오 대표 아들은 미국 유학생이라지? 그러고 보니 오 대표한테 반미 시위 전력이 있었던 거 같은데. 시간 날 때 자료 정리 좀 해 봐. 여론 불쏘시개로 쓰기 딱 좋으니까."

이진수는 가방에서 USB를 꺼내 한 사장에게 건넸다.

"오 대표가 벤츠 타고 다니는 거랑 쉼터에서 가든파티 하는 영상도 다 찍어 놨어요. 말이 미혼모 쉼터지, 사실상 오 대표 별장이더라고요."

"그 집에 드나드는 손님들은 누구야?"

"가양시장 김주미랑 그 후원자들이에요. 제가 아는 얼굴도 있었고요."

김주미 시장과 후원자들. 가양시를 좌지우지하는 각계의 실력자들이다. 한때는 한 사장도 그 공고한 카르텔에 끼고 싶어 주변을 기웃거리던 시절이 있었다. 몇 달간 초대받지 않은 자리를 찾아다니며 명함을 돌리다가, 더럽고 치사해서 때려치웠다.

한 사장은 문득 이진수가 안다는 그 사람이 궁금해졌다. 떠돌이 청부업자 나부랭이가 가양시의 실세와 무슨 연줄이 닿아 있다는 걸까? 돋보기를 고쳐 쓰며 한 사장이 물었다.

"아는 사람 누구?"

"도미애라는 브로커입니다. 저랑은 악연이 좀 있어요."

"브로커? 무슨 일 하는데?"

"그냥 이래저래 잡다한 일이요. 쉽게 말해 윗분들 고충을 해결해 주는, 어떻게 보면 정치 깡패 비슷한 거죠. 5년 전에 제가……."

별생각 없이 말하던 이진수가 갑자기 입을 다물었다. 한 사장은 허공을 응시하는 그의 눈에 두려움이 스치는 것을 알아챘다. 머뭇거리던 이진수가 말을 이었다.

"……마주쳐서 좋을 게 없는 여자예요."

"무슨 일이길래 5년이나 지났는데도 말하기가 껄끄러워?"

한 사장의 질문에 이진수가 짜증스레 대꾸했다.

"그냥 모시기 까다로운 스타일이라 그래요. 아무튼 그 여자랑은 엮이기 싫어요. 아무도 도미애 패거리는 안 건드립니다."

한 사장은 일견 대수롭지 않게 웃어넘기는 듯했다. 그러나 속으로는 이진수와 도미애의 관계에 대해 흥미로운 상상력을 발휘하고 있었다.

떠돌이 청부업자 이진수. 어쩌면 그가 도미애의 사냥개였을지도 모른다는 생각이 들었다. 이진수가 가양시를 떠났던 이유가 도미애와의 갈등 때문이라면? 그 '갈등'이라는 게 무엇이냐에 따라 이진수의 활용 가치가 결정될 것이다.

이진수는 어떤 인간일까? 주인을 문 개인가? 잘려 나간 꼬리인가? 모르긴 해도 고구마 줄기 캐듯 이진수를 캐다 보면 도미애의 치부에 다다를 수 있으리라는 예감이 들었다. 가양시에서 도미애의 치부란 곧 김주미 시장의 치부였다.

'5년 전에 도미애 주변에서 무슨 일이 있었는지 알아봐야겠군. 《가양일보》 박 기자한테 겸사겸사 부탁 좀 해야겠어. 혹시 알아? 높으신 양반들 약점이라도 쥐게 될지. 그때가 되면 김주미 시장도 날 위해 선물 하나쯤은 마련해야 할 거야.'

한 사장은 밑바닥에서 시작해 맨주먹으로 부를 일군 사람이었다. 때문에 그는 부와 권력을 타고난 자들의 습속을 온전히 이해하지 못했다.

그들의 인정을 받으려면 무엇보다 '명분'이 필요하다. 학벌, 명성, 집안, 인맥. 그 어느 것도 갖추지 못한 채 그들만의 세계에 입장하기란 애초에 불가능한 일이었다.

따라서 치부를 눈감아 주는 대가로 기득권과 겸상하겠다는 발상은 오히려 발칙한 도발에 가까웠다. 그러나 이러한 사정을 알 리 없는 한 사장의 머리에는 오직 기회를 잡았다는 생각뿐이었다.

* * *

며칠 뒤 한 사장은 가양시장 맞은편 카페에서 박형민 기자를 만났다. 마침 사랑의 집 정기집회가 열리는 월요일이었다.

횡단보도 건너편에 오유라의 연단이 마련되어 있었다. 두 손으로 마이크를 모아 쥔 그녀는 평소와 다름없이 모금을 독려하고 있었다.

2층 창가에 자리를 잡은 한 사장은 오유라가 연설하는 모습을 유심히 관찰했다. 시장을 오가는 어느 누구도 그녀의 연설을 귀담아듣지 않았다. 군중은 공기 중을 떠다니는 부유물처럼 느리게 거리를 스쳐 지나갈 따름이었다.

연단에 오른 오유라 혼자 텅 빈 객석을 향해 팔을 휘둘러 댔다. 그때마다 그녀의 격앙된 목소리에 창문이 찌르르 떨리는 듯했다.

한 사장이 혀를 차며 말했다.

"저런 행사에 실제로 기부금이 모이나?"

마주 앉은 박형민 기자가 대답했다.

"활동가 커리어에는 도움이 되죠. 저래 봬도 저게 10년째 이어지는 행사거든요. 일관성의 힘이랄까요? 지금은 가양시에서 오유라 대표 모르는 사람이 없잖아요."

"오 대표도 정계로 진출하시려는가?"

"못 할 건 없죠. 김주미 시장이 오 대표랑 비슷한 케이스거든요. 둘이 같은 단체 출신인 거 아세요?"

박 기자의 대답에 한 사장은 내심 깜짝 놀랐다.

김주미는 누가 뭐래도 가양시의 터줏대감이다. 2선 시장인 그녀가 오유라의 가든파티에 드나든다는 건 알고 있었지만 내심 대수롭지 않게 생각했다. 오유라가 주최하는 파티를 지역 유지들의 사교 모임 정도로 치부했던 것이다.

그런데 천하의 김주미가, 한때나마 오유라의 동료였다니!

오유라 같은 밑바닥 출신에게도 든든한 정치권 뒷배가 있을 줄은 몰랐다. 한 사장은 잠시 고민했다.

총선이 다가오는 현시점에 오유라의 비리를 고발한다는 것이 과연 어떤 의미를 가지게 될까? 오유라와 김주미의 관계가 유기적으로 얽혀 있다면 큰 부담이 될 것이다. 자칫 한 사장의 행동이 김주미 시장에 대한 정치공작으로 읽힐 수도 있는 일이었다.

거기까지 생각이 미치자 의도치 않게 그림이 복잡해졌다. 그러나 이제 와서 물러설 순 없었다. 칼을 뽑았으니 뭐라도 자르긴 해야 한다. 대장부답게 한번 저질러 보기로 했다.

한 사장이 말했다.

"김주미 시장은 평판이 좋더라고. 자기 주변을 살뜰하게 챙기는 모양이야. 오 대표가 그런 맛은 좀 없지?"

박 기자의 대답을 듣기도 전에 한 사장은 테이블에 USB 하나를 꺼내 놓았다. 박 기자의 눈빛이 반짝거렸다. 박 기자가 물었다.

"이게 뭡니까?"

"우리 박 기자님, 활동비는 충분한가? 맨날 사랑의 집 홍보기사 써 주는 사람이 누군데, 내 보기엔 어째 오 대표가 좀 무심한 것 같아."

박 기자는 실실 웃으며 손사래를 쳤다. 그도 나름 이 바닥에서 10년을 버틴 사람이다. 아무거나 덥석 입에 넣어 볼 만큼 어수룩한 작자는 아니었다. 박 기자가 말했다.

"사장님도 참. 기자가 뒷돈 받고 기사 써 주나요? 오 대표님이야 평소에 좋은 일을 많이 하시니까. 저도 좋은 마음으로 도와 드리는 거죠."

"내가 개인적으로 좀 알아봤는데. 오 대표 그 인간, 문제가 많은 사람이더만. 복지법인 대표라는 작자가 벤츠나 끌고 다니고 말이야. 남편은 법인 카드로 술 사 먹고 돌아다닌다고. 보는 내가 다 열이 받더라니까? 민주 시민으로서 어디 그냥 넘어갈 수 있나? 그래서 이렇게 증거를 모아 왔지. 우리 박 기자님도 꾸다이 하나 하시라고."

한 사장은 박 기자 쪽으로 슬쩍 USB를 밀어 놓았다. 박 기자는 거푸 머리를 조아리며 USB를 한 사장 쪽으로 되밀었다.

"아이고, 사장님. 특종이고 뭐고 이런 거, 기사 나가면 큰일 나요."

"왜? 이 정도는 깜이 안 돼?"

"그게 아니고요. 이런 얘기 백날 해 봐야 누가 좋아하겠어요? 비슷한 뉴스만 자꾸 나오면 사람들 피곤해합니다."

박 기자의 말에 한 사장이 삿대질을 하며 혀를 찼다. 온화하던 미소는 온데간데없고 어느새 야차처럼 성난 얼굴이 되었다. 한 사장이 말했다.

"이 사람 그렇게 안 봤는데 실망일세. 세금 착복하는 사기꾼을 고발하겠다는데 자꾸 이러기야? 자네 오 대표한테 와이로 먹었나?"

"와이로라뇨. 요즘 세상에 뇌물 넙죽넙죽 받아먹으면 탈 납니다."

한 사장은 능구렁이처럼 빠져나가려는 박 기자를 향해 언성을 높였다.

"받은 것도 없다면서 왜 그 여자 편을 들어?"

"편드는 게 아니라요. 사장님은 복지단체가 얼마나 열악한지 몰라서 하는 말씀이세요. 기업이랑 같은 잣대로 판단하면 안 돼요. 그렇게 빡빡하게 굴면 누가 공익사업을 해요?"

"이거 봐라. 또 편을 드네? 박 기자는 아까부터 자꾸 그 여자 입장만 대변하는데, 법인 카드로 술 사 먹는 게 횡령이 아니면 뭐야! 나라에서 나오는 지원금이 미혼모들 도우라고 준 거지 운영자들 술 처먹으라고 준 돈인가? 어디 한번 사랑의 집 찾아가서 회계 장부 까 보라고 해 봐. 자기들 지출 내역도 공개 못 하는 것들이 무슨 낯짝으로 정의로운 일을 한다는 거야?"

한 사장이 길길이 날뛰며 호통을 쳤다. 카페 손님들이 미간을 찌푸리며 이쪽 테이블을 향해 눈을 흘겼다. 박 기자는 두 손을 가랑이에 집어넣은 채 몸을 움츠렸다.

어쨌거나 한 사장의 말 자체는 틀린 게 없었으므로, 박 기자는 그저 소매로 땀을 훔칠 뿐이었다. 악인도 때로는 진실을 말하는 법이니까.

몇 년 전까지는 그도 명색이 탐사 보도 전문 기자였다. 원칙에 비추어 무엇이 옳고 그른지 정도는 분별할 수 있었다. 그러나 먹고사는 문제가 달렸다면 원칙에도 유도리가 있어야 한다. 게다가 한 사장은 가양시 토박이들 사이에 이름깨나 알려진 사기꾼이요, 건달이 아니던가? 애초에 한 사장의 말을 흘려들은 것도 진술의 신빙성 때문이었다. 비록 지금은 손을 씻었다 해도, 전과범의 손을 잡기란 쉽지 않은 선택이었다.

반면에 오유라는 명망 높은 활동가였다. 유명세만큼이나 연줄도 탄탄했다. 오유라의 운동권 동료들은 어느새 정계의 유력인사가 되어 있었다. 대표적으로는 김주미 시장이 바로 그런 경우였다.

박 기자의 체급으로 오유라와 맞붙는 것은 무모한 일이다. SNS의 시대에《가양일보》같은 군소 지방지가 무슨 일을 할 수 있을까? 옳은 말을 하기 위해 대가를 지불하지 않아도 되는 시대에 정의는 이미 희소가치를 잃은 지 오래였다.

트위터 계정만 있으면 누구든지 입바른 말을 쏟아 낼 수 있었다. 그 덕에 정의는 나날이 가벼워졌다. 현실에선 좀처럼 볼 수 없는 올바름이 온라인에서는 강물처럼 흘러넘쳤다.

누구나 옷을 갈아입듯 말을 바꿀 수 있었다. 아름다운 구호에는 팔로워가 따라붙었다. 바야흐로 모두가 쉽고 빠르게 정의로워지는 시대가 열린 것이다.

그러므로 이 바닥에서는 명성과 유명세가 곧 권력이었다. 미혼모 지원활동으로 쌓아 올린 15년 세월이라는 게, 폭로 기사 몇 건 따위로 허물어뜨릴 수 있는 게 아니었다.

한 사장이야 그런 생리를 모르니까 사랑의 집과 한 판 붙어 보겠다고 까부는 것도 이해는 갔다. 하지만 태생부터가 먹물인 박 기자 입장에서는 아스팔트 출신의 우격다짐에 장단을 맞춰 줄 이유가 없었다.

우물쭈물하던 박 기자가 입을 열었다.

"무슨 말씀인진 아는데요. 어지간하면 참고 넘기시죠. 이렇게 해 봐야 저희한테 득이 안 돼요."

"득이 안 된다는 게 무슨 소리야? 위선자의 비위를 까발려야 사회가 건강해지는 거 아니야? 득 보는 건 우리처럼 선량한 시민들이지!"

"……오 대표를 저격하면 김주미 시장이 싫어할 텐데요?"

"이 동네 정치인이 김주미 하나야? 내가 전화 한 바퀴 돌리면 이 자리에 시의원 열 명도 불러올 수 있어."

박 기자는 여러모로 난처한 표정을 지었다. 하마터면 '시의원이 시장한테 쨉이나 됩니까?'라는 말이 입 밖으로 튀어나올 뻔했다.

한 사장은 생각했다.

'기자도 어차피 월급쟁이야. 사안이 중대한 만큼 아예 모른 체하기는 어려울 텐데. 그렇다고 오유라를 적대하기는 싫은 모양이지?'

그렇다면 이제는 당근을 꺼내 들 차례였다. 한 사장이 말했다.

"이럴 때 박 기자가 나서서 고발 기사 하나 화끈하게 내보내면, 혹시 또 아나? 어디서 눈여겨보는 사람이라도 있을지?"

"……진급이라도 꽂아 주시게요?"

"진급은 옘병. 염불도 하기 전에 잿밥 타령이네. 가만 보니 이 사람 아주 상습범이구먼?"

"아이고, 아무튼 잘 알아들었습니다. 일단 무슨 내용인지 확인해 보고 답을 드릴게요. 저도 누울 자리를 봐야 다리를 뻗죠."

박 기자의 말이 끝나기 무섭게 한 사장이 안주머니에서 두툼한 종이봉투를 꺼냈다. 테이블에 놓여 있던 USB를 봉투에 넣어 박 기자에게 건넸다.

박 기자는 슬그머니 내용물을 확인해 보았다. 적지 않은 액수의 지폐 뭉치를 보자 덜컥 겁부터 났다. 수면 아래에서 벌어지는 일의 규모를 보니 조만간 사달이 나겠거니 싶었다.

한 사장이 말했다.

"나도 허투루 준비한 거 아니야. 사안이 묵직하니 보고 나면 그냥은 못 넘어갈걸?"

"알겠습니다. 일단은 제가 한번 확인해 보고요. 최소한의 사실 검증은 해야 하니까요. 대신 이 돈은 안 받는 걸로 할게요. 보기만 해도 체할 것 같아요."

"웬일이래? 내가 알기로 기자들 별명이 수챗구멍이라던데."

"그건 또 무슨 소리예요?"

"이거저거 안 가리고 다 받아먹으니까 수챗구멍이지."

한 사장은 자신의 농담이 재미있는지 낄낄대며 웃기 시작했다. 박 기자는 그런 한 사장을 보며 고개를 절레절레 흔들었다.

'하여간 깡패 새끼 아니랄까 봐.'

박 기자는 USB만 갈무리하고 돈 봉투는 돌려주었다. 적당히 조사하는 척하다가 슬그머니 잠수 탈 생각이었다. 이기지도 못할 싸움에 괜히 발 들이고 싶지 않았다.

그런 박 기자의 속내를 눈치챈 한 사장이 거듭 경고했다.

"대충 뭉개고 넘어갈 생각 하지 마. 두 눈 부릅뜨고 지켜본다. 나 이번 주에 당신네 편집장이랑 저녁 약속 있는 거 알지?"

"편집장 스케줄을 제가 어떻게 압니까?"

"박 기자는 내가 그 앞에서 무슨 말을 하든 상관없다 이거야?"

"왜 상관이 없어요? 박 기자가 똥 빠지게 열심히 하더라고 말해 주셔야죠."

박 기자는 가방을 챙겨 자리에서 일어났다. 한 사장이 다급하게 따라 일어섰다. 떠나려는 박 기자를 붙잡으며, 한 사장이 말했다.

"한 가지 더. 혹시 김주미 시장 측근 중에 도미애라고 들어봤어?"

"사업하시는 여자분이잖아요."

"무슨 사업 하는지는 알아?"

"도 여사가 정확히 무슨 사업을 하는지 말할 수 있는 사람은 아무도 없을걸요?"

"암만 봐도 수상하지? 출신도, 정체도 베일에 싸여 있는데 이상하게 가양시 거물들이랑 친하더란 말이야."

한 사장은 서운하다는 듯 한숨을 내쉬었다. 한 사장이 그토록 갈망하던 기득권의 울타리를, 새파랗게 젊은 외지인이 어떻게 비집고 들어간 걸까? 아무리 생각해도 도미애의 입지는 가양시에서 나고 자라 어엿한 자산가가 된 자신의 몫이어야 했다.

한 사장이 목소리를 낮추며 말했다.

"내가 개인적으로 좀 알아봤는데, 예전에 이 동네에서 유명했던 실종 사건 있지 않았나? 미모의 요가 강사가 말 한마디 없이 증발했다던……."

박 기자는 두 손으로 귀를 틀어막으며 외쳤다.

"아, 안 들려요, 안 들려. 못 들은 걸로 할게요."

한 사장은 박 기자의 앙탈 따위는 아랑곳없다는 듯 이야기를 이어 나갔다.

"이 지역 신문에도 나고 한동안은 9시 뉴스에도 나왔잖아."

"갑자기 그 사건은 왜요?"

"실종됐다던 그 여자가 도미애 여동생이던데. 알고 있었어?"

대단한 비밀이라도 된다는 듯 속삭이는 한 사장을 보며, 박 기자가 혀를 찼다. 박 기자가 말했다.

"뭐, 도미애가 사주해서 자기 동생을 묻어 버리기라도 했다는 말이에요?"

"나는 딱 느낌이 와. 뭔가 구리다는 생각이 든단 말이야. 박 기자도 예전에 월간지 기자 할 때 이런 사건 많이 다뤄 봤다며?"

"안 그래도 한때 말이 좀 나오긴 했는데요. 그거 단순 실종으로 이미 결론 났어요."

"집에 가거들랑 내가 준 USB 잘 봐 봐. 경찰서장이 도미애 맞은편에서 돼지갈비 뜯고 있더라. 경찰서장이랑 친구 먹을 정도면 그 정도 사건 덮는 건 일도 아니지. 가만있어 보자……."

한 사장은 휴대 전화 앨범에서 사진 몇 장을 추려 박 기자에게 전송했다. 한 사장이 덧붙였다.

"이 사람 얼굴 잘 기억해 둬. 이진수라는 청부 깡패인데 5년 전에 도미애 밑에서 일했다더군. 공교롭게도 도미애 여동생이 실종된 게 딱 5년 전이야. 내 보기엔 이 인간도 그 실종 사건이랑 무슨 관계가 있다고. 무슨 일이 있었던 건지 박 기자가 살짝 알아봐 주면 안 될까?"

박 기자가 뭐라고 대답하려는 찰나, 두툼한 뭔가가 바스락 소리를 내며 바지 주머니를 찔러 들어왔다. 한 사장이 말했다.

"커피값이야. 잔돈은 박 기자님이 킵 하시고."

말을 마친 한 사장은 박 기자가 미처 붙잡을 새도 없이 카페를 떠나 버렸다.

사무실로 돌아온 박 기자는 노트북을 펼치고 한 사장이 건넨 USB를 열어 보았다. 정말이지 이런 식의 제보는 딱 질색이다.

퓰리처상 받자고 기자 된 것도 아니고, 수능 성적 맞춰 들어간 언론정보학과에서 선배들 사는 대로 살다 보니 여기까지 왔을 뿐이다.

"이럴 줄 알았으면 공무원 시험을 볼걸 그랬네. 아주 악성 민원인이 따로 없어."

박 기자는 혼잣말로 투덜대며 USB 폴더를 열었다. 큰 기대는 없었다. 처음에는 그저 동네 식당에서 법인 카드 긁은 정도로 호들갑 떠는 줄 알았다.

임의로 아무 영상이나 하나 재생해 보았다. 망원렌즈로 찍은 동영상 속 인물들은 하나같이 가양시의 유력 인사들이었다. 거기에는 오유라 대표와 김주미 시장도 포함되어 있었다. 딱히 호화로운 파티도 아니었고 부적절한 유흥을 즐기는 것도 아니었다.

그러다 문득 파티 장소가 미혼모 쉼터임을 알아본 순간, 박 기자는 심장 박동이 빨라지는 것을 느꼈다. 《가양일보》 입사 이후 처음 맡아 보는 대형 특종의 냄새 때문이었다. 재빨리 영상 파일의 제목을 확인했다.

쌍봉산 쉼터 가든파티.

당연한 의구심이 고개를 들었다.

'기부금으로 지은 쉼터를 오 대표가 사적인 용도로 사용한다는 거네?'

불경스러운 생각이었다. 명성 높은 오유라에게 어찌 감히 그런 혐의를 씌울 수 있나. 박 기자는 USB 속 파일 내용을 하나하나 확인하기 시작했다. 들여다볼수록 확신은 강해졌다.

석연찮은 지출 내역이 담긴 영수증 사본, 세간에 알려진 것과 다른 오유라의 살림살이와 씀씀이. 역시나 먹으면 탈이 날 물건이었다.

'다음에 한 사장 만나면 USB는 돌려줘야겠다. 이 인간이 나한테 폭탄을 던졌어.'

어쩌면 배탈 정도로 끝나지 않을지도 모른다. 걱정이 앞서는 한편 준엄한 목소리가 환청처럼 머릿속을 맴돌았다.

누가 감히 정의로운 활동가에 대적하는가?

박 기자는 가슴께로 치고 올라오는 반발심을 떨치기 위해 머리를 흔들었다.

모든 국민은 법 앞에 평등해야만 한다. 제아무리 위대하고 정의로운 인물일지라도 위법 행위를 했다면 그에 상응하는 처벌을 받는 것이 마땅하다. 오유라 또한 저명인사이기 이전에 대한민국의 국민이었다.

'하지만 남에게 피해를 준 건 아니잖아? 물론 위선자의 비리를 까발리는 건 사회에 도움이 되지. 그렇지만 나에게는 먹여 살릴 가족이 있다고. 어지간하면 보도 자료나 받아쓰면서 정년까지 얌전하게 살고 싶은데.'

짧은 순간 온갖 생각들이 스쳐 지나갔다. 와중에 긴 세월 잊고 있던 기자의 사명감이 꿈틀거렸다. 겁이 나는 한편 욕심이 생기는 것도 사실이었다. 판도라의 상자를 손에 넣은 기분이었다.

'사실관계 확인만 해 보자. 감당 안 된다 싶으면 그때 발을 빼지 뭐. 높으신 분들이 물밑에서 무슨 일을 벌이는지 궁금하기도 하고.'

어쩌면 그 과정에서 세상 사는 요령을 하나쯤 배울 수 있을지도 모른다.

그러고 보니 남들은 쉬엄쉬엄 일하면서도 제법 잘들 사는 것 같던데. 그걸 단지 요행이라 일축할 수 있을까? 혹시 이 사회에는 나만 모르는 그들만의 비밀 규칙 같은 게 있는 건 아닐까?

박 기자는 항상 자신의 역량에 비해 살림살이가 쪼들린다고 느꼈다. 어쩌면 이 USB가 그들만의 세계로 입장하는 열쇠가 될 수도 있다. 불쑥 오기가 생겼다. 녹음기를 챙겨 사무실을 박차고 나왔다.

박 기자는 태생적으로 담이 작은 사람이었다. 그래서 쌍봉산
으로 향하는 내내 스스로를 다독여야 했다.

"젠장, 문틈으로 살짝 들여다보는 정도는 괜찮잖아."

* * *

박 기자는 곧바로 쌍봉산 쉼터 인근 마을을 찾아갔다.

밭일하는 농사꾼은 봄에 심은 참깨나 고추 따위를 돌보고
있었다. 비닐하우스에 쑥갓이나 상추 모종을 심어 놓은 집도
있었다. 주민들은 대부분 고령이었고, 세상사에 별반 관심이
없었다.

맨 처음 들른 곳은 쉼터가 내려다보이는 도도록한 언덕의
농가주택이었다. 뒷짐 지고 어슬렁거리던 할머니에게 말을 물
었다.

길가에 지어 놓은 큰 집이 무슨 건물인지 아느냐. 미혼모들
은 어디에 있느냐. 평소 오가는 사람들은 없느냐. 미리 준비했
던 질문들을 던졌다.

할머니의 대답은 명쾌했다.

"여기 그런 여자들 안 살아요. 다들 떠난 지 몇 년 됐어요."

박 기자가 다시 물었다.

"빈집이란 말씀이세요?"

"완전히 비어 있는 건 아니고. 중년 남자랑 딸뻘 되는 여자애
가 하나 살지요. 갓난애도 있고. 여자는 허드렛일하는 가정부

같더라고. 둘이 부부는 아닌 것 같아."

다른 주민들의 반응도 대체로 비슷했다. 관리인을 제외하면 쉼터는 늘 비어 있다고 말했다. 가끔씩 어떤 여자가 손님들을 데려와 파티를 열었다. 모르긴 해도 위세깨나 떨치는 사람들 같았다고 한다.

확실히 박 기자가 보기에도 석연치 않은 구석이 있었다. 쉼터라기엔 지나치게 담이 높고 폐쇄적이었다. 복지단체 건물이라기보다는 부유층의 비밀 별장 같았다.

건물 주변을 휘휘 둘러보는데, 누군가 쉼터 대문 밖으로 모습을 드러냈다. 앞치마에 고무장갑 차림으로 쓰레기를 버리러 나온 고영희였다.

고영희는 박 기자와 눈을 마주치자 얼른 고개를 돌렸다. 그러고는 곁눈질로 흘끔흘끔 박 기자의 눈치를 살폈다.

낯선 사람이 어슬렁거릴 이유가 없는 동네였기 때문이었을까? 박 기자는 그녀가 호기심 어린 눈으로 자신을 관찰하고 있다고 생각했다.

박 기자는 고영희에게 다가가 조심스레 물었다.

"혹시 여기가 사랑의 집 쉼터 맞나요?"

"네. 무슨 일로 오셨어요?"

"《가양일보》 박형민 기자라고 합니다. 잠깐 말씀 좀 여쭤봐도 괜찮을까요?"

고영희가 머뭇거리며 뭐라고 대답을 하려는데, 별채에서 중저음의 남자 목소리가 들려왔다.

"누구 왔어?"

분명히 어디선가 들어 본 목소리였다. 불길한 예감이 박 기자를 사로잡았다. 고영희는 별채를 향해 씩씩하게 대답했다.

"기자님이시래요."

"기자?"

대답과 함께 멀리 슬리퍼 차림의 한 남자가 나타났다. 남자는 마당을 휘적휘적 가로질러 다가왔다. 점점 가까워지는 남자의 모습을 본 박 기자는 뒤통수를 한 대 얻어맞은 기분이었다.

'진상? 당신이 왜 거기서 나와?'

일순간 하늘이 노래지는 기분이었다. 오유라의 남편을 여기서 만나게 될 줄은 꿈에도 몰랐다. 피차 알 거 다 아는 사이에 마주쳐 봐야 좋을 게 없었다.

'조졌다. 얼른 여기서 벗어나야 해.'

고영희가 다시 대문 밖으로 고개를 돌렸을 때, 박 기자는 이미 길 건너편으로 달음질치고 있었다. 고영희와 진상은 한동안 달아나는 박 기자의 뒷모습을 멍하니 바라보았다. 진상이 중얼거렸다.

"저거 뭐 하는 놈이야?"

"취재하러 오신 것 같던데요."

고영희의 천진난만한 대답에 진상의 낯빛이 새하얘졌다. 취재라니? 누군가 오유라의 치부를 캐기 위해 사람을 쓴 것이 분명했다.

쉼터의 비밀이 드러나면 김주미 시장도 무사하지는 못할 것

이고, 다음 시장 선거에서 김주미가 낙마라도 하면 진상과 오
유라의 노후대책에도 차질이 생길 수 있었다.

진상은 슬리퍼를 벗어 던지고 박 기자를 뒤쫓기 시작했다.
맨발로 아스팔트를 달리며 외쳤다.

"이봐요!"

두 손으로 얼굴을 가린 채 도망치던 박 기자가 어깨 너머로 진
상을 흘끔 돌아보았다. 진상은 엄청난 속도로 달려오고 있었다.
어느새 박 기자의 등 뒤로 10여 미터 거리까지 바짝 쫓아왔다.

박 기자는 90도로 방향을 틀어 맨 처음 취재했던 언덕배기
집을 향해 달렸다. 진상이 맨발임을 눈치채고 일부러 비포장오
르막을 택한 것이다.

박 기자는 밭두렁을 성큼성큼 뛰어 건넜다. 구두 속으로 축
축한 흙이 들어왔다. 땀에 젖은 팬티는 자꾸만 엉덩이골 사이
로 말려 들어갔다. 폐가 쓰리고 입에서는 피 맛이 났지만 잡히
면 끝장이란 생각에 속도를 늦출 수 없었다.

마침내 박 기자가 언덕 너머로 총총 사라져 갈 무렵, 진상은
밭고랑에 주저앉아 드러누워 버렸다. 잔돌에 찍히고 쓸린 맨발
은 피투성이였다.

악에 받친 진상이 고래고래 소리를 질렀다.

"당신 누구야! 잡히기만 해 봐!"

멀리서 고영희가 종종걸음으로 달려왔다. 양손에 슬리퍼 한
짝을 나눠 쥔 채로. 고영희가 물었다.

"선생님, 괜찮으세요?"

진상은 숨을 헐떡이는 와중에 다급하게 되물었다.

"영희 너 저 인간 누군지 알아? 아는 사람이야?"

고영희는 기억력이 제법 좋은 편이었다. 한번 들으면 여간해서는 잊는 법이 없었다. 고영희가 대답했다.

"《가양일보》박형민 기자랬어요. 무슨 일이에요?"

박형민 기자라면 진상과도 구면이었다. 사랑의 집 홍보 기사 써 준 걸로 인연이 닿아 술도 몇 번 마셨다.

모르는 사이도 아닌데 언질도 없이 찾아왔다가 뜬금없이 도망을 치다니. 배후에서 뭔가 석연찮은 일이 벌어지고 있는 게 분명했다. 진상이 말했다.

"긴급 사태다. 와이프한테 전화 좀 해 봐야겠어."

* * *

진상에게 자초지종을 들은 오유라는 그 즉시 《가양일보》를 찾아갔다. 편집장에게 해명을 요구하기 위해서였다.

편집장과는 오래전부터 돕고 지내는 사이였다. 쉼터 가든파티에도 좀 불러 달라고 사정을 하던 게 누군데. 생각할수록 괘씸했다.

편집장은 아직도 사태 파악이 안 되는지 느긋하게 차를 권했다. 테이블에 놓인 찻잔에서 김이 모락모락 피어올랐다.

오유라가 다짜고짜 쏘아붙였다.

"《가양일보》는 우리랑 정치 성향도 같으면서 왜 자꾸 우릴 못살게 굴어요?"

편집장은 마시던 녹차를 뱉으며 캑캑거렸다.

"아니, 오 대표님. 갑자기 무슨 말씀이세요?"

"솔직히 그쪽이나 우리나 다 좋은 세상 만들어 보자고 하는 일이지, 어디 나만 잘되자고 하는 건가요? 내가 나 하나 잘되자고 사회공헌 활동 하는 거 같아요? 새파란 내 청춘 희생해 가면서? 그동안 우리랑 짬짜미 붙어서 이득 본 거 전부 없던 일로 하실래요?"

"무슨 영문인지 저는 모르는 일입니다. 알아듣게 차근차근 말씀하셔야죠."

"《가양일보》기자 중에 제 주변을 들쑤시는 사람이 있단 말이에요. 그게 편집장님 지시 없이 가능한 일이에요?"

가능하다면 무능이요, 아니라면 배신이었다. 난처해진 편집장은 일단 잡아떼기로 한 듯했다. 그가 말했다.

"뭔가 오해가 있는 것 같은데요. 설마 우리 직원이 대표님께 그랬을 리 있겠습니까?"

오유라는 휴대 전화로 다운 받은 CCTV 동영상을 보여 주었다. 정문에 설치된 CCTV에는 달아나는 박형민 기자와 그 뒤를 쫓는 진상의 모습이 고스란히 담겨 있었다.

"누군지 알아보시겠죠?"

"이 사람…… 박 기자네요?"

편집장의 시무룩한 대답에 오유라가 목소리를 높였다.

"우리 남편은 도둑인 줄 알고 맨발로 뒤쫓다가 발바닥이 홀랑 벗겨졌다고요. 정말 너무한 거 아니에요? 아니, 박 기자가 우리랑 모르는 사이도 아니고. 이런 식으로 뒤통수치기예요? 도대체 날 들쑤셔서 편집장님한테 무슨 득이 된다고?"

편집장은 억울했다. 이토록 무리한 취재를 지시한 적이 없었기 때문이다. 하지만 증거가 확실했기에 마냥 아니라고 버티기도 난처한 상황이었다.

이 바닥에서 무능력한 자는 살아남아도, 배신자는 절대로 살아남을 수 없다. 그것은 정치판의 생리이자 불문율이다. 편집장은 분노한 오유라를 달래기 위해 거듭 머리를 조아렸다.

"송구합니다. 박 기자가 충동적으로 일탈을 했나 봐요. 개인적인 욕심이 과한 친구라서요. 이게 다 아랫사람 단속을 못 한 제 잘못입니다."

오유라가 언성을 높이며 다그쳤다.

"앞으로도 계속 그렇게 들쑤시게 놔두실 거예요?"

"그럴 리가요. 다시는 이런 일이 없도록, 불러서 따끔하게 한마디 하겠습니다."

"따끔한 한마디로 끝날 일이 아니죠. 누가 뒷조사를 시켰는지 배후를 찾아내야죠."

"오 대표님, 저를 봐서 부디 노여움을 푸십쇼. 내가 이 새끼를, 아주 혼꾸명을 낼 테니까요. 이참에 날 잡고 정신 교육 단단히 시키겠습니다."

책상을 꽝꽝 두드리며 목소리를 높이던 오유라는 사건의 배후를 추적해 발본색원하겠다는 약속을 받아 낸 뒤에야 돌아갔다. 그날 오후 내내 노발대발하는 편집장 때문에 《가양일보》가 한바탕 뒤집혔다.

며칠 뒤, 《가양일보》 1면에 사랑의 집 쉼터 관련 기사가 떴다.

미혼모 복지법인을 음해하는 사기 전과 5범의 모략.

기사를 작성한 사람은 다름 아닌 박형민 기자였다.

한 사장은 한마디 말도 없이 기사를 몇 번이고 정독했다. 화가 날 법도 하건만. 그의 얼굴은 실의에 빠졌다고 하기엔 지나치게 평온해 보였다. 곁에서 지켜보는 이진수가 오히려 불안할 지경이었다. 이진수가 조심스레 물었다.

"괜찮으세요?"

그제야 신문에서 눈을 뗀 한 사장이 이진수를 마주 보았다. 이채를 띠는 한 사장의 눈빛에 이진수는 저도 모르게 움찔하고 말았다. 한 사장은 마치 돈오돈수(頓悟頓修)의 깨달음을 얻은 현자 같았다.

한 사장이 말했다.

"평생을 부동산만 보고 살아왔는데, 진짜 노다지는 이거였네."

"무슨 말씀이세요?"

이진수는 어리둥절한 얼굴로 한 사장을 바라보았다. 생돈 날리게 생겼는데 노다지라니? 자리를 박차고 일어난 한 사장은 불끈 말아 쥔 두 주먹을 하늘 높이 치켜들었다. 한 사장이 말했다.

"오늘날의 시대정신은 위선과 야합이야! 이 실장, 우리도 정의로운 시민단체를 하나 만듭시다."

이진수의 입장에서는 황당하기 그지없는 소리였다. 전과 5범 사기꾼과 떠돌이 폭력배가 시민단체를 만든다니. 그걸로 오유라와 맞서기라도 하겠다는 건가?

이진수의 미지근한 반응을 본 한 사장이 덧붙였다.

"……물론 우리가 전면에 나서면 안 되겠지. 단체 이미지도 있고 하니까."

"게다가 한 사장님은 이미 오유라 측에 노출됐잖아요. 섣불리 나섰다가 큰일 납니다."

"맞아. 바지사장이 필요해. 시민운동가 중에서도 머리 굵은 사람은 빼고. 우리가 구워삶을 수 있는 신진 활동가를 찾아야지."

패기 넘치지만 경험은 부족한 젊은 활동가. 운동권에 연줄이 없는 주변인. 사회 변화를 꿈꾸지만 적당히 세속적이면서 영민한 사람. 때마침 매스컴을 통해 떠오르는 인물이 있었다.

인권과 평등을 위해 투쟁하는 정의로운 변호사, 하나연이었다.

5

서울중앙지방법원 앞에 서른 명 남짓한 시위대가 모였다.

그들 대부분은 여성이었고, 하나같이 검은 마스크를 쓰고 있었다. 더러는 챙이 긴 모자로 얼굴을 가리기도 했다. 아마 구름처럼 모여든 취재진의 카메라를 피하기 위함이리라. 그러나 결의에 찬 그들의 눈빛만은 무엇으로도 감출 수가 없었다.

그들은 학내 성폭력 방지 대책을 촉구하는 모임, 속칭 '학성대' 회원들이었다. 일부 몰지각한 교사들의 권력형 성폭력을 규탄하기 위해 여성 단체와 청소년 단체, 그리고 그들을 지지하는 시민들이 한자리에 모였다.

베이지 바지 정장에 새하얀 블라우스를 받쳐 입은 한 여성이 기자들 앞에 섰다. 마른 체구에 중단발을 한 젊은이였다. 작은 키와 다소 어려 보이는 창백한 인상 때문인지 일견 세속적인 권위와는 거리가 멀어 보였다.

그녀는 자신의 영향력을 과장하기 위해 애쓰지 않았다. 권위란 자신을 어떻게 꾸며 내느냐가 아니라, 어떤 식으로 타인의 경청을 이끌어 내느냐에 달렸다는 사실을 알기 때문이었다.

마이크를 든 그녀가 말했다.

"대한민국은 참 나쁜 나라입니다."

잡담을 나누거나 휴대 전화를 들여다보던 좌중의 이목이 일순간 그녀에게 집중되었다. 그녀는 한동안 입을 다문 채 천천히 기자들을 둘러보았다.

침묵은 섬광처럼 지나가고 이내 우레와 같은 셔터 소리가 터져 나왔다. 현장에 있던 기자들이 일제히 사진을 찍기 시작한 것이다. 마치 그녀에게로 거대한 중력이 작용하는 것 같았다.

그녀가 말했다.

"자신의 왜곡된 성욕을 해소하기 위해 교권을 남용하는 성희롱 교사들을, 이 나라는 제대로 처벌하지 않습니다. '내 무릎에 앉으면 수행평가 점수를 잘 주겠다', '여자는 허리를 잘 돌려야 한다'. 이따위 천박한 발언을 한 성희롱 교사들이 지금 어디에 있습니까? 놀랍게도 성폭력 예방 교육 40시간 이수라는 솜방망이 처벌을 받고 교단으로 돌아왔습니다. 이래도 대한민국이 살기 좋은 나라입니까? 우리 아이들은 배움을 위해 학교에 가는 것이지, 희롱을 당하기 위해 등교하는 것이 아닙니다."

그녀가 연설을 마치자 곳곳에서 박수와 함성이 터져 나왔다.

좌중을 사로잡은 그녀의 이름은 하나연. 학교 내 성폭력 문제를 공론화한 변호사였다.

하나연은 서류 뭉치를 높이 치켜들었다. 오늘을 위해 준비한 특별 소품. 성희롱 유죄 판결이 확정된 교사 10인에 대한 파면을 촉구하는 성명서였다.

카메라를 향해 성명서를 흔들어 보이며, 하나연이 선창했다.

"학내 성폭력 처벌을 강화하라! 강화하라!"

이어서 시위대의 일사불란한 구호가 터져 나왔다.

"성희롱 범죄자를 파면하라! 파면하라!"

몇몇 기자들이 그녀에게 날카로운 질문을 던졌다.

"성희롱 교사들의 신상 공개까지 요구한 것은 명예 훼손이라는 의견을 어떻게 보십니까?"

하나연의 답변은 단호했다.

"교사의 의무는 아이들을 가르치고 보호하는 것입니다. 의무를 저버린 성추행범의 명예를 지키는 것과 그들로부터 아이들을 지키는 일 중에 무엇이 더 중요하다고 생각하십니까? 이 문제는 교육부가 나서서 답을 해야 합니다. 성추행 교사에 대한 솜방망이 징계로 2차 가해를 조장하는 것이 교육부의 역할입니까?"

하나연의 달변에 기자들도 신이 났다. 조리 있는 말솜씨 덕분에 기삿거리를 쉽게 뽑아낼 수 있기 때문이다. 기자들은 뇌리에 꽂히는 강렬한 단어 선택과 손에 잡힐 듯 생생한 비유를 특히 마음에 들어 했다. 하나연 또한 그 사실을 잘 알고 있었다.

집회는 한 시간 남짓 계속되었다. 철저한 준비와 기획 덕분인지 시위는 대중의 관심을 끄는 데 성공했다. 그날 저녁 9시 뉴스를 통해 학내 성폭력 대책 마련 촉구 집회의 보도 영상이 송출되었다.

하나연의 연설 장면도 10초 남짓 매스컴을 탔다. 개업 1년 차 햇병아리 변호사가 일약 세간의 주목을 받게 된 것이다. 실로 대단한 흥행이었다.

정작 뉴스를 본 하나연은 기분이 가라앉았다. 며칠이 지나도 일이 손에 잡히지 않을 정도였다. 영상에 비친 자신의 모습이 예상과는 전혀 달랐던 탓이다.

하나연은 되도록 젊고 유능한, 패기 넘치는 신예처럼 보이길 바랐다. 그러나 화면 속 그녀는 생각만큼 젊지도, 활기차지도 않았다. 그저 그 나이뻘의 평범한 변호사일 뿐이었다.

하나연은 화장실 거울 앞으로 다가가 자신의 얼굴을 요리조리 돌려 보았다. 평소에는 보이지도 않던 잔주름이 오늘따라 눈에 밟혔다.

"눈 깜짝하니까 30대네."

제대로 즐겨 본 적 없는 청춘은 어느새 모래알처럼 흩어졌다. 로스쿨 입시, 변호사 인턴, 끔찍했던 로펌 생활. 끊임없는 경쟁의 나날들.

하나연은 유능한 만큼이나 현실적인 사람이었다. 낭만에 대한 갈망보다는 성공에 대한 포부가 컸다. 다소 이른 나이에 개업한 것도 어찌 보면 꿈을 향한 조바심 때문이었다.

잘 다니던 로펌에 사직서를 썼을 때는 모두가 그녀를 뜯어 말렸다. 그래도 하나연은 흔들리지 않았다. 남의 회사에서 잡일이나 떠맡는 생활은 시간 낭비 같았다.

몇 달간의 준비 끝에 그녀는 변호사 사무실을 개업했다. 말죽거리 근처 양재천이 내려다보이는 골목에 세를 얻었다. 지은 지 20년이 넘은 건물의 꼭대기 층이었다.

여건이 허락하는 한 인테리어는 최고로 멋을 부렸다. 자신의 방에는 특별히 빨간 카펫을 깔았다. 침대로 써도 좋을 법한 거대한 원목 책상에는 32만 원짜리 황동 문진과 '대표 변호사 하나연'이라고 적힌 자개 장식 명패를 올려 두었다.

휘황찬란하게 꾸며 놓은 대표 변호사실 외에는 그냥 비워 둔 공간이었다. 리놀륨 바닥에 라꾸라꾸 침대 하나 덜렁 놓아두기는 민망해서 병풍처럼 칸막이를 두른 게 전부였다.

아무튼 사무실을 꾸미는 데만 보증금만큼 돈이 들었다. 그래도 체리목 3연 서가를 들이고 두꺼운 법률 서적들을 꽂아 두니 제법 잘나가는 변호사 사무실처럼 보이긴 했다. 그 덕에 수임도 많이 했다. 사람들은 사무실이 후지면 변호사도 후지게 본다.

개업을 한 뒤에도 주변 사람들은 한결같이 입방아를 찧어 댔다.

왜 하필 서울 강남이냐? 굳이 50평이나 되는 사무실이 필요하냐? 처음부터 너무 크게 벌이는 거 아니냐? 많은 사람이 질문을 던졌지만 그녀 자신도 합리적인 이유를 찾지는 못했다.

단지 그 정도는 감당할 만큼 벌이가 되고, 게딱지만 한 사무실 대신 번듯한 공간을 가져 보고 싶었다는 것이 이유라면 이유일까? 허세라고 해도 달리 할 말은 없었다.

그럼에도 하나연은 두렵지 않았다. 성실함과 전문성만은 남들 못지않다고 생각했기 때문이다. 그때 당시만 해도 경험이란 시간을 먹고 자라 지식으로 우화(羽化)하는 것이라 믿었다.

시간이 지나고 보니 성실함과 전문성은 자영업자의 기본 소양이었다. 그녀만의 특출한 장점이 아니었다. 경험은 신용카드 마일리지처럼 저절로 쌓이는 것이 아니며, 그것을 지식으로 만드는 데는 부단한 노력이 필요하다는 사실 또한 알게 되었다.

개업 후 몇 달이 지나자 와닿지 않던 선배의 충고가 슬슬 마음에 와닿았다.

"무슨 깡으로 개업을 한다는 거야? 사법고시 출신도 아니고, 5대 로펌 경력자도 아니고. 비법대에, 지방대 로스쿨 출신에, 전문 분야도 없이 할 수 있는 게 가사 소송밖에 더 있어?"

당시에는 치기 어린 마음에 뾰족하게 되받았다.

"가사 소송이 뭐 어때서요? 무슨 일을 하건 결국 내 사업을 하는 게 남는 장사죠."

"힘 빠지라고 하는 얘긴 아닌데, 차분하게 생각해 봐. 한 사람의 인생에서 이혼이라는 게 얼마나 큰일이겠어? 그런 일생일대의 사건을 서른 살 풋내기에게 맡기러 오는 사람이 어떤 부류겠냐고. 그게 진짜 돈이 될 거 같니?"

선배 말마따나 그녀를 찾는 고객들은 주로 형편이 어렵거나 정신이 어지러운 사람들이었다.

변호사비 220만 원을 12개월 분할 납부하겠다는 사람, 인지 송달료를 대납해 주면 30만 원 상당의 위스키를 주겠다는 사람, 자신이 직접 변론문을 검토한 뒤 빨간 펜으로 첨삭하겠다는 사람 등등.

하나연은 주당 80시간에 육박하는 근무 시간을 소화하며 깡으로 버텼다. 돈이 없다는 고객에게는 변호사비를 깎아 주었고, 두서없는 하소연을 무보수로 두 시간씩 들어 주었다.

입소문이 퍼지자 고객이 고객을 물고 왔다. 대부분은 자신들과 비슷한 처지의 어중이떠중이였다. 일주일에 6일 반나절을 일해도 돈이 벌리지 않았다.

그렇게 몇 년을 살다 보니 친했던 친구들과는 자연스레 소원해졌다. 사귀던 사람과도 헤어졌다. 비슷한 처지의 선배 변호사와 가끔 술이나 마시는 게 유일한 낙이었다. 가끔은 선배가 던지는 자조적인 농담에 낄낄대기도 하면서.

"우리 같은 삼류 변호사에도 두 부류가 있어. 첫 번째는 300짜리 사건에 1500을 부르는 베짱이들. 배짱 장사 하는 것처럼 보여도 한 달에 한 명쯤은 호구들이 걸린다니까?"

"그럼 우린 뭔데요?"

"우린 두 번째 부류지. 300짜리 사건에 50을 깎아 주고 50은 떼어먹히는 변호사. 베짱이가 호구 하나 물고 한 달 노는 동안 우리 같은 일개미들은 여덟 건을 쳐내야 해. 그래 봤자 버는 돈은 똑같잖아?"

32만 원짜리 황동 문진은 도무지 쓸 일이 없었다. 쌓여 가는 서류에 문진을 올려 둘 틈이 없었기 때문이다. 그렇게 이를 악물고 1년을 버티자 그녀에게도 슬슬 평판이라는 게 생기기 시작했다.

"변호사님은 참 정의로운 분 같아요."

멀리서 자신을 찾아온 고객에게 처음 그 말을 들었을 때, 하나연은 머릿속이 상쾌하게 뚫리는 기분이었다. 정의로운 변호사! 그녀에게도 마침내 전문 분야가 생긴 것이다.

'앞으로는 이게 내 밥줄이 될 거야.'

감을 잡은 하나연은 발 빠르게 움직였다. 인터넷을 뒤져 자문 변호사가 필요한 시민단체들을 찾아가기 시작한 것이다. 사업가에게 요구되는 제일 덕목은 기민함이라는 사실을 깨달은 순간이었다.

학내 성폭력 방지 대책을 촉구하는 모임(학성대), 선진 교통문화를 위한 시민 연합회(선교회), 지구 살리기 시민 실천 본부(지구본) 등. 할 일은 늘어났지만 크게 돈이 되는 일은 없었다. 그럼에도 하나연은 지치지 않았다. 미래를 위한 투자라고 생각하면 오히려 기분 좋게 일거리를 받아 올 수 있었다.

'조금만 더 견디면 돼. 이제 겨우 서른인걸.'

힘에 부칠 때마다 하나연은 그렇게 스스로를 다독였다. 새벽 퇴근길에 거울을 보면 구부정한 자신의 모습이 종종 낯설어 보이곤 했다.

서른 살은 그런 나이다. 많지도, 적지도 않은 나이. 무겁지도, 가볍지도 않은 책임감. 무한히 뻗어 나가던 가능성이 개연성으로 수렴하게 되는 변곡점.

어쨌거나 향후 5년은 지금처럼 명성을 쌓는 데 집중할 계획이었다. 명성을 돈으로 바꿀 방법은 천천히 고민해도 늦지 않았다.

* * *

　성공적인 첫 집회를 마치고 몇 주 뒤. 학성대에서 함께 활동하는 시민운동가가 하나연을 찾아왔다. 불특정 다수의 시민들에게 명예 훼손으로 고소를 당했다는 것이다. 성희롱 교사들의 신상 정보를 무단으로 공개한 해프닝 때문이었다.

　활동가는 면목 없다는 듯 고개를 숙이며 사과했다.

　"어쩔 수 없이 변호사님께 신세 져야 할 것 같아요. 매번 번거로운 부탁드려서 죄송해요."

　'이번에도 제값 받긴 글렀구나.'

　속이 쓰렸지만 하나연은 괜찮다는 듯 환하게 웃어 보였다. 며칠간 제대로 잠을 자지 못해 입꼬리에 경련이 날 지경이었다.

　하나연이 물었다.

　"운영진 상황은 좀 어때요? 방송 나간 뒤로 협박 전화가 빗발쳤다고 들었는데요."

　"말도 마세요. 아주 전방위로 괴롭힘을 당하고 있다니까요? 명예 훼손에 허위 사실 유포에⋯⋯ 저 말고도 고소당한 사람 수두룩해요. 이건 제 생각인데요. 뉴스로 우리 집회를 본 가해자들이 집단행동에 나선 것 같아요. 듣자 하니까 자기들끼리 무슨 단톡방 같은 게 있는 모양이에요."

　우선은 고소 고발 건에 대해서 대응 전략을 고민해 보기로 했다. 명색이 정의로운 변호사인지라 비용은 20~30퍼센트가량 저렴하게 받기로 했다.

사실은 그마저도 떼어먹히거나 분할 납입 될 가능성이 농후했다. 그러나 당장 학성대를 통해 들어오는 사건을 수임하지 않으면 사무실 유지가 어려운 형편이었다. 본인의 생계가 이들에게 달려 있다고 생각하면 차마 싫은 내색을 할 수 없었다.

먼저 의뢰인을 안심시키기로 했다. 하나연은 아무 문제 없다는 듯 활기차게 말했다.

"너무 걱정하지 마세요. 명분이 저희 쪽에 있으니까요. 100퍼센트 승소를 장담할 순 없겠지만, 재판부 판단에 따라 상당히 의미 있는 결과를 자신할 수 있습니다."

말을 해 놓고도 머쓱했다. 그녀 스스로도 무슨 말을 지껄인 건지 알 수 없었다. 호언장담에 슬그머니 여지를 남기는 노하우는 어느새 말버릇이 되어 버린 것 같았다.

그래도 그동안의 경험으로 제법 얼굴이 두꺼워진 탓인지, 듣기 좋은 소리를 늘어놓으면서도 시종 쾌활한 태도를 유지할 수 있었다.

덕분에 활동가의 표정이 한결 밝아졌다.

"가끔은 변호사님 아니었으면 저희가 며칠이라도 버틸 수나 있었을까, 그런 생각 참 많이 해요."

"그냥 제 일을 하는 건데요."

"사람들이 변호사님을 뭐라고 부르는지 아세요? 정의로운 변호사래요. 저희끼리는 벌써 그렇게 부르고 있어요. 매번 수임료도 깎아 주시니까…… 다들 너무 감사히 생각하고 있어요."

수면 부족으로 비몽사몽인 와중에 칭찬을 들으니 괜히 우쭐한 마음이 들었다. 하나연은 호탕하게 대답했다.

"좋은 뜻으로 하는 일인데 돈 욕심을 낼 순 없잖아요. 세상에 돈보다 중요한 게 얼마나 많은데요? 언제든지 찾아오세요. 간단한 내용 증명 같은 거는 만 원에라도 써 드릴 테니까요."

"정말요? 변호사님 감사합니다. 이 은혜 절대 잊지 않을게요."

활동가의 눈가가 촉촉하게 젖어 드는 모습을 본 순간, 하나연은 뭔가 잘못되었음을 직감했다. 활동가는 하나연의 손을 맞잡고 연신 고개를 조아리며 감사 인사를 했다.

그날 저녁. 하나연의 받은 메일함에 이메일이 폭주하기 시작했다. 악플러를 고소해 달라거나, 성희롱 가해자에게 내용 증명을 보내 달라는 요청이 쇄도했던 것이다.

이게 대체 무슨 일인가 싶어 허겁지겁 학성대 카페에 들어가 보았다. 활동가가 작성한 게시 글이 메인 공지에 올라와 있었다.

학성대 자문을 맡고 계신 하나연 변호사님께서 아주 저렴한 비용으로 회원님들의 고충을 돌봐 주신다고 합니다. 비용은 단돈 1만 원입니다!
악플러에 대한 고소나 성희롱 가해자에 대한 내용 증명이 필요한 분들은 하나연 변호사님께 요청하시기 바랍니다.
저희 회원 일동은 정의로운 변호사님께 다시 한번 깊은 감사를 드립니다.

그동안 접수된 메일을 헤아려 보니 무려 200통 가까이 되었다. 메일함을 확인한 하나연은 불의의 사고라도 당한 사람처럼 넋두리를 했다.

"……덕분에 이번 달 생활비는 벌었구나."

그녀는 수임료 1만 원짜리 업무 200여 건을 처리하느라 꼬박 하루를 소비했다. 마지막 문서를 작성한 뒤 시계를 바라보니 어느덧 새벽 3시였다. 퇴근을 하기에도 애매한 시간이었다.

하나연은 길게 고민하지 않았다. 책상 서랍에서 철야 작업용 잠옷을 꺼내 입었다. 불을 끄고 라꾸라꾸 침대에 쓰러져 꼬박 아홉 시간을 죽은 듯이 잤다.

* * *

날이 밝았다. 하나연은 몰아세우는 듯한 노크 소리와 함께 잠을 깼다. 반쯤 잠긴 목소리로, 그녀가 대답했다.

"누구세요?"

"하나연 변호사님 계십니까?"

"네. 나갑니다."

그녀가 사무실 문을 열자 두 사람이 들어왔다. 한 사람은 곰 같은 덩치의 근육질 남자였고, 다른 한 사람은 마른 생선 같은 노인이었다. 두 사람은 일행인 듯하면서도 묘하게 서먹한 사이처럼 보이기도 했다. 이래저래 기이한 조합이었다.

곰 같은 남자는 허름한 청바지에 품이 넉넉한 반팔 티셔츠 차림이었다. 낡은 군용 부츠와 왼팔에 걸친 바이커 재킷이 눈에 띄었다. 한눈에도 거칠어 보이는 차림새였지만 마냥 거부감이 드는 인상은 아니었다.

반면에 마른 생선 같은 노인은 말쑥한 여름 정장 차림이었다. 하얀 면바지에 연청색 리넨 재킷. 안에는 바지처럼 새하얀 피케티를 받쳐 입었다. 숱이 없는 머리에는 멋스러운 파나마모자를 쓰고 있었다. 고전적인 노신사였다.

노인은 일견 부유하고 점잖은 사람 같았으나 그의 미소는 어쩐지 음험해 보였다. 노인이 말했다.

"한병진이라고 합니다. 다들 한 사장이라고 부르죠. 이쪽은 나랑 같이 일하는 친구."

"이진수입니다."

한 사장과 이진수는 차례로 하나연에게 악수를 청했다. 그녀 또한 별생각 없이 손을 내밀었다.

하나연은 문득 자신이 잠옷 바지 밑으로 블라우스를 넣어 입은 차림임을 깨달았다. 그렇다고 당황한 모습을 보여서는 안될 일이다. 하나연은 태연하게 두 사람을 응대했다. 그녀가 말했다.

"잠깐 자리에 앉아 계세요. 마실 거 드릴까요?"

"저는 녹차. 우리 이 실장은 뭐 마시나?"

한 사장의 질문에 이진수가 짧게 대답했다.

"전 됐습니다."

미지의 손님들을 상담실에 앉혀 둔 채, 하나연은 탕비실에서 잠옷을 벗고 정장 바지로 갈아입었다. 빠르게 세수와 양치를 마칠 무렵에야 두 사람에 대한 호기심이 생겼다. 평소 그녀를 찾던 사람들과는 전혀 다른 부류였기 때문이다.

곰 같은 깡패와 여우 같은 노인네. 둘 중 어느 쪽이 더 위험할까? 쓸데없는 상상을 하며 하나연은 상담실 책상 앞으로 돌아왔다.

하나연이 말했다.

"죄송해요. 오래 기다리셨죠?"

"우리가 너무 일찍 온 탓이죠. 그나저나 뉴스 잘 봤습니다."

한 사장이 장식장에 놓인 사진을 가리켰다. 법원 집회 인터뷰 장면을 인화해 둔 사진이었다. 방송 화면을 캡처한 탓에 실물보다 얼굴이 크게 나왔다.

처음에는 포토샵으로 턱을 갸름하게 만들고 피부 톤을 조금 다듬을까도 고민했다. 이러나저러나 고객에게 신뢰감을 주기엔 충분했기에 가장 잘 보이는 곳에 올려 두었던 사진이다.

본론으로 들어가 하나연이 물었다.

"제가 뭘 어떻게 도와 드리면 될까요?"

한 사장이 대답했다.

"거두절미하고, 내가 이번에 복지법인을 하나 설립했습니다. 갈 곳 없는 미혼모들을 돕고 싶어서요. 괜찮으시다면 변호사님을 우리 단체의 대표로 모시고 싶은데요."

미혼모라니. 영문을 모를 일이다. 미혼모 관련 단체와 일한 적이 있었던가? 기억을 더듬어도 떠오르는 사건은 없었다. 아니, 그보다 대표직을 맡아 달라는 건 또 무슨 소리인가?

　하나연은 묻고 싶었다. 새파랗게 어린 변호사에게 바라는 게 뭐냐고. 그렇게 중요한 일이라면 원숙하고 경험 많은 변호사를 찾아갔어야 하지 않느냐고.

　하나연이 다시 물었다.

　"저를요? 제가 그럴 만한 인물이 되나요?"

　"성품이 겸손하시네요. 뉴스에서 연설하시는 걸 봤습니다. 카리스마가 굉장하시던데요?"

　"다들 좋게 봐 주시더라고요. 연설이야 뭐, 말로 먹고사는 직업이라 어지간히는 하죠."

　한 사장이 말했다.

　"변호사님이야말로 우리가 찾던 적임자예요. 이미지 깨끗하고 유능한 사람. 요즘 젊은 사람 중에 그렇게 다 갖춘 경우도 흔치 않아요."

　하나연은 생각했다.

　'이 사람 되게 서두르네.'

　상대가 이토록 저돌적으로 다가오니 오히려 몇 걸음 뒤로 물러나고 싶은 마음이 들었다. 조심하자고 생각하면서도 한편으로는 궁금증이 생겼다. 감히 변호사를 상대로 사기 칠 사람처럼 보이진 않았다.

　하나연이 말했다.

"아무리 그래도 대표직은 좀…… 경험과 연륜이 필요한 자리일 텐데요."

"연륜이 쌓이면 때가 타잖아요. 사람은 나이가 들수록 새까매져요."

"그건 저도 마찬가지 아닐까요? 지금이야 깨끗하지만, 저한테 연륜이 쌓이고 지위가 생긴다면 그때도 저를 믿으시겠어요?"

한 사장은 묘한 미소를 지어 보였다. 그녀의 대답이 퍽 마음에 드는 모양이었다. 한 사장이 말했다.

"우리 변호사님은 강직하시네요."

"전 좀 현실적인 편이라서요. 자리나 명예에는 별로 욕심이 없어요."

거짓말이다. 그녀가 속물이라는 건 그녀 자신이 가장 잘 알고 있었다. 물론 속물끼리도 욕망의 지향점이 조금씩은 다르게 마련이지만.

하나연은 정치인이 되기보단 정치인의 절친한 친구가 되고 싶었다. 복지단체 대표보다는 자문 변호사가 되어 따박따박 자문료나 받으며 조용히 살고 싶었다.

과한 욕심을 부리다 화를 입을까 두려웠고, 권력의 달콤함에 중독되어 추하게 늙어 갈까 봐 겁이 났다.

그런 점에서는 역시 돈이 최고다. 인간의 영혼은 세월에 의해 부패하지만, 돈은 시간을 양분 삼아 자라나니까.

하나연이 말했다.

"법률 자문 정도라면 얼마든지 도와 드릴 수 있습니다."

"자문료는 보통 얼마나 합니까?"

"시간당 15에서 20만 원 정도 하죠. 저는 그거보다 저렴하게 해 드리는 편이에요."

한 사장은 대답 대신 서류 가방에서 두툼한 바인더를 꺼내어 하나연에게 건넸다.

한 사장이 말했다.

"혹시 사랑의 집이라고, 아세요?"

들어 본 적 있었다. 하나연이 대답했다.

"가양시에서 제일 크고 유명한 미혼모 복지법인이잖아요. 아무튼 좋은 일 많이 하는 단체라고……."

한 사장이 목소리를 낮추며 말했다.

"다들 그렇게만 알고 있는데, 사실은 거기가 아주 독사 굴이에요. 지금 이 자료를 보면 아마 깜짝 놀라실 겁니다. 이게 다 사랑의 집 오유라 대표가 저지른 각종 비리 횡령의 증거물입니다. 그런데 검찰에 고발을 해도, 언론에 진실을 알려도 아무 소용없습니다. 오 대표 뒷배가 생각보다 든든한 모양이더라고요."

"분량이 엄청나네요. 이 자리에서 다 검토하긴 어려울 것 같고요."

"두고 가겠습니다. 시간 날 때 천천히 읽어 보시죠. 그리고 이건 내가 이번에 새로 만든 복지법인 자료예요."

한 사장은 가방에서 서류철을 꺼내며 덧붙였다.

"내 목표는 사랑의 집을 몰아내고 우리가 만든 새로운 복지법인을 그 자리에 앉히는 겁니다."

한 사장이 건넨 서류철을 열어 본 하나연은 꽤나 놀랐다. 설명자료 첫 페이지에는 정말로 복지법인 설립 허가증 원본이 붙어 있었다.

　'비리 복지법인을 대체하기 위해 복지법인을 세웠다고?'

　사회복지법인을 설립하려면 재산출연 증서가 필요하다. 법인 운영에 필요한 기본 재산으로 현금 20~30억가량을 확보했음을 증빙하는 서류다.

　하나연은 한 사장이 그 정도 현금을 동원할 수 있다는 데 놀랐다. 하지만 대체 무엇 때문에? 오유라에 대한 개인적인 원한? 미혼모 복지사업에 대한 사명감? 왜 이렇게까지? 당연한 의문들이 고구마 줄기처럼 딸려 나왔다.

　하나연의 의문에 답하듯, 한 사장이 말했다.

　"한마디로 지금 오 대표한테 들어가는 기부금에 유통 마진이 너무 과하다 이 말이에요. 두고 보자니 속이 쓰리더라고요. 우리가 하면 더 투명하게 잘할 수 있을 것 같은데."

　"한 사장님 뜻은 잘 알겠습니다. 그런데 왜 굳이 저에게 대표직을 맡기시려는 거죠?"

　하나연의 질문에 한 사장이 대답했다.

　"그야 정의로운 변호사이시니까 그렇죠. 딱 들었을 때 저 같은 일개 부동산업자랑은 가슴에 와닿는 느낌 자체가 다르잖아요."

　그제야 하나연은 한 사장의 의도를 알아차렸다. 그에게는 단지 명망 높은 인권변호사의 이미지가 필요했던 것이다. 한마디로 새 단체의 바지사장이 되어 달라는 뜻이었다.

부패한 기성 단체를 저격하는 일이 한 사장에게 무슨 이득이 될까? 수십억에 달하는 사비를 털어 넣을 만큼 돈이 되는 일인가? 그렇다면 법인 설립을 위해 출연한 재산도 회수할 수 있다는 전망이 깔려 있으리라.

거기에까지 생각이 미치자 새삼 오유라의 비위 자료에 눈길이 갔다. 사비 20억을 투자할 정도라니. 오유라가 대체 얼마를 해 먹었길래?

하나연이 답했다.

"그러니까, 저더러 총대 메고 오유라 대표를 끌어내리라는 말씀이시네요?"

"거절하실 거 같아서 미리 말씀드리겠습니다. 변호사님, 이건 그냥 사업이에요. 돈은 내가 대고, 실무는 이 실장이 하고, 운영은 변호사님이 하시고. 와꾸가 딱 나오잖아요?"

한 사장은 하나연에게 쌍봉산 쉼터에 얽힌 사연과 이권 문제를 솔직하게 털어놓았다. 오유라가 몰락하면 쉼터 부지가 매물로 나올 것이고, 한 사장이 그 땅을 매입하면 뒤편 맹지와 붙여 알짜배기로 개발할 수 있다는 얘기였다.

한 사장이 말했다.

"내가 바라는 건 오유라의 실각이 아니라 쌍봉산 쉼터예요. 쉼터 매입이라는 목적만 달성된다면 사랑의 집은 아무래도 상관없어요. 변호사님은 우리를 대표해서 여론의 지지를 받아 주기만 하면 됩니다. 사랑의 집 같은 비리 단체는 퇴출시켜야 한다, 오유라는 사기꾼이다! 뭐 이런 식으로요."

"그다음은요? 원하는 걸 얻은 뒤엔 어떻게 되는데요?"

"다시 말하지만 나는 쉼터 땅만 제값 주고 사면 됩니다. 그 뒤로는 변호사님 원하는 대로 하세요. 단체를 계속 경영하셔도 좋고, 자문으로 물러나셔도 좋고."

구미가 당기는 제안이었다. 사랑의 집의 기부금 규모와 사회적 영향력을 고려했을 때 그들을 대체할 수 있다는 건 분명히 매력적인 선택지였다. 변호사로서 평판을 한 단계 높일 수 있는 절호의 기회이기도 했다.

이로써 동기와 목적은 충족되었다. 남은 것은 방법론뿐이다. 하나연이 한 사장에게 물었다.

"오유라를 고발하면 그쪽에서도 반발이 심할 텐데요. 역공을 당하진 않을까요?"

한 사장이 되물었다.

"변호사님, 혹시 전과 있습니까?"

"아뇨."

"위장 전입으로 불법 청약을 했다거나, 범칙금 미납했다거나? 음주운전 같은 거 합니까?"

"저 월세 사는 사람이에요. 면허는 장롱면허고요."

"여성분이니 병역 문제도 깔끔하겠다, 유흥업소 들락거릴 일도 없겠다, 그럼 대체 겁날 게 뭐예요?"

하나연은 잠시 고민에 빠졌다. 한 사장 말이 옳다. 사실은 고민할 필요도 없는 문제였다.

어려서부터 호기심과 허영심이 많았던 하나연은 남보다 먼저 세상 돌아가는 이치에 눈을 떴다. 그 덕에 그녀는 또래들이 미처 깨우치지 못한 몇 가지 사실들을 깨닫게 되었다.

그것은 바로 착하게 사는 것, 공부를 잘하는 것, 나아가 돈을 많이 버는 것이야말로 인생을 편히 사는 요령이라는 깨달음이었다.

일찍이 이러한 통찰이 있었기에 그녀는 그 흔한 사춘기조차 없이 순탄한 학창 시절을 보낼 수 있었다. 누가 시키지 않아도 그녀는 항상 열심히 노력했고 결과는 대체로 만족스러웠다.

어쩌면 그렇게 살아온 나날이 마침내 기회가 되어 돌아온 건지도 모른다고, 하나연은 생각했다. 그리고 대답했다.

"그렇다면 함께하겠습니다."

한 사장이 반색하며 말했다.

"잘 생각하셨습니다. 직책이야 아무래도 상관없지만, 역시 대중 앞에 나서기에는 대표가 좋겠죠? 혹시 마이가리라고 들어 보셨어요?"

"마이 같이요? 가다마이 할 때 그 마이?"

하나연이 갸우뚱하며 되묻자 한 사장이 껄껄 웃었다. 그가 말했다.

"가다마이는 양복 재킷이고요. 옛날에는 군인들이 휴가 나오면 실제보다 높은 계급장을 달고 다녔습니다. 밖에 나가서 기죽지 말라고 말이에요. 그런 걸 마이가리라고 합니다."

하나연은 재미있다는 듯 눈웃음을 지어 보였다. 그녀가 말했다.

"저는 어디 가서 기죽는 성격이 아니에요. 그래도 기왕이면 대표직이 좋긴 하겠네요. 함께 정의로운 대한민국을 만들어 보시죠."

대답은 능청스럽게 했지만 사실 하나연도 한 사장의 말을 듣고 기분이 좋지만은 않았다.

'마이가리 계급장으로 대표직을 주겠다니, 나더러 자기 뒤치다꺼리나 하란 얘기야 뭐야? 내가 지 부하야?'

그런 하나연의 속내를 모르는 한 사장은 여전히 싱글벙글이었다.

하나연이 물었다.

"그런데, 만드셨다는 단체 이름이 뭐죠?"

한 사장은 법인설립허가증을 손가락으로 가리켰다. 경기도지사 직인이 찍힌 문서에 신생 단체의 이름이 적혀 있었다. 한 사장이 말했다.

"희망연대입니다."

"희망으로 사랑에 맞서는 건가요?"

"타락한 기득권의 그릇된 사랑이겠죠. 그에 비해 우리의 희망은 순수하지 않습니까?"

* * *

박형민 기자는 술에 취해 비틀대며 자신의 월세 집으로 돌아왔다. 기껏 오유라 비리에 관한 고발 기사를 썼더니 데스크에서 통째로 잘라 버렸다. 곧이어 편집장의 불호령이 떨어졌다. 별수 없이 지시에 따라 한 사장을 고발하는 기사를 써야 했다.

미혼모 복지법인을 음해하는 사기 전과 5범의 모략.

'또 한바탕 난리를 치겠구나. 사기꾼이라니, 그 인간이 제일 싫어하는 말인데.'
한 사장의 보복도 무섭고, 뜻한 대로 글을 싣지 못한 것도 억울했다.
기자는 더 이상 지식인이 아니었다. 시대가 기자를 월급쟁이 소시민으로 만들어 버렸다.
인터넷 기사에는 매번 악플이 주렁주렁 달렸다. 홍보 기사를 쓰면 광고라고 까이고, 르포 기사를 쓰면 주작이라 까이고, 가벼운 단신으로 머리 좀 식힐라치면 일기는 일기장에 쓰라며 까이기 일쑤였다.
현관문을 열고 집으로 들어가려는데, 억센 손이 문고리를 움켜쥐었다. 어깨 너머로 돌아보니 어디선가 본 듯한 험상궂은 얼굴의 사내였다. 한 사장이 전송했던 사진 속 바로 그 인물, 이진수였다.
하지만 그가 왜 이곳에?
'설마 내 입을 막겠다고 찾아온 건 아니겠지? 역시 미심쩍은 옛날 일은 들쑤시고 다니는 게 아니었는데.'

박 기자가 무의식적으로 몸을 움츠리며 말했다.

"누구세요?"

"한 사장님 심부름 왔습니다. 그렇게 말하면 알아들을 거라 던데요?"

이진수는 박 기자에게 A4 용지로 반듯하게 출력한 기사 초안을 건넸다. 박 기자가 물었다.

"이게 뭔데요?"

"보도 자료입니다. 복지법인 희망연대 홍보 자료예요. 미혼모의 권익 증진을 위해 싸우는 진정한 시민단체죠. 뭐, 내용은 자세히 알 필요 없고. 그냥 이거 그대로 신문에 실어 주시면 됩니다. 토씨 하나 다르지 않게."

"……내용이 다르게 실리면요? 데스크에서 수정하면요? 저한테는 권한이 없다는 거 아시잖아요."

"난 그런 거 잘 모르고요. 하여간 내용이 달라지면 큰일 났다 생각하시래요. 한 사장님이 그렇게 전하랍니다."

할 말을 마친 이진수는 어둠 속으로 모습을 감췄다.

박 기자는 얼른 집으로 들어가 빗장을 닫아걸었다. 그러고는 곧 다리가 풀려 주저앉았다.

5년 전에 있었던 실종 사건. 그 사건의 중심에 도미애와 이진수가 엮여 있다고 했다. 그렇게 주장한 사람은 다름 아닌 한 사장이었다.

'이진수가 한 사장 밑에서 일한다고? 뭐가 어떻게 돌아가는 거야?'

이진수야 돈 되는 일이라면 뭐든지 쫓아다니는 절박한 인생이니 어느 편에 붙어먹건 이상할 일도 아니었다.

주목해야 할 쪽은 오히려 도미애였다. 박 기자가 조사한 바에 따르면 도미애는 지난 몇 년간 가양시 유력 인사들과 밀접한 관계를 맺고 있었다. 물론 그 정점에는 김주미 시장이 있었다.

잘 알려진 사실이지만, 김주미는 이상하리만치 운이 좋은 정치인이었다. 정치적 위기가 닥칠 때마다 주요 관계자가 해외로 밀항하거나 석연찮게 자살을 하곤 했기 때문이다.

'김주미 선거 캠프의 보좌관이 성범죄로 고소를 당했다가 자살한 일도 있었지. 피의자의 자살로 공소권이 없어지면서 사건은 유야무야 묻혀 버렸고.'

그 사건을 두고 누군가는 김주미를 위해 일하는 청부업자들이 있다고 했다. 또 다른 누군가는 그게 바로 도미애가 하는 일이라고 했다.

도미애가 높으신 분들의 고충을 해결해 주는 브로커라면, 이진수는 과거 도미애가 부리던 청부업자였을 것이다.

한 가지 분명한 사실은, 모종의 계기로 이진수와 도미애의 관계가 완전히 틀어졌다는 것이다. 그건 아마 도미애의 동생이 실종되었던 5년 전 사건 때문일 거라고, 박 기자는 생각했다.

그렇다면 한 사장의 의중도 짐작이 갔다. 한 사장은 아마 이진수를 이용해 도미애, 더 나아가 김주미 시장의 치부에 접근할 속셈일 것이다.

'이 양반, 아무래도 헛된 꿈을 꾸고 있는 것 같은데?'

박 기자는 희망연대 보도 자료를 빠르게 읽어 보았다. 《가양 일보》인터넷판 기사로 올리기엔 썩 나쁘지 않은 내용이었다. 조회수만 올라가면 그만인 판국에 뭘 올리건 새삼 누가 신경 쓸 것 같지도 않았다.

'이젠 모르겠다. 어차피 욕먹을 거, 그냥 아무 생각 없이 받아쓰자.'

국민은 그 수준에 걸맞은 언론을 가지게 마련이니까. 내일은 이걸 후딱 송고하고 일찍 퇴근해서 술이나 마셔야지. 그렇게 다짐한 박 기자는 데스크를 구워삶을 방법을 찾기 위해 머리를 쥐어짜기 시작했다.

6

《가양일보》인터넷판에 희망연대를 소개하는 기사가 떴다. 정의로운 변호사 하나연이 복지법인 '희망연대'의 대표로 취임했다는 소식이었다.

기사 상단에는 그녀의 사진이 실려 있었다. 포토샵으로 다듬은 덕분에 실물보다 생기 있게 나왔다.

전략적으로 선택한 젊고 유능한 전문직 여성의 이미지였다. 사진 속 하나연의 모습과 비교하자니, 어쩐지 오유라가 구태의연한 기성 세력처럼 보였다.

기사 내용은 박 기자가 몇 군데 손을 댄 것 같았다. 한 사장이 작성한 초안보다 문장이 깔끔하고 일목요연해졌다. 흠잡을 데 없이 매끈해진 기사에는 마치 희망연대가 오랜 준비와 고심 끝에 탄생한 중견 단체인 양 묘사되어 있었다.

하나연이 말했다.

"첫 삽을 떴으니 이제 전체적인 그림을 좀 보여 주세요. 다음

스텝은 뭔가요?"

한 사장은 당연하다는 듯 대답했다.

"오유라의 비리를 검찰에 고발해야지요. 절차는 변호사님이 더 잘 아실 테고."

그러나 하나연의 생각은 달랐다.

법정 다툼으로 공세를 시작하는 것은 과거의 실패를 답습하는 격이었다. 통상 재판으로 시시비비를 가리는 데는 오랜 시간이 걸리기 때문이다. 경우에 따라 오유라 측이 의도적으로 재판을 지연시킬 가능성도 있었다.

"오유라가 지연 전술로 대응한다면 세가 약한 우리에게 불리해요. 해가 몇 번 바뀌면 대중은 이 사건에 흥미를 잃을 테니까요."

이 문제를 법정으로 끌고 가는 것은 명백히 소모적인 방법이었다. 오유라가 동원할 수 있는 수단이 양적으로나 질적으로 우월했기 때문에, 이 싸움은 소모전이 아닌 전격전이 되어야 했다. 듣고 있던 이진수가 고개를 끄덕였다.

"어쩌면 오유라가 다른 사건으로 물타기 할지도 몰라요. 저쪽은 지역 정치인과 언론을 동원할 수 있으니까요."

하나연도 이진수와 같은 생각이었다.

"실장님 말씀대로예요. 그래서 더더욱, 이 싸움은 법리 다툼이 되어서는 안 돼요. 철저하게 여론전으로 가야죠. 파괴적인 이슈를 던지면 황색 언론이 알아서 오유라를 잡아먹을 거예요."

"변호사님 말씀이 맞죠. 맞는데, 문제는 방법이지요. 대중의 이목을 사로잡을 후끈후끈한 이벤트가 필요하다 이 말인데."

한 사장은 답답하다는 듯 양손 엄지로 관자놀이를 지그시 눌렀다. 숙고하던 이진수가 번쩍 손을 들었다. 이진수가 말했다.

"오유라 남편의 불륜 건을 터뜨릴까요? 다들 아랫도리 얘기라면 환장하잖아요."

"그게 오유라의 비리와 무슨 관계가 있나? 오유라 본인이 바람을 피운 것도 아닌데. 여차하면 남편을 쳐내는 선에서 꼬리를 자르겠지."

이진수와 한 사장의 대화를 듣고 있던 하나연에게 문득 좋은 생각이 떠올랐다.

듣자 하니 고영희는 미혼모 쉼터에 머물며 허드렛일을 한다고 했다. 겉으로는 센터 일을 돕는다고 하지만 사실상 오유라의 하녀나 다름없는 일이다. 오유라가 그녀에게 정당한 임금을 지불했을 리 없었다.

하나연이 말했다.

"고영희를 포섭하면 어떨까요?"

모두의 이목이 집중되었다. 그녀가 덧붙였다.

"한번 상상해 보세요. 고영희를 데려다가 기자회견을 여는 거예요. '복지법인 대표의 노동 착취, 위선자의 민낯을 드러내다.' 어때요? 9시 뉴스에 이런 헤드라인이 걸리면?"

"고영희가 우리 쪽에 유리한 증언을 할 이유가 있겠어요? 진상과의 불륜 관계가 밝혀지면 본인이 역풍을 맞을 텐데?"

한 사장의 질문에 하나연이 되물었다.

"당사자들은 그걸 밝히고 싶지 않을걸요? 진상이 사랑의 집 지키겠다고 '내가 고영희랑 잤소', 양심 고백이라도 할까요? 오유라는 자기 남편이 고영희한테 걸떡대는 줄도 모르고 있을 텐데."

한 사장과 이진수는 잠시 생각에 잠겼다. 이내 한 사장의 얼굴에 미소가 떠올랐다.

어쨌거나 진실이 드러났을 때 가장 큰 타격을 입는 사람은 고영희와 진상이다. 경우에 따라서는 희망연대가 두 사람을 통제하는 것도 가능해 보였다.

이쪽에서 불륜의 증거를 확보한 이상 진상은 희망연대에 섣불리 맞서지 못할 테고, 한번 돌아선 고영희는 오유라에게 돌아가지 못할 터였다.

게다가 고영희는 오유라를 가장 가까이서 지켜본 사람이지 않은가? 그녀를 포섭할 수만 있다면 오유라의 턱 밑을 겨누는 것이나 다름없었다.

한 사장이 말했다.

"우리가 불륜 사실을 폭로하겠다고 나서면 고영희도 어쩔 도리가 없겠군. 기가 막힌 생각입니다. 갈 곳 없는 여자애가 주인집에서 쫓겨나면 받아 줄 데가 여기밖에 더 있나?"

한 사장은 낄낄 웃으며 아이처럼 기뻐했다. 겉은 번지르르하게 차려입었지만 본성은 영락없이 경망스러운 노인네였다.

당황한 하나연이 정정하고 나섰다.

"잠시만요, 사장님. 저는 지금 고영희를 설득하자는 거예요.

협박을 하자는 게 아니고요."

듣고 있던 이진수가 물었다.

"협박하지 말자고요? 왜요?"

"왜냐하면 그건 불법이잖아요!"

"그럼 애초에 불륜 얘긴 왜 꺼낸 겁니까?"

하나연이 한숨을 내쉬며 대답했다.

"일단 저는 불륜이라는 말 꺼낸 적 없고요. 진상과 고영희의
관계는 일종의 그루밍 성범죄에 가깝다고 생각해요."

잠시 생각에 잠겨 있던 한 사장이 이진수에게 물었다.

"그루밍이 뭐야?"

"수염 기르는 남자들이 미용실 가는 거요."

"그게 왜 성범죄야?"

하나연은 못 들은 척 목소리를 높였다.

"그루밍 성범죄라는 건 누군가를 심리적으로 지배한 상태에
서 성관계를 맺는 걸 의미하는 거예요. 한 사장님 말씀대로, 와
꾸가 딱 나오지 않아요? 오갈 데 없는 어린애를 먹여 주고 재
워 주면서 착취하는 거. 그게 사랑의 집이 고영희를 이용하는
방식이라고요. 우리가 고영희를 도울 수 있다는 걸 보여 주면
분명히 우리 쪽으로 넘어올 거예요."

이진수와 한 사장은 서로를 마주 보며 고개를 갸우뚱했다.
선뜻 이해가 가지 않는다는 눈치였다. 한 사장이 하나연에게
물었다.

"어쨌거나 오유라가 고영희를 먹여 주고 재워 준 건 사실이

잖아요?"

"그렇다고 그게 그 애를 착취해도 된다는 뜻은 아니죠."

"그러니까 앞으로는 우리가 먹여 주고 재워 주겠다, 대신에 성관계는 하지 않겠다, 뭐 그런 얘길 하자는 거예요? 그깟 잠자리 몇 번 가진 게 무슨 대수라고."

그러나 이진수만은 하나연을 이해했다는 듯 고개를 끄덕였다.

"협박은 묵힐수록 힘이 세다는 말씀이군요. 마치 잘 익은 술처럼요. 그러니까 일단 사탕발림으로 고영희를 데려오기만 하면……."

하나연은 어금니를 깨물고 마른침을 삼켰다. 멀쩡하던 위장에서 체기가 올라오는 기분이었다. 하나연이 이진수의 말을 자르며 말했다.

"아니요, 실장님. 그런 게 아니고요. 사탕발림으로 데려오자는 게 아니에요. 우린 고영희의 인생을 그 똥통에서 끄집어낼 수 있어요. 우리가 그 아이를 구할 수 있다고요. 그 대가로 고영희는 우리를 위한 증언을 해 줄 수 있죠. 이건 협박이 아니라 상호호혜예요."

이진수도, 한 사장도 하나연의 말을 선뜻 이해하지 못했다.

협박이 아니라 상호호혜라고? 이진수와 한 사장에게는 낯선 방식이었다. 지름길을 놔두고 왜 에둘러 가자는 거지? 두 사람에게는 하나연의 입에서 흘러나오는 말이 온통 현학적인 개소리로만 들렸다.

이진수와 한 사장이 번갈아 물었다.

"뭐 그건 그렇다 치고. 고영희는 어떻게 설득할 생각이세요? 1억쯤 쥐여 주면 그 애가 넘어올까요?"

"이 사람아. 1억이 애들 장난인가? 너무 과하네. 변호사님이 설득해서 금액을 좀 깎을 순 없습니까?"

하나연은 속으로 혀를 찼다. *하여간 깡패들이란.* 이런 놈들 손에 복지단체 운영을 맡겼다가는 제2, 제3의 오유라를 만들어 낼 뿐이다.

하나연이 대답했다.

"고영희가 가장 필요로 하는 걸 줘야죠. 안정적인 주거와 육아 환경, 정서 지원을 위한 심리 상담, 자립을 위한 직업 교육이요."

듣고 있던 한 사장이 코웃음을 쳤다.

"교과서 같은 소릴 하면 애가 넘어오겠어요? 딱 봐도 발랑 까진 계집애던데."

한 사장의 말에 하나연은 또 한 번 울컥 화가 치밀었다.

발랑 까진 계집애라니? 고영희는 그저 결손 가정에서 자라나 보육원과 위탁 가정을 떠돌았을 뿐이다. 편견을 가지고 사안을 바라보면 객관적인 상황 판단이 어려워진다.

하나연이 물었다.

"그렇게 말씀하시는 근거가 있나요?"

"스무 살에 아빠도 없이 아기 엄마 되기가 어디 쉽습니까? 그리고 변호사님이 말씀하시는 거, 이미 오유라가 다 제공하고 있는 거예요. 주거와 육아는 쌍봉산 쉼터에서 해결이 되고 직업 교육은 거기서 파출부 노릇 하며 배우고 있잖아요."

"정서 상담은 오유라 남편이 해 주고요."

이진수가 던진 농담에 한 사장이 또 한 번 낄낄대며 웃었다. 이쯤 되자 하나연도 기대를 내려놓았다.

'저치에게는 이게 재미있는 농담처럼 들리는 건가? 이자들은 인간에 대한 최소한의 예의도, 존중도 없나?'

그러나 겉으로 내색하진 않았다. 자제력이야말로 하나연이 내세우는 장기였으니까. 마음을 다잡고, 그녀가 말했다.

"지금 고영희가 느끼는 감정은 두려움일 거예요. 미래에 대한 불안감, 의지할 곳 없다는 막막함. 아마 오유라가 나서서 그런 감정들을 부추기고 있겠죠. 오유라와 진상은 지금 고영희가 처한 상황을 이용하고 있다고요."

이진수가 끼어들었다.

"확실히 고영희는 진상과의 관계를 즐기는 눈치가 아니었습니다."

"당연하죠! 스무 살 먹은 어린애가 설마 쉰 살 넘은 아저씨를 사랑해서 붙어 다니겠어요? 제가 직접 설득할게요. 조리 있게 설명하면 분명히 우리 쪽으로 돌아설 거예요."

가만히 듣고 있던 한 사장이 말했다.

"그건 변호사님의 편견 아니고요? 어려서부터 아버지에게 학대를 받고 자라다 보니 그런 취향이 되었을지 누가 압니까?"

하나연은 황당하다는 듯 한 사장을 가만히 바라보았다.

어쨌거나 한 사장은 하나연의 계획이 그다지 내키지 않는 눈치였다. 한 사장이 말했다.

"하 변호사. 난 이게 시간 낭비라 봅니다. 돈으로 되는 일은 돈으로 해결하는 게 제일 빨라요. 사람 욕심이라는 게 작동 원리가 똑같거든. 어리다고 다를 거 하나 없어요."

"염려하시는 게 뭔지 저도 이해하고 있어요. 시간 끌수록 불리한 거 알아요. 그래도 저에게 대표직을 주셨으니 한 번은 믿어 주셔야죠."

하나연은 뜻을 굽힐 생각이 없었다. 끝내 한 사장이 거절한다면 희망연대 대표직을 내려놓을 각오도 있었다.

지금은 우선 고영희가 오유라 패거리의 손아귀에서 벗어날 수 있도록 도와야 한다는 게 하나연의 판단이었다. 그 일이 옳기 때문이 아니라, 그것만이 오유라를 꺾을 수 있는 유일한 방법이기 때문이었다.

고민하던 한 사장이 대답했다.

"그럼 그렇게 합시다. 지금은 하 변이 야전 사령관이니까. 더는 왈가왈부 안 하겠습니다."

회의실을 나서며, 이진수가 하나연에게 말했다.

"우리는 서로 코드가 안 맞아요. 완전 오합지졸이라고요. 변호사님도 느꼈죠?"

하나연이 의연하게 대답했다.

"결과가 좋으면 과정은 저절로 아름다워지는 거예요. 우선은 이기는 데 집중하자고요."

* * *

일요일 오후 반나절은 고영희가 홀로 보낼 수 있는 유일한 시간이었다. 고영희는 진상에게 아이를 맡기고 쉼터를 빠져나왔다.

하루쯤은 아무 일도 하지 않고 카페에서 노닥거리며 여유롭게 시간을 보내고 싶었다. 그러나 고영희에게는 커피 한 잔, 케이크 한 조각도 사치였다. 오유라에게 받는 용돈으로는 아이 이유식과 기저귀 값도 빠듯했다.

한 시간 남짓 버스를 타고 도서관으로 향했다. 검정고시를 보려면 무엇을 준비해야 하는지 알아보기 위해서였다. 때가 되면 대학에도 가고 싶었다. 세상이 어떤 곳인지 배웠으니, 보란 듯이 살아남을 생각이었다.

하지만 자립이라는 게 과연 가당키나 한 일일까? 고영희는 하루에도 몇 번씩 스스로에게 물었다. 뾰족한 답은 떠오르지 않았다. 아무리 생각해도 자신이 없었다.

가끔씩 지나가는 얘기로 자립에 대한 말을 꺼낼 때면 오유라는 걱정 어린 얼굴로 그녀를 다독이곤 했다.

"쉼터 나가면 뭐 해 먹고 살게?"

"식당 일이라도 찾으면 있지 않을까요? 일 좀 배우다가 돈이 모이면 장사하려고요."

듣고 있던 오유라는 별안간 재채기하듯 새된 웃음을 터뜨렸다. 고영희의 얼굴이 새빨갛게 달아올랐다. 비웃음을 당했다는 생각에 두 뺨이 화끈거렸다. 자지러지게 웃던 오유라가 덧붙인 따스한 말들은 외려 상처가 되었다.

"얘가 아직 세상 물정을 모르네. 영희는 마음이 순수해서 꼭 아기 같다니까."

사랑의 집 식구들은 종종 그렇게 고영희를 얼러 댔다. 네일 아티스트가 되고 싶다 해도, 미용 기술을 배우겠다 해도, 중소기업 경리직을 구하겠다 했을 때도. 그들은 늘 코웃음을 치며 그녀를 애 다루듯 대했다.

"중졸 학력으로는 취직 못 해. 요즘 4년제 대학 나와도 노는 사람 수두룩한데?"

"송충이가 솔잎 먹고 살아야지. 꿈이 너무 커도 탈이다, 애."

"차라리 쉼터 일이 편하지 않아? 먹여 주지, 재워 주지, 돈 주지. 이런 데가 또 어디 있니?"

기분은 나빴지만 달리 틀린 말도 아닌 것 같아 힘이 빠졌다. 어쨌거나 오유라는 거리를 떠돌던 자신을 거둬 준 고마운 사람이 아닌가? 쉼터에 오기 전에 겪었던 온갖 나쁜 일들이 떠올랐다. 그녀에게 세상은 한없이 넓고 적대적인 광야였다.

그에 반해 쉼터 생활은 대체로 평온했다. 때때로 고되긴 했지만 못 견딜 정도는 아니었다. 때문에 고영희는 점차 마음을 고쳐먹게 되었다. 이후로는 기분이 나빠져도 그저 자신이 예민하게 반응하는 탓이라 여겼다.

정류장에 내려 시립도서관을 향해 걷는데 자동차 한 대가 고영희 곁으로 다가왔다. 신형 그랜저가 고영희의 걸음에 맞춰 속도를 늦췄다. 짙은 틴팅 때문에 안이 들여다보이지 않았다.

뒷좌석 창문이 내려가는가 싶더니 동그랗고 하얀 얼굴이 나타났다. 구찌 선글라스를 쓴 중단발의 젊은 여자였다. (물론 고영희가 선글라스의 브랜드까지 알 수는 없었겠지만.)

여자가 말했다.

"잠깐 얘기 좀 나눌 수 있을까요?"

여자는 고영희의 대답을 기다리는 대신 팔을 뻗어 명함을 건넸다. 희망연대 대표 하나연. 명함에는 반듯한 글씨로 그렇게 적혀 있었다.

고영희가 머뭇거리는 사이 하나연이 차에서 내렸다. 그녀는 베이지 색 리넨 정장 차림이었다. 와이드 라펠 위에는 햇볕을 받은 금빛 변호사 배지가 찬란하게 빛나고 있었다. 영화에서나 보던 유능한 커리어우먼의 이미지는 단박에 고영희를 사로잡았다.

'나도 이런 사람이 되고 싶다.'

호기심과 두려움, 낯선 설렘이 교차했다. 일렁이는 마음이 턱 끝까지 차올라 그녀를 가슴 뛰게 만들었다. 하나연이 차에서 내려 다가온 순간 고영희는 이미 그녀에게 매료될 준비가 되어 있었던 셈이다.

하나연은 길 맞은편 스타벅스 매장을 가리키며 물었다.

"커피 한잔할래요? 내가 살게요."

고영희는 통유리 너머로 고급스럽게 단장된 스타벅스 리저

브 매장을 들여다보았다. 그녀는 대형 프랜차이즈 커피 전문점을 가 본 적이 없었다. 멋진 인테리어와 편안한 조명, 친절한 바리스타들.

생각해 보면 이상했다. 아무리 돈이 없었다곤 해도 대한민국에 널린 게 스타벅스인데. 왜 그동안 한 번도 가 볼 생각을 안 했던 걸까? 하루를 굶으면 커피 정도는 사 마실 수 있었을 테니 따지고 보면 못 갈 이유도 없었다.

정확히는 가 볼 생각을 안 해 봤다는 편이 옳을 것이다. 고영희의 주변에는 카페 얘기를 하는 사람도 없었고, 그런 곳에 가기를 원하는 사람도 없었다.

스타벅스에서 케이크랑 커피를 마시자고? 그 돈으로 담배 한 갑 사서 PC방 가면 하루 종일 시간 죽일 수 있는데. 쌈오지는 가성비!

어쩌면 그게 고영희가 느꼈던 원인 모를 분노의 원흉이었는지도 모른다.

생일 파티를 해 본 적이 없으니 케이크 먹을 일도 별로 없었다. 어쩌다가 그런 음식을 먹더라도 락앤락에 담아 엄마랑 둘이서 젓가락으로 떠먹었다. 좁디좁은 침대에 앉은뱅이 식탁 하나 펴 놓고. 남들은 밑반찬을 반찬 그릇에 덜어 먹는다는 사실도 나중에야 알았다.

그런 생각을 하니 별안간 얼굴이 화끈거렸다. 그래, 그냥 찢어지게 가난했던 거다. 부모도, 남자 친구도 죄다 그런 인간들이었다.

'뭘 해 본 게 있어야 바라는 게 생기지.'

역시 사람은 자신이 보는 만큼만 욕망하게 되는 거 아닐까? 그래서 식견이 좁은 사람일수록 말초적인 욕망만을 가지게 되나? 여색에 빠져 집 나간 아버지나, 온종일 술에 절어 살던 어머니처럼.

동시에 궁상맞은 고민이 뭉게뭉게 피어올랐다.

정말 들어가도 될까? 나에게 이런 대접을 받을 자격이 있을까? 이 사람은 왜 나에게 잘해 주는 거지? 호의를 넙죽 받아들이면 나를 염치없는 사람이라 여기지 않을까?

고영희가 머뭇거리는 사이, 하나연은 편안한 미소로 그녀를 다독였다.

"부담 갖지 말아요. 시간 뺏는 게 미안해서 그래요. 마침 선물 받은 공짜 쿠폰도 있고. 유효 기간 얼마 안 남아서 오늘 안 쓰면 어차피 버려야 해요."

고영희는 속마음을 들킨 것 같아 괜히 부끄러웠다. 낯선 이를 경계해야 한다는 생각이 들었지만, 그녀는 끝내 하나연을 거절하지 못했다.

하나연은 무슨 메뉴를 시켜야 좋을지 몰라 고민하는 고영희를 잠자코 기다려 주었다. 주문을 마친 두 사람은 창가 자리에 마주 앉았다.

휘핑크림이 잔뜩 올라간 모카 프라푸치노는 너무 달았다. 긴장한 탓인지 음료에는 좀처럼 손이 가지 않았다.

하나연은 고영희에게 복지법인 희망연대에 대해 친절하게 설명해 주었다. 미혼모들에게 안정적인 생활과 검정고시 공부,

직업 교육을 지원하기 위해 신설된 단체라고 했다.

하나같이 와닿지 않는 이야기였다. 눈앞에 놓인 음료도, 하나연의 설명도. 지금의 고영희에게는 지나치게 달콤하기만 할 뿐이었다.

고영희가 말했다.

"말씀은 감사한데요. 저한테 그런 특혜를 주시겠다는 이유를 잘 모르겠어요."

"제가 영희 씨한테 특혜를 주고 있다고 생각해요?"

고영희는 고개를 떨어뜨린 채 입을 다물었다. 하나연은 다른 질문을 했다.

"사랑의 집 쉼터는 좀 어때요? 지낼 만해요?"

"그럭저럭요."

"거기서 일하면 월급은 나와요?"

"일주일에 10만 원씩 용돈 받아서 쓰고 있어요."

고영희의 대답에 하나연은 그럴 줄 알았다는 듯 다시 물었다.

"요즘 최저시급이 9000원 넘는 건 알고 있죠?"

"대신에 다른 직장은 숙식 제공이 안 되잖아요."

고영희는 신경질적으로 대답했다. 무심결에 쏘아붙인 뒤에는 어쩐지 부끄러워졌다. 짐짓 고개를 돌려 창밖을 내다보았다. 한산한 거리가 오늘따라 쓸쓸해 보였다. 고영희는 우물쭈물 덧붙였다.

"……당분간은 쉼터에서 지내는 게 최선이에요."

티를 내지는 않았지만, 하나연은 고영희가 안쓰러웠다. 한편으로는 의아한 마음이 들었다.

끝끝내 쉼터 생활을 고집하는 이유가 뭘까? 자신을 거두어 준 오유라를 변호하려는 걸까? 자존심 때문에 어깃장을 놓는 걸까? 그것도 아니라면, 설마 진상을 두고 떠나고 싶지 않아서?

거기까지 생각이 미치자 절로 속이 메스꺼워졌다. 진상에 대한 적개심이 한층 맹렬하게 타오르는 기분이었다.

'낯선 사람의 호의를 경계하는 건 당연한 거야.'

그렇게 생각하며, 하나연이 물었다.

"영희 씨 앞으로 매달 정부 지원금 나오는 건 알고 있어요?"

고영희는 깜짝 놀라 되물었다.

"지원금이요? 저한테요?"

"영희 씨는 만 24세 이하니까 청소년 한부모 가족에 해당해요. 양육수당 35만 원에 자립 촉진 수당 10만 원씩 월 45만 원이 지급되고요. 검정고시 비용도 매년 154만 원 한도로 나라에서 지원해 줘요. 이런 얘기, 아무도 안 해 주던가요?"

"……저는 처음 들어요."

하나연은 어쩔 줄 몰라 하는 고영희의 시선을 피해 그녀의 손등을 바라보았다. 고영희의 작은 손은 나이에 비해 거칠어 보였다. 하나연이 말했다.

"나랑 진지하게 얘기할 생각 있으면 언제든지 연락해요. 휴대 전화는 있죠?"

고영희는 고개를 끄덕였다. 하나연이 덧붙였다.

"영희 씨가 원한다면 우리가 도와줄 수 있어요. 머물 곳을 제공하고 아이를 돌볼 수 있게 도와줄 거예요. 검정고시 공부나 직업 교육도 받게 해 줄게요. 이건 영희 씨만을 위한 특혜가 아니에요. 영희 씨가 당연히 받아야 할 지원이니까 부담 가질 필요 없어요."

고영희는 이번에도 대답하지 않았다. 한동안 그렇게 테이블에 떨어진 물 자국만 바라보고 있었다. 하나연은 하얗게 질린 그녀의 입술이 몇 번이고 달싹이는 것을 가만히 지켜보았다.

'겁을 먹은 탓일까? 물어보고 싶은 게 많을 텐데.'

앞섶에서 열기가 올라왔다. 복잡한 감정을 비집고 치받치는 분노에 머리가 지끈거렸다. 거짓과 위선으로 한 사람의 삶을 옭아맨 오유라를, 하나연은 마침내 증오할 수 있을 것 같았다.

좋은 징조다. 이것은 누군가에 맞서 이기기에 좋은 마음가짐임을 그녀는 알고 있었다.

하나연이 덧붙였다.

"대신에 영희 씨가 반드시 해야 하는 일이 있어요. 그동안 영희 씨가 감내했던 부당한 처우에 대해 증언해 줬으면 해요."

고영희는 다소 동요하는 듯했다. 어쩌면 무리한 부탁일 수도 있다. 그러나 언젠가는 털어놓아야 할 문제였다.

언제가 해야 할 제안이라면 처음부터 투명하게 까놓는 편이 좋다고 생각했다. 달콤한 말로 우선 고영희를 데려온 뒤 기자회견을 종용하는 것은 오유라의 위선과 다를 바 없었기 때문이다.

침묵하던 고영희가 힘겹게 입을 열었다.

"저…… 대학에 갈 수도 있나요?"

"그럼요. 본인 노력이 필요할 테지만, 가지 말라는 법은 없죠."

"집에 가서 생각해 볼게요."

고영희는 꾸벅 인사를 하고는 종종걸음으로 사라졌다. 도서관까지 태워다 주겠다는 하나연의 호의를 한사코 거절한 뒤였다.

별수 없이 하나연 혼자 그랜저 뒷좌석에 올랐다. 운전석에 앉아 있던 이진수가 물었다.

"설득이 좀 되던가요?"

하나연은 헤드레스트에 뒷머리를 기댔다. 누군가의 통보를 기다리는 입장이라니. 약자가 된 듯한 나른한 무력감에 왈칵 짜증이 났다.

하나연이 대답했다.

"저도 모르겠어요. 어떻게 될지. 결국 저 친구 팔자대로 흘러가겠죠."

이진수는 말없이 고개를 끄덕거렸다. 그리고 더는 캐묻지 않았다.

사무실로 돌아오는 내내 하나연은 말이 없었다. 그저 멍하니 창밖을 바라볼 따름이었다.

하나연은 고영희가 살아온 세월을 상상해 보았다. 당연하게도, 경험해 보지 못한 세상에 대해서는 별반 떠오르는 것도 없었다. 그렇다고 새삼스레 감상에 빠지고 싶진 않았다.

삶은 원래 불공평한 것이다. 인간은 누구나 자신만의 멍에를 지고 태어났으니, 내려놓건 이고 가건 스스로 알아서 할 일이다.

한편으로 세상 어딘가에는 분명 사람들의 짐을 덜어 줄 운명으로 태어난 이도 있을 터였다. 대개는 감수성이 풍부하고 공감 능력이 뛰어난 사람들일 것이다. 그녀 자신은 그런 타입이 아니라는 것을 스스로가 제일 잘 알고 있었다.

하나연은 생각했다.

'싸워서 이기는 게 내 길이야. 누군가를 돌보는 건 나에게 어울리지 않아.'

* * *

"잘됐습니까?"

한 사장의 질문에 하나연이 대답했다.

"기다려 보시죠."

한 사장은 여전히 내키지 않는 눈치였다. 가래가 끓는 목을 괜히 가다듬으며 주변 사람들을 초조하게 만들었다. 한 사장은 듣기 싫은 목소리로 쉴 새 없이 투덜거렸다.

"희망이라든지, 비전이라든지, 그게 얼마나 소중한 보물입니까? 가치를 모르는 사람에게 마구잡이로 던져 줄 만큼 하찮은 게 아니에요. 오늘만 사는 사람한테는 당장 쓸 수 있는 푼돈이나 쥐여 주는 게 딱인데."

작고 가느다란 한 사장의 눈은 온통 검은 동자였다. 내려앉은 눈꺼풀을 가로로 얇게 째 놓은 것 같았다. 가만히 있어도 사람을 흘겨보는 듯한 뱀눈이었다.

하나연은 한 사장을 마주 보며 물었다.

"정말 헛걸음이었을까요?"

"고영희는 아직 애예요. 애한테 사리 분별할 안목이 있겠어요? 변호사님이 암만 옳은 소릴 했대도 개한테는 별로 와닿지 않았을걸요?"

'그럴지도. 하지만 시도는 해야 했던 것 아닌가? 내키는 대로 밀어붙일 거였으면 살인 청부업자를 고용할 것이지 뭐 하러 변호사를 데려왔대?'

하나연은 구역질처럼 올라오는 거친 생각들을 가까스로 밀어 삼켰다. 그러기 위해 스스로 끊임없이 되뇌었다.

'나는 정의로운 사람이 아니야. 현실적인 사람이지. 다 나 잘되라고 하는 일인걸.'

하나연은 손가락 마디가 하얘지도록 주먹을 꽉 말아 쥐었다. 미소를 지어 보이며, 하나연이 대답했다.

"조금만 기다려 주세요. 며칠 안에는 반드시 연락이 올 거예요."

그렇게 며칠이 지났다. 하나연의 사무실로 전화가 걸려 왔다. 때마침 하나연은 한 사장과 다음 단계의 계획을 논의하던 참이었다.

하나연은 한동안 수화기를 붙잡고 가만히 듣고만 있었다. 그리고 마침내, 하나연이 말했다.

"알겠어요. 영희 씨 의견을 존중할게요."

잠자코 귀를 기울이던 한 사장은 몸이 달았다. 저도 모르게 소파에서 반쯤 일어선 채 물었다.

"뭐래요?"

하나연이 무덤덤하게 한 사장을 돌아보며 말했다.

"기자회견 준비해 주세요. 다음 주 화요일쯤이 좋겠네요."

한 사장이 무릎을 치며 쾌재를 불렀다. 고영희가 드디어 결단을 내린 것이다.

고영희는 이번 주 안으로 쉼터 생활을 정리하고 희망연대로 넘어오겠다는 의사를 밝혔다. 오유라의 부당 행위를 고발하겠다는 약속과 함께. 이제는 한 사장이 멋들어진 멍석을 깔아 줄 차례였다.

"다음 주까지 어떻게 기다리나. 내일 당장 하면 안 될까요?"

한 사장의 질문에 하나연이 자신 있게 대답했다.

"원래 빅 뉴스는 금요일에 까는 거 아니에요. 주말 지나면 다들 잊어버리니까요."

7

오유라는 오후 내내 들떠 있었다. 사랑의 집 설립 이래 최대 규모의 후원 계약을 목전에 두고 있기 때문이었다. 가양시 소재 중견 기업, 대운산업개발로부터 10억 원가량의 기부를 약속받고 사무실로 돌아가는 길이었다.

진상이 온종일 오유라의 운전기사 노릇을 했다. 평소 오유라는 공적인 자리에 진상을 대동하지 않았지만 오늘 같은 날은 예외였다.

가난한 활동가 이미지를 유지하기 위해서는 별수 없이 15년 된 썩다리 중형 세단을 끌어야 했기 때문이다. 오유라의 운전 솜씨로는 도저히 몰 수 없는 물건이었다.

오유라가 혼잣말처럼 중얼거렸다.

"난 이제 후방 카메라 없으면 주차를 못 하겠더라. 그……부딪힐 거 같으면 삑삑 소리 나는 거, 그걸 뭐라고 하지?"

오유라가 흐릿한 기억을 헤집으며 미간을 찌푸리자 진상이 재빨리 대답했다.

"전후방 충돌 방지 보조 기능."

"그래, 맞아. 신호대기 할 때 시동 꺼지는 건 뭐더라? 에코 모드?"

"공회전 제한 시스템."

원하는 답변이 재깍재깍 튀어나오자 오유라는 비로소 흡족한 표정을 지었다. 오유라가 말했다.

"역시 차는 벤츠가 최고야. 내 차 타다가 이런 똥차 타면 인생이 갑자기 시궁창에 처박힌 기분이라니까."

"벤츠 좋지. 이번에 나온 신형 S클래스도 예쁘던데?"

진상이 맞장구치며 기분을 맞춰 주었다. 오유라는 좌석 깊이 몸을 묻었다. 그녀의 체중을 삼킨 낡은 시트가 신음하듯 삐걱거렸다.

눈을 감은 채 오유라가 물었다.

"여보. 이 차에 영희 태운 적 있어?"

진상의 심장이 덜컥 내려앉았다. 갑자기 고영희의 이름이 튀어나오자 지레 겁이 났다.

'마누라가 혹시 눈치를 챘나? 이 여자, 혹시 내가 영희한테 보낸 메시지를 훔쳐본 건 아니겠지? 쉼터 컴퓨터에 카카오톡을 괜히 깔았나?'

짧은 시간에 온갖 상념이 얼음장처럼 굳어 버린 의식을 지치며 달아났다. 머뭇거리던 진상이 되물었다.

"영희? 걔가 내 차 탈 일이 뭐 있어?"

오유라가 핀잔하듯 말했다.

"야박하기는. 좀 태워 줘라. 차 없으면 걔 혼자 시내 다니기 불편할 텐데."

"알아서 버스 타고 다니겠지. 촌 동네에서 노숙하던 애가 그 정도면 성공한 거 아냐? 내가 이 나이에 가정부 운전기사 노릇까지 해야 하나."

목소리를 높이며 변명 아닌 변명을 늘어놓던 진상이 별안간 말문을 닫았다.

실수다. 지금 지나치게 차가운 투로 성을 내고 있지 않은가? 제 발이 저린 탓에 쓸데없이 말이 많았다.

과민한 반응이 오히려 의심을 불러일으킬까 봐, 진상은 오유라에게 넌지시 물어보았다.

"근데 갑자기 영희는 왜?"

"그냥. 어린애가 불쌍하잖아."

오유라는 한동안 말이 없었다. 진상 역시 아무 말도 하지 않았다. 덜컹거리는 노면 소음과 쌕쌕대는 풍절음이 차내를 가득 채웠다.

잠시 후, 오유라는 '풉' 하고 웃음을 터뜨렸다. 진상은 나쁜 짓을 하다 덜미를 잡힌 사람처럼 온몸이 서늘하게 얼어붙는 기분이었다.

'들켰나? 뒷자리에 영희가 흘린 물건이라도 있나? 아니면 시트에 뭐가 묻었다거나. 차에서 분 냄새라도 나는 건가?'

진상은 룸미러를 통해 오유라를 주시하며 눈치를 살폈다. 이

마 위로 식은땀이 흘러내렸다. 쿵쾅대는 심장 탓에 머리털이
바짝 곤두섰다.

손등으로 눈물을 찍어 닦으며 오유라가 말했다.

"어휴, 나 왜 이리 센치해졌냐? 갱년기인가 봐."

진상은 안도의 한숨을 내쉬었다. 그가 말했다.

"불쌍하긴. 다들 팔자대로 사는 거지."

"그래. 팔자소관이야. 그러니까 우리는 착한 일을 많이 해야
해. 착하게 살아야 나중에 복을 받지."

기지개를 켜는 오유라의 말투는 나른하고 한가로웠다.

두 사람은 사무실로 돌아와 낮에 있었던 회의 내용을 정리
했다.

협의문을 읽어 본 진상은 고개를 갸우뚱했다. 대운산업개발
의 후원금은 미혼모 쉼터 조성에 쓰일 예정이라는데, 이해할
수 없는 제안이었다. 사랑의 집은 이미 쌍봉산 쉼터를 보유하
고 있기 때문이다.

진상이 물었다.

"쉼터를 하나 더 만들자는 얘기야?"

오유라가 고개를 끄덕였다. 그녀가 말했다.

"대운에서 제안한 후보지가 너무 매력적이라 도저히 놓치고
싶지 않더라고. 구도심 단독주택인데 먹자골목 예정지까지 걸
어서 5분 거리야. 당신도 알지? 주미가 가양시장 인근에 먹자
골목 추진하는 거. 개발된다는 걸 모르면 모를까, 알면서 어떻
게 그냥 넘겨? 촉이 딱 오잖아. 이건 꼭 잡아야겠다 싶었지."

우선은 대운산업개발의 기부금으로 쉼터를 조성한 뒤 몇 년 안에 수익사업으로 전환하자는 것이 오유라의 복안이었다. 미혼모 자립을 위한 카페, 공방, 혹은 베이커리. 이름이야 갖다 붙이기 나름이었다.

진상이 말했다.

"부동산은 당신 전문이니까. 근데 이상하다? 걔들은 쌍봉산 쉼터가 비어 있는 걸 알면서도 새로 부지를 기부하겠다는 얘기야? 통 이해가 안 가네."

진상은 혼자서 연신 고개를 갸우뚱거렸다. 그 모습을 지켜보자니 오유라의 가슴에서 또 한 번 불기둥이 치솟았다.

옛말에 이르기를, 사람은 근기(根機)에 따라 상중하로 나뉜다고 했다. 스스로 깨우치는 자가 으뜸가는 상근기(上根機)요, 가르치면 깨닫는 자가 중간이며, 가르쳐도 배우지 못하는 자를 하근기(下根機)라 했다.

오유라는 답답한 마음에 가슴을 두드렸다. 그 긴 세월 마누라가 일하는 방식을 보면서도 배운 게 없다니. 오유라가 거칠게 쏘아붙였다.

"당연히 대운산업은 모르지! 쌍봉산 쉼터에 아무도 안 사는데 하나를 더 만들자고 하면 걔들이 우리한테 기부하겠니?"

진상이 천진한 얼굴로 맞장구를 쳤다.

"내 말이 그 말이야. 왜 우리한테 이런 기회를 주는 거지?"

"아이고, 인간아. 서류상으로 쌍봉산은 지금 포화 상태야. 걔들이나 우리나 그렇게 알고 넘어가는 거라고."

곧이어 오유라의 한바탕 설교가 이어졌다.

남의 돈 받아먹는 거 쉬운 일 아니다. 세상에 공짜는 없고 후원이 필요한 단체들은 발에 차이게 널렸다. 눈먼 돈을 타 먹을 때도 계획과 노력, 정성이 필요하거늘. 하물며 기업 후원을 받겠다면서 아무 생각 없이 제안서를 던지면…….

"……어떤 정신 나간 놈이 우리한테 돈을 주겠느냐고! 한두 푼도 아니고 물경 10억 원인데."

진상은 진저리가 난다는 듯 귀를 틀어막았다.

"알았어, 알았어. 아무튼 대운한테는 거짓말했다는 거지?"

오유라가 버럭 소리를 질렀다.

"그게 왜 거짓말이야? 좋은 일 하겠다는 사람을 왜 거짓말쟁이로 몰아?"

"……하긴 거짓말은 아니지. 그냥 쌍봉산 쉼터가 비어 있다는 얘기를 안 한 것뿐이니까."

진상이 한발 물러섰지만 오유라는 여전히 화가 안 풀린 듯했다. 오유라는 핏대를 세우며 진상을 몰아붙였다.

"걔들이 쌍봉산에 빈방 있느냐고 물어본 것도 아닌데. 내가 대운산업에 우리 내부 사정까지 보고해야 해?"

"자기가 알아서 잘하겠지."

"그리고 쉼터가 열 개면 뭐 어때? 그거 꼬치꼬치 따지고 들 사람도 없고, 따져 봐야 득 볼 사람도 없어. 가양시장이랑 개발업자들 짬짜미 몰라? 다 김주미랑 싱크 맞추고 가는 거지. 대운산업이 설마 우리 예쁘다고 기부를 하겠니?"

김주미 시장은 개발업자들에게 각종 편의를 봐준다. 자연녹지를 단숨에 준주거지로 상향해 용적률을 올려 준다거나, 임대주택을 일반 분양으로 전환한다거나, 인허가 과정에서 산지관리법 위반 같은 사소한 흠결은 눈감아 주는 식이다.

김주미 시장의 유능한 행정 처리에 감복한 개발업자들은 사랑의 집에 막대한 기부금을 낸다. 오유라는 그렇게 흘러든 자금을 세탁해 김주미에게 제공하고 수수료를 뗀다.

이것은 가양시의 어둡고 은밀한 생태계에 몸담은 자라면 몰라서는 안 될 불문율이었다. 머쓱해진 진상이 우물거리며 대답했다.

"미안하다. 내 입이 방정이지. 마누라가 나보다 낫네."

"괜히 어디 가서 실수하지 말고 입단속 잘해. 관청에서 현장 실사라도 나오는 날엔 너랑 나랑 머리끄덩이 잡고 지옥 가는 거야."

그때 사무실 전화가 울렸다. 사랑의 집의 열렬한 후원자이자 자원봉사자, 김 선생이었다. 오유라가 받았다.

"김 선생님. 이 시간에 어쩐 일이세요?"

"대표님, 큰일 났습니다."

"네?"

"TV 좀 틀어 보세요. 뉴스 채널."

김 선생의 목소리는 격앙되어 있었다. 맞은편 소파에 앉아 있던 진상에게까지 들릴 정도였다. 당황한 오유라가 더듬더듬 되물었다.

"어디 뉴스요? KBS? MBC?"

"지금 안 나오는 데가 없어요! 아무 데나 빨리요."

얼른 TV를 켜 보라는 오유라의 손짓에, 진상은 재빨리 리모 컨을 집어 들었다. 9시 뉴스에 기자회견 영상이 송출되고 있었다. 플래시 세례를 받으며 앉아 있는 사람은 다름 아닌 고영희였다.

고영희의 곁에는 웬 단발머리 젊은 여자가 앉아 있었다. 그녀가 또랑또랑한 목소리로 성명서를 읽어 내려갔다.

"……이뿐만이 아닙니다. 사랑의 집은 고영희 씨 앞으로 지급되는 정부 지원금을 가로챘습니다. 고영희 씨에게 주당 70시간 이상의 노동을 강요하면서 임금조차 지급하지 않았습니다. 착복과 횡령을 일삼은 주범은 바로 오유라 대표입니다. 오 대표는 미혼모들의 안식처가 되어야 할 쌍봉산 쉼터마저 사유화했습니다."

어느 채널을 돌려 봐도 같은 화면이 나왔다.

오유라는 양손으로 수화기를 움켜쥔 채 TV 화면을 노려보았다. 눈동자를 깜빡이는 것도 잊은 듯했다. 어금니를 깨문 오유라의 턱 근육이 흉하게 움찔거렸다.

인터넷으로 실시간 트렌드를 확인한 진상은 거의 공황 상태였다. 허둥대던 진상이 새된 비명을 질렀다.

"인터넷에 온통 사랑의 집 얘기뿐이야. 큰일 났네. 어떡하지? 당신 이름이 지금 트렌드 1위인데? 우리 이제 망하는 거야?"

오유라가 호통을 쳤다.

"입 닥쳐. 호들갑 떨지 말고."

TV 속 고영희는 야단맞는 아이처럼 고개를 떨어뜨린 채 입을 앙다물고 있었다. 그러나 기자들이 질문을 던질 때면 차분한 목소리로 꼬박꼬박 대답했다. 오유라에게는 기자회견 자체가 가증스러운 연극처럼 보였다.

기자가 물었다.

"사랑의 집 쉼터가 본래의 목적으로 사용된 적 없다는 게 사실입니까?"

고영희가 대답했다.

"네."

"그럼 쉼터는 무슨 용도인가요?"

"그냥 오유라 대표님 개인 별장처럼…… 가끔 바비큐 파티도 하시고요."

고영희가 말꼬리를 흐리며 카메라를 바라보았다. 재차 플래시 세례가 쏟아졌다. 조명을 뒤집어쓴 채 얼어붙은 고영희의 모습이 꼭 고속도로에 뛰어든 고라니 같았다. 오유라는 분한 나머지 발을 동동 굴러 댔다.

"배은망덕한 기지배. 기차도 안 다니는 촌구석에서, 남의 밭에 심은 무나 뽑아 먹던 도둑년을 거둬 줬더니 감히 이런 식으로 뒤통수를 쳐?"

한편으로는 의아했다. 기자회견이라니. 도저히 고영희 혼자 저지를 만한 사고가 아니었기 때문이다. 오유라는 기자들 앞에서 브리핑하던 단발머리 여자를 주목했다. 여자의 가슴께에 큼지막한 자막이 나타났다. 하나연 변호사. 희망연대 대표.

오유라는 주먹으로 책상을 내려쳤다.

"저건 도대체 어디서 굴러 들어온 인간이야!"

저 젊은 변호사가 고영희에게 헛바람을 넣은 게 분명했다. 화면을 쏘아보는 오유라의 눈에서 형형한 살기가 뿜어져 나왔다.

오유라가 진상에게 말했다.

"예전에 내가 알려 준 전화번호, 아직 가지고 있지?"

진상이 화들짝 놀라 되물었다.

"흥신소 최 사장? 뭘 어쩌려고?"

"어쩌긴 뭘 어째? 사람 풀어서 후다부터 따야지. 하나연이가 대체 뭐 하는 인간인지 탈탈 털어 와. 이번 일 저 애 혼자 벌일 만한 사이즈가 아니야. 분명히 쟤들 끼고 앉아서 우릴 제끼려는 세력이 있는 거야."

오유라의 지시를 받은 진상이 고개를 끄덕였다. 그러고는 어디론가 전화를 걸었다.

다음 날, 오유라는 새벽부터 발 빠르게 움직였다. 가장 먼저 김주미 시장을 만나 입을 맞췄다. 자초지종을 설명한 오유라가 덧붙였다.

"우리가 그동안 쉼터에서 어울린 거 뽀록나면 너나 나나 끝장이야. 너도 알지?"

김주미는 처음엔 불같이 화를 냈지만 이내 평정을 되찾았다. 그녀 또한 정치판 밑바닥을 구르며 볼 장 다 본 사람이었다.

진창에서부터 맨주먹으로 기어올라 쟁취한 시장 자리다. 누구에게든 쉽게 내줄 생각은 추호도 없었다. 김주미가 말했다.

"걱정 마. 어차피 거기 모여 있던 사람들 전부 운명 공동체야. 같은 배를 탔으니 어디 하나 빵꾸 나면 다 죽는 거야."

김주미의 말에 오유라는 안도의 한숨을 내쉬었다. 오유라가 말했다.

"고맙다, 주미야. 진짜 너밖에 없다."

허리를 굽히며 손을 맞잡으려는 오유라를 뿌리치며, 김주미가 선을 그었다.

"처신 잘해. 빵꾸 뚫린 자리가 어디였는지 다들 기억할 테니까."

오유라는 서늘한 기운에 몸을 떨었다. 김주미의 카르텔은 이번 일을 잊지 않을 것이다.

일이 커지기 전에 오유라의 손으로 잘라 낼 수 없다면, 김주미의 손에 오유라가 잘려 나갈 터였다. 공들여 쌓아 올린 사랑의 집의 입지가 흔들리는 것도 시간문제였다.

* * *

기자회견이 끝나자 하나연은 정신없이 바빠졌다. 각종 매체에서 인터뷰 요청이 쇄도했기 때문이다.

한편으로는 고영희의 신변을 보호하는 일이 중요해졌다. 하나연은 우선 고영희를 자신의 자취방에 머물도록 했다. 당분간은 외출도 자제해야 했다. 공중파에 얼굴이 팔린 이상 각별히 조심할 필요가 있었다.

고영희를 집으로 데려오던 날, 하나연은 그녀에게 휴대 전화 전원을 꺼 둘 것을 부탁했다. 오유라가 고영희를 회유하거나 협박할 가능성 때문이었다.

남의 집에서 신세 진다는 생각에 쭈뼛대는 고영희에게, 하나연이 말했다.

"낮에는 혼자 지내기 심심하겠다. 평소에 유튜브나 인터넷 많이 봐요?"

고영희는 멋쩍은 듯 웃으며 자신의 휴대 전화를 꺼내어 보여 주었다. 2015년도에 출시된 아이폰 6S였다. 하나연이 물었다.

"우와. 이걸 아직도 써? 진짜 오래된 건데. 나 로스쿨 공부할 때 아이폰 6S 썼거든."

고영희가 대답했다.

"제 건 어차피 인터넷 안 돼요. 데이터 없는 요금제라 전화랑 문자만 쓰거든요."

하나연은 왜 데이터 요금제를 쓰지 않느냐고 물으려다 그만 두었다.

'왜긴 왜겠어. 싸니까 쓰겠지.'

하나연이 말했다.

"공유기 뒤에 와이파이 비번 적혀 있으니까 그거 써."

"됐어요. 어차피 기기가 너무 낡아서 와이파이 감도도 구릴 거예요."

하나연은 새삼 고영희가 안쓰러웠다.

요즘 세상에 인터넷에 접근할 수 없다는 게 어떤 의미인지를 전에는 미처 알지 못했다. 도대체 왜 당하고만 살지? 인터넷 검색만 해 봐도 알 수 있는 걸 왜 몰라? 한때는 그녀도 그런 말들을 쉽게 내뱉었다. 뉴스에서 피착취자의 사연을 접할 때마다 별생각 없이 혀를 찼다.

그러나 어딜 가든 문명의 혜택으로부터 소외된 사람은 있는 법이다. 하나연에게는 그런 사람들을 섣불리 비난할 자격이 없었다. 권리 위에 잠자는 자 보호받지 못한다는 말을 그동안은 너무 쉽게 생각했다.

몇 해 전 친구가 했던 말이 문득 떠올랐다.

"별거 아닌 거 같아도 말이야. 변호사 친구가 있다는 건 굉장한 거야. 평소에 궁금했던 거 다 물어볼 수 있잖아. 법조계나 소송 얘기도 많이 듣고."

농담처럼 건넨 친구의 말에 하나연이 웃어넘기며 물었다.

"그게 뭐라고. 네가 살면서 법원 출두할 일이 있기나 하겠냐?"

"그러니까 그게 대단한 거라고. 남들은 고소 얘기만 나와도 벌벌 떤단 말이야. 쫄 수밖에 없어. 평생 파출소 한 번 안 가 본 사람이 대부분이니까. 난 이제 누가 고소한다고 을러대도 별로 겁 안 나. 너한테 하도 들은 얘기가 많아서."

하나연이 고영희에게 말했다.

"TV라도 보면서 쉬어요. 뭐 필요한 거 있으면 얘기하고. 내가 사 올게."

"너무 신경 안 쓰셔도 돼요. 저 혼자 지내 본 적 많아요."

씩씩하게 대답하는 고영희를 남겨 두고 하나연은 다시 사무실로 향했다. 감상에 빠져서는 안 된다. 싸움에 임할 때는 오직 이기는 일만 생각해야 한다.

결의를 다지며 주먹을 말아 쥐었다. 14k 큐빅 반지의 단단한 감촉. 언젠가 이 반지도 진짜 다이아몬드가 될 날이 올 것이다.

하나연은 마음속에서 맴도는 말들을 혼자 되뇌었다.

'내 임무는 싸워서 이기는 거야. 이김으로써 수천, 수만 명의 인생을 바꾸는 거야.'

수천, 수만 명의 인생이 달라지면 세상이 바뀐다. 세상이 바뀌면 기득권도 바뀐다. 이를테면 비법대 삼류 로스쿨 출신도 번듯한 감투를 쓸 수 있다는 소리다.

오유라를 쓰러뜨리는 일은 그렇게나 큰 의미가 있었다. 고영희에게도, 그리고 하나연 자신에게도.

* * *

저녁에는 이진수가 말죽거리 사무실을 방문했다. 이진수는 그동안 한 사장의 지시에 따라 줄곧 오유라를 감시해 왔다. 오늘은 기자회견 이후 오유라의 동향을 보고하는 자리였다.

그때까지만 해도 하나연은 이상한 조짐을 전혀 느끼지 못했다. 수상한 낌새를 챈 사람은 뒤늦게 도착한 이진수였다.

사무실 창밖을 내다보던 이진수가 물었다.

"여기 또 오기로 한 사람 있나요?"

"아뇨."

"사무실 불 좀 꺼 주세요."

하나연은 영문도 모른 채 시키는 대로 불을 껐다. 이진수는 벽에 바짝 몸을 붙이고 창밖을 내다보았다. 잠시 후, 그가 말했다.

"감시하는 놈들이 있습니다. 맞은편 1층 편의점에 하나. 정문 입간판 옆에 하나. 주차장 입구에 소나타 서 있는 거 보이죠?"

"보여요."

"아침에도 저 차가 이 근처를 빙빙 도는 걸 봤어요. 저 새끼들, 우리가 나오길 기다리고 있을 거예요."

하나연은 그제야 이진수가 사무실 불을 끈 이유를 이해할 수 있었다. 첫째로는 사무실 내부 상황을 노출하지 않기 위함이었다. 둘째로는 미행자를 엉뚱한 장소로 유인해 내기 위해서였다. 놈들은 아마 하나연이 곧 퇴근하리라 예상할 것이다.

이진수가 말했다.

"제가 먼저 나갈 테니까 놈들이 제 차를 따라오면 변호사님은 택시 타고 들어가세요."

불안해진 하나연이 물었다.

"저 혼자 있으면 위험하지 않을까요?"

"미행이 붙으면 변호사님 댁이 노출됩니다. 따로 가는 편이 나아요. 제가 떠나고 30분 뒤에 출발하세요. 사무실 불 켜시면 안 돼요."

하나연은 고개를 끄덕였다. 이진수는 발소리를 죽인 채 복도 계단을 걸어 올라갔다. 혹시나 숨어 있는 놈은 없는지, 옥상에서부터 한 층씩 점검하며 내려올 생각이리라.

한참 뒤. 이진수의 차가 주차장을 빠져나갔다. 곧이어 주차장 입구에 정차했던 소나타에도 헤드라이트가 들어왔다.

미행자들은 재빨리 소나타에 올라탔다. 이진수가 말했던 두 사람 외에 한 명이 더 있었다. 모두 보통 체격의 평범한 사람들이었다.

소나타가 이진수를 뒤쫓아 사라진 뒤에도 하나연은 창밖을 주시하며 면밀히 주위를 살폈다.

영원 같은 30분이 지나갔다. 하나연은 구두를 양손에 벗어 쥐고 계단을 뛰어 내려왔다. 인파에 섞이기 위해 대로변으로 나가 100미터쯤 걸었다.

간신히 택시를 잡아탄 뒤에야 한숨 돌릴 수 있었다. 두방망이질하는 심장 탓에 머리가 어지러웠다. 겨드랑이부터 등줄기까지 식은땀에 푹 젖어 있었다.

* * *

미행이 따라붙었다는 말을 들은 한 사장이 경호원을 붙여준다고 나섰다. 고광택이라는 20대의 건장한 남성이었다. 키는 186센티미터, 체중은 98킬로그램의 다부진 근육질이었는데, 소년체전에서 금메달을 딴 유도 선수 출신이었다.

무엇보다도, 고광택은 한 사장의 수족이나 다름없는 똘마니였다. 물론 한 사장이 자신의 수하를 하나연에게 붙이려는 데에도 나름의 이유는 있었다.

"하 변호사가 딴마음 못 먹게 옆에서 잘 감시해라. 자리 앉히고 도장 쥐여 주면 없던 욕심도 생기는 게 사람이야."

한 사장의 당부에 고광택이 꾸벅 고개를 숙이며 대답했다.

"예, 사장님."

"그리고 하 변이 너 면접 한번 본다니까 가서 싹싹하게 잘하고. 똑똑한 여자다. 만만히 보지 마."

면접이란 말에 난처한 듯, 고광택이 물었다.

"면접 가면 뭐라고 대답하죠? 제가 취직을 안 해 봐서요."

한 사장은 한심하다는 듯 혀를 찼다.

"경호원 면접이 뭐 별거 있겠냐? 싸움 잘하냐고 물어보면 그냥 잘한다고 해. 너 체대 나왔지? 그럼 좀 센 척해도 돼."

그러나 막상 면접장에 들어가 보니 상황은 한 사장의 예상처럼 흘러가지 않았다. 하나연이 대번에 한 사장의 속내를 꿰뚫어 본 것이다.

고광택은 하나연에게 90도로 허리를 숙이며 우렁차게 인사했다.

"고광택입니다. 잘 부탁드립니다."

딱 봐도 질이 나쁜 건달이었다. 꼴에 예의 차린다고 긴팔 셔츠를 입고 왔는데, 그가 팔을 움직일 때마다 소매 아래로 조악한 용 문신이 들락거렸다.

'누가 깡패 아니랄까 봐 자기 밑에서 부리는 양아치를 데려다 놨네. 내가 자기 눈에 안 보일 땐 뭐 하는지 궁금하다 이거지?'

하나연도 오기가 생겼다. 면전에서 대놓고 퇴짜를 놓았다. 당황한 고광택이 발끈하고 나섰다.

"대표님 저 못 믿으세요? 저 싸움 진짜 잘합니다."

"격투기 선수 뽑는 자리가 아니잖아요. 광택 씨는 제가 위험에 처했을 때도 괴한이랑 쌈박질이나 하실 거예요?"

그렇게 하나연은 고광택을 잘 타일러 돌려보냈다. 곁에서 지켜보던 이진수가 물었다.

"한 사장 똘마니라 껄끄러우신 거죠?"

하나연이 이진수에게 되물었다.

"실장님도 한 사장님 사람이잖아요?"

"난 아닌데요? 굳이 따지자면 단기 계약직이니까요."

이진수의 대답을 들은 하나연은 잠시 생각에 잠겼다. 이내 그녀가 다시 물었다.

"실장님은 싸움 잘해요?"

"어렸을 때 좀 했죠."

"몇 명까지 이길 수 있어요?"

"상황에 따라 다르고 상대에 따라 다르겠죠."

"지난번처럼 네 명이라면? 네 명이랑 싸워도 이길 수 있어요?"

이진수는 생각해 본 적 없다는 듯, 어깨를 으쓱 들어 보였다.

"아예 일반인이라면 가능할 것 같은데요."

"다섯은요?"

"다섯은 어렵죠. 저도 사람인데."

하나연은 고개를 끄덕였다. 그녀가 말했다.

"앞으로 실장님이 제 보디가드 겸 운전기사를 맡아 줬으면 좋겠어요. 한 사장님께는 제가 잘 말해 볼게요."

이진수가 의아하다는 듯 물었다.

"저를요? 왜요?"

"문신쟁이 양아치보다는 듬직해 보이잖아요. 그리고 뭐. 최소한 저한테 대놓고 거짓말은 안 하시니까."

이진수는 하나연의 대답을 듣고 아리송한 표정을 지어 보였다. 딱히 거절할 이유는 없었다. 그야 어차피 일 끝나고 돈만 받으면 되는 입장이었기 때문이다.

8

오유라가 희망연대에 대한 반격을 준비하는 사이, 진상도 제
나름 살길을 찾기 위해 골머리를 앓고 있었다. 무엇보다 두려
운 것은 고영희와의 관계가 들통 나는 상황이었다.

남의 속도 모르는 오유라는 자꾸 난처한 질문을 던졌다.

"영희한테 뭐 이상한 조짐 없었어? 누구를 몰래 만나러 다녔
다거나."

"몰라. 내가 걔랑 온종일 붙어 지내는 것도 아니고."

진상의 말은 반은 진실, 반은 거짓이었다. 고영희가 딴마음
을 먹고 있을 줄은 정말 몰랐다. 그녀와 온종일 붙어 지냈던 건
사실이지만.

오유라는 진상을 향해 종주먹을 휘두르며 으르렁댔다.

"인간아. 옆에 착 달라붙어서 감시했어야지. 내가 너 글이나
쓰면서 놀라고 별채에 작업실 내줬니? 명색이 관리인이면 애
들 관리를 해야 할 것 아냐!"

진상은 눈을 내리깐 채 코만 훌쩍거렸다. 오유라가 목소리를 높일 때마다 저도 모르게 몸이 움츠러들었다. 화가 나는 한편 서운한 마음에 왈칵 눈물이 터질 것 같았다.

'아무리 그래도 지가 내 마누라인데, 남편 알기를 너무 우습게 아는 거 아닌가?'

그런 의문이 들자 뜬금없이 용기가 생겼다.

진상이 우물우물 항변했다.

"관리했다고. 나는 뭐 노냐?"

그러자 오유라가 주먹으로 책상을 내려쳤다. 커피잔이 달그락대는 소리에 놀란 진상도 덩달아 앉은 자리에서 펄쩍 뛰어올랐다. 오유라가 버럭 소리를 질렀다.

"그럼 네가 일하니? 맨날 쌍봉산 어머니 젖가슴 타령이나 하는 게 일이야? 나 좀 살자, 제발. 당신 하는 짓만 보면 복장이 터져서 아주 미쳐 버릴 것 같다고."

한참을 쏘아붙이고도 오유라는 분이 풀리지 않는 듯했다. 씩씩대던 오유라는 성난 고릴라처럼 가슴을 두드리며 사무실 문을 박차고 나가 버렸다.

진상은 무릎 사이에 얼굴을 묻었다. 참았던 울음이 한꺼번에 터져 나왔다. 그동안의 인생을 송두리째 부정당한 기분이었다.

'내 시가 뭐 어때서? 모성적 은유로 자연을 묘사하는 게 어디가 어때서?'

그런 생각이 들자 억울하고 분했다. 진상은 오유라의 텅 빈 책상을 향해 와락 소리를 질렀다.

"네가 예술을 알아? 예술가의 고뇌를 아느냐고! 돈밖에 모르는 속물 주제에."

곁눈질로 사무실 문이 굳게 닫혀 있음을 확인한 진상은 나지막이 덧붙였다.

"에이, 망할 여편네."

오유라의 면전에서는 꺼내지도 못할 말을 토사물처럼 게우고 나니 조금은 속이 시원해졌다. 마음을 가라앉히자 비로소 이성적인 판단이 섰다.

엄밀히 말해 오유라가 아주 틀린 말을 한 건 아니다. 애초에 고영희를 곁에 두고 감시했더라면 이런 사달은 나지 않았을 것이다. 무슨 일이라도 생길 낌새가 있었다면 미리 대비할 수 있었을 텐데.

그러고 보니 조짐이 이상하긴 했다. 고영희의 폭로 기자회견이 있기 며칠 전이었다.

주말 외출을 다녀온 고영희가 갑자기 별채로 찾아왔다. 별채는 진상의 개인 공간이었기에 누군가 찾아오는 일은 좀체 없었다. 당시에는 별생각이 없었는데, 곱씹을수록 이상한 일이었다.

그날 밤 별채 현관 앞에서 고영희가 물었다.

"잠깐 컴퓨터 좀 써도 될까요?"

"컴퓨터? 뭐 하게?"

"인터넷 좀…… 검색할 게 있어서요."

그때까지만 해도 진상은 고영희를 전혀 의심하지 않았다. 의심은커녕 오히려 반가운 마음이었다. 이렇게 야심한 시각에 그녀가 제 발로 진상을 찾아온 것은 처음 있는 일이었기 때문이다.

진상은 살갑게 웃으며 고영희를 들여보냈다. 친절하게 컴퓨터도 켜 주고 간단한 사용법까지 알려 주었다. 마우스를 잡은 고영희와 손을 포갠 채, 진상이 말했다.

"왼쪽 버튼이 좌 클릭이고 오른쪽은 우 클릭이야."

"그 정도는 저도 알아요."

고영희의 손등은 얼음처럼 차가웠다. 고영희는 노골적으로 싫은 티를 내며 손을 빼려 했지만 진상은 그녀의 손을 주무르기만 할 뿐, 끝내 놓아주진 않았다.

고영희의 손을 감싸 쥔 동안은 어쩐지 애틋한 마음이 들었기 때문이다. 오랫동안 느끼지 못했던 연애 감정에 가슴이 뛰었다. 꼭 스무 살 청춘으로 돌아간 기분이었다.

진상이 물었다.

"쇼핑몰 검색하려고? 뭐 사고 싶은 거 있어서 그래?"

"……네. 뭐, 그런 게 있어요."

진상은 고영희의 어깨에 턱을 괴고 부드럽게 속삭였다.

"뭐 사고 싶은데? 오빠가 사 줄까?"

순간 고영희의 작은 몸이 한껏 움츠러들었다. 마치 뺨 위로 징그러운 벌레가 날아와 앉기라도 한 듯이. 고영희가 화들짝 손사래를 쳤다.

"아뇨! 진짜 괜찮아요. 저 잠시만 혼자 있어도 돼요? 30분만 쓰고 나올게요."

고영희는 매정하게 몸을 돌려 진상을 떼어 냈다.

'깍쟁이 같은 기집애. 자기도 좋으면서.'

진상은 서운하다는 듯 새침하게 대답했다.

"한참 비밀이 많을 나이지. 편하게 써, 편하게. 밤새도 돼."

진상은 고영희의 머리를 가볍게 쓰다듬은 뒤 별채 거실로 나와 TV를 틀었다. 어느 채널을 틀어도 고영희의 얼굴만 아른거렸다.

'내가 사랑에 빠진 걸까? 원래는 남에게 쉽게 마음 주지 않는 남자인데.'

진상은 화장실 거울 앞에 자신의 모습을 비추어 보았다. 내리쬐는 조명 탓인지 정수리가 다소 휑해 보였다.

그래도 이 정도면 나쁘지 않다고 생각했다. 젊은 날에 비해 모질이 얇아지고 숱이 줄긴 했지만 아직 대머리는 아니었다.

'와인은 오래될수록 풍미가 깊어지는 법. 아무래도 나이 든 남자한테서만 느낄 수 있는 중후한 맛이 있지. 작년 건강검진 때는 신체나이도 40대로 나왔는걸.'

진상은 거울 속 자신을 향해 상큼한 미소를 지어 보였다.

'나에게 진지한 연애 감정을 느끼게 한 건 네가 처음이라고 말해 버릴까? 이 나이에 부끄럽구먼. 이참에 영희더러 자고 가라고 할까? 침대 시트 빨아 둔 게 있을 텐데.'

혼자만의 로맨틱한 상상을 하자니 절로 콧노래가 흘러나왔다.

고영희는 그날 밤 내내 컴퓨터를 썼다. 대체 뭘 하는지 궁금했지만 방문을 걸어 잠근 탓에 엿볼 수도 없었다. 진상은 TV를 켠 채 소파에서 잠이 들었다. 눈을 떴을 때는 이미 해가 중천에 떠 있었다.

그로부터 불과 며칠 뒤. 몰래 쉼터를 떠난 고영희가 기자회견이라는 폭탄을 터뜨린 것이다.

망치로 얻어맞은 듯 아찔한 깨달음이 찾아왔다. 그날 고영희는 왜 평소와 다른 행동을 했을까? 언제나 수동적이던 여자가 제 발로 갑자기 별채를 찾아왔을까? 돌이켜 보니 그게 바로 이상한 조짐이었다.

'누군가 영희 머리에 헛바람을 넣은 게 틀림없어. 랜덤 채팅에서 남자라도 만났나?'

의식의 흐름을 쫓던 진상은 이내 고영희의 낡은 폴더폰을 떠올렸다. 인터넷도 되지 않는 휴대 전화로 채팅이 가능할 리 없었다.

'고영희는 그날 인터넷 쇼핑을 하려던 게 아니었어. 여태 왜 그 생각을 못 했지?'

진상은 곧바로 차를 몰고 쌍봉산 쉼터로 향했다. 별채 컴퓨터를 켜고 검색 기록을 확인했다. 고영희의 흔적은 생각지도 못했던 엉뚱한 방향을 가리키고 있었다. 모니터를 들여다보던 진상이 멍하니 중얼거렸다.

"가스라이팅, 그루밍 성범죄, 성추행…… 이게 다 뭐야?"

한국성폭력상담소, 여성긴급전화, 한국여성의전화. 그리고 그 망할 놈의 희망연대. 고영희의 접속 기록에는 도움을 청할 수 있는 시민단체 및 기관의 홈페이지 주소가 줄줄이 이어지고 있었다.

'그루밍 성범죄라니, 내가 자기를 심리적으로 지배했다고? 정신적으로 길들인 뒤 성폭행했다고? 그건 사랑이었잖아. 너도 좋았다고 했잖아. 같이 즐긴 거잖아!'

진상은 두 주먹으로 키보드를 내려쳤다. 자판을 이탈한 키캡이 팝콘처럼 튀어 올랐다.

이 모든 혐의가 유죄가 된다면 징역을 몇 년이나 살게 될까? 그렇게 생각하자 함정에 빠진 듯 등골이 오싹해졌다.

'어쩌면 영희는 사랑의 집을 저격한 게 아닐지도 몰라. 처음부터 나를 노리고 있었던 거야. 그게 아니라면 왜 하필 하나연을 찾아갔겠어? 변호사니까 찾아간 거잖아! 나를 고소하려고.'

두려움은 정신을 병들게 만든다. 강박적인 생각이 진상을 스멀스멀 옭아매기 시작했다. 머리의 피가 온통 빠져나가는 것 같았다. 쥐가 난 것처럼 정수리가 알알했다.

진상은 허둥지둥 흥신소에 전화를 걸었다. 흥신소 최 사장은 사랑의 집의 오래된 사업 파트너였다.

"여보세요."

"최 사장님. 저 진상입니다. 하나연 변호사 어떻게 됐어요? 고영희는요?"

진상이 보채거나 말거나 흥신소 최 사장은 태연했다. (아마 하나연을 미행하려다 놓쳤다는 사실을 숨기려는 뜻도 있었으리라.) 최 사장이 느긋하게 말했다.

"기다려 보소. 글마들 뺀질뺀질해서 잘 안 잡히니까요."

"고영희를 먼저 찾아야 해요. 무슨 수를 써서라도 그 여자 입을 막아야 한다고요."

"산 사람 입을 우째 막노? 우리가 불법이긴 해도 거까지는 안 합니데이."

진상은 전화를 끊으려는 최 사장을 붙잡았다. 다급해진 진상이 목소리를 높였다.

"소재만이라도 빨리 파악해 주세요. 나머지는 내가 다 알아서 할 테니까."

"거 쫌, 보챈다고 밥이 되나요? 뜸이 들어야 밥이 되지요."

통화를 마친 진상은 한동안 멍하니 앉아 있었다. 텅 빈 거실이 오늘따라 적막하고 스산했다. 간접 조명이 닿지 않는 복도 끝 한구석에서 사각사각 소리가 들려왔다. 바람 소리인가? 천장에 쥐가 들었나?

고개를 돌려 어둠을 응시할 용기는 없었다. 불안감이 더해질수록 감각은 오히려 예민해졌다. 진상은 자기도 모르게 어둠을 향해 쫑긋 귀를 세웠다.

아무 소리도 들리지 않았다. 그러다 문득 외롭다는 생각이 들었다.

'이제 어쩌지?'

고영희가 어떤 마음으로 쉼터를 떠났는지는 아무도 모른다. 하지만 분명히 조짐은 있었다. 단지 진상이 무심히 흘려 넘겼을 뿐이다. 뭐에 씌었는지 멍청한 일을 벌이고 말았다.

'나, 설마 이대로 좆되는 건가?'

별안간 겪어 본 적 없는 공포가 엄습해 왔다. 땅 밑에서 손하나가 올라와 단전을 움켜쥐고 늘어지는 기분이었다.

진상은 숨을 깔딱거리며 한동안 공황 상태에 빠졌다. 이마에는 이슬처럼 식은땀이 맺혔다. 그는 참으로 겁이 많은 사람이었다.

* * *

같은 시각. 한 사장은 희망연대 사무실로 향하고 있었다. 경호원 면접에 떨어진 고광택은 평소보다 굳은 얼굴로 차를 몰았다. 좀처럼 멈출 줄 모르는 한 사장의 잔소리 탓이었다.

온종일 분풀이를 하고도 성이 차지 않았는지, 급기야 한 사장은 삿대질하며 소리를 질러 댔다.

"생각할수록 한심하다 한심해. 기껏 면접 요령까지 알려 줬는데 죽을 쑤나? 이 모지리를 대체 어디에 써먹나?"

"죄송합니다."

고광택이 기계적으로 대답했다. 이미 이런 식의 모욕에는 이골이 난 듯했다. 그 또한 마음으로 한 사장을 따르는 것은 아니었다. 단지 동년배의 똘마니들보다 유달리 참을성이 뛰어날 따름이었다.

한 사장이 말했다.

"내가 알려 준 대로 했어? 체대 나왔단 얘기 했냐고?"

"싸움 잘하는 사람 뽑는 자리가 아니라던데요?"

고광택의 심드렁한 말투에 한 사장의 심기가 더욱 불편해졌다. 한 사장은 뒷좌석에 몸을 기대며 혼잣말을 중얼거렸다.

"새파랗게 어린 게 시건방지기는."

그러나 아주 부질없는 시도는 아니었다고, 한 사장은 생각했다. 적어도 하나연의 속마음은 엿볼 수 있었기 때문이다.

어쩌면 오유라의 실각 이후 벌어지게 될 일들이 머릿속에 그려졌다. 희망연대의 실권을 두고 하나연과 맞서게 될 날을 생각하니 골치가 아팠다.

'하나연이를 더 키우면 안 되겠어. 개가 너무 커지면 주인을 끌고 다니는 법이야.'

어쩌면 한 사장에게 있어 최고의 시나리오는 오유라와 하나연이 둘 다 망하는 것일지도 모른다. 오유라에게서 쉼터를 가져오고, 하나연에게서 희망연대 실권을 빼앗아 온다면 가양시의 알짜배기 복지사업은 모두 한 사장 손에 들어오는 셈이다.

다행인 것은 희망연대 간판을 멘 사람이 하나연이라는 사실이었다. 지금쯤은 오유라도 나름대로 반격을 준비하고 있을 테니, 그 화살은 고스란히 하나연을 향하게 될 것이다.

희망연대 회의실에서는 긴 시간 격론이 오갔다.

한 사장은 오유라를 더 거세게 몰아붙이자고 제안했다. 공세가 거셀수록 오유라의 반격 수위도 높아질 게 분명했기 때문이다. 물론 그 과정에서 하나연의 명성도 상처를 입을 것이다.

그러나 하나연은 오유라의 반박 성명이 나올 때까지 기다려야 한다는 입장이었다. 오유라의 주장을 하나하나 무너뜨려 신뢰를 잃게 만든 뒤 결정적인 일격을 가해야 한다는 것이다.

한 사장이 반박했다.

"길게 끌 필요 없다니까요? 내 말 믿고 이번 주에 쌍봉산 가든파티 사건, 언론에 싹 뿌립시다."

한 사장의 주장에 하나연은 자못 당황했다. 김주미 시장과 오유라의 유착 관계는 하나연이 공들여 준비하던 시나리오의 절정이었다. 그걸 지금 공개하자는 한 사장의 주장은 여러모로 납득하기 어려웠다.

하나연이 물었다.

"이 타이밍에요? 이제 막 여론이 관심을 보이기 시작했는데요?"

"물 들어올 때 노 저어야지. 싸움을 언제까지 끌 생각이에요?"

"애초에 긴 싸움이 될 거라고 했잖아요. 마라톤 초반부터 전력 질주를 하시면 어떡해요?"

하나연이 정색을 하며 덤비자 한 사장은 코웃음을 쳤다. 그가 말했다.

"필요할 때마다 패를 한 장씩 까겠다? 내 평생 그렇게 간 보다가 잘되는 꼴을 못 봤소. 대중의 관심이라는 게 우리 계획대로 착착 움직이는 줄 알아요?"

"그렇다고 이렇게 막무가내로 덤빌 일은 아니죠."

"하 변호사. 이거 뭐, 거창한 시국 사건 아니에요. 오유라가 대통령이라도 됩니까? 그냥 잡범이에요. 잡범은 초장부터 파리 잡듯 때려잡아야지. 두어 달 지나면 사람들은 또 금방 잊어 버려요."

하나연이 지지 않고 되받았다.

"쌍봉산 가든파티에 가양시 유력 인사들 죄다 모여 있었던 거 아시잖아요. 김주미 시장이 가만히 앉아 당하고만 있겠어요?"

"우리 쪽에서 자료 다 준비했잖아요. 이진수 실장이 사진이랑 동영상까지 찍었어요. 증거가 명명백백한데 제아무리 시장인들 뭘 어쩌겠습니까?"

한 사장은 끝내 뜻을 굽히지 않았다. 하나연은 속이 바짝 타들어 가는 기분이었다.

아직 오유라의 반응도 나오지 않은 시점에 굳이 전선을 확대할 이유가 있을까? 이치에 맞지 않는 고집 같았다. 오히려 이슈에 대한 관심만 분산될지도 모른다고, 하나연은 생각했다.

'능구렁이 같은 영감탱이. 다른 속셈이 있는 게 분명해.'

하나연은 화가 났지만 애써 평온한 표정을 지어 보였다. 어쨌거나 희망연대의 대표는 그녀이고 결정권도 그녀에게 있었다. 원탁의 서류 더미를 모아 정리하며, 하나연이 대답했다.

"가든파티 영상은 저희 쪽에서 편집이 끝난 뒤에 공개할 거예요. 가양시의 기득권 세력을 모두 적으로 돌릴 순 없잖아요? 그리고 이제부터 모든 의견은 희망연대 공식 입장으로 나가야 해요. 한 사장님도 외부에 개인 의견 게시하시면 안 돼요."

"무슨 소립니까?"

"다른 경로로 자료 흘리지 마시라고요. 자칫 오유라 측에 한 사장님 정체가 노출될 수 있으니까요. 내부 조율이 끝날 때까지 이번 일은 계속 고민해 보시죠."

한 사장이 이죽거렸다.

"이제 내 말은 귓등으로 흘려듣겠단 겁니까?"

"사장님 의견도 충분히 경청하고 있어요. 이렇게 매주 회의하잖아요."

하나연의 대답에 한 사장이 버럭 소리를 질렀다.

"이따위 회의가 다 무슨 소용이야? 나더러 조용히 입 다물라 이거잖아? 조율한답시고 시간 끌 생각인 거, 내가 모를 거 같아요?"

한 사장이 자리를 박차고 일어나 핏대를 세웠지만 하나연은 쫄지 않았다. 그래 봤자 건달 행세하는 양아치일 뿐. 잃을 게 많은 늙은이를 두려워할 이유가 없었다.

'쌍봉산 맹지에 물린 건 당신이잖아. 나야 수틀리면 때려치우고 다시 가사 소송이나 하지 뭐.'

그렇게 생각하며, 하나연은 천천히 자리에서 일어났다. 원탁 위에 팔을 기대고 한 사장을 향해 상체를 기울였다. 두 사람 사이가 손을 뻗으면 뺨에 닿을 정도로 가까워졌다.

하나연이 차분한 목소리로 말했다.

"솔직히 말씀해 보세요. 사장님은 그냥 오유라가 싫죠? 사실은 그 여자를 질투하시니까."

"내가 그 여자를 질투해?"

"복지사업은 돈이 되잖아요. 오유라의 독점시장을 뺏어 오자면서요? 그런데도 황금알을 낳는 거위의 배를 갈라야 속이 시원하시겠어요?"

한 사장은 하나연의 의도를 가늠하기 위해 잠시 뜸을 들여 생각했다. 그러자니 불길처럼 타오르던 분노도 서서히 가라앉기 시작했다. 평정을 되찾은 한 사장이 물었다.

"오유라가 진행하던 사업을 가져오시겠다?"

"그럼 쉼터 땅만 먹고 끝낼 생각이셨어요?"

"저들에게 시간을 주면 뭐가 달라집니까?"

한 사장의 질문에 하나연이 대답했다.

"우리에게도 준비할 시간이 생기잖아요. 희망연대가 오유라의 사업을 승계하려면 가장 필요한 게 뭐겠어요?"

"그야 이 동네 실세들의 승인이지."

원하던 답이 돌아오자 하나연이 가볍게 고개를 끄덕였다. 한 사장의 생각대로, 오유라의 각종 비리는 사실상 가양시 유력자들의 묵인 없이는 불가능했다.

하나연이 말했다.

"네. 정확히는 김주미 시장의 승인이 필요하죠. 그러니까 더더욱 걔들이 우리를 신뢰할 수 있도록 설득하는 과정이 필요하지 않겠어요?"

쌍봉산 가든파티는 김주미 시장의 후원회인 동시에 가양시 유력자들의 친목 모임이기도 했다. 섣불리 가든파티 영상을 공개했다가 자칫 그들 모두를 적으로 돌리게 된다면 낭패다.

뒤를 봐줄 유력자가 사라지면 오유라의 몰락에 무슨 의미가 있겠는가? 성급하게 일 키우다가 판을 엎을 수는 없는 일이었다. 그에 대해서는 한 사장도 수긍할 수밖에 없었다.

괜히 분한 마음이 들었던지, 한 사장이 가시 돋친 질문을 던졌다.

"나더러 오유라 질투하느냐고 물었죠? 그러는 변호사님은요?"

하나연이 대답했다.

"저는 질투가 아니라 의무감을 느껴요. 한 사장님이나 저나 더 나은 세상을 만들기 위해 싸우고 있으니까요. 우리가 무조건 이겨야만 하는 싸움이에요. 그러니까 기회가 무르익을 때까지 기다려야 한다고요."

이것은 하나연이 즐겨 사용하는 우위 전략이었다. 논쟁이 벌어졌을 때 공공선에 대한 모호한 수사를 앞세우는 것이다. 대표적으로 '더 나은 세상' 같은 말이 그러했다.

이러한 수법을 구사하는 자는 본인이 도덕적으로 우월하다는 인상을 청중에게 심어 줄 수 있었다. 정의로운 저명인사가 되기 위해서는 반드시 알아 두어야 할 심리 기법인 셈이다.

할 말을 마친 하나연은 몸을 돌려 회의실을 빠져나갔다. 텅 빈 회의실에 한 사장 홀로 남았다. 한 사장은 못마땅한 듯 혀를 찼다.

"아주 정의의 투사 납셨네."

그건 그렇고. 처음 세워 두었던 계획에서 벗어났으니 이젠 어쩐다? 한 사장은 다시금 회의실 의자에 앉아 생각에 잠겼다.

이진수에게 하나연의 감시를 맡기는 방법은 처음부터 배제

했다. 한 사장이 보기에 이진수는 믿을 수 없는 놈이었다. 애초에 속을 알 수 없는 떠돌이 청부업자다.

하나연의 마지막 한마디가 머리에 맴돌았다. 반드시 이겨야만 하는 싸움.

한 사장은 생각했다.

'사랑의 집은 어차피 몰락할 운명이야. 오유라와 측근들이 비리를 저질렀다는 건 변하지 않는 사실이니까.'

결국 희망연대는 승리할 것이다. 하지만 그것은 상처뿐인 승리여야 한다. 승리의 과실을 하나연이 독식하게 내버려 둘 순 없었다.

상황이 진흙탕 개싸움으로 흐르고, 만신창이가 된 하나연이 오유라와 함께 가양시 사교계에서 퇴장해 주는 것이 한 사장이 생각하는 최선의 결말이었다.

문득 좋은 생각이 떠올랐다.

'절박한 인간에게 떡밥을 좀 던져 봐?'

한 사장은 박형민 기자에게 전화를 걸었다. 신호 연결음이 두어 번 울리자 박 기자가 받았다. 한 사장이 말했다.

"박 기자! 나야. 오래간만일세."

"예 사장님. 이번엔 또 무슨 일이세요?"

"말투가 어째 서운하다? 그건 그렇고, 자네 오 대표랑 아직 연락하고 지내지?"

박 기자가 퉁명스레 대답했다.

"이번에도 오유라입니까? 무슨 일인지 몰라도 관심 없거든요? 저는 좀 빼 주세요."

"이 사람, 못 보던 사이에 스타일이 변했네. 아무튼 그건 됐고. 고영희가 어디 숨어 있는지 내가 알거든? 문자로 주소 찍어 줄 테니 오 대표한테 슬쩍 찔러 줘."

한 사장은 오유라 측에 하나연과 고영희의 소재를 노출할 생각이었다. 지금쯤 오유라는 눈에 불을 켜고 하나연의 뒤를 캐고 있을 테니, 그런 오유라가 추적의 실마리를 잡게 된다면 하나연도 골머리 좀 썩을 것이다.

잠시 망설이던 박 기자가 물었다.

"혹시 이거 오 대표 낚으려는 함정이에요? 한 사장님은 희망 연대랑 편 먹어야 하는 거 아니었어요?"

"내가 누구랑 편을 먹어? 하여간 박 기자는 그놈의 진영 논리부터 버려야 해. 명색이 기자란 사람이. 아무튼 내가 알려 줬단 얘기가 밖으로 새면, 박 기자는 나랑 같이 저승 가는 거야. 알아들어?"

박 기자는 들릴 듯 말 듯 한 목소리로 구시렁대며 전화를 끊으려 했다. 한 사장이 다급하게 박 기자를 불러 세웠다. 한 사장이 말했다.

"이진수랑 도미애 관련해서는 어찌 됐어? 뭐 좀 알아봤어?"

"이진수요? 질이 나쁜 인간이에요. 10여 년 전에는 경찰이었는데 성추문에 연루되면서 옷을 벗었어요. 그 뒤로는 족보 없는 건달이 됐죠. 자잘한 폭행 전과가 있고요."

"도미애랑은 무슨 관계야?"

"그 둘은 고등학교 동창이더라고요. 도미애 밑에서 운전기사로 일했던 사람을 찾았는데, 그분 얘기를 들어 보면 정황상 도미애가 이진수에게 뭔가 일을 맡기긴 했어요. 끝은 안 좋았다는 것 같아요. 마지막에는 그분이 도미애 심부름으로 이진수에게 돈 가방을 전달했대요."

"그 일이 5년 전 도미애의 여동생이 실종됐던 사건이랑 관계가 있다, 이거야?"

석연찮은 실종. 혹은 시신 없는 살인. 한 사장은 내심 이 사건을 도미애의 살인 교사로 결론지은 듯했다. 박 기자가 한발 물러서듯 말했다.

"거기까지는 알 수 없고요. 하여간 무슨 일이 있긴 했어요. 이진수는 살던 집을 처분하고 유령처럼 사라졌고요. 그런데 도미애라는 사람, 알아볼수록 느낌이 쎄하던데요?"

"대부업자라는 얘기도 있고, 부동산으로 돈 벌었단 얘기도 있던데. 뭐가 맞는 건지는 모르겠어. 뭐가 쎄하다는 거야?"

"보이는 게 전부는 아닌 것 같아서 말이죠. 가양시에서 날고 기는 사람들이 왜 하필 도미애의 뒤를 봐주는 걸까요?"

박 기자의 질문에 한 사장은 잠시 고민하다가 대답했다.

"돈으로 엮인 게 아니라면 우정으로 엮이지 않았겠어?"

"굳이 따지자면 우정이 아닐까 싶네요. 돈은 한 사장님이 더 많잖아요."

"그건 그래. 김주미랑 안면 트자고 갖다 바친 돈이 집 한 채 값은 될 거야. 근데 나는 그쪽 테이블에 엉덩이도 못 붙이고 쫓겨났거든? 도미애는 대체 무슨 용빼는 재주로 김주미한테 달라붙은 거야?"

박 기자는 짐짓 태연하게 대답했다.

"원래 우정이라는 게요. 잘나갈 때 돈 찔러 준다고 되는 일이 아니거든요. 어려울 때 친구가 진짜 친구죠. 김주미 의원이 곤경에 처할 때마다 핵심 증인들이 실종되거나 자살했던 거 아시죠?"

그쯤 되니 한 사장도 박 기자의 말뜻을 알아차렸다. 도미애는 김주미의 손발이 되어, 해선 안 되는 일들을 대신 처리해 주고 있었던 것이다. 물론 실무는 이진수 같은 똘마니가 도맡았을 테지만.

"도대체 경찰은 뭐 하는 거야? 이거 다 경찰서장이랑 김주미가 짬짜미 먹고 덮어 준 거 맞지? 도미애 여동생 실종된 것도 결국엔 비슷한 수법 아니겠어?"

핏대를 세우는 한 사장과 달리 박 기자는 무덤덤했다. 박 기자가 대답했다.

"증거가 없잖아요. 시신도 없고, 목격자도 없고, 살인을 의심할 만한 정황도 없고. 혐의가 없는데 기소를 왜 하겠어요? 그나저나, 사장님도 조심하세요."

"내가 뭘 조심해?"

"이진수라는 사람 너무 믿지 마시라고요."

한 사장은 콧방귀를 뀌었다. 이 사람아, 나도 그렇게 호락호락한 사람 아니야. 내가 지금 걔들 머리 꼭대기에 앉아 있다고. 속으로 그렇게 생각하며 한 사장이 대답했다.

"살다 살다 박 기자가 내 걱정을 다 해 주네. 가만있어 봐. 우리 마지막으로 골프 같이 친 게 언제야?"

"디스크 때문에 골프 접은 지 5년 됐어요. 아무튼 전 이제 손 떼렵니다. 제가 워낙에 겁이 많아서요."

박 기자는 그렇게 말하고는 넌더리가 난다는 듯 전화를 끊어 버렸다.

9

한 사장과 의견 충돌이 있던 날도 하나연은 새 사무실로 돌아와 일에 열중했다. 미행 때문에 예전 사무실로는 돌아갈 수 없었다.

말죽거리 사무실은 잠정 폐쇄하고 역삼역 인근 공유 오피스에 급하게 방을 얻었다. 막상 옮기고 보니 두어 평 남짓한 공유 오피스도 근무 환경이 나쁘진 않았다.

가끔은 정든 커피머신과 잠옷 바지, 라꾸라꾸 침대가 있던 옛 사무실이 그리울 때도 있었다. 노트북만 달랑 챙겨 나온 것이 후회되었지만, 짐을 가져왔대도 부릴 자리가 없었을 것이다.

새 사무실의 야경은 그나마 위안이 되었다. 22층 창밖으로 내다보이는 역삼동의 밤거리는 사시사철 성탄 전야의 크리스마스트리 같았다.

하나연은 불 꺼진 사무실에서 테헤란로를 내려다보았다. 끝도 없이 이어지는 자동차의 빛무리가 물결처럼 흐르고 있었다.

명망 높은 강남 변호사. 그녀가 언제나 꿈꿔 왔던 삶이다. 항상 닿을 듯 말 듯 한 거리에서 손을 내미는 꿈을 향해 한 걸음만, 한 걸음만 더. 그렇게 기어오르던 청춘은 돌이켜 봐도 아깝지 않았다.

노크 소리가 들렸다. 이진수였다.

"변호사님. 퇴근 안 하십니까?"

"죄송해요. 기다리고 계신 걸 깜빡했어요."

이진수는 하나연을 향해 콜라 캔을 들어 보였다. 그가 말했다.

"휴게실은 널찍하고 좋네요. 음료수도 공짜고."

"술 드신 거 아니죠? 로비에 생맥주 있던데."

"집에 들어가서 소주나 한잔하렵니다. 변호사님 모셔다 드리고 저도 퇴근해야죠."

모니터로 시선을 돌리며, 하나연이 말했다.

"10분만요. 자료 하나만 뽑아 놓고 갈게요."

하나연은 pdf 파일들을 한데 모아 출력했다. 사랑의 집 공식 계정으로 SNS에 올라왔던, 오유라의 개인 계좌로 모금을 독려하던 게시 글이었다.

후원금 모금을 개인 계좌로 받았다는 것은 공익법인의 신뢰성을 훼손하는 행위다. 게다가 오유라는 자신 명의의 계좌를 분기마다 새로 만들었다. 이렇게 쪼개어 놓은 모금 계좌가 수십 개였다.

'멀쩡한 법인 계좌 놔두고 왜 개인 계좌를 사용했을까? 그것도 수십 개로 쪼개서?'

코웃음이 나올 만큼 뻔한 수법이었다. 횡령 아니면 법인 탈세일 것이다. 계좌를 쪼갠 것은 비자금이 들통날 경우를 대비하기 위함이리라.

계란을 한 바구니에 담지 않듯, 비자금 계좌를 쪼개면 면피도 쉽다. 그래 봤자 금융당국이 작심하고 들여다보면 반나절 만에 꼬리가 밟힐 일이었지만.

'물론 정치권이 그걸 막아 주리라는 계산이겠지. 그래서 오유라가 김주미 시장을 끼고 있는 거고.'

자신에 찬 하나연을 보며 이진수가 말했다.

"제가 법은 잘 모르지만 저런 부류들은 많이 봐서 아는데요. 절대 쉽게 항복하진 않을 겁니다. 저런 인간들은 자기가 잘못했다고 생각도 안 해요. 처음에는 아니라고 잡아떼다가, 들통나면 문제 될 것 없다고 우기고, 문제가 된다 싶으면 별일 아니라고 드러눕죠."

그 말에는 어느 정도 동의할 수 있었다. 그러나 사랑의 집 비리는 이미 도를 지나쳤다. 들쑤시는 족족 의심스러운 정황들이 쏟아져 나왔다.

부적절한 후원금 사용, 부적절한 법인 회계 운영, 목적 사업 외 사업 시행, 재산 취득 미보고, 법인 기본 재산 무허가 임대…….

하나연이 말했다.

"이미 드러난 것만 이 정도예요. 염치가 있는 사람이라면 스스로 물러나야죠."

"그럴 여자가 아니라는 거 변호사님도 아시잖아요. 무죄 추정의 원칙도 있고요. 저쪽은 대법원 판결이 나기 전에는 절대 승복 안 할 겁니다."

하나연은 고개를 저었다. 그녀가 말했다.

"무죄 추정의 원칙은 소송법적 원칙이에요. 증거가 명백하고 혐의가 짙어도 유죄가 확정되기 전까지는 모든 피의자가 '동등한 절차'로 재판받아야 한다는 뜻이죠. 최종 판결이 나지 않았다고 해서 그 사람에 대한 어떠한 판단도 유보해야 할까요? 무죄 추정의 개념을 지나치게 확대하는 건 위험한 생각이에요. 그렇게 되면 우리는 사안에 대해 윤리적인 판단조차 내릴 수 없게 되어 버리니까요."

난해한 용어가 등장하자 이진수는 미간을 찌푸렸다.

"저는 무죄 추정이라는 게 유죄가 확정되기 전에는 무죄라는 뜻인 줄 알았는데요?"

"잘못 알고 계시는 거예요. 추정이란 사실로 가정하겠다는 뜻이거든요. 타당한 정황과 증거만 있으면 언제든지 뒤집히는 게 추정이에요. 바꿔 생각해 볼까요? 무죄인 게 확실해 보이는 사람이 있다고 쳐요. 정황상 무죄인 게 분명하니까 그냥 풀어 주는 것이 옳을까요?"

"그 사람이 정말 무죄라면 재판에서 시시비비가 가려지겠죠."

"맞아요. 무죄인 게 분명해 보이더라도 송사에 휘말린 이상, 그 역시 한 사람의 피의자로서 재판의 절차를 밟아야 해요. 판결이 확정되기 전까지는 결과를 알 수 없으니, 무죄임을 추정하되 다른 피의자와 '동등한 절차로' 재판을 받아야 한다는 거예요."

"한 줄 요약 안 됩니까?"

"무죄 추정의 원칙을 끌어들여 피의자가 무죄라고 강변하는 것은 잘못이다, 이 정도면 될까요?"

요컨대 무죄 추정이라는 것은 '대법원 판결이 나기 전에는 무죄'라는 식의 우격다짐이 아니라는 말이다. 이진수는 여전히 이해가 가지 않았지만, 이내 머리에서 고민을 털어 버렸다. 그에게는 세상을 받아들이는 그만의 방식이 있었기 때문이다.

이진수가 말했다.

"전문가가 하는 말이니 맞는 말씀이겠죠."

하나연은 자신이 이진수를 납득시켰다는 생각에 기분이 좋아졌다. 그녀가 말했다.

"우린 지금 형사 재판을 하는 게 아니니까 '무죄 추정'이라는 절차적 원칙은 사실 큰 의미가 없어요. 보도 자료가 나오면 여론은 분명히 우리 쪽으로 무게추가 기울 거예요."

이진수가 물었다.

"그건 또 왜요?"

"오유라의 윤리적인 하자가 너무 명백하니까요."

정말로 하나연은 여론을 걱정하지 않았다. 당장이라도 시민사회가 들고 일어나 저 타락한 위선자를 단죄하리라 생각했기 때문이다. 바른길을 걸으며 나름대로 승승장구해 온 그녀에게는 여전히 시민사회에 대한 믿음이 남아 있었다.

하지만 순진한 생각이었다. 시간이 지나자 상황은 하나연의 예상과는 다르게 돌아가기 시작했다.

* * *

희망연대가 횡령 의혹을 제기하자 오유라와 사랑의 집은 즉각 반박 성명을 냈다.

차명계좌 사용은 영세 복지법인 운영상 어쩔 수 없는 관행일 뿐이며, 후원금은 충분히 투명하게 사용되었다는 것. 개인 계좌를 쪼갠 것은 기부금을 용도에 맞게 사용하기 위함이었다는 것.

오유라는 라디오 인터뷰를 통해 희망연대를 성토하며 외려 목소리를 높였다.

"사랑의 집은 지난 15년간 무연고 아동과 미혼모를 위해 헌신해 왔습니다. 저 사람들이 왜 엉터리 주장으로 저희를 모함하는지 도통 이유를 모르겠어요. 뭔가 냄새가 나요. 음모의 냄새가."

오유라의 말을 들은 라디오 앵커가 물었다.

"희망연대의 주장에는 정치적인 목적이 있다, 그런 말씀이신가요?"

"물론이죠. 아시다시피 김주미 시장님을 비롯한 많은 분들이 저희 사랑의 집을 후원하고 계시지 않습니까? 그러니까 이건 아무래도 차기 선거를 겨냥해 김주미 시장님께 정치적 부담을 지우려는 시도가 아닌가…… 그런 점에서 저는 작금의 사태를 매우 엄중히 지켜보고 있습니다."

"회계 장부 관리에는 다소 미진한 점이 있었지만 운영은 투명하게 했다. 횡령 의혹 제기는 정치적 음해 공작이다. 오 대표님께서는 그렇게 주장하시는데요. 어찌 보면 쉽게 소명할 수 있는 내용 아닙니까? 후원금 사용 내역과 영수증을 공개할 계획이 있으십니까?"

앵커의 질문은 날카로웠다. 후원금 사용 내역 공개에 대한 질문은 사전에 협의된 바 없는 내용이었다. 그러나 노련한 오유라는 당황하지 않았다. 그녀가 대답했다.

"세상에 어느 나라 시민단체가 활동 내역을 낱낱이 공개합니까? 제가 여러분 앞에 영수증이랑 장부 까놓고 지출 내역을 입증이라도 해야 하나요?"

"그렇게만 해 주신다면 의혹을 일소할 수 있을 텐데요."

"기업들한테는 그런 요구 안 하시잖아요. 우리나라 10대 기업 중에 비용 처리 내역을 언론에 공개하는 곳이 있나요? 저희 같은 영세 법인에만 너무 가혹하신 거 아니에요?"

피장파장의 오류였다. 오유라의 답변은 논점에서 벗어나 있었지만 그녀의 지지자들은 대수롭지 않게 넘어갔다.

어차피 이 바닥은 세 싸움이다. 10퍼센트의 우리 편을 이용해 80퍼센트의 별생각 없는 대중을 포섭하면 이기는 게임이다. 정치판 언저리를 기웃거리며 잔뼈가 굵은 오유라는 그 점을 너무나도 잘 알고 있었다.

방송이 나가자 시민들은 두 편으로 쪼개졌다. 온라인에서는 오유라를 비판하는 이들만큼이나 고영희를 비판하는 이도 많았다.

[정의로운 활동가를 음해하다니, 왜 이제 와서?]

[쉼터에서 식모살이했다는 얘기를 믿으란 거야? 요즘 젊은 애들이 얼마나 영악한데.]

[다른 의도가 있는 게 분명함. 정치 공작으로 애먼 사람 골로 보내는 게 어디 한두 번인가?]

개중에는 차마 입에 담을 수 없는 욕설로 고영희와 하나연을 모욕하는 악플도 섞여 있었다. 위탁 가정을 전전했던 고아, 중학교를 중퇴한 가출 소녀, 스무 살 미혼모. 고영희는 대중이 물어뜯기 좋은 부드러운 먹잇감이었다.

악플러들은 어떻게든 고영희의 순수성을 폄훼하고 싶어 했다. 고영희의 딱지를 들추고 해묵은 상처를 집요하게 헤집는 악의에 기가 질릴 지경이었다.

이쯤 되자 하나연도 자신의 판단이 안이했음을 인정할 수밖에 없었다.

지금까지 그녀가 겨뤄 왔던 상대는 소수의 법조 엘리트들이었다. 더러는 이기는 날도, 지는 날도 있었다. 때로는 싸움이 시작되기도 전에 이미 결과가 정해지는 경우도 있었다. 그들이 법정에서 펼치던 게임에는 법률과 판례라는 명확한 규칙이 있었기 때문이다.

그러나 오유라와 벌이는 게임은 그런 것이 아니었다. 이성적인 논쟁이라기보다는 오히려 감정적인 설득에 가까웠다. 그리고 하나연이 설득해야 할 대상은 법리를 모르는 일반 대중이었다.

"오유라는 간단한 쟁점을 자꾸만 복잡한 수사(修辭)로 어지럽히고 있어요. 아직도 저런 빤한 말장난에 속아 넘어가는 사람들이 있다니."

분개하는 하나연에게, 한 사장이 말했다.

"빤하지만 언제나 통하는 전략들이 있죠. 100년 전이나 지금이나 만 원짜리 물건은 9900원에 팔아야 하는 겁니다."

맞는 말이었다. 그래서 더더욱 한 사장의 냉소가 뼈아프게 다가왔다. 한 사장이 덧붙였다.

"어찌 보면 이건 아주 단순한 원리예요. 인간은 누구나 자기가 좋아하기로 마음먹은 사람을 좋아하게 되어 있어요. 그러니 지지자들에게는 오유라가 내놓는 반박과 해명만 들리는 거죠. 그게 제아무리 엉터리 같은 궤변일지라도 말이에요. 그런 걸 확증편향이라고 하던가요?"

동기에 의한 추론이다. 자신의 생각과 반대되는 증거를 부정하려는 심리 기제다. 한 사장이 덧붙였다.

"아마 우리가 무슨 얘길 해도 오유라는 가짜 뉴스 취급하며 뭉개려 할 겁니다. 지지자들이 그걸 원하니까요. 대중은 여전히 오유라가 정의롭고 선하길 바라요."

한 사장의 말에 하나연이 즉각 항변했다.

"하지만 그건 사실이 아니잖아요!"

"사실이 뭐가 중요해요? 중요한 건 우리가 제시하는 그림이 그들이 바라는 현실과 일치하지 않는다는 거예요. 오유라는 진 즉에 우리 측 증거가 조작되었다고 주장하고 있잖아요?"

"하나하나 반박해야죠. 사실에 근거해서."

호기롭게 대답하긴 했지만 그녀 스스로도 확신은 없었다. 한 사장이 콧방귀를 뀌었다.

"또 교과서적인 말씀을 하시네. 저쪽에서 꼬투리 잡는 걸 전 부 반박할 순 없어요. 저들이 우리 주장을 흠집 내고 우리가 거 기에 반박하는 모양새가 되면요. 그 싸움은 이미 진 겁니다."

한 사장의 주장에도 일리가 있었다. 세상만사는 천하의 형세 가 우선이고, 운이 좋고 나쁨은 그다음이고, 일의 옳고 그름은 맨 마지막이라는 말도 있지 않은가?

오유라는 하나연의 주장을 사소하고 집요하게 물고 늘어질 테고, 그녀의 열성 지지자들은 논점을 흐리며 판을 어지럽힐 것이다.

그렇게 대중의 피로감은 쌓이게 된다. 어영부영 시간이 지나 면 사건은 어느새 잊힐 것이다. 오유라가 노리는 건 다름 아닌 대중의 망각이었다.

한 사장이 말했다.

"시간은 우리 편이 아니에요. 오유라한테는 긴 시간을 버텨 줄 만한 후원자와 지지 세력이 있어요. 하 변호사 뒤에는 누가 있죠? 누가 먼저 나가떨어질까요?"

애초에 한 사장은 정석적인 방법으로 싸움을 끌어 갈 생각 이 없었다. 개들에게는 개들만의 싸움 방식이 있는 법이다. 한 사장은 이 사안을 똥통에 처넣고 싶어 했다. 그 안에서 하나연과 오유라가 드잡이하며 뒹굴기를 바랐다.

하나연은 처음부터 얼굴마담으로 데려온 허수아비였을 뿐. 쉼터 부지를 손에 넣은 뒤에는 잘라 내야 할 존재에 불과했다. 그러니 한 사장 입장에서는 하나연이 오유라와 함께 피투성이가 되기만을 바랐던 것이다.

하나연 역시 그 점을 잘 알고 있었다. 그래서 더더욱 한 사장의 주장에 끌려가서는 안 될 일이었다. 하나연은 골똘히 생각에 잠긴 채 짐짓 성난 표정을 지어 보였다.

그녀는 자신을 둘러싼 상황에 대해 필요 이상으로 화를 내보이려 했다. 또한 자신의 분노를 한 사장이 알아주길 바랐다.

왜냐하면 분노야말로 나약함의 증거이기 때문이다. 만약 하나연이 대범하게 처신했다면 한 사장은 그녀를 더욱 경계했을지도 모른다. 한 사장 앞에서 나약함을 연기하는 와중에도 하나연은 생각했다.

'두고 봐. 조만간 오유라를 잡아먹고 거물이 될 테니까. 당신이랑 나, 둘 중에 누가 먼저 나가떨어질지는 그때 가서 봐야지.'

물론 한 사장이 오유라에게 중요한 내부 정보를 흘렸다는 사실을 알았다면 하나연도 지금처럼 여유를 부리지는 못했을 것이다.

오유라는 이미 박 기자를 통해 고영희의 소재지를 알고 있었다. 그런 점에서 고영희도, 하나연도 앞으로 다가올 일들을 전혀 예상하지 못하고 있었다.

* * *

다급해진 것은 오유라 또한 마찬가지였다. 유명 시사 평론가와 일부 시민단체가 이 사건에 관심을 보이기 시작한 탓이다. 희망연대의 의혹 제기 이후 여기저기서 검찰 수사 이야기가 흘러나왔다.

김주미 시장은 늘상 겪는 일이라는 듯 태연했다. 하소연하는 오유라에게는 경험에서 우러난 조언을 아끼지 않았다.

"원래 평론가란 족속은 대중의 관심을 먹고 사는 인간들이야. 걔들 입장에서는 간만에 건수 잡은 거지 뭐. 그냥 짖으라고 해."

"주미야, 나 진짜 노이로제 걸릴 것 같아. 넌 그동안 이런 걸 어떻게 견뎠냐?"

오유라의 하소연에 김주미는 입술을 씰룩거리며 비웃었다.

'그게 바로 그릇의 차이란다. 챔피언이 되려면 맷집은 필수라 이거야. 턱주가리 몇 대 맞고 픽픽 쓰러지는 놈은 이 무대에서 경쟁이 안 돼.'

속내를 숨긴 채, 김주미가 오유라를 다독이며 말했다.

"라디오 나가서는 조리 있게 말만 잘하더니. 뭐가 걱정이야? 아직 진 거 아니잖아? 여론도 반반이고."

"라디오야 미리 준비한 대로 달달 외워 나갔으니까 그렇지. 그게 언제까지 먹히겠냐?"

"왜 안 먹혀? 네 말마따나 활동가는 맨날 가난하게만 살아야 해? 뭘 근거로 자기들이 남의 장부를 들여다보겠다는 거야? 방송 듣다 보니까 너 잘못한 거 하나 없더라 얘. 어깨 쫙 펴고 살아. 누가 보면 진짜 죄지은 줄 알겠어."

"말만 그렇게 하지 말고. 뭐 물타기 할 거 없어? 나 한 번만 도와주라."

"어차피 시간 지나면 묻혀. 진득하게 기다려 봐. 그래도 다 살아진단다."

김주미는 그만 나가 보라는 듯, 노골적으로 손목시계를 흘끔거렸다. 그녀의 여유 만만한 태도에 오유라가 오히려 안달이 났다. 오유라가 조급하게 덧붙였다.

"만약에, 아주 만약에. 내가 나가리 되면 너는 어떡할 거야?"

김주미가 목소리를 높였다.

"너 지금 너무 나갔다. 안 해도 될 생각을 자꾸 하니?"

재수 없게, 하고 속으로 뇌까렸다. 김주미는 오유라를 얼른 내보내고 싶었다. 그녀와 더는 엮이고 싶지 않았다. 오유라가 자신의 집무실에 들락거리는 것조차 부담스러웠다.

김주미도 속으로는 오유라를 졸렬한 위선자라 여기고 있었다. 그러나 오유라가 가증스럽지는 않았다. 김주미는 먹고사는 문제에서만은 대단히 관대하고 유연한 시각을 견지해 왔기 때문이다.

물론 오유라에게도 잘못은 있었다. 그녀는 들키지 말아야 할 치부를 너무 쉽게 드러냈고, 드러내지 말아야 할 인맥을 과시하고 다녔다. 오유라의 위태로운 행보에 후원자들이 동요하고 있었다.

김주미의 마음을 읽었는지, 오유라가 대들었다.

"사실이 그렇잖아. 아이참, 내가 잘못되면 너라고 무사하겠니? 우린 운명 공동체잖아. 그러니까 네가 신경 좀 써 줘라, 응?"

오유라의 볼멘소리에 김주미는 왈칵 짜증이 치밀었다.

'얘 좀 봐? 이젠 아주 맞먹으려 드네?'

김주미는 도리어 차분하게 미소를 지어 보였다. 여기서 발끈하거나 선을 그으면 오유라가 더욱 막무가내로 나오리라 생각했기 때문이었다. 김주미는 오랜 세월 오유라를 지켜본 덕에 그녀의 기질과 성향을 잘 알고 있었다.

김주미가 오유라를 타이르며 말했다.

"우리 쪽도 다 생각이 있으니까 자꾸 나쁜 생각 하지 마. 복 달아나. 좋은 생각을 해야 우주의 기운이 들어오지!"

"우주의 기운은 무슨. 상황이 하도 엿 같으니까 그러지."

"하여간 넌 고놈의 입 때문에 말아먹을 거야. 얼른 집에나 가. 나 약속 있어서 나가 봐야 해."

* * *

그날 저녁, 김주미는 도미애를 비롯한 최측근과 비밀 회합을 가졌다. 장소는 가양 시청 인근의 한정식집이었다.

거창하게 말해서 비밀 회합일 뿐, 평소처럼 잡담을 나누고 사적인 청탁을 접수하는 자리였다. 껄끄러운 얘기가 나올 자리는 아니었지만, 오늘은 도미애가 총대를 메기로 한 모양이었다.

도미애가 물었다.

"뉴스에 온통 사랑의 집 얘기뿐이에요. 오유라 대표, 곁에 두기 부담스럽지 않으세요?"

김주미가 능청스레 되물었다.

"부담스러울 게 뭐 있어요? 사람이 바깥일 하다 보면 시비도 겪고 그런 거지."

"사랑의 집 회계 처리 때문에요. 오유라 대표, 옛날부터 장부 관리 엉성하기로 유명했잖아요."

"아무렴 오 대표가 장부 관리를 잘했으면 회계사가 됐겠지, 안 그래요?"

김주미의 실없는 농담에 후원자들이 저마다 키득거렸다. 도미애도 하얀 이를 드러내며 활짝 웃었다. 그러나 그녀의 눈은 조금도 웃고 있지 않았다.

도미애는 가양시 토박이가 아니었다. 김주미의 후원자 중에서도 도미애의 과거를 아는 사람은 거의 없었다.

어디 출신인지, 무슨 일을 하는지, 어떻게 그토록 막대한 부를 쌓았는지. 도미애에 관해 알려진 모든 것들이 다만 뜬소문일 따름이었다.

항간에는 그녀가 솜씨 좋은 청부업자를 여럿 데리고 있다는 얘기도 있었다. 다 믿을 건 아니었지만 한 귀로 흘려들을 일도 아니었다.

도미애가 말했다.

"듣자 하니 우리 쪽 업자들 사이에 재미있는 루머가 돌더라고요."

웃음소리가 그치고 좌중이 입을 다물었다. 우리 쪽 업자라니. 그게 과연 어느 쪽일까? 사채업자? 건축업자? 용역 깡패? 기이한 침묵이 방 안을 가득 채웠다.

김주미가 도미애를 바라보며 물었다.

"루머?"

"희망연대 하 변호사란 여자 있잖아요. 그 여자 뒤를 봐주는 스폰서가 있대요."

도미애가 말하는 스폰서는 바로 한병진 사장이었다. 전과 5범의 사기꾼이자 부동산 개발업자. 제 딴에는 조폭 행세를 하고 다니는데, 실상은 족보 없는 양아치랬다.

소문의 내용은 크게 세 가지로 요약할 수 있었다.

하 변호사는 희망연대의 바지사장이고 실세는 한 사장이라는 것. 한 사장이 노리는 건 사랑의 집 쉼터일 뿐, 정작 오유라에게는 관심이 없다는 것. 사랑의 집이 해체되고 쉼터 부지가 경매에 나오면 한 사장은 그걸 사서 개발하려 한다는 것.

김주미가 무릎을 치며 말했다.

"잘됐네요. 그 부분을 파고들면 여론도 우리 쪽으로 돌아서지 않겠어요? 대한민국 국민들이 깡패를 얼마나 싫어하는데. 그 얘기 언론에 살살 흘려 볼까?"

도미애는 천천히 고개를 저었다. 도미애가 말했다.

"벌집을 건드리는 꼴이 될까 봐 겁나요. 한 사장이라는 인간, 수틀리면 막 나가는 사람이거든요. 개똥밭에 구르던 놈들이랑 엮여 봐야 냄새밖에 더 나겠어요?"

"그럼 오 대표는 어떡해요? 계속 저러고 지지고 볶게 냅둬?"

그쯤 되자 가만히 듣고 있던 후원자들이 도미애를 거들고 나섰다.

"시장님께서 오 대표랑 친분이 돈독하다는 거 우리끼린 다 알죠. 근데 그게 시장님께 도움이 된 적 있나요? 앞으로 더 높이 올라가실 분이, 굳이 오 대표를 안고 가시게요?"

"흠결 있는 사람은 곁에 두시면 안 됩니다. 충심으로 드리는 말씀입니다."

"맞아요. 오 대표가 자기 입지를 지킨다 한들 그게 시장님께 무슨 도움이 되겠어요? 괜한 의혹만 따라다니겠죠."

후원자 중에 오유라 편을 드는 사람은 아무도 없었다. 미리 입이라도 맞추고 나온 듯했다. 김주미는 난처한 듯 중얼거렸다.

"역시 손절이 답인가?"

도미애가 슬쩍 끼어들었다.

"그러지 말고, 제가 중재를 좀 해 볼까요?"

"중재?"

"오 대표더러 쉼터를 한 사장에게 넘기라고 얘기해 보시죠? 의미 없는 갈등은 그만두고요. 한 사장은 원하던 땅을 얻으니 이득이고, 오 대표는 자리 보전할 수 있으니 이득 아니겠어요?"

일견 타당한 의견이었다. 한 사장이 쉼터 가격을 아주 후려치지만 않는다면 누구도 손해 볼 것 없는 거래다. 사랑의 집과 희망연대가 싸움을 멈추면 주변에 엄한 불똥이 튈 일도 없을 것이다.

김주미가 말했다.

"도 여사께서 한 사장 쪽 입장을 먼저 확인해 주세요. 한 사
장에게 합의 의사가 있다면 오 대표는 내가 설득해 볼게요."

도미애는 습관처럼 환한 미소를 지어 보였다. 늘 그렇듯, 새
까만 눈만은 소름 끼치는 무표정이었다.

* * *

그 시각. 진상은 술에 절어 있었다.

국밥 한 그릇 시켜 놓고 소주를 두 병이나 마셨다. 진상은 자
꾸만 한숨을 내쉬며 고개를 떨어뜨렸다. 그때마다 먹다 남은
국밥에 닭똥 같은 눈물이 방울방울 떨어졌다.

식당 벽에 걸린 TV에서는 사랑의 집 비위를 성토하는 패널
과 희망연대의 순수성을 의심하는 패널이 난상토론을 벌이고
있었다.

식당 주인이 혀를 차며 씨부렁댔다.

"나라 꼴이 어찌 되려고. 드러운 놈들."

진상은 문득 서러워졌다. 새삼 쌍욕이라도 들은 것처럼 화가
났다.

때마침 식탁에 올려 둔 휴대 전화에서 벨이 울렸다.

"여보세요?"

"어디냐?"

오유라였다. 진상이 코를 훌쩍 삼키며 대답했다.

"나? 밥 먹는 중이지."

"울어? 목소리가 왜 그래?"

"목소리? 목이…… 나 목소리 잠겼나? 울긴 내가 왜 울어? 다대기가 매워서 그런가 보지."

횡설수설하는 진상의 말을 듣는 둥 마는 둥, 오유라가 다급하게 소리쳤다.

"아까 박형민 기자한테 전화 왔어. 얼른 나 좀 태우러 와. 같이 어디 좀 가야겠다."

진상이 우물쭈물 대답했다.

"박 기자가 왜? 늦은 밤에 어디 가려고?"

"박 기자가 고영희 어디 숨어 있는지 알아냈단다."

"뭐?"

"박 기자가 나한테 고영희 숨어 있는 장소를 찔러 줬다고. 지금 개포동 원룸에 있대. 걔가 무슨 주변머리로 거기다 방을 얻었겠냐? 도와주는 사람이 있었을 거야. 분명히 하나연이도 거기에 있다고. 문자로 주소 찍어 줄 테니까 흥신소 최 사장 불러서 개포동으로 오라고 해."

진상은 술이 다 깰 지경이었다. 그토록 찾아 헤매던 고영희의 소재를 원수 같은 박형민 기자에게서 듣다니.

역시 그냥 죽으란 법은 없는 것인가? 가슴 밑바닥에서 벅찬 희망이 샘솟는 기분이었다. 그러다 문득 떠오른 사실이 있었다.

진상이 머뭇거리며 말했다.

"자기 차 타고 가자. 나 지금 운전 못 해."

"왜? 시간 없어. 지금 빨리 출발해야 한다니까?"

"내가 지금…… 술을 조금 마셔서."

수화기 너머로 오유라의 사자후가 울려 퍼졌다.

"야 이 새끼야! 이 마당에 술 처먹을 정신이 있니?"

진상은 화들짝 놀라 휴대 전화를 떨어뜨렸다. 액정이 깨진 휴대 전화에서는 여전히 알아듣기도 민망한 오유라의 육두문자가 흘러나오고 있었다.

TV를 보던 식당 사장이 짜증 섞인 눈으로 진상을 흘겨보았다.

* * *

오유라가 도착한 곳은 서울 개포동의 빌라촌이었다. 박형민 기자가 찍어 준 건물에서 멀찌감치 차를 대고 잠복근무하는 형사처럼 뻗치고 있자니 다시금 화가 치밀었다.

진상은 말없이 조수석에 앉아 있었다. 술이 올라 벌게진 얼굴로 멍하니 창밖을 내다보는 중이었다. 오유라가 다그쳤다.

"흥신소는? 최 사장 불렀어?"

"불렀지 그럼."

"근데 여태 안 와?"

"좀 있어 봐. 맥도날드 햄버거도 10분은 기다려야 나오더라."

오유라는 태연자약한 진상을 흘겨보며 어금니를 깨물었다.

내색은 하지 않았지만, 사실 진상은 그 누구보다 마음을 졸이고 있었다. 등줄기부터 가랑이까지 식은땀으로 온통 축축했다.

'이 여편네가 굳이 여기까지 찾아올 이유는 또 뭐람? 고영희를 만나서 머리채라도 잡겠다는 건가?'

그랬다간 큰일이다.

'자칫 고영희가 오유라의 서슬에 나와의 관계까지 불어 버린다면…….'

그런 일이 생겼다간 경을 치는 정도로 넘어가지는 않을 것이다. 오유라의 성질머리를 잘 알고 있었기에 진상은 두려웠다. 진상은 자기도 모르게 화들짝 몸을 떨었다.

오유라가 진상을 향해 눈을 흘기며 물었다.

"갑자기 뭐야? 왜 혼자 들썩거리고 앉았어?"

"추워서 그래. 에어컨 좀 끌까?"

"끄지 마. 열불 나서 뒈질 것 같으니까."

그때였다. 누군가 다가와 뒷좌석 유리를 두드렸다.

똑똑.

흥신소 최 사장이었다. 오유라는 재빨리 뒷문을 열어 주었다. 최 사장이 차에 오르며 괜히 너스레를 떨었다.

"아이고, 되다. 날씨 와 이리 덥노? 대표님은 안 덥십니꺼? 에어컨 좀 빵빵 틀어 보이소."

오유라가 쏘아붙였다.

"사장님이 지금 에어컨 틀라 마라 할 입장이에요? 고영희랑 하나연 찾아내라고 한 게 언젠데, 며칠 동안 뭘 한 거예요?"

최 사장은 금세 기가 죽었다. 그가 변명하듯 우물쭈물 주워
삼켰다.

"대표님. 제가 놀다가 그런 게 아니고요. 거진 다 찾았는데
얘들이 이 동네에 전입신고가 안 돼 있더라고요."

오유라는 기가 찬다는 듯 목소리를 높였다.

"하나연이 저거, 자기도 위장전입 했네. 혼자 착한 척은 다
하더니만. 이런 게 내로남불 아니야?"

그때 빌라 복도에 노란 조명이 들어왔다. 누군가 집 밖으로
나왔다는 뜻이다. 3층 계단실 창문에서 시작된 동작 감지등의
불빛이 점차 1층을 향해 다가오고 있었다.

오유라와 진상, 흥신소 사장까지 덩달아 차창 아래로 몸을 숙
였다. 진상은 고개를 빼꼼히 내밀어 보았다. 젊은 여자 하나가
고무장갑을 낀 손으로 음식 쓰레기를 버리러 나오는 중이었다.

운전석의 오유라가 호들갑을 떨어 댔다.

"저거 고영희 맞지?"

"어데예?"

"고영희 맞네. 저기 쓰레기 버리러 나오는 쟤, 빨간 장갑."

한 줄기 땀방울이 진상의 이마를 타고 흘러내렸다.

'차라리 지금 고영희를 차로 밀어 버릴까? 일단 처치한 다음
에 급발진이라고 우기면 어떻게든 되지 않을까?'

부질없는 고민이었다. 지금 운전대를 잡은 사람은 오유라였
으니까. 진상은 하필 오늘 같은 날 술을 마신 스스로가 미칠 듯

이 원망스러웠다.

오유라가 흥신소 최 사장에게 말했다.

"쟤 지금 납치할 수 있어요?"

"이 양반 뭐라노. 저희 그런 업체 아니에요."

오유라는 펄쩍 뛰는 최 사장을 잡아먹을 듯한 눈으로 노려보았다. 오유라가 말했다.

"아니, 그럼 최 사장님은 대체 하는 일이 뭐예요? 비싼 돈 받으면서 뭐 하나 시원하게 해 주는 게 없네?"

"시원시원하게 해 주는 업자들은 따로 있다 아입니꺼. 글고 제가 하는 일이 와 없습니꺼? 시킨 대로 뒷조사는 했지예."

최 사장은 볼멘소리를 하며 운전석 너머로 두툼한 서류철을 건넸다. 하나연 변호사의 고등학교 성적표와 졸업앨범, 로스쿨 기록과 로펌 시절 평판 조회까지. 어디서 어떻게 구했는지 몰라도 하나연의 과거 행적이 모두 거기에 담겨 있었다.

그런데 한 가지 문제가 있었다. 하나연의 기록에는 그다지 흠잡을 구석이 없었다는 점이다. 대강 서류를 훑어본 오유라가 투덜댔다.

"얘도 참 갑갑하다. 일생을 샌님처럼 살았네. 아니 근데 왜 저렇게 독이 올랐대? 갑자기 무슨 바람이 들어서 나대는 거야?"

"뭐든지 늦바람이 무섭십니다. 암튼 간에 오늘은 철수하시죠. 디비 보믄 뭐라도 더 안 나오겠심니꺼? 내가 이 짓만 20년을 했는데, 허물 하나 없는 놈은 본 적이 없어요."

오유라는 두 주먹을 불끈 움켜쥐었다. 그녀가 말했다.

"그냥 돌아갈 거였으면 여기까지 오지도 않았어요."

오유라는 대뜸 운전석 문을 박차고 나와 빌라를 향해 저벅저벅 걷기 시작했다. 화들짝 놀란 진상이 오유라를 뒤쫓았다. 진상이 오유라의 손목을 낚아채며 다급히 말했다.

"여보! 여보, 진정해. 이래 봐야 좋을 거 하나 없어."

"이거 봐. 에둘러 말하는 거 내 성격이랑 안 맞아."

"지금 가서 뭘 어쩌려고?"

"올라가서 문 두드려야지. 싸가지 없는 기지배. 내가 저한테 해 준 게 얼만데 뒤통수를 쳐?"

오유라는 끓어오른 주전자처럼 어깨를 달그락거리며 콧바람을 뿜어 댔다. 오유라는 임계점이 넘으면 스스로 화를 돋우는 경향이 있었다. 호흡을 가라앉히며 평정을 되찾는 게 아니라 일부러 가쁜 숨을 몰아쉬며 열을 올리는 것이다.

반평생을 그녀와 부대끼며 살아온 진상은 본능적으로 위험을 직감할 수 있었다.

'내가 살려면 지금은 무슨 일이 있어도 막아야 한다!'

진상은 오유라의 뒤에서 허리를 싸잡아 안아 올렸다. 작달막한 오유라의 두 다리가 허공에 대롱거렸다. 오유라는 버둥거리며 저항하는 대신 음산한 목소리로 물었다.

"너 지금 뭐 하니?"

진상이 다급히 입을 놀렸다.

"잠깐 내 말 좀 들어 봐. 나한테 좋은 생각이 있어."

"해 봐."

"여기서 고영희랑 드잡이해 봐야 얻을 거 하나 없어. 괜히 여론만 나빠지지. 중졸짜리 계집애랑 말 섞어 봐야 무슨 도움이 된다고? 차라리 하나연이랑 대화하자. 흥신소 최 사장님을 여기 잠복시키는 거야. 내일 아침에 하나연이 출근할 때 뒤를 밟으면 그 여자 새 사무실도 알 수 있을 거 아냐?"

진상의 설득은 의외로 효과가 있었다. 오유라는 허공에 매달린 채 생각에 잠겼다. 차분히 생각해 보니, 남편 말에도 일리가 있었다.

배신자는 고영희다. 그러나 그녀를 부추긴 사람은 하나연이었다. 의사 결정권이 없는 고영희를 겁박해 본들 달라질 건 없었다.

오유라가 으르렁대며 말했다.

"알았으니까 내려놔."

진상은 안도의 한숨을 내쉬며 그녀를 사뿐히 내려놓았다. 곧이어 오유라의 어깨에 턱을 괴고 목덜미에 입술을 비볐다. 진상이 기억하는 한, 그녀는 늘 이런 식의 애무에 쉽게 마음을 풀곤 했다.

진상이 나긋나긋한 목소리로 말했다.

"고영희는 내가 따로 만나서 잘 설득해 볼게. 자기는 하나연이랑 담판을 지어. 양동 작전을 하자 이거야."

"네가 고영희 만나서 무슨 할 얘기가 있는데?"

"걔랑 쉼터에서 같이 지낸 시간은 내가 더 많잖아. 이럴 필요까진 없다는 걸 잘 설명해야지. 달래다 보면 분명히 마음을 돌릴 거야. 걔 보기보다 엄청 순진하다니까?"

말을 하며 진상은 오유라의 아랫배를 부드럽게 쓸어내렸다. 왼손은 어느새 오유라의 가슴께를 향해 스멀스멀 기어오르고 있었다. 그와 동시에 진상은 살집이 두둑한 그녀의 엉덩이에, 은근슬쩍 자신의 사타구니를 비볐다.

오유라와 마지막으로 잠자리를 가진 게 언제인지도 잊어버렸지만, 진상은 지금 그녀가 좋아했던 사랑의 방식을 기억해 내려 분주히 머리를 굴리는 중이었다.

'역시 여자들 기분 풀어 주는 데는 이거만 한 게 없지.'

진상은 오유라의 귓불에 숨을 불어 넣으며 속삭였다.

"우리 여보 체면이 있지, 교양 없게 드잡이나 하면 되겠어?"

별안간 오유라의 구둣발이 진상의 발등을 짓이겼다. '억' 하며 신음을 내뱉는 진상의 사타구니를 오유라의 억센 손아귀가 움켜쥐었다. 왜소한 불알 두 쪽이 늘어진 고무공처럼 짜부라졌다. 눈물이 핑 돌았다.

새우처럼 꼬부라진 진상을 내려다보며 오유라가 냉소했다.

"잘하지도 못하는 게 어디서 본 건 있어 가지고."

오유라는 몸을 돌려 차로 되돌아갔다. 흥신소 최 사장은 뒷좌석에서 혀를 차며 고개를 절레절레 흔들고 있었다. 운전석으로 돌아온 오유라가 말했다.

"최 사장님은 오늘 뭐 바쁜 일 없죠?"

"오 대표님 덕에 바쁘지예. 고객 만족이 생명 아입니꺼? 밤새 뻗치고 있겠심더."

"하나연이 출근할 때 미행해서 사무실 위치 좀 알아봐 주세요."

홍신소 사장은 흔쾌히 고개를 끄덕였다. 그러고는 골목에 세워 둔 자신의 코란도 차량으로 되돌아갔다. 오유라가 벤츠에 시동을 걸자 절뚝거리며 다가온 진상이 조수석에 올라탔다.

진상이 퉁명스레 말했다.

"무슨 여자가 손아귀 힘이…… 셋째 낳을 생각은 아예 없는 거야?"

"조용히 해. 죽여 버리기 전에."

오유라의 벤츠가 개포동 골목길을 느릿느릿 빠져나왔다. 진상은 차창 밖으로 머리를 내밀었다. 어디선가 아기 울음소리가 들려오는 듯했다.

진상은 원룸 주소와 건물의 구조를 최대한 자세히 기억에 새기려 했다. 빌라 외벽에 붙은 가스 배관이 눈에 띄었다. 방범 덮개가 달려 있긴 했지만 마음만 먹으면 못 오를 것도 없었다.

'조만간 고영희를 만나 봐야겠어. 대화로 안 풀리면 가스 배관을 타고 기어올라서라도 내가 해결해야 해.'

진상의 머릿속에 온갖 악독한 생각들이 스쳐 지나갔다. 그렇게 고민에 빠져 있는데, 문득 운전석의 오유라가 물었다.

"너 고영희랑 뭐 있니?"

순간 진상은 머리카락이 곤두서듯 오한을 느꼈다. 어깨 위로 핏기가 싹 가시는 기분이었다. 벌벌 떨리는 손을 허벅지 밑에 깔고 앉으며, 진상이 우물쭈물 대답했다.

"갑자기 무슨 헛소리야?"

"생각해 보니까 이상하잖아. 아까부터 은근슬쩍 그 계집애 편드는 것도 그렇고."

"편을 들다니. 누가? 난 혹시라도 우리 여보가 망신당할까 봐 걱정돼서 그런 건데?"

오유라는 말없이 전방을 주시할 따름이었다. 그런 침묵이 더욱 두렵고 낯설었다.

무슨 말이라도 하지 않으면 침묵의 무게에 짓눌려 압사할 것 같았다. 그러나 섣불리 입을 놀렸다가는 더 큰 고통이 뒤따를 것을 알기에 그저 이를 악물고 견디는 수밖에 없었다.

불편한 시간은 영원처럼 계속되었다. 마침내 오유라가 입을 열었다.

"생각해 보면 당신 말이 맞네. 고영희랑 보낸 시간은 당신이 훨씬 많지, 안 그래? 쉼터에서 몇 달을 같이 살았으니까."

"참 나. 그게 그렇게 걱정됐어? 왜? 내가 이 나이에 바람이라도 피웠을까 봐?"

진상은 애써 여유를 부렸다. 넉살 좋게 웃어넘기려 했지만 몸은 거짓말을 하지 않는다. 창백해진 진상의 얼굴은 온통 땀 범벅이었다.

집으로 돌아오는 내내 오유라는 말이 없었다. 그게 진상을 더욱 불안하게 만들었다.

10

하나연은 온종일 사무실에서 머리를 싸매고 앉아 있었다. 오후에 한 사장과 정례 회의를 마치고 잠시 눈을 붙이려는데, 이진수가 사무실로 찾아왔다.

이진수가 넌지시 물었다.

"인터넷에 변호사님 뉴스 떴던데. 보셨어요?"

포털사이트 메인 화면에는 하나연의 사진이 올라와 있었다. 고영희의 폭로 기자회견 당시의 모습이었다. 누가 찍었는지 몰라도, 하나연이 청중을 향해 시선을 돌리는 찰나를 얄궂게도 포착했다.

앙다문 입꼬리는 심술궂게 처져 있었고 치켜뜬 두 눈은 독살스러운 삼백안으로 보였다. 사진에 딸린 기사 제목은 더욱 가관이었다.

[속보] 희망연대 하나연 대표의 호화 생활과 진정성 논란.

헤드라인을 본 하나연이 버럭 성을 냈다.

"망할 놈의 기레기들. 하필이면 사진도 이딴 걸 찍어 올렸네."

별안간 가슴이 턱 막히는 기분이 들었다. 머리로 피가 솟구치며 열이 올라왔다.

겨자씨만큼의 사적인 욕심조차 없었다면 거짓말이겠지만, 적어도 오유라의 위선보다는 나은 삶을 살았다고 자부했다. 기사는 그런 하나연의 삶에 흙탕물을 뿌리려 안간힘을 쓰고 있었다. 횡단보도 옆 물구덩이를 지나며 일부러 속도를 높이는 자동차처럼.

이진수가 물었다.

"내용이 사실이긴 해요?"

"당연히 가짜 뉴스죠! 이거 완전 악마의 편집이라고요."

하나연은 발끈했다. 그러나 금세 짜증을 누그러뜨리며, 그녀가 덧붙였다.

"……제가 명품을 좋아하긴 해요. 실장님은요? 명품 안 좋아하세요? 세상에 럭셔리 싫어하는 사람이 어디 있어요?"

"명품 좋죠. 사 본 적은 없지만."

"호화 생활? 아니 내가 받은 월급으로 쇼핑하는 게 신문 1면에 나올 일이에요? 기사에다 이렇게 이어 붙여 놓으니까 뭔가 대단히 잘못된 인생처럼 보이네요?"

법무법인 재직 시절, 회사는 하나연에게 많은 혜택을 주었다. 식대는 물론 통신비, 야간 택시비, 체력 단련비, 어학 교육비 등등. 법인 콘도 같은 복지는 일에 치여 사느라 누려 보지도 못했다.

그녀는 끼니당 2만 원씩 지원되는 저녁 식대로 매일 밤 값비싼 식당에 갔다. 음식이 남더라도 2만 원 한도를 꼭 채워 주문했다. 그 시절에는 그게 그녀의 유일한 취미이자 스트레스 해소 방식이었다.

퇴근 시간은 자정을 넘기기 일쑤였다. 회삿돈으로 택시를 타고 새벽에야 집에 들어가는 나날의 반복이었다.

공인이 되기 전에는 문제 될 것 없다고 생각했던 일이다. 그러나 그녀는 이제 일개 변호사가 아니라 한 단체를 대표하는 수장이었다.

높은 연단에 오른 사람일수록 발밑을 조심해야 하듯, 예전에는 문제 될 것 없던 많은 일을 문제 삼는 이들이 나타나기 시작했다.

하나연은 모니터에 뜬 기사를 천천히 읽어 내려갔다.

"먹지도 않을 음식을 시켰다는 둥, 종업원에게 갑질을 일삼았다는 둥, 어딜 가든 택시를 타고 다녔다는 둥…… 아니 택시 탄 게 잘못이에요? 내가 무슨 콜때기를 탄 것도 아니고."

이진수가 어깨를 으쓱 들어 보였다. 그가 말했다.

"딱 봐도 그냥 가십 기사 수준인데요. 너무 괘념치 마세요."

"머리로는 알겠는데 가슴이 안 따라와요. 저쪽에서 이렇게까지 치졸하게 나오니까 개 열받는데요?"

하나연은 분한 마음에 주먹을 움켜쥐었다. 한편으로는 두려웠다. 대중의 미움을 받는다는 게 이렇게까지 숨 막히는 일인 줄은 미처 몰랐다.

엄청난 부정이나 불법을 저지른 것도 아니다. 설령 하나연의 인간적인 치부가 드러난다 해도 희망연대의 명분은 사라지지 않는다. 그 사실을 인지하고 있었지만 가슴은 여전히 터질 듯이 콩닥거렸다.

멀찍이 떨어져서 남에게 총을 겨눌 때는 그녀 스스로도 제법 용기 있는 사람이라 생각했다. 그러나 막상 자신을 향해 총알 세례가 쏟아지자 지레 겁쟁이가 되어 버린 것 같았다.

불현듯 한 사장의 말이 뇌리를 스쳤다.

'하나하나 반박할 셈이에요? 누가 먼저 나가떨어질까요?'

하나연이 넋두리하듯 말했다.

"한 사장님 의견이 옳았던 걸까요? 그냥 가진 패를 다 까 버리고 속전속결할까요?"

"정 괴로우면 그렇게라도 해야죠. 진상과 고영희의 불륜을 먼저 공개할까요? 이슈는 이슈로 덮으라잖아요."

이진수의 제안에 하나연은 고개를 저었다. 그녀가 말했다.

"그건 안 돼요. 내부 고발자에게 대중이 어떤 반응을 보이는지 실장님도 알고 계시잖아요? 이제 와서 고영희의 순수성을 훼손할 순 없어요. 오유라를 꺾으려면 고영희는 끝까지 순결한 피해자여야만 해요."

냉정한 척 말하긴 했지만 사실은 다른 이유도 있었다. 하나연은 차마 고영희에게까지 낙인이 찍히도록 내버려 둘 수 없었던 것이다. 대한민국에서 순수성을 잃은 피해자가 어떤 취급을 받는지 하나연은 잘 알고 있었다.

하나연이 말했다.

"당분간은 저 혼자 견디는 수밖에 없겠네요."

이진수가 고개를 끄덕였다.

"잘 생각하셨어요. 장차 큰일 하실 분인데, 왕관의 무게를 견디라는 말도 있잖아요."

분명히 그랬다. 이번 사건이 끝나면 그녀는 더 큰 기회와 명성을 얻을 것이다. 그로 인해 그녀의 삶은 달라질 것이다.

어쩌면 여태껏 가져 보지 못한 선택지 앞에서 새로운 고민을 하게 될지도 모른다.

'그날이 오더라도 나는 여전히 정의로운 변호사로 남을 수 있을까? 스스로가 정의의 기준이 된 뒤에도 올바른 판단을 할 수 있을까?'

실용주의자가 정의를 선점할 때 세상은 자칫 위선자의 연극 무대가 된다. 환호하는 대중이 가장 높고 안락한 자리를 권할 때, 그들에게 무어라 답할 것인가?

별안간 망상에 가까운 엉뚱한 생각이 떠올라 절로 웃음이 터져 나왔다.

'이 자리는 세상에서 가장 불편하고 딱딱한 자리입니다. 보통 사람이라면 한 시간도 채 앉아 있기 어려운 고독한 자리이지요. 하지만 그것이 바로 제가 이 자리에 앉아야만 하는 이유입니다. 여러분 위에 군림하기 위해서가 아니라, 여러분을 섬기기 위해! 저는 기꺼이 이 엄중한 책무를 받아들여야만 하는

것입니다.'

이진수는 돌연 킥킥 웃는 하나연을 바라보며 고개만 갸우뚱할 뿐이었다.

하나연 스스로도 잘 알고 있었다. 자신에게는 정의라는 왕관을 쓸 자격이 없다는 사실을. 그러나 싸움을 시작한 이상 반드시 이겨야만 했다.

이상주의자가 세상을 바꾼다는 말을 하나연은 믿지 않았다. 그들은 불쏘시개다. 불쏘시개만으로 군불을 땔 순 없다. 결국 세상을 움직이는 건 이기는 방법을 아는 합리적 실용주의자들이다.

상념의 늪에서 그녀를 끌어올린 건 이진수였다. 그가 말했다.

"그건 그렇고. 저 일주일간 휴가 좀 다녀오겠습니다."

"어디 여행 가시게요?"

"콧바람 좀 쐴 겸 낚시나 가려고요. 몇 달 동안 쉬지도 못했잖아요."

하필이면 지금? 어쩐지 의아하다는 생각이 들었다. 이것이 온전히 이 실장 혼자만의 결정일까? 배후에서 누군가와 다른 일을 꾸미는 건 아닐까? 어차피 이진수는 철저히 자신의 이익에 따라 움직이는 건달이 아닌가?

잠시 고민했지만 하나연은 이내 털어 버렸다. 지레짐작은 스스로를 옭아매는 함정일 뿐이다.

하나연은 대수롭지 않게 웃어넘겼다.

"이참에 며칠 푹 쉬다 돌아오세요. 강남까지 버스 타고 출퇴근할 생각 하니까 겁나네요. 운전 연수를 받아 둘걸 그랬나 봐요."

물론 이진수가 뜬금없이 휴가를 쓴 데에는 나름대로 이유가
있었다. 훗날 밝혀지겠지만, 사실은 한가로이 낚시 여행이나
떠난 게 아니었다.

* * *

뜻밖에도, 도미애가 희망연대 사무실을 찾아왔다. 그녀는 젊
어 보이는 외모와 달리 어쩐지 노회하다는 인상을 주었다. 실
제 나이를 가늠할 수 없는 여자였다.

도미애는 밋밋한 검은색 투피스 차림에 진주목걸이를 두르
고 있었다. 장례식에서나 볼 법한 옷차림이 오히려 묘한 위압
감을 자아냈다. 적어도 하나연이 느끼기엔 그랬다.

어쨌거나 한 사장과 하나연은 그녀의 방문을 고무적으로 받
아들였다.

도미애는 가양시의 토착 세력을 대리하는 인물이다. 그런 그
녀가 중재에 나섰다는 건 희망연대의 존재감이 가볍지 않다는
방증이리라. 어떤 식으로든 주류 사회와 연이 닿았다는 것만으
로도 큰 성과였다.

형식적인 악수를 나누며 도미애가 인사를 건넸다.

"하 변호사님, 요즘 활약이 아주 대단하시던데요?"

하나연은 미소를 지으며 대답했다.

"즐기면서 일하고 있습니다. 한 청년의 인생이 걸려 있으니

까요."

공적인 발언에서는 도덕적 우위를 선점하라. 습관처럼 몸에 밴 처신이었다. 도미애는 건성으로 고개를 끄덕였다. 그러고는 주변의 누가 듣건 상관없다는 듯이 말했다.

"참 유별나지 않아요? 철딱서니 없는 여자애 하나 때문에 이게 무슨 난리인지. 요즘 사람들이 좀 그런가 봐요. 다들 화가 잔뜩 나 있고, 스스로 불행해야만 하는 이유를 찾아다니죠. 저는 이게 다 90년대 교육의 문제라고 생각해요."

'갑자기?'

대화가 뜬금없는 방향으로 튀어 나가자 하나연은 본능적인 반응을 보이고 말았다. 자신도 모르게 살짝 허리를 굽히며 도미애에게 귀를 기울인 것이다. 아차 싶은 생각이 들 무렵, 도미애가 덧붙였다.

"90년대 이후로는 누구나 '너는 특별한 아이'라고 배우면서 자라잖아요. 그런데 정말 그런 줄 알고 사는 애들은요, 자라면서 마음에 분노가 쌓여요. 제 생각엔 그게 사람들을 불행하게 만드는 거예요. 본인이 평범하다는 사실에 자꾸 화가 나고, 불행해지고. 나중에는 그 불행의 이유를 엉뚱한 데서 찾더라니까요?"

하나연은 생각했다.

'이것은 고영희를 두고 하는 얘기인가, 아니면 나 들으라고 하는 말인가?'

어쩐지 무시당하는 기분이었다. 하지만 티를 내면 지는 거란 생각에 의연하게 대처했다. 하나연이 말했다.

"글쎄요. 설령 나 자신이 전혀 특별할 게 없는 사람이라 해도, 그게 그렇게 화가 날 일인가요? 특별하지 않아도 괜찮잖아요? 우리는 누구나 존재만으로 가치가 있는 사람들인걸요."

다시 한번 시도하는 우위 전략. 도미애는 허공을 향해 손을 내저었다. 귀찮은 날파리를 털어 내듯이.

도미애가 말했다.

"그렇게 얘기하는 사람들한테는 제가 꼭 물어보는 게 있어요. '당신은 조두순을 있는 그대로 사랑할 수 있느냐'고요. 존재만으로 가치 있는 사람은 없어요. 사람의 가치는 존재가 아니라 행동으로 평가받는 거예요."

"오유라 대표의 행동은 어떤가요? 그분의 위선에는 어떤 평가를 내리실까요?"

하나연의 가시 돋친 반응에 도미애는 깔깔 웃으며 대답했다.

"제가 누굴 평가할 입장이 되나요? 오 대표님이야 워낙 선행을 많이 하시기로 명망 높은 분인데."

그때, 한 사장이 다가와 도미애에게 명함을 건넸다.

"말씀은 많이 들었습니다. 이 바닥에서 도 여사님을 모를 순 없죠."

"저도 사장님 말씀은 많이 들었어요. 최근에 배 대표한테 쌍봉산 땅을 사셨다지요?"

도미애의 질문에 한 사장은 머쓱한 듯 껄껄 웃었다. 한 사장이 대답했다.

"뭐, 그렇게 됐습니다. 거기까지 듣고 오셨다니 속사정은 다 아시겠네요."

"결국 이게 다 쉼터 때문인가요?"

도발적인 질문. 하나연은 신경을 날카롭게 곤두세웠다. 그런 그녀를 향해 도미애가 조용히 미소 지었다.

도미애의 질문은 사실상 노골적인 제안이나 다름없었다. 쉼터 부지를 넘겨주는 선에서 사건을 덮을 수 있을지 물어 온 것이리라.

문득 하나연은 도미애라는 인물에 흥미가 동했다. 그러나 그녀와 가까워지고 싶다는 생각은 들지 않았다. 만만한 여자가 아니다. 그녀는 흡사 무늬가 아름다운 뱀이었다.

물론 쉼터 부지를 얻는 수준에서 타협할 생각은 없었다. 공세 중에 스스로 고삐를 늦추는 것은 어리석은 짓이다. 원하는 바를 요구하는 것이야말로 협상의 기본이 아니던가? 거절을 두려워하지 말고 끝없이, 끊임없이 요구해야 한다.

한 사장은 사전에 하나연과 입을 맞춘 대로 대답했다.

"물론 저희가 쉼터 땅을 매입할 수 있다면야 더할 나위 없는 행운이겠죠. 하지만 그런다고 해서 오 대표 비리가 사라지는 건 아니잖습니까? 아시다시피 저는 희망연대 운영과는 일절 관계가 없기도 하고요."

하나연이 끼어들며 덧붙였다.

"한 사장님은 정의로운 분이세요. 희망연대를 설립한 것도 사랑의 집의 부패에 분개하셨기 때문이고요. 그런 점에서 저희랑 뜻이 맞았던 거죠. 어쨌거나 희망연대의 입장에는 변함이 없어요. 비리 복지법인은 몰아내야죠."

"사랑의 집을 몰아내면 오 대표가 진행하던 미혼모 지원사업은 어떻게 되는 거예요?"

도미애의 질문에 하나연이 대답했다.

"저희 희망연대가 이어 가면 되죠. 미혼모 권익을 위한 일이라면 저희가 오 대표보다 유능하다고 생각해요."

하나연의 말을 들은 도미애가 냉소했다. 마치 실없는 농담이라도 들은 사람처럼. 도미애가 말했다.

"에이, 그래도 오 대표님 명성이 있는데. 아직은 희망연대의 사업 운영 능력이 검증된 것도 아니잖아요."

"사업 운영 능력이라 하시면?"

"아시다시피 요즘 세상에 복지법인이 수익사업 하는 건 불법도 아니고, 지탄받을 일도 아니에요. 어떤 단체든 수익 없이 유지할 수는 없으니까요. 그래서 더더욱 기부금을 끌어오는 능력이 중요한 거 아니겠어요? 오 대표가 그런 점에선 참 출중한 분이시죠. 열 손가락 안에 드는 재벌 그룹에서 수십억씩 기부받는 게 보통 이름값으로 되는 일은 아니잖아요?"

확실히 외부 자금을 끌어와 사업을 벌이는 오유라의 능력은 가히 타의 추종을 불허했다. 가양시 토호들이 오유라를 인정하는 것도 바로 그 때문이었다.

먼저 전국구 저명인사인 오유라가 기업들로부터 거액의 기부금을 유치한다. 대규모 자금이 흘러들면서 인근 부동산이 들썩인다. 여기에 지역 언론과 개발업자 들이 가세해 분위기를 조성한다.

　와중에 등장하는 절차적 장애물은 정치인과 공무원 들이 치우면 된다. 물론 알짜배기 개발 정보는 내부자끼리 사전에 나눠 먹은 뒤다.

　지난 몇 년간 김주미 시장이 적극적으로 추진해 온 구시가지 재생사업의 이면에는 이러한 맥락이 작동하고 있었다. 처음부터 모두의 이해관계가 맞아떨어지지 않았다면 불가능했을 일이다.

　결국 희망연대가 내세우는 '투명함'이란 도미애를 설득하기에 마땅한 수단이 아니었다. 도미애가 원하는 건 청렴이나 미혼모 권익 증진이 아닌, 유지들의 의중에 따라 여론을 조성하고 기부금을 유치할 수 있는 능력이었다.

　그런 점에서 하나연이 오유라의 입지를 승계하기란 쉽지 않은 일이었다. 하나연이 제 역할을 다하려면 지금보다 거물이 되어야 했다. 도미애의 속내를 읽은 하나연은 불쑥 오기가 생겼다.

　'말하자면 내 이름값으로는 사업이 안 된다는 거잖아? 그럼 더 철저하게 오유라를 죽여 놔야겠네.'

　젊은 영웅이 거악에 맞서는 이야기야말로 유사 이래 가장 강력한 내러티브 아니던가? 골리앗의 머리를 자른 다윗, 미노타우로스를 죽인 테세우스, 동서고금의 수많은 소년 영웅들.

　그런 이야기에는 대중을 열광시키는 힘이 있었다. 혜성처럼 등장한 정의로운 변호사가 부패한 복지법인을 몰락시키다!

오유라와 함께 효수할 적당한 먹잇감 한두 명만 곁들인다면 하나연의 이름은 대중의 뇌리에 각인될 것이고, 그녀의 명성은 천정부지로 치솟을 것이다. 이러한 맥락을 도미애도 이해하고 있을지는 미지수였다.

　한 사장이 말했다.

　"저희라고 도 여사님이나 시장님 입장을 이해 못 하는 건 아니에요. 솔직히 가양시에서 방구 좀 뀐다는 사람이면 다들 오 대표와 교분이 깊지 않습니까?"

　도미애는 처음 듣는 얘기라는 듯 눈썹을 치켜세웠다.

　"그런가요?"

　"그럼요. 저도 나름 가양시 토박이인데요. 이 동네 사람들은 정이 많아요. 서로 챙겨 주는 거 참 좋아하죠. 5년 전에 여사님 동생분 사건도 경찰에서 힘을 좀 써 준 걸로 아는데요?"

　한 사장은 민감한 이야기를 꺼내며 은근슬쩍 도미애의 안색을 살폈다. 도미애의 표정에는 큰 변화가 없었다. 애써 평정을 유지하는 듯 보였지만 한 사장은 그녀가 동요하고 있음을 직감할 수 있었다.

　짐짓 여유로운 태도를 꾸며 내며, 도미애가 말했다.

　"한 사장님은 아는 게 참 많으시네요."

　"저도 나름대로 듣는 귀가 있습니다. 하여간 안타깝게 됐습니다. 목격자가 있었다면 금방 해결됐을 일인데."

　"그러게요. 누구라도 나타나서 알려 줬으면 좋겠네요."

　엷은 미소를 지으며 도미애는 한 사장의 눈을 응시했다. 한 사장도 그녀의 시선을 피하지 않았다. 찰나의 순간 서로를 향한 적의와 호기심이 뒤섞인 기이한 분위기가 만들어졌다.

돌연 한 사장이 물었다.

"이진수는 어떻습니까? 그 친구라면 뭔가 알고 있을지도 모르잖아요?"

순간 도미애의 콘크리트 같은 무표정이 무너져 내렸다. 그 찰나의 변화를 포착한 한 사장의 입꼬리가 슬그머니 말려 올라갔다. 도미애와 이진수가 공범이라는 심증이 굳어지는 순간이었다.

한 사장은 속으로 미소를 지었다.

'당신도 결국 인간이었군. 사람인 이상 다루는 방법은 남들과 마찬가지지.'

도미애는 천천히 고개를 저었다. 입은 웃고 있었지만 눈은 싸늘한 무표정이었다. 도미애가 말했다.

"그 사람은 못 찾아요. 영영 이 나라를 떠났거든요."

"정말요? 내가 알기론 얼마 전에 돌아왔다던데?"

두 사람의 대화를 곁에서 지켜보던 하나연은 자못 당황한 눈치였다. 처음에는 엉뚱한 대화에 어쩐지 소외감이 들기도 했다. 그러나 냉랭해진 분위기를 보니 이럴 때일수록 입을 다물어야겠다는 생각이 들었다.

한 사장이 덧붙였다.

"엉뚱한 데 불똥 튀는 건 저희도 원치 않습니다. 저희가 잘나가는 분들 뒷다리 잡으려고 시작한 일도 아니고요."

느물대는 말에 뼈가 있었다. 도미애가 물었다.

"지금 하신 말씀, 근거가 있는 얘기예요?"

"이진수 통해서 이래저래 흘러든 물건이 있긴 합니다. 에이, 별거 아니에요. 그냥 오 대표네 마당에서 고기 굽는 동영상이지."

한 사장의 말에 고개를 끄덕이며 도미애가 대답했다.

"두 분 말씀은 이해했습니다. 오 대표가 저지른 비리에 대해서는 오 대표가 책임지는 게 마땅하죠."

"지당한 말씀이십니다."

"다만, 필요 이상으로 일이 커질까 봐 걱정되긴 하네요."

"저희가 떠돌이도 아니고. 희망연대의 뿌리도 결국은 가양시입니다. 어떻게든 여기서 부대끼며 상생해야죠."

한 사장의 말대로 희망연대의 입장을 요약하자면 다음의 세 가지였다.

사랑의 집은 문을 닫아야 한다는 것. 그들의 지위와 사업은 희망연대가 계승한다는 것. 이를 인정하는 자들과는 상생을 도모하리라는 것.

달리 말하자면 방해하는 세력이 있다면 기꺼이 싸울 준비가 되어 있다는 뜻이기도 했다. 대화는 거기까지였다.

회의실을 나온 도미애는 곧바로 가양 시청 인근의 식당으로 향했다.

3층 건물을 통째로 사용하는 고급 한정식집 '수채(水彩)'. 도미애가 운영하는 이곳은 김주미 카르텔의 회합 장소이기도 했다.

룸에는 먼저 온 김주미가 기다리고 있었다. 김주미가 물었다.

"잘됐어요?"

"어렵게 됐네요."

협상 결렬을 알리며 도미애가 덧붙였다.

"저 사람들, 오랜 시간 치밀하게 준비한 것 같아요. 시장님이 오 대표와 각별한 사이라는 것도 알더라고요."

깜짝 놀란 김주미가 물었다.

"도 여사가 보기엔 어때? 믿는 구석이 있어서 하는 말 같아요?"

"동영상이 있대요."

"내가 못살아, 정말. 꼭 선거철만 다가오면 일이 터진다니까?"

김주미는 편두통이 왔는지 양손 엄지로 관자놀이를 눌러 댔다. 잠시간의 침묵이 흐른 뒤, 김주미가 말했다.

"내가 도 여사 각별하게 챙기는 이유 알죠? 골치 아픈 일 생길 때마다 도 여사가 나 많이 도와줬잖아. 지난 선거 때 우리 보좌관이 자원봉사자 성폭행한 거, 기억나죠? 그 양반 검찰조사 받기 전에 자살한 것도 도 여사가……."

"시장님."

도미애가 눈치를 주자 김주미가 재빨리 입을 닫았다. 단둘이 있는 자리라 하더라도 함부로 입에 올려서는 안 될 말이었다. 무안해진 김주미가 손사래를 쳤다.

"오케이. 알았어. 내가 더는 얘기 안 할게."

잠시 어색한 침묵이 흐르고 도미애가 말했다.

"한 사장이나 하 변호사가 이 시기에 자살할 리 없죠. 모양새가 너무 의심스럽잖아요."

"알지. 나도 그 정도 감은 있지. 아이참, 그렇다고 오유라더러 이 세상에서 없어져 달라고 기도할 수도 없고."

"지금 같은 상황이라면 차라리 오 대표가 사라져 주는 게 고마운 일이긴 하죠."

도미애의 반응을 살피던 김주미가 넌지시 물었다.

"어떻게, 가능할까?"

숙고하던 도미애가 대답했다.

"가능하다 해도 영상은 어떻게 하실 거예요?"

"아니 솔직히 우리가 별장에서 성접대라도 받았어? 이게 이렇게까지 고민할 일이야?"

"시장님이 걱정할 필요 없다고 하시면 저도 걱정 안 해요."

도미애의 심드렁한 대답에 김주미가 목소리를 높였다.

"걱정되지. 걱정 엄청 돼! 도 여사. 그냥 그 가든파티 영상만이라도 어떻게 좀…… 없던 일로 할 수 없을까?"

도미애는 말없이 고개를 끄덕이며 자리에서 일어섰다. 방을 나서며 도미애가 말했다.

"기도발 잘 받는 데서 3000배라도 해 보세요. 골치 아픈 일이 저절로 사라질지도 모르잖아요."

도미애의 말에 김주미의 얼굴에도 화색이 돌았다.

"골치 아픈 일이라면 누구? 오 대표?"

"희망연대가 가지고 있다는 증거 자료 말이에요."

"그게 어디 있는지 자기가 어떻게 알아?"

도미애가 어깨를 으쓱 들어 보였다. 그녀가 말했다.

"그러면 시장님이 언제 한번 하 변호사를 만나 보시겠어요?"

"이번 일만 해결이 된다면 그렇게라도 해야지."

반색하는 김주미를 바라보며 도미애는 주먹을 움켜쥐었다. 손바닥이 온통 땀으로 축축했다. 내색하진 않았지만 그녀의 속은 새까맣게 타고 있었다.

'그나저나, 이진수는 왜 돌아온 거지? 그 인간이 입을 열면 여러 사람 골치 아픈데.'

어쩌면 처음부터 놈을 살려 두었던 게 실수였는지도 모른다. 5년 전 '그 사건'으로 인해 이진수가 잠적한 뒤로 도미애는 술을 물처럼 달고 살았다. 골칫거리를 해결하기 위해 고용했던 인물이 가장 큰 골칫거리가 되다니.

이제라도 처음으로 돌아가 과오를 바로잡아야 할 때다. 놈을 찾아내서 입을 막는 수밖에는 방법이 없었다.

거기에까지 생각이 이르자, 가든파티 동영상 따위는 더 이상 중요한 문제가 아닌 것 같았다. 도미애에게 실질적인 위협은 자신의 치부를 알고 있는 이진수의 입이었으니까.

* * *

하나연은 한 사장의 주장을 받아들여 공세의 수위와 속도를 높이기로 결정했다.

인간적으로는 오유라가 미운 만큼 한 사장도 싫었지만, 한 사장의 주장에도 일리는 있었다.

희망연대가 제시하는 비전이 대중이 바라는 현실과 일치해야 한다는 것. 싸움은 가급적 빨리 끝내는 편이 유리하다는 것.

다음 날, 오유라의 부동산 거래 의혹과 알려지지 않았던 차명계좌 문제가 잇따라 공개되었다. 하루가 지난 뒤에는 사랑의 집 쉼터 관리인으로 남편인 진상을 채용했다는 기사가 떴다.

법적으로는 어떨지 몰라도 윤리적으로는 지탄받을 일이었기에 여론에 미치는 파급력이 굉장했다.

각종 사회 시민단체들이 오유라를 검찰에 고발하고 나섰다. 냄새를 맡은 주요 언론은 자체적인 사실관계 조사에 들어갔다.

마침내 대중이 마음껏 물고 뜯고 즐길 수 있는 환경이 조성된 것이다. 이대로 충분한 시간만 주어진다면 오유라의 명성은 뼈만 남은 해골처럼 깨끗하게 발려 나갈 터였다.

승기를 잡았다는 생각이 들 무렵, 갑작스레 오유라가 하나연의 사무실을 찾아왔다. 미행 사건 이후 오유라의 눈을 피해 사무실을 옮긴 지 몇 주 지나지도 않았다. 그런데도 이렇게까지 빨리 찾아낼 줄이야. 하나연은 내심 놀랐지만 이내 평정을 되찾았다.

'하긴, 저쪽도 가만히 앉아서 당하고만 있진 않았겠지.'

항상 감시당하고 있다는 사실을 명심하라는 이진수의 조언도 큰 도움이 되었다.

하나연이 평소 즐겨 입던 명품 옷들은 옷장 구석에 처박혔다. 대신에 공개 석상이 아니면 입지 않던 수수하고 저렴한 옷을 챙겨 입었다. 즐겨 가던 청담동 식당에도 발길을 끊었다. 엄한 곳에서 엉뚱한 사진이라도 찍힌다면 큰일이었다.

그렇게 몸을 사린 덕에 오늘처럼 불청객이 들이닥쳐도 평정을 유지할 수 있다고 생각하니, 어쩐지 기분이 우울해졌다.

희망연대의 대표직을 맡고 난 뒤부터 하나연은 24시간 내내 정의로운 변호사를 연기해야 했다. 그 또한 나름대로 고달픈 일이었다.

오유라가 권하지도 않은 자리에 앉으며 말했다.

"우리 변호사님, 직접 뵈니까 인상이 좋으시네요?"

오유라의 넉살에 하나연이 뾰족하게 되받았다. 물론 얼굴로는 웃고 있었지만.

"방송에는 인상이 나쁘게 나왔나요?"

"그런 얘기가 아니라. 하도 저를 잡아먹을 것처럼 구니까 그러죠."

하나연도 오유라를 대면하기는 처음이었다. 직접 보니 그다지 사악한 얼굴은 아니었다. 오히려 주변에서 흔히 볼 수 있는 중년 여성의 푸근한 인상이었다. 법정을 오가며 그녀가 만나왔던 무수한 악인들 대부분이 그러했듯이.

하나연이 물었다.

"제 사무실은 어떻게 알고 찾아오셨어요?"

"여기저기 수소문하다가 알게 된 거죠. 아무렴 제가 일부러 변호사님 뒤를 밟았겠어요?"

'픽이나. 내부에서 정보가 샌 게 아니라면 지난번처럼 미행을 붙였겠지.'

그런 생각이 들자 하나연은 오유라의 웃는 낯짝에 침이라도 뱉고 싶은 심정이었다. 푸근해 보이던 그녀의 미소가 이제는 비릿하고 음흉하게만 보였다.

하나연이 뭔가 말을 하려는 찰나, 오유라가 먼저 입을 열었다.

"바쁘실 텐데 시간 끌 것 없이 본론으로 들어갈게요. 원하시는 게 뭐예요?"

하나연이 능청스럽게, 그러나 진지한 태도로 대답했다.

"당연히 정의가 바로 서기를 원하죠. 그게 희망연대의 설립 취지인걸요?"

"진짜로 원하는 게 뭔지 묻는 거예요. 피차 끝장 봐서 좋을 일 없으니까. 소모적인 입씨름은 그만두기로 해요. 대신에 그쪽도 원하는 걸 얻으면 물러난다는 약속을 해 주셔야 공평하겠죠."

하나연은 잠시 생각에 잠겼다.

'피로스의 승리*라.'

이 싸움이 사랑의 집과 희망연대의 1 대 1 대결이라면 오유라의 말에도 일리가 있다. 그러나 사실 이 싸움은 오유라와 한 사장, 그리고 하나연의 3파전이었다. 물론 오유라가 그 사실을 알 리는 없었겠지만.

희망연대가 무엇을 원하는지 오유라는 아마 상상도 못 할 것이다. 한편으론 오유라가 어떤 반응을 보일지도 내심 궁금

---

* 막대한 희생을 치른 후 얻은 승리를 가리키는 말.

했다. 왜냐하면 앞으로 그녀가 내걸 조건은 오유라로서는 결코 타협할 수 없는 것이었기 때문이다.

하나연이 태연하게 말했다.

"우리가 원하는 건 두 가지예요. 첫째로는 사랑의 집을 해산할 것. 둘째로는 쉼터 부지를 희망연대에 넘길 것."

오유라의 얼굴이 금세 벌겋게 달아올랐다.

"그게 무슨 말도 안 되는……."

"이해하시기 어렵지 않을 텐데요? 그냥 지금 하시는 사업을 접으란 얘기예요."

"나한테 대체 왜 이러는 거예요? 우리가 무슨 원수졌어요?"

"사적인 감정은 없어요. 단지 지금 계신 자리가 대표님께는 어울리지 않는다고 생각해요. 그 자리는 미혼모 처우 개선과 인권 증진을 위해 진정으로 투신할 수 있는 사람들을 위한 거니까요."

"끝까지 혼자만 정의로운 척을 하시겠다?"

이죽거리는 오유라를 향해 하나연은 어깨를 으쓱 들어 보였다. 하나연이 말했다.

"솔직히 오 대표님은 그동안 많이 해 드셨잖아요. 지금이야 크게 손해 본다 생각하실 수도 있지만요. 이게 끝이 아니란 거 본인이 더 잘 아시잖아요?"

"끝이 아니면 뭘 더 어쩌겠다는 거예요?"

우악스레 달려드는 오유라의 말을 막으며, 하나연이 차분히 대답했다.

"아드님이 유학 중이시죠? 반미 운동 열심히 하셨으면서 자제분은 미국 유학 보낸 거, 지금은 굳이 왈가왈부하지 않을게요. 위장전입으로 따님 자사고 보낸 것도요. 아까부터 왜 자꾸 저한테 화를 내세요? 이거 다 오 대표님이 하신 일이잖아요?"

과거의 자신을 원망하라는 하나연의 일침에 오유라는 한동안 말이 없었다.

오유라의 꾹 다문 입술이 파리하게 떨렸다. 아무리 봐도 자신의 과오를 반성하는 눈치는 아니었다.

하나연이 덧붙였다.

"아깝다 생각하지 마시고 미련 없이 떠나세요. 단체는 다른 동네 가서 또 만들면 되잖아요? 내려올 때를 아는 것도 미덕입니다."

소용돌이치는 분노에 이글거리던 오유라의 눈빛은 서서히 두려움으로 변해 가고 있었다. 오유라는 머리가 나쁜 사람이 아니었다. 마냥 어리석고 순진한 사람이었다면 이 자리까지 올라오지도 못했으리라.

어느새 한풀 누그러진 말투로, 오유라가 말했다.

"저도 변호사님한테 원하는 게 있어요."

"말씀해 보세요."

"고영희를 데려다가 2차 기자회견을 잡아 주세요. 방송국 카메라 앞에서 자기 입으로 정정하게 만드세요. 사랑의 집과 저를 둘러싼 의혹들이 전부 거짓말이라고요. 그렇게만 해 준다면 원하는 걸 드리죠. 약속할 수 있나요?"

하나연은 한동안 대답하지 않았다. 그것은 들어줄 수 없는 약속이었다.

오유라의 제안대로 2차 기자회견을 하게 되면 사건은 유야 무야 묻힐 것이다. 고영희는 졸지에 거짓말쟁이가 될 테고, 이는 오유라에게 반격의 빌미가 될 수도 있다.

무엇보다 오유라의 제안을 받아들이는 순간, 한 사장에게는 고영희도 하나연도 쓸모가 없어진다. 어쩌면 쉼터를 얻은 한 사장이 오유라와 타협하고 희망연대를 해산할지도 모를 일이다.

숙고하던 하나연이 대답했다.

"……다른 길은 없어요. 오 대표님이 깨끗하게 물러나셔야 해요. 거기에는 어떠한 조건도 따라붙을 수 없어요. 사랑의 집의 복지사업은 저희 희망연대가 이어 가겠습니다."

"그럼 내 명예는요? 그쪽에서 누군가는 나서서 해명해 줘야 하는 거 아니에요?"

하나연은 천천히 고개를 저었다. 그녀가 말했다.

"기자회견은 없을 거예요. 고영희는 잘못한 게 없으니까요."

오유라는 씩씩거리며 자리를 박차고 일어섰다. 발갛게 상기된 얼굴로, 오유라가 목소리를 높였다.

"사람이 받는 게 있으면 주는 것도 있어야지! 이렇게 일방적으로 끌고 가는 협상이 세상에 어디 있어요?"

오유라의 항변에 하나연은 실소를 감출 수 없었다.

'기브 앤 테이크? 웃기고 자빠졌네.'

그렇게 오랜 시간을 가양시 정치판에서 살아왔으면서도, 이자는 아직 정치의 기본을 모르는 모양이다. 하나연이 쏘아붙였다.

"저는 대표님과 협상할 생각이 없어요. 처음부터 뭘 주고받을 만한 문제가 아니잖아요?"

하나연이 단호하게 대답했다. 그런 그녀를 보며 오유라는 잠시 할 말을 잊은 것 같았다. 성난 사자 같던 그녀의 목소리가 급격히 힘을 잃었다.

"계속 이렇게 평행선만 달리시겠다? 중간 지점에서 만날 수는 없는 거예요?"

"중간에서 만나는 게 반드시 좋은 협상은 아니죠."

하나연은 자리에서 일어나 직접 사무실 문을 열어 주었다. 그것으로 대화는 끝이었다. 사무실 문을 나서며 오유라가 들으라는 듯 중얼거렸다.

"누군 뭐 아쉬워서 이러는 줄 아나? 싫으면 관두라지."

11

오유라는 차를 타고 돌아오는 내내 속이 메스꺼웠다. 하나연을 만나고 보니 오히려 머리가 복잡해졌다. 도무지 말이 통하지 않는 여자였다.

사랑의 집을 해산하라는 것은 오유라가 결코 받아들일 수 없는 요구였지만, 한편으론 충분히 예상 가능한 주장이었다. 희망연대는 애초부터 줄기차게 사랑의 집 운영 비리를 문제 삼아 왔으니 말이다.

물론 오유라는 하나연이 순수한 정의감 때문에 들고일어났으리라고는 믿지 않았다. 그래도 명목상으로나마 사랑의 집 해산은 명분에 부합하는 요구 사항이었다. 그 점은 오유라도 충분히 예상할 수 있었다.

하지만 쉼터를 넘기라니? 예상치 못한 제안이었다.

물론 오유라로서는 손해 볼 게 없는 거래다. 쉼터는 어차피 기부받은 땅에 지은 건물이었다. 처음부터 오유라 개인의 재산이 아니었으므로, 냉정히 생각해 보면 제값만 받고 팔아도 이익이었다.

단지 그동안은 인맥 정치를 위한 사랑방이 필요했기 때문에 쉼터 매각의 필요성을 느끼지 못했을 뿐이었다.

생각에 잠긴 오유라가 혼잣말을 중얼거렸다.

"쟤들 처음부터 쉼터를 노렸던 거 아냐?"

그러고 보니 쉼터 뒤편으로 광활하게 펼쳐진 맹지가 자꾸만 눈에 아른거렸다. 전에는 쓸모없는 땅이라고만 생각했는데. 쉼터 부지와 합쳐 놓고 보면 참으로 예쁜 땅이었다.

'왜 전에는 이런 생각을 못 했을까? 진즉에 알았더라면 차라리 그 땅을 사 버리는 건데.'

어쩌면 땅을 바라보는 상상력이 부족했던 탓이다. 하긴, 그런 역량이 있었다면 기부금을 모으러 다니는 대신 부동산업자가 되어 임장을 다녔을 것이다. 오유라는 그렇게 생각하며 잡념을 떨쳐 버렸다.

가지지 못한 것과 지나간 일에 대해서는 미련을 버리기로 했다. 지금은 손에 쥐고 있는 것들이나마 지켜야 할 때였다.

'그나저나 하나연이 쉼터 부지에 눈독 들이는 이유가 뭐지? 쉼터 매입은 희망연대의 명분과는 거리가 있는데?'

오유라의 상념은 이 일에 개입한 제삼자가 존재할지도 모른다는 데 이르렀다. 하나연이 개인적인 욕심으로 이런 일을 시작했을 것 같진 않았다.

따지고 보면 가양시에 연고도 없는 햇병아리 변호사가 혼자 사랑의 집 내부 사정을 파고들 리 없다. 그렇다면 사랑의 집 내부자가 엮여 있을 가능성도 있다는 뜻이다.

'만약 고영희가 제 발로 넘어간 게 아니라, 누군가 부추겨서 넘어간 거라면?'

어쩐지 진상의 능글맞은 얼굴이 떠올랐다. 진상이라면 그러고도 남을 위인이었다.

혹시라도 진상이 고영희와 눈이 맞은 걸까? 이 모든 게 오유라를 쫓아내고 사랑의 집을 차지하려는 남편의 음모라면? 거기까지 생각이 이르자 오유라는 실소를 터뜨리고 말았다.

"아이고, 이게 무슨 막장 드라마야. 말도 안 되는 소리지. 그 인간한테 그런 깡따구라도 있으면 차라리 좋겠네."

스스로 생각하고도 헛웃음이 나왔다. 한편으로 마음 한구석이 무겁게 가라앉았다. 벌어진 꽃봉오리가 터지듯 느닷없이 눈물이 흘렀다.

사거리에 정지 신호가 떨어졌다. 길게 늘어선 차량 행렬이 일제히 멈추었다. 물기 맺힌 눈으로 차창 밖을 바라보니 온 세상이 빨간불이었다. 오유라는 운전대에 머리를 박고 한동안 꺽꺽 울었다.

가양 시청에 도착할 무렵 오유라의 눈은 퉁퉁 부어 있었다. 눈 화장 번진 자국은 면봉과 파운데이션으로 대충 수습했다. 오유라는 거울을 바라보며 심호흡을 했다.

이번이 마지막 기회나 다름없었다. 믿고 의지할 사람은 김주미 시장뿐이었다. 시장 집무실에 들어서자 보좌관이 나서서 오유라를 막아섰다.

유순한 인상의 보좌관이 물었다.

"무슨 일로 오셨어요?"

"시장님 뵈러 왔어요."

"시장님은 지금 회의 중이라 면담이 어렵습니다. 약속은 잡으셨나요?"

오유라는 보좌관의 말을 무시한 채 곁눈질로 집무실 내부를 살폈다. 회의실은 텅 비어 있었다.

'이 여우 같은 기지배.'

불길한 예감이 엄습했다. 숨을 크게 들이쉬며, 오유라가 말했다.

"끝날 때까지 밖에서 기다릴게요."

"오래 걸리실 겁니다."

"얼마든지 기다릴게요. 설마 회의한다고 날밤 새우겠어요?"

"대표님, 그러지 말고 다음에 약속을 잡고 오시죠."

오유라는 도끼눈을 뜨고 보좌관을 쏘아보았다. 오유라가 말했다.

"여기서 기다린다고요. 당신 나 몰라요?"

보좌관은 앵앵대는 오유라의 목소리가 들리지 않는다는 듯 짐짓 딴청을 부렸다. 오유라는 배신감에 가슴이 두근거렸다. 곧이어 편두통이 찾아왔다. 마치 사이즈가 안 맞는 모자를 억지로 뒤집어쓴 것처럼 머리가 조여 오는 느낌이었다.

별안간 오유라가 두 팔로 보좌관의 어깨를 밀쳤다. 시장 집무실을 향해 성큼성큼 걸음을 옮기는 오유라에게, 당황한 보좌관이 외쳤다.

"시장님 지금 안 계십니다!"

"아까는 회의 중이라며? 사랑의 집 오유라 대표가 만나러 왔다고 전해요."

보좌관이 오유라의 팔목을 붙잡고 늘어지며 하소연했다.

"대표님, 이러시면 제가 곤란합니다. 그러게 미리 약속을 잡고 오셨어야죠."

오유라가 갑자기 몸을 돌려 보좌관을 마주 보았다. 보좌관의 손을 뿌리치며 소리를 질렀다.

"걔가 전화를 안 받는 걸 나더러 어쩌라고!"

포악스러운 절규에 가양 시청 공무원들이 하나둘 몸을 일으켰다. 다들 난처해하는 기색이었다. 오유라는 핏발 선 눈으로 그들을 찬찬히 노려보았다.

다 아는 사람들이다. 함께 어울리며 술도 몇 번 먹었다. 심지어 지난봄에는 쌍봉산 쉼터에서 1박 2일 워크숍도 열었다. 그런 그들이 지금은 오유라를 불청객 취급하고 있었다. 마치 그녀가 야유회에 난입해 깽판을 놓는 들짐승이라도 되는 것처럼.

괴물을 바라보듯 싸늘한 시선에 오유라도 적잖이 충격을 받았다. 그때, 정적을 헤치고 김주미 시장이 모습을 드러냈다.

김주미가 보좌관에게 지시했다.

"들여보내."

보좌관은 멍청한 얼굴로 김주미와 오유라를 번갈아 보았다. 오유라는 보좌관을 내버려 둔 채 김주미를 따라 집무실로 들어 갔다. 육중한 시장실 문을 닫으며 오유라가 물었다.

"왜 이렇게 연락이 안 돼? 사람 불안하게."

대드는 듯한 오유라의 말투에 김주미는 노골적으로 싫은 티를 냈다. 김주미가 야멸치게 쏘아붙였다.

"너는 왜 이렇게 눈치가 없냐."

"너 설마, 그동안 일부러 내 전화 피한 거니?"

"그래 이년아. 몇 번 어울려 줬더니 너랑 내가 동급으로 보이디? 선출직 공무원이 우스워? 알아듣게 말을 했으면 적당히 짜질 줄을 알아야지."

김주미가 내뱉는 거침없는 상소리에 오유라는 적잖이 당황했다. 고등학교 시절부터 운동권 동아리, 시민단체 활동까지 30년 넘게 알고 지낸 사이였는데. 매몰차게 선을 긋는 김주미의 태도에 설움이 복받쳤다. 또다시 왈칵 울음이 터져 나왔다.

오유라는 두 손으로 얼굴을 감싸 쥐었다. 김주미는 흐느끼는 오유라의 무릎 위로 크리넥스 통을 집어 던졌다.

김주미가 말했다.

"그러길래 내가 처신 잘하라고 했지? 이게 지금 무슨 꼴이니?"

오유라가 훌쩍거렸다. 티슈 몇 장을 뽑아 눈물을 닦고 코를 풀었다.

화장은 이미 엉망으로 번져 있었다. 그러나 이 자리에서 김주미를 설득할 수만 있다면, 사랑의 집을 살릴 수만 있다면, 이런 굴욕쯤은 얼마든지 참아 낼 수 있었다. 오유라가 말했다.

"그래도 너만은 내 편이 되어 줄 줄 알았어. 우리 고등학교 때부터 동고동락한 사이잖아."

"나한테는 감성팔이 안 통해. 내 전공에 설마 내가 속아 넘어 갈까 봐? 원하는 게 뭐야?"

제기랄. 오유라는 속으로 욕을 퍼부었다. 가까스로 마음을 진정시킨 뒤 오유라가 말했다.

"가양시 차원에서 공개적인 입장 표명을 해 줬으면 좋겠어. 하나연 변호사는 문제가 많은 사람이야. 순수한 마음으로 폭로 하는 게 아니라, 자기 사리사욕 챙기려고 지금 저 지랄을 하는 거라니까?"

김주미가 냉소했다.

"그거 모르는 사람도 있냐? 어차피 순수하지 못한 건 걔나 너나 마찬가지잖아?"

"자꾸 그렇게 선 긋지 말고. 마지막으로 한 번만 도와줘라. 나도 너희 당원이야. 알지? 당비도 꼬박꼬박 내잖아. 시에서 공 식 입장을 내는 게 곤란하면 당에서라도 사랑의 집을 지지한다 고 밝혀 주면……."

"네가 뭔데? 국회의원이라도 돼? 사랑의 집이 우리랑 무슨 관계가 있다고?"

오유라는 자리에서 벌떡 일어나 김주미 앞에 무릎 꿇었다. 김주미의 바짓단을 붙잡고 매달렸다. 제발 한 번만 도와 달라 고 읍소했다. 김주미가 오유라를 뿌리치며 말했다.

"당론은 이미 정해졌어. 이번 사건은 팩트 그대로 가는 거야."

"팩트? 무슨 팩트?"

"뭐긴 뭐야? 인간 오유라의 개인 비리지. 차명계좌니 후원금 유용이니, 그거 다 네가 해 먹은 거 맞잖아?"

"그걸 나 혼자 해 먹었니? 우리 다 같이 한솥밥 먹은 사이 잖아."

오유라는 집무실 바닥에 철퍼덕 주저앉았다. 헝클어진 머리는 산발이 되어 있었다. 오유라가 소매로 눈물을 훔칠 때마다 마스카라가 까맣게 묻어났다. 이젠 정말 끝장이었다.

김주미는 담담한 말투로 상황을 설명하기 시작했다. 오유라 몫으로 내정되었던 비례 대표 자리는 진작 물 건너갔고, 곧 검찰의 압수수색이 시작될 것이라고 했다.

김주미가 덧붙였다.

"개인적인 의리로 하나만 더 알려 줄게. 하나연 변호사, 네 말대로야. 걔 순수하고 정의로운 애 아니야."

대성통곡하던 오유라가 울음을 그쳤다. 김주미를 올려다보는 오유라의 눈빛에는 형형한 투쟁심이 되돌아와 있었다. 김주미가 덧붙였다.

"한병진 사장이라는 부동산 개발업자가 희망연대의 배후야. 걔들이 진짜로 노리는 건 쉼터 부동산이라고."

"내가 그럴 줄 알았어!"

오유라가 무릎을 치며 씩씩거렸다. 그나저나…… 한병진, 익숙한 이름이다. 오유라는 몇 달 전 《가양일보》 편집장을 만나

한바탕 뒤집어 놓았던 일을 떠올렸다. 미혼모 복지법인을 음해하는 조폭 출신 건설업자. 그래, 이제야 기억이 났다.

오유라는 넋 나간 사람처럼 혼잣말을 지껄였다.

"하나연이 쉼터를 팔라고 했던 게 그것 때문이었어."

"그래 이 등신아. 너희 집 뒷마당에서 벌어지는 일을 여태 모르고 있었니?"

오유라는 다시금 김주미의 발목을 붙잡고 울먹거렸다. 오유라가 말했다.

"주미야. 우리 30년 우정이 이렇게 끝나는 거야? 나 버리고 희망연대랑 붙어먹게?"

"붙어먹긴 누가 붙어먹어? 격 떨어지게. 하여간 너는 고놈의 입 때문에 말아먹는다니까."

김주미는 오유라를 남겨 둔 채 집무실을 나가 버렸다. 겉으로 내색하진 않았지만, 가슴이 아프기는 김주미도 마찬가지였다. 사실 오유라와는 어려서부터 죽이 잘 맞긴 했다. 눈치가 없고 욕심이 많다는 게 흠이었지만.

하나연이 어떤 사람인지는 몰라도 희망연대가 사랑의 집을 온전히 대체할 수는 없을 것이다. 어찌 보면 김주미 또한 오유라의 오랜 공범이었기에, 김주미는 오유라에게 마음의 빚을 지고 있는 셈이었다.

그러므로 김주미의 가슴속에서 오유라는 영구 결번이었다. 오래된 짝꿍을 잃은 듯 기분이 울적했다. 한편으로 사람은 원래 나이가 들수록 고독해지는 법이라고, 김주미는 생각했다.

흡연실로 향하는데 보좌관이 쪼르르 따라 나왔다. 보좌관이 김주미의 담배에 불을 붙이며 말했다.

"오 대표도 딱하네요. 어쩌다 이 지경까지 왔는지⋯⋯."

김주미는 고개를 치켜들고 담배 연기를 내뱉었다. 천장에 닿은 연기는 환풍구로 빨려 나가 흔적도 없이 사라져 버렸다. 김주미가 말했다.

"못 도와줘서 안타깝네. 원래 정치라는 게, 같은 테이블에 앉아서 각자의 도박을 하는 거거든. 오링 났으면 퇴장이지 뭐."

* * *

오유라는 밤이 깊어서야 사랑의 집 사무실로 돌아왔다. 빈손으로 돌아온 터라 마음이 무거웠다. 사무실에 들어와 불을 켜자 낮과 달리 낯선 흔적이 눈에 밟혔다.

순간 귓가에 사이렌 같은 이명이 울렸다. 30년 활동가의 촉. 혹은 여자의 직감. 그걸 뭐라고 부르건 간에, 오유라는 자신을 다그치는 경고음을 무시할 생각이 없었다.

사무실은 분명 오후 내내 비어 있었다. 그런데 어쩐 일인지 책상 서류나 집기 따위가 묘하게 제 위치를 벗어난 듯한 느낌이 들었다.

오유라는 책상 앞에 앉아 무엇이 어떻게 달라졌는지를 가만히 따져 보았다. 달라진 건 없다. 그저 착각일 뿐이다.

혹시나 하는 마음에 컴퓨터를 켰다. 회계 관련 폴더에서 지출 내역이 기록된 엑셀 파일을 살펴보았다. 최종 수정 날짜가 불과 네 시간 전으로 되어 있었다.

오유라 외에 부팅 패스워드를 아는 사람은 진상뿐이었으므로, 범인은 이미 밝혀진 것이나 다름없었다.

오유라는 변경된 장부 내역을 찬찬히 살펴보았다. 장부는 어느새 누더기가 되어 있었다. 쉼터 관리인 월급으로 지출했던 항목이 슬그머니 다른 사용처로 바뀌어 있었던 것이다.

오유라는 피곤한 듯 손등으로 눈을 비볐다. 진상이 이렇게나 멍청한 인간이었다니. 믿기지 않는 일이었다.

"인간아, 우리 쪽 장부만 조작한다고 되는 게 아니잖아. 이거 매년 국세청에 보고하는 거 모르니?"

따박따박 돈 받아 쓸 줄만 알았을 뿐, 진상은 조직이 굴러가는 방식에 대해서는 전혀 무지했던 것이다.

백업 파일을 불러와 변경된 내용을 원상 복구 했다. 곧이어 진상에게 전화를 걸었다. 한동안 신호음이 이어지더니 툭 끊어졌다. 다시 걸어도 마찬가지였다. 세 번째 전화를 걸었을 때쯤 통신사 안내음이 흘러나왔다.

"전화를 받을 수 없어 삐 소리 후 소리샘으로 연결됩니다."

그 순간 치받치는 분노로 인해 머리가 텅 비어 버렸다. 오유라의 두 뺨이 경련하듯 씰룩거렸다. 반나절 만에 지옥의 가장 깊은 곳으로 내던져진 기분이었다.

오유라는 자리를 박차고 사무실을 뛰쳐나갔다. 차를 몰고 쌍봉산 쉼터로 향했다. 텅 빈 밤의 국도를 미친 듯이 질주했다.

맞은편 차선에서 경적이 들리는가 싶더니 이내 멀어졌다. 쉼터 앞에서 급브레이크를 밟았다. 오유라의 E클래스가 남긴 스키드 마크가 검은 호를 그리며 차선을 가로질렀다.

대문을 열고 들어서며 별채의 동향을 살폈다. 불은 꺼져 있었다. 진상은 여기에 없다. 오유라는 구둣발로 별채에 들어가 살림살이를 뒤엎기 시작했다. 증거를 찾아야 했다. 그녀조차 알지 못하는 혐의에 대한 증거를.

얼마나 지났을까. 오유라는 마침내 수상한 흔적을 찾아냈다. 마주한 증거물은 오유라가 전혀 예상치 못했던 방향을 가리키고 있었다.

진상의 서랍에서는 쓰다 남은 콘돔이 나왔다. 서가에는《21세기 미래문학》폐간호 한 권이 꽂혀 있었다. (무려 2004년 가을호였다.) 책상에 놓여 있던 진상의 다이어리에는 누군가를 향한 연가(戀歌)가 적혀 있었다.

우리 집 마당에 꽃이 피었다.
바람결에 날려 왔나
작고 예쁜 하얀 꽃
들꽃에는 이름이 없나?
내가 하나 지어 줄까?
매일 봐도 고운 꽃.

오유라는 의자에 앉아 등받이에 몸을 기댔다. 그녀의 마음에 자그마한 의심이 싹을 틔웠다.

'바람결에 날려 온 작은 꽃? 이 인간이 설마 영희랑?'

생각할수록 화가 치밀어올랐다. 아무런 근거도 없는데, 그저 막연한 의심일 뿐인데. 걷잡을 수 없는 불안감에 화가 났다. 하긴, 진상이 유치한 시를 끄적이던 게 어디 하루 이틀 일인가?

'시는 그냥 시일 뿐이야.'

알면서도 어쩔 수 없었다. 바싹 말라 버린 웅덩이에 돌을 던지면 자그마한 파문에도 흙탕이 일듯, 별안간 수십 년간 억눌러 온 해묵은 분노가 화산처럼 폭발했다.

오유라는 서가를 밀어 쓰러뜨렸다. 남편이 아끼던 책들, 변변찮은 감사패와 공로장, 친분을 과시하기 위해 유력 인사와 함께 찍은 진상의 사진 따위가 바닥에 팽개쳐졌다.

눈이 뒤집힌 오유라는 부엌에서 식칼 한 자루를 가져왔다. 이 자리에서 진상을 찔러 죽이고 자결할 작정이었다.

책상에 칼을 올려 둔 채 진상에게 보낼 문자 메시지를 작성하기 시작했다. 설익은 문장을 썼다 지우길 수없이 반복했다.

그때였다. 오유라의 휴대 전화가 진동하기 시작했다. 진상이었다.

마음 같아서는 당장 소리를 지르고 싶었지만 그러지 않았다. 진상은 미꾸라지 같은 놈이다. 놈이 빠져나갈 길을 원천 봉쇄해야 했다. 그러기 위해서는 자초지종을 알아 둘 필요가 있었다.

오유라가 심하게 떨리는 목소리로 물었다.

"어디야?"

예상과 달리 진상의 목소리는 한껏 들떠 있었다. 진상이 대답했다.

"여보! 빅 뉴스. 드디어 우리가 상황을 뒤집을 기회가 왔어."

"뒤집다니?"

"나 좀 전에 고영희 만났거든? 영희 걔, 우리 쪽으로 전향하겠대."

진상이 말하길, 고영희가 마음을 고쳐먹었다는 것이다. 희망 연대를 떠나 다시 사랑의 집으로 돌아오겠다는 것이다. 오유라로서는 믿을 수 없는 이야기였다. 전달자가 진상이라 더더욱 믿을 수 없었다.

오유라가 다시 물었다.

"갑자기 무슨 소리야? 자세히 좀 말해 봐."

"전화로 설명하기는 좀 그렇고. 내가 지금 쉼터로 갈게."

거드름 부리는 태도를 보니 뭔가 있기는 한 모양이었다. 오유라는 잠시 엉망이 된 진상의 서재를 둘러보았다.

자신의 행동이 정상이 아니라는 건 그녀 스스로가 제일 잘 알고 있었다. 그래도 진상 앞에서만은 무너진 모습을 보이고 싶지 않았다.

'넌 아무래도 오늘 죽을 운명이 아닌가 보다.' 하고, 오유라는 생각했다.

그녀가 말했다.

"사무실에서 만나. 보는 눈도 많은데 앞으로는 쉼터 들락거리지 말자고."

전화를 끊은 오유라는 쉼터를 빠져나와 차에 올랐다. 황폐해진 마음에 단비가 내린 듯 잡초 같은 희망이 고개를 들기 시작했다.

12

몇 시간 전.

오후 내내 진상은 개포동 원룸 주변을 서성거렸다. 어떻게든 고영희를 만나기 위해서였다. 두어 시간을 기다린 끝에 그는 마침내 외출하는 고영희를 맞닥뜨릴 수 있었다.

진상이 다급하게 고영희를 불러 세웠다.

"영희야. 잠깐 내 말 좀 들어 봐."

뒤늦게 진상을 알아본 고영희의 얼굴에 당혹스러운 기색이 스쳐 지나갔다. 그녀는 품에 안은 아이를 꽉 끌어안고 주변을 둘러보았다. 골목은 텅 비어 있었다. 소리라도 질러 볼까 고민했지만 도와줄 사람이 보이지 않았다.

진상은 고영희를 자극하지 않으려 짐짓 부드러운 미소를 지어 보였다. 두 손바닥을 활짝 펴 보이며 한 걸음 뒤로 물러섰다. 진상이 말했다.

"놀라게 하려고 온 거 아니야. 그냥 얘기를 나누려는 거야."

"여긴 어떻게 알고 찾아왔어요?"

고영희의 질문에 진상은 미리 생각해 두었던 대로 답을 했다.

"길을 걷는데 어쩐지 네 향기가 나더라. 영희야, 여긴 너한테 어울리지 않는 곳이야. 하나연 변호사랑 같이 있으면 위험해. 그 말 하려고 온 거야."

하나연의 이름이 나오자 고영희의 표정이 구겨졌다.

'길을 걷는데 향기가 나더라고? 쌍팔년도 감성에 미친 새끼네.'

속내를 숨긴 채 고영희가 말했다.

"제가 여기 있다는 것도 오 대표님이 알려 준 거죠?"

진상은 체념하듯 한숨을 내쉬었다.

"그래. 마누라가 당장 너 잡으러 오겠다는 거 내가 겨우 말렸다."

"그럼 선생님은 왜 오셨어요?"

진상은 잠시 머뭇거렸다. 사실 깊게 고민하고 찾아온 것은 아니었다. 그저 대화를 통해 문제를 해결할 수 있으리라는 막연한 기대 하나로 찾아온 것이다.

막상 고영희를 만나 보니 그녀는 진상을 전혀 달가워하지 않는 눈치였다. 그 점이 그를 당황하게 만들었다.

고영희의 품에 안겨 있던 아이가 칭얼대기 시작했다. 고영희가 아이를 어르고 달래는 동안 진상은 천천히 그녀에게로 걸음을 옮겼다. 진상이 말했다.

"녀석, 못 본 새 많이 컸네."

고영희가 쏘아붙였다.

"두 달도 안 지났는데 뭘 많이 커요?"

"……원래 애들은 하루가 다르게 쑥쑥 크잖아."

"묻는 말에나 대답해요. 그래서 여긴 왜 온 거예요? 오 대표
님이 나 붙잡아 오래요?"

진상은 대답하지 않았다. 그저 그윽한 눈으로 고영희를 바라
볼 따름이었다. 미리 생각해 둔 표정이었으나 연습한 만큼 잘
되진 않은 것 같았다. 고영희의 태도는 그가 생각했던 것 이상
으로 냉랭했기 때문이다.

진상이 안타깝다는 듯 말했다.

"영희야. 진짜 이렇게까지 해야겠어? 너 진짜 나 버릴 거야?
우리가 남도 아니고."

"더 얘기하고 싶지 않아요."

고영희는 진상에게서 등을 돌렸다. 진상은 마음이 급했다.
그가 말했다.

"사랑의 집을 너한테 줄게."

종종걸음으로 멀어져 가던 고영희가 걸음을 멈췄다. 반쯤 몸
을 돌려 진상을 바라보는 고영희의 눈에는 감정의 격랑이 일고
있었다.

그것은 명백히 혐오와 증오가 뒤섞인 감정이었지만 진상은
알지 못했다. 그에게는 머뭇대는 고영희가 그저 탐스러운 미끼
에 흔들리는 스무 살 어린애로 보였을 따름이었다.

'넘어왔구나. 순진한 녀석.'

진상은 그녀를 조금 더 밀어붙여 보기로 했다. 진상이 말했다.

"네 명의로 돌려놓는다니까? 사랑의 집도, 쉼터도 다 너한테 줄게."

"왜 그걸 나한테 줘요? 그렇게 하면 선생님한테 좋을 게 뭔데요?"

고영희가 묻자 진상이 미소와 함께 대답했다.

"쉼터에서 너와 함께할 수 있잖아. 내가 전에 얘기했지? 나중에 오유라랑 헤어지면, 그때는 꼭 내 곁에 있어 달라고."

곧이어 진상은 사랑의 집과 오유라의 미래에 대해 제멋대로 떠벌리기 시작했다. 대부분은 즉석에서 생각나는 대로 지어낸 이야기였다.

"쉼터에서 파티 했던 거 기억나지? 거기 모였던 정치인, 기업가, 각계각층의 유력 인사, 그 사람들이 누구 때문에 거기 왔겠어? 오유라 때문에 왔겠어? 아니지. 결국 김주미 시장을 만나러 온 거잖아."

"오 대표님은 그렇게 생각 안 하시던데요."

"그래서 일이 이렇게 커진 거야. 머슴이 주인이랑 겸상하려다 이 사달이 난 거라고. 사랑의 집은 결국 꼬리일 뿐이야. 이번 일로 오유라는 잘려 나갈 거고. 그러면 어떻게 되겠니? 김주미 시장에게도 새로운 머슴이 필요하지 않겠어?"

진상은 이런 일을 염두에 두고 자신이 다 준비해 놓았다고 떠벌렸다. 회계 장부에도 미리 손을 써 놓았으니, 설령 오유라가 감옥에 가더라도 자신이 엮일 일은 없을 거라고 장담했다.

"오유라가 사라지면 사랑의 집은 내 손에 떨어지게 될 거야. 그러니까 네가 내 곁에만 있어 준다면 사랑의 집은 네 거나 다름없지, 안 그래?"

고영희는 잠시 생각에 잠겼다.

'이 사람은 자기가 오유라를 대체할 수 있다고 믿는 건가? 아니면 내가 자기 얘기를 믿을 거라 생각하는 걸까?'

아마 둘 중 하나일 것이다. 진상이 정말 어리석거나, 그가 고영희를 바보로 여기고 있거나. 십중팔구는 후자일 거라고 고영희는 생각했다. 한편으로는 아이 같은 공상을 천연덕스럽게 떠벌리는 진상을 보니, 그동안 어른스러운 조언을 해 주던 그가 새삼 다르게 보였다.

고영희는 바보가 아니었다. 그러나 진상이 고영희를 바보라고 믿는다면, 그녀는 얼마든지 장단을 맞춰 줄 준비가 되어 있었다.

고영희가 넌지시 물었다.

"그럼 이제 선생님이 사랑의 집 대표가 되시는 거예요?"

"그렇지. 내가 대표가 되면 너도 고생 끝이야."

진상은 대단한 비밀이라도 알려 주겠다는 듯 목소리를 낮췄다. 그가 말했다.

"우리 마누라 빈자리를 하나연한테 넘겨줘 봐야 너한테 무슨 득이 되겠니? 그 여자가 너한테 뭘 해 줄 수 있는데?"

고영희는 은밀한 미소를 지어 보이며 나직이 물었다.

"선생님은 저한테 뭘 해 주실 건데요? 부동산 같은 거 말고요. 난 땅에는 관심 없어요."

진상은 다시금 말문이 막혔다. 원래 이렇게 당돌한 여자였던
가? 그러고 보니 두 달 만에 만난 고영희는 어딘지 모르게 달
라져 있었다. 항상 주눅이 들어 있던 쉼터 시절과는 완전히 다
른 사람이 된 것 같았다.

'젠장. 이럴 줄 알았다면 좀 더 깊이 생각해 보고 오는 건데.'

하필이면 그 타이밍에 휴대 전화가 걸려 왔다. 오유라였다.
진상은 전화를 받지 않았다. 당장은 눈앞의 일부터 해결해야
했다.

식은땀을 흘리며 당장 떠오르는 대로 지껄였다.

"일단은 우리 사무실에서 일해. 월급도 주고 4대 보험도 들
어 줄게. 사무실 근처에 방도 얻어 줄게. 이거 아무한테나 오는
기회 아니다? 요즘 세상에 스펙 하나 없는 네가 어디 가서 이
런 기회를 얻겠어?"

"저한테 그런 특혜를 주시는 이유가 뭔데요?"

"나는 널 사랑하니까. 잘 생각해 봐. 오유라는 이제 끝났어."

말을 하는 와중에도 계속 휴대 전화 진동이 울렸다. 진상은
속으로 욕을 퍼부었다.

'자기 얘기를 하니까 귀가 간지러운 모양이지? 하여간 도움
이 안 되는 여편네.'

다시금 고영희의 입꼬리가 살며시 올라갔다. 그 모습을 본
진상은 한결 마음을 놓았다. 진상은 스스로 고영희를 잘 안다
고 믿고 있었다. 진상이 생각하는 그녀는 새하얀 도화지 같은

여자였다. 그런 그녀의 얼굴에 환한 미소가 걸렸다.

고영희가 물었다.

"그럼 제가 뭘 어떻게 하면 돼요?"

진상은 고영희와 그녀의 딸을 보듬으며 말했다.

"기자회견 한 번 더 하자. 네가 사랑의 집 고발했던 거, 그거 다 거짓말이었다고 고백하는 거야."

"그러면 제가 먼젓번에 거짓말한 게 되잖아요?"

진상은 천천히 고개를 저었다. 그가 말했다.

"사랑의 집을 구하려고 하는 일이잖아. 그러니까 이건 정의로운 일이야. 옳은 일을 할 때는 남한테 욕먹을까 봐 두려워할 필요 없어."

고영희는 아리송한 얼굴로 고개를 주억거렸다. 다시금 억지 미소를 지어 보이려 했으나 이번에는 그러지 못했다.

화가 나서 견딜 수가 없었다. 불길에 휩싸인 그녀의 심장이 터질 듯이 맥동했다. 아이도 그걸 느꼈는지, 고영희의 품에 안긴 채 팔다리를 버둥거렸다. 기특하게도 울진 않았다.

고영희는 진상의 앞가슴에 이마를 기댔다. 표정에서 속마음이 드러날까 봐 그랬다. 아무것도 모르는 진상은 고영희의 등허리를 위로하듯 토닥여 주었다.

고영희가 말했다.

"알았어요. 기자회견 할게요."

"고맙다 영희야. 생각 잘했어."

우선은 고영희를 떠나보낸 뒤, 진상은 휴대 전화를 꺼내 보았다. 열 통이 넘는 부재중 전화. 모두 오유라의 전화였다. 진상은 오유라에게 전화를 걸었다. 오유라는 심하게 목이 잠겨 있었다.

"어디야?"

진상이 말했다.

"여보! 빅 뉴스. 드디어 우리가 상황을 뒤집을 수 있는 기회가 왔어."

"뒤집다니?"

"나 좀 전에 고영희 만났거든? 영희 개, 우리 쪽으로 전향하겠대."

자초지종을 설명하는 동안 오유라는 잠자코 듣고 있었다. 그렇게 무시하던 남편이 간만에 큰 건 올린 것을 보고 오유라도 코가 납작해진 모양이라고, 진상은 생각했다.

따지고 보면 이것은 온전히 자신의 지략으로 이룬 성과였다. 그래서 진상은 더더욱 스스로가 자랑스러웠다. 얼른 오유라를 만나 향후 계획을 의논하고 싶었다.

진상이 말했다.

"전화로 설명하기는 좀 그렇고. 내가 지금 쉼터로 갈게."

오유라가 폭 가라앉은 목소리로 대답했다.

"사무실에서 만나. 보는 눈도 많은데 앞으로는 쉼터 들락거리지 말자고."

전화를 끊은 진상은 망설임 없이 택시를 잡아타고 사무실로 향했다.

* * *

　고영희가 진상을 만나기 며칠 전. 이진수는 하나연의 사무실 앞에서 수일째 잠복 중이었다.

　한 사장과 하나연에게는 한동안 휴가를 내겠다고 말해 두었다. 예상했던 대로 한 사장은 노발대발이었다.

　"이 실장 지금 제정신이야? 이 엄중한 시국에 낚시가 웬 말이야?"

　"휴일도 없이 몇 달간 일만 하다 보니까 좀이 쑤시네요. 콧바람 좀 쐬어야겠습니다."

　"정말 이러기야? 나 모르게 엉뚱한 일 하고 다니는 거 아니지? 이중 취업 하면 가만 안 둬."

　"금방 돌아오겠습니다. 양해 좀 해 주십쇼."

　이진수는 일방적으로 통보한 뒤 전화를 끊어 버렸다. 한 사장이 계속 전화를 걸었지만 받지 않았다.

　반면 하나연은 의외로 흔쾌히 휴가를 허락해 주었다. 역삼동 공유 오피스로 사무실을 옮긴 뒤에는 불안감이 다소 덜한 듯했다.

　두 사람에게는 낚시 여행을 간다고 말해 두었지만, 사실 이진수는 휴가 기간 내내 하나연의 주변을 지켜보고 있었다. 지난번 미행 사건에 어딘가 석연찮은 구석이 있다고 생각했기 때문이다. 미행을 붙인 자들이 오유라의 비호 세력이라는 확신이 들지 않았던 것이다.

'어쩌면 여우 같은 한 사장이 딴마음을 먹고 있는지도 모르지.'

딱히 근거가 있는 생각은 아니었다. 그저 경찰이었던 시절부터 갈고 닦은 직감일 뿐이다. 떠돌이 청부업자가 된 뒤로도 직감은 이진수의 돈벌이가 되어 주었고 몇 번이나 그의 목숨을 구해 주었다.

짐작건대 놈들은 아직 하나연의 뒤를 캐고 있을 것이다. 그러니 하나연 근처에서 놈들을 기다리면 꼬리를 잡을 수 있으리라 생각했다.

마침내 사흘째 되던 날. 이진수는 예전 말죽거리 사무실에서 하나연을 미행했던 자들을 찾아냈다. 몇 주 전 이진수에게 따라붙었던 소나타 차량이 역삼동 공유 오피스 인근 골목에 세워져 있었다.

운전석에는 늙수그레한 남자 혼자 타고 있었다. 흥신소 최 사장이었다. 최 사장은 무선 인이어 이어폰을 낀 채 자주 오줌을 누거나 담배를 피우러 나왔다. 아마 동료들과 조를 짜서 잠복 중이리라고, 이진수는 생각했다.

자정 무렵. 하나연이 사무실 로비로 걸어 나왔다. 그와 동시에 소나타도 시동을 걸었다. 지켜보던 이진수가 오토바이를 출발시켰다. 소나타가 골목길을 빠져나가려는 찰나, 이진수의 오토바이가 슬그머니 앞을 가로막았다. 운전석 차창이 열리고 걸쭉한 사투리가 들려왔다.

"마! 차 나가는 거 안 보이나?"

이진수는 말없이 오토바이에서 내렸다. 탑박스에 실려 있던 빵빵한 종이봉투를 옆구리에 끼운 채 운전석으로 다가갔다. 흥신소 최 사장은 짜증스레 눈을 부라렸다.

최 사장에게 볼펜을 건네며 이진수가 말했다.

"퀵서비스입니다. 인수증에 사인 좀 해 주시겠어요?"

차창 밖으로 고개를 내밀며 최 사장이 물었다.

"이 시간에 누가 퀵을 보내노?"

이진수는 종이봉투에서 전기 충격기를 꺼내어 최 사장의 턱 밑에 찔러 넣었다. 불법 개조된 전기 충격기에서 우악스러운 스파크가 튀었다. 쥐어짜는 신음과 함께 최 사장의 몸이 운전석에 풀썩 널브러졌다.

이진수는 재빨리 차창 안으로 손을 집어넣어 문을 열었다. 혼절한 최 사장의 양손을 등 뒤로 돌려 케이블타이로 결박했다. 최 사장을 뒷좌석에 옮겨 눕힌 뒤 그대로 차를 몰고 골목길을 빠져나왔다.

이진수는 최 사장을 태운 채 자신의 아지트, 폐차장을 향해 차를 몰았다.

뒤늦게 정신을 차린 최 사장이 물었다.

"누고? 내한테 와 이럽니까?"

이진수는 최 사장의 질문을 무시하고 되물었다.

"하나연 변호사를 감시하고 있었죠? 의뢰인이 누구예요?"

"먼 소리고? 왜 엉뚱하게 생사람을 잡아요? 내가 뭐 죄지은 것도 없는데 너무한 거 아니에요?"

이진수는 대답하지 않았다. 차량은 어느새 서울을 빠져나와 가양시행 국도를 달리고 있었다. 가로등 불빛이 드문드문 차창을 스쳐 지나갔다. 최 사장이 목소리를 높였다.

"당신 누군데? 지금 어디 가는데?"

"폐차장 갑니다."

"폐차장을 와 가노?"

이진수는 룸미러로 최 사장을 노려보았다. 악다구니를 쓰던 최 사장이 돌연 조용해졌다. 턱짓으로 최 사장의 발을 가리키며, 이진수가 말했다.

"얘기가 길어질 거 같으니까 도착하면 당신 엄지부터 자릅시다."

"발가락? 내가 도망갈까 봐? 씨바, 내가 머 잘못했는데?"

"지금 당신 하는 짓이 잘못이죠. 피차 사정 뻔히 아는데 왜 자꾸 거짓말을 하냐고요."

"니 하나연이 따까리가? 적당히 해라."

듣고 있던 이진수가 한 뼘 남짓한 조리용 칼을 빼 들었다. 그러고는 뒷좌석에 앉은 최 사장의 몸 이곳저곳을 푹푹 찔러 대기 시작했다. 최 사장은 몸을 꼬부리며 필사적으로 발버둥 쳤다. 최 사장이 놀란 목소리로 외쳤다.

"사람을 칼로 찔러? 니 미쳤나?"

"입 좀 닫으라고, 입 좀."

"찌르지 말라고! 아이고, 선생님. 내 죽는다고요! 알았다. 내 다 말할게."

"듣기 싫으니까 그냥 죽어 이 새끼야."

소나타는 한밤의 국도를 느릿느릿 달렸다. 뒤따라오던 차들이 짜증스레 경적을 울려 댔지만 이진수는 개의치 않았다. 최 사장의 옅은 비명은 풍절음에 묻혀 흐지부지 흩어졌다.

칼끝은 미리 뭉뚝하게 갈아 놓았다. 날에는 박스 테이프까지 감아 뒀으니, 피는 좀 흘릴지 몰라도 이걸 맞고 죽을 일은 없을 것이다. 그렇기에 이진수는 더더욱 죽일 듯한 기세로 최 사장을 쑤셔 댔다.

물론 최 사장이 그러한 사정을 알 리 없었다. 셔츠 위로 누런 기름 섞인 피가 배어 나왔다. 겁에 질린 최 사장이 눈물을 쏟으며 앓는 소리를 냈다.

"오유라가 시켰다고. 개포동 원룸 주소 알려 준 건 박형민이고."

생각지도 못했던 이름이 튀어나왔다. 이진수가 물었다.

"《가양일보》 박형민 기자?"

"그래!"

이진수는 갓길에 차를 세웠다. 최 사장을 끌어 내리고 포박을 풀어 주었다. 아랫배를 부여잡고 숨을 깔딱거리는 최 사장을 버려둔 채, 이진수는 가양시로 차를 몰았다.

곧바로 박형민 기자에게 전화를 걸었다. 잠시 신호음이 흐르고 박 기자가 전화를 받았다. 자다 깬 듯한 목소리였다.

"여보세요?"

"일전에 한 사장님 심부름 건으로 찾아뵀던 사람입니다. 몇 가지 여쭤보고 싶은 게 있어서요."

"또 뭘요?"

퉁명스러운 박 기자의 질문에 이진수가 되물었다.

"개포동 원룸 주소. 박 기자님한테 찔러 준 사람이 누굽니까?"

"말씀드리기 곤란한데요. 제보자는 보호해야죠."

"생각 잘해요. 나랑 얼굴 보고 얘기할래요?"

분위기가 험악해지자 박 기자가 얼른 털어놓았다.

"제보자는 한 사장님이에요."

처음에 이진수는 자신이 잘못 들었다고 생각했다. 휴대 전화
볼륨을 키우며, 이진수가 다시 물었다.

"누구? 어디 한 사장?"

"당신네 한 사장이요. 나한테 개포동 주소 알려 주면서 오유라
한테 흘리라고 부탁합디다. 시키는 대로 했는데 왜 성을 내요?"

"구라 아니죠?"

"내가 왜 구라를 쳐요? 어차피 나랑은 상관없는 일인데. 그
나저나 희망연대에 요즘 무슨 일 있습니까? 한 사장이랑은 갈
라선 거예요? 요즘 어째 엇박자가 나는 것 같네요?"

박 기자가 맥락을 제대로 파고들었다. 딱히 대꾸할 말이 없
었던 탓에 이진수는 그저 침묵할 수밖에 없었다. 박 기자가 다
시 물었다.

"당신, 이진수 맞죠? 성추문으로 해임된 이진수 경장."

이진수는 무척이나 놀랐다. 그가 몰던 소나타가 비틀거리며
차선을 침범했다. 나란히 달리던 옆 차가 요란한 경적을 울리

며 멀어져 갔다.

떨리는 목소리로 이진수가 대답했다.

"내가…… 누구라고요?"

"이진수 맞잖아요. 경찰 출신 청부 깡패 이진수 씨. 5년 전 도미애 여동생 실종 사건 이후 사라졌다고 하던데."

박 기자의 입을 통해 자신의 과거를 듣게 될 줄은 꿈에도 몰랐다. 이진수는 평정을 되찾기 위해 심호흡을 했다. 그러나 터질 듯한 심장 박동은 좀처럼 가라앉지 않았다.

이진수가 낮게 으르렁거렸다.

"당신 입조심해. 어디 가서 쓸데없는 얘기 떠들고 다니면 재미없을 줄 알아."

궁지에 몰린 이진수의 협박에 박 기자가 코웃음을 치며 대답했다.

"에이. 내가 어디 가서 무슨 얘길 한다고 그래요? 설마 도미애한테 꼰지르기라도 할까 봐 겁나요?"

완전히 망했다. 이진수의 과민 반응은 오히려 자신의 약점을 드러내는 꼴이 되어 버렸다. 노련한 박 기자는 이진수가 무엇을 두려워하는지 이미 알고 있었다. 당황한 이진수가 우물쭈물하는 사이 박 기자가 덧붙였다.

"괜히 나한테 해코지할 생각 말아요. 요즘 내가 친구들 만날 때마다 진수 씨 얘기 엄청 하거든요. 다들 평범한 회사원이라 지금은 한 귀로 듣고 흘리겠죠. 근데 만약 내가 돌연사라도 하는 날엔 걔들이 당신 이름 석 자를 기억해 낼 거예요. 그렇게 되면 진수 씨가 가양시에 돌아왔다는 소문이 도미애 귀에도 들어가겠죠?"

"원하는 게 뭡니까?"

"앞으로 나한테 전화 걸거나 뭐 물어보지 마세요. 그게 다예요."

"……알겠습니다."

"나도 직장인이라고요. 밤에는 좀 쉽시다."

박 기자는 그렇게 말한 뒤 전화를 끊어 버렸다.

낭패였다. 그동안 이진수는 자신의 흔적을 남기지 않으려 무던히도 애썼다. 꼬리를 잡혔다가는 도미애가 자신을 가만히 놔두지 않을 것임을 알고 있었기 때문이다.

새삼 잊고 싶었던 낡은 기억이 떠올랐다. 실종으로 종결된 5년 전의 살인 사건. 그 시신이 묻혀 있는 장소를 아는 사람은 오직 이진수뿐이었다.

'계획보다 너무 오래 머물렀다. 얼른 일 끝내고 여길 떠나야 해.'

그래도 한 가지 소득은 있었다. 한 사장이 본격적으로 딴마음을 먹고 있음을 알게 된 것이야말로 큰 수확이었다.

이제 한 사장이 어떤 인간인지를 알게 되었으니 새로운 가능성이 열린 셈이다. 한 사장만 믿고 있다간 뒤통수 맞기 딱 좋다. 재수 없으면 임금을 떼이고 도미애에게 먹잇감으로 던져질지도 모를 일이었다.

선택의 시간이 다가오고 있었다. 한 사장이냐, 하나연이냐?

희망연대의 승리 이후를 내다보고 어느 편에 설지를 결정해야
할 때가 온 것이다.

* * *

하나연은 여느 때보다 수수하게 차려입고 가양시로 향했다.
도미애의 주선으로 김주미 시장과 첫 대면을 하기 위해서였다.
약속 장소는 시청 인근 어느 한정식집이었다.

광역버스와 마을버스를 갈아타며 한 시간 남짓을 달려오자
니 벌써 녹초가 된 기분이었다. 누군가의 출퇴근길이 그녀에게
는 이토록 고단한 여정이었다.

'내가 이러고 살기 싫어서 변호사가 됐지.'

하나연은 무심결에 주변을 둘러보았다. 왠지 모르게 화난 얼
굴의 사람들. 어깨가 굽고 배가 나온 아저씨, 아줌마 들.

하나연은 평범한 회사원으로 생을 마감하고 싶진 않았다. 버
스에서 사람들과 부대끼며 통학하던 시절부터 그랬다. 조용한
곳에서 고상하게 살고 싶었다.

이제는 그녀도 어엿한 시민단체의 수장이다. 후줄근한 옷을
입고 만원 버스를 갈아타며 정의로운 변호사를 연기하러 간다.

시청 앞 정류장에 내려 10분 남짓 걸었다. 곧 도미애가 알려
준 식당에 도착했다. 간판에는 행서체로 '수채(水彩)'라는 글
씨가 적혀 있었다. 3층 건물을 통째로 사용하는 고급 한식당이
었다.

'물에서 나는 광채라.'

혹은 개수대의 수챗구멍처럼 더러운 물이 모이는 곳일지도 모른다는 엉뚱한 생각이 들었다.

카운터에서 이름을 밝히자 매니저가 나타나 내실로 안내했다.

그리 넓지도, 화려하지도 않은 방은 텅 비어 있었다.

하나연은 검지로 벽을 살짝 두드려 보았다. 벽은 석고보드 가벽이 아닌 진짜 콘크리트였다. 홀에서 들려오는 왁자지껄한 소음도 두꺼운 미닫이문을 넘어 들어오진 못했다. 열 명 남짓 모여 은밀한 대화를 나누기에 적합해 보이는 공간이었다.

하나연은 식탁에 앉아 김주미 일행을 기다렸다.

잠시 후 김주미와 도미애, 그 외에 얼굴을 모르는 몇 사람이 들어왔다. 김주미는 오래된 동창이라도 만난 듯 과장된 미소를 지어 보였다. 김주미가 말했다.

"어머나 우리 하 변호사님. 티브이에 나오는 것보다 훨씬 미인이세요."

'오 대표도 그렇고, 이 새끼들은 초면에 하는 말이 똑같네. 단체로 어디 학원이라도 다니나?'

그렇게 생각하며, 하나연은 환한 미소로 대답했다.

"처음 뵙겠습니다. 희망연대 하나연입니다."

"가만있어 봐. 우리 일행 먼저 소개 좀 할게요. 도미애 여사와는 구면일 테고. 이쪽은 도시재생 위원회 이재영 위원장님. 이쪽은 법률 자문을 맡고 계시는 유준명 변호사님."

김주미가 한 사람씩 소개할 때마다 하나연은 정중히 허리를 굽혀 인사했다. 곁에 있던 도미애가 덧붙였다.

"유 변호사님은 사법고시 출신에 중앙지법 부장판사까지 지내신 분이세요. 하 변호사한테는 대선배죠."

조곤조곤한 도미애의 말투에 하나연은 내심 불쾌감을 느꼈다. 아무래도 법조계 천출(賤出)에 가까운 그녀의 기를 죽여 놓겠다는 의도 같았다.

과민한 반응일 수 있다. 혹은 그녀의 자격지심인지도 모른다. 아무래도 상관없었다. 애초부터 남의 환심이나 사기 위해 나온 자리가 아니었으니까.

판사 출신 전관 변호사라는 자가 하나연에게 물었다.

"하 변호사는 전문 분야가 어떻게 되십니까?"

하나연이 웃으며 답했다.

"닭 잡는 칼이 있고 소 잡는 칼이 있다는데, 저는 닭을 잘 잡습니다."

전관 변호사는 하나연의 대답이 제법 마음에 들었는지 껄껄 웃었다.

"말씀을 아주 재치 있게 잘하시네요. 앞으로의 활약이 기대되는데요?"

어색하던 공기가 다소 가벼워지자 다들 웃고 떠들며 자리에 둘러앉았다. 곧이어 김주미 측에서 미리 준비한 술과 음식이 한 상 가득 차려졌다. 시시껄렁한 담소가 오가는 와중에도 도미애는 하나연을 유심히 지켜보았다.

닭 잡는 칼도 칼이다. 주인 없는 칼끝이 어디로 향할지는 누구도 알 수 없는 법. 김주미는 하나연을 마음에 들어 하는 눈치였다. 그러나 도미애가 보기에 그녀는 김주미가 다룰 수 없는 도구였다.

김주미가 하나연에게 넌지시 물었다.

"하 변호사. 앞으로 우리 자주 보면 어떨까? 직접 만나 보니 친한 동생 같아서 그래요."

하나연이 쾌활하게 대답했다.

"그럴 수 있으면 저야 너무 좋죠. 근데 제가 시장님이랑 친해지면 오 대표가 불편해하지 않을까요?"

"괜찮아. 우리 하 변호사가 사적인 감정으로다가 괴롭히는 것도 아닌데 뭐 어때? 공과 사는 구분해야지."

듣고 있던 김주미의 측근들이 맞장구를 쳤다.

"그럼요. 오 대표가 그렇게 꽉 막힌 사람도 아니잖아요?"

"두루두루 알고 지내면 서로 좋죠. 사석에서까지 싸우고 그런 일 없어요."

김주미가 덧붙였다.

"그래. 사람 사는 거 다 똑같아. 정치인이라고 다를 거 하나 없어. 자기가 보기엔 어때? 국회의원들 맨날 여당 야당 편 갈라서 싸울 거 같지? 카메라 꺼지면 다들 형님 동생이라니까? 적적할 때 술도 한 잔씩 하고, 좋은 정보 있으면 나누기도 하고. 다들 그러고 살아."

하나연이 말했다.

"아뇨. 제가 좀 불편해서요. 사실 오 대표랑도 전에 한번 애기해 봤는데, 그분은 이번 일을 되게 감정적으로 받아들이시더라고요."

잠시 정적이 흘렀다. 모두의 이목이 김주미에게 집중된 순간, 김주미가 입을 열었다.

"그럼 오 대표 제끼고 우리끼리 놀지 뭐."

"네?"

"앞으로 우리 모임에서 오유라는 뺍시다. 뉴스 보니까 그 양반, 좀 너무하긴 하더라. 그렇죠?"

김주미의 측근 중 한 명이 나서서 거들었다.

"맞아요. 엊그제 뉴스 보니까요. 세상에, 한두 푼을 해 먹은 것도 아니고. 법인 재산 수십억을 횡령해서 호의호식했다지 뭐예요? 그런 사람이랑 어울려 봐야 시장님 평판만 떨어지죠."

"그럼 이제 사랑의 집 대신 희망연대가 들어오는 건가요?"

"이야, 가양시도 점점 살기 좋은 곳이 되어 가는구먼. 변호사님, 축하드립니다."

김주미 카르텔의 멤버들은 벌써부터 하나연이 자신들의 일원이 되기라도 한 양 앞다퉈 축하 인사를 건넸다. 무엇을 축하하는 것인지는 뻔히 짐작할 수 있었다.

결국 그녀더러 제2의 오유라가 되라는 것 아니겠는가? 이것이 과연 적폐의 청산이요, 정의의 구현인가? 진실은 그저 기득권의 교체일 뿐 아닌가? 간판만 바꿔 달았을 뿐, 시간이 지나면 희망연대도 오유라의 전철을 밟게 될 것이다.

모르고 시작한 일은 아니었다. 애초에 희망연대가 사랑의 집을 대체해야 한다고 주장했던 사람은 바로 하나연 자신이었다.

그녀는 자신이 속물임을 부정해 본 적이 없었다. 세상이 선악의 이분법으로 칼같이 나뉜다고도 믿지 않았다.

어쩌면 인간 사회는 흑과 백의 양극단을 지닌 회색의 스펙트럼에 가까울 것이다. 합리주의자를 자처했던 그녀 또한 그 스펙트럼의 어딘가에 발을 딛고 살아왔을 뿐.

하지만 그녀에게도 마침내 선택의 시간이 찾아왔다. 어느새 희망연대는 영향력 있는 단체가 되어 버렸고, 하나연도 더는 먼 발치에서 뉴스를 보며 혀를 찰 수만은 없는 자리에 도달해 버린 것이다.

일반 대중에 섞여 회색지대에 머물던 시절은 끝났다. 오늘 이후 하나연의 선택에 따라 그녀 인생의 한 페이지는 보다 선명한 흑 아니면 백으로 기록될 것이다. 이름깨나 있는 자들이라면 누구나 그러했듯이.

거기에까지 생각이 미치자 하나연은 불쑥 오기가 생겼다. 가양시의 거물이라는 이자들이 어쩐지 우스워 보였다. 탐욕으로 가득한 기름진 얼굴, 악수를 청하는 축축한 손바닥과 경박한 웃음소리.

하나연은 생각했다.

'이자들은 괴물도, 악마도 아니야. 그저 돈 몇억에 엉덩이가 들썩거리는 잡배들이라고. 따지고 보면 나랑 다를 바 없는 인간들이잖아? 내가 왜 이런 작자들에게 머리 숙이며 비위를 맞춰야 해?'

한편으로 도미애가 이 자리에 자신을 초대한 이유 또한 명확해졌다. 일전에 도미애는 하나연이 오유라를 대체할 수 없을 것이라 말했다. 오유라의 명성과 역량을 뛰어넘기엔 하나연의 경험이 너무나 부족했기 때문이다.

그럼에도 저들이 하나연을 자신들의 일원으로 받아들이려는 건, 짐작건대 입막음을 위해서일 것이다. 오유라 선에서 꼬리를 자르겠다는 의중이리라.

하나연은 헤실헤실 웃으며 말했다.

"초대는 감사한데요. 저에게는 너무 과분한 자리인 것 같아요. 이렇게 쟁쟁하신 분들과 교류하기엔 제가 너무 부족하고요."

"자격이야 우리 하 변호사 정도면 충분하죠. 우리 모임엔 연회비 없으니까 부담 갖지 마세요."

전관 변호사의 농담에 좌중이 깔깔대며 웃었다. 그러나 하나연의 거절이 진심이라는 걸 깨닫자 웃음소리도 점차 잦아들었다. 어색한 침묵이 번져 가던 차에, 김주미가 하나연에게 물었다.

"왜? 우리가 양에 안 차?"

"제가 어울릴 자리는 아닌 것 같아서요."

"하 변호사, 보기보다 야망이 있는 사람이었네? 정의로운 변호사라는 타이틀 때문에 그래요? 아이참, 우리 그렇게까지 나쁜 사람들 아니라니까?"

콧소리가 섞인 김주미의 설득에도 하나연의 마음은 변하지 않았다.

'너희들 별 볼 일 없는 거 나도 알거든? 나라를 훔치는 도둑이

면 모를까, 내 인생은 너희들과 흥정할 만큼 싸구려가 아니야.'

하나연은 어색하게 웃어 보였다. 그녀가 대답했다.

"제 분수에 안 맞아요. 지금이야 희망연대 대표 직함을 달고 있긴 한데요. 저 원래 어문 계열 출신에, 지방대 로스쿨 나왔거든요. 아무리 생각해도 여기 계신 분들이랑은 격이 안 맞아요."

"이 사람아, 오 대표는 고졸이야!"

"……이만 일어나 보겠습니다."

하나연은 자리에서 일어나 정중하게 인사했다. 그녀를 제외하고는 아무도 자리에서 일어서지 않았다. 김주미의 표정이 어색하게 굳어졌다. 김주미가 말했다.

"천천히 생각해 봐요. 흔치 않은 기회니까. 혹시나 해서 말해 두는 건데, 이 자리에 모인 사람 중에 이번 일로 피해 보고 가만히 있을 사람은 아무도 없어요."

하나연은 일부러 무슨 말인지 모르겠다는 표정을 지어 보였다. 하나연이 김주미에게 물었다.

"잘못은 오 대표가 저질렀는데 여기 계신 분들이 왜 피해를 봐요? 공범도 아닌데."

진지한 얼굴로 천진난만한 질문을 던지는 하나연의 태도는 누가 봐도 김주미에 대한 조롱으로 보였다. 김주미의 얼굴이 매섭게 일그러졌다. 보다 못한 도미애가 끼어들었다.

"단도직입적으로 말할게요. 쌍봉산 가든파티 영상은 파기해 주시면 좋겠어요."

하나연은 일말의 망설임도 없이 대답했다.

"알겠습니다. 영상에서 여러분이 나온 부분은 모자이크 처리하도록 지시할게요."

그러고는 뒤도 안 돌아보고 방을 떠났다. 김주미가 식탁을 내려치며 언성을 높였다.

"쟤가 아주, 나를 가지고 놀아?"

함께 있던 사람들은 길길이 날뛰는 김주미를 보며 불안한 듯 시선을 교환할 따름이었다.

도미애는 빈 맥주잔에 소주를 절반 남짓 따라 물처럼 마셨다. 오랫동안 참았던 갈증이 해소되는 기분이었다. 전관 변호사가 조심스레 물었다.

"다음 계획은 뭡니까?"

도미애가 대답했다.

"너무 걱정하지 마세요. 다 생각해 놓은 수가 있으니까요."

김주미가 고개를 끄덕였다.

"역시 무슨 일이건 하던 대로 하는 게 최고야. 도 여사만 믿을게요. 민감한 사안이니까 되도록 사람은 상하지 않게 조심하고."

"각별히 신경 쓰겠습니다."

별일 아니라는 듯 대답하긴 했지만, 도미애는 짜증이 치받치는 것을 느꼈다.

까다로운 일감을 툭툭 던지면서도, 그게 얼마나 난해한 작업인지를 모르는 부류가 있다. 실무라고는 쥐뿔도 모르는, 평생남에게 지시만 하며 살아온 인간들.

게다가, 도미애 자신에게는 더 큰 걱정거리가 있었다. 희망연대 사무실을 다녀온 뒤로 한 사장의 말이 머릿속을 떠나지 않았다.

'이진수 씨, 얼마 전에 돌아왔다던데.'

현시점에서 5년 전 그 사건을 증언할 수 있는 사람은 이진수가 유일했다. 도미애 자신도 시신이 묻힌 곳을 알지 못했기 때문이다.

'김주미 시장이야 어찌 되건, 그 여자를 대신할 사람은 많아. 가든파티 영상 따위 될 대로 되라지.'

이진수를 찾아내서 입을 막는 게 우선이라 생각하며, 도미애는 저도 모르게 어금니를 깨물었다. 술, 술이 필요했다.

13

고영희는 하나연의 자취방에 얹혀사는 게 싫지 않았다. 몇 주를 함께 살아 보니, 하나연은 오유라 부부에 비하면 제법 진솔한 편이었다.

열 평 남짓한 원룸에서 두 사람은 가끔씩 야식을 시켜 먹기도 하고, 24인치 TV로 철 지난 예능 프로그램을 보며 시시덕거리기도 했다.

언젠가 둘이서 술잔을 기울이던 밤이 있었다. 취기가 올라올 무렵, 장난기가 도진 고영희는 하나연의 옷장을 멋대로 활짝 열어젖혔다. 자그마한 붙박이장에는 그동안 하나연이 모아 온 명품 옷들이 빼곡하게 들어차 있었다.

"대박. 언니 완전 옷 부자네요?"

"부럽냐? 저게 다 내 땀과 눈물이야. 한번 입어 볼래?"

하나연은 고영희에게 샤넬 트위드 재킷을 입히고 루이비통 머플러를 둘러 주었다. 왼손에는 피아제 시계를, 오른손에는 카르티에 팔찌를 채웠다. 손사래 치는 고영희에게 생로랑 클러치를 들리고 헬렌 카민스키 모자를 씌웠다.

엉거주춤 서 있는 고영희를 보며 하나연은 깔깔 웃었다. 고영희가 조심스레 물었다.

"어때? 잘 어울려요?"

"응. 중국 재벌 같아."

"진짜? 언니, 나 재벌 되고 싶어. 변호사 되면 돈 많이 벌어요?"

"회사원보다는 많이 벌지."

"그럼 나도 로스쿨 갈래."

고영희의 대답에, 하나연은 진절머리가 난다는 듯 고개를 흔들었다. 그녀가 말했다.

"진짜 부자들은 자기 자식 변호사나 의사 안 시켜."

"왜요?"

"일단 돈이 많으면 일을 안 하겠지? 아니면 좀 고상한 일을 하거나. 디자인이나 미술, 음악 같은 거 있잖아. 변호사는 일이 힘해."

하나연은 법무법인 신입 시절 이야기를 들려주었다. 매일 자정을 넘겨 택시를 타고 퇴근하던 시절이었다.

"한번은 회식 자리에서 2차로 노래방을 가자는 거야. 가 보니까 접대부가 나오는 유흥주점이더라고. 도우미들이 차례대로 노래 부르는데, 팀장이 나한테도 한 곡 뽑으라지 뭐야?"

"직장 동료한테 그런 걸 시켜요?"

"몰라. 걔들 눈에는 나도 여자로 보였나 보지. 차라리 그때

양주 병 깨고 특수 폭행으로 징역이라도 갈걸 그랬어."

실없는 농담에 고영희도 덩달아 깔깔 웃었다.

그렇게 몇 주간 하나연과 숙식을 함께하며 고영희도 한 가지 느낀 바가 있었다. 사람의 삶이란 대체로 거기서 거기라는 점이다.

진상과 약속했던 기자회견 당일 아침.

알람을 맞추지도 않았는데 눈이 번쩍 뜨였다. 고영희는 슬그머니 자리에서 일어났다. 잠시 허공을 바라보며 어둠이 눈에 익기를 기다렸다. 다시 봐도 닭장 같은 공간이었다. 변호사가 살기엔 초라한 집이다.

하나연은 오래된 싱글 사이즈 침대에서 곤히 잠들어 있었다. 고영희는 칭얼대는 아이를 등에 업고 몰래 꾸려 둔 짐가방을 챙겼다. 개포동 원룸을 떠나기 전에 고영희는 마지막으로 하나연을 바라보았다. 새삼 미안하다는 생각은 하지 않기로 했다.

* * *

한 사장은 아침형 인간이다. 매일 새벽 4시 30분에 일어나 동네 뒷산을 산책했다. 집에 돌아와 샤워를 한 뒤에는 조간신문을 읽으며 식사를 했다. 보통은 국을 곁들인 잡곡밥에 달걀프라이와 나물 몇 가지로 든든히 챙겨 먹는 편이었다.

식사 후에는 소파에 앉아 명상을 하거나 책을 읽었다. 지난 20여 년간 한결같이 유지해 온 그만의 건강한 생활 습관이었다.

한 사장은 아침 8시쯤 여유 있게 출근 준비를 마쳤다. 티테이블 앞에 앉으니 여느 때와 마찬가지로 가정부가 커피 한 잔을 가져왔다. 고광택에게 전화를 걸었다. 한 사장이 말했다.

"차 준비해. 5분 뒤에 내려갈 거야."

"네, 사장님. 시청으로 가십니까?"

수화기 너머 고광택의 질문에 한 사장은 잠시 어리둥절했다.

"시청은 왜? 시의원 미팅은 다다음 주 아니었나?"

"시청 대강당에서 오늘 사랑의 집 기자회견 한다던데요?"

기자회견이라니? 기억을 더듬어 하 변호사가 올린 주간 보고서 내용을 곰곰이 되짚어 봐도 그런 이벤트는 없었다. 아무래도 일이 이상하게 돌아가고 있는 것 같았다.

한 사장은 자신도 모르게 뻣뻣해진 목덜미를 주무르며 목소리를 높였다.

"아침부터 웬 엉뚱한 소리야?"

"뉴스 아직 못 보셨어요?"

곧바로 고광택이 인터넷 기사 링크를 전송했다.

[속보] 사랑의 집 피해자, 의혹 해명 기자회견 "음해 세력의 날조 공작을 폭로하겠다."

기사를 본 한 사장은 마시던 커피를 바닥에 내뿜었다. 사레가 들려 캑캑대는 모습을 본 가정부가 호들갑을 떨어 댔다. 한 사장은 자리를 박차고 일어나 현관 밖으로 뛰쳐나갔다. 고광택은 어리둥절한 얼굴로 꾸벅 고개를 숙였다.

조수석에 뛰어오르며 한 사장이 외쳤다.

"얼른 가자. 당장 출발해."

"어디로 모실까요?"

"어디긴 어디야? 기자회견장이지!"

한편. 하나연 변호사도 출근길에 뉴스를 확인했다. 하나연은 스마트폰을 움켜쥔 두 주먹으로 제 머리를 콕콕 쥐어박았다. 한집에 살면서도 고영희의 꿍꿍이를 모르고 있었다니.

"내가 미쳤지, 미쳤어. 이 미친년."

하나연이 앓는 소리를 내자 이진수가 못 들은 척 헛기침을 했다.

아침에 고영희가 사라졌다는 걸 알았을 때만 해도 하나연은 내심 대수롭지 않게 생각했다. 어디로 가는지, 언제 돌아오는지 일절 말이 없었던 게 불안하긴 했지만. 그래도 설마 오유라 곁으로 되돌아갈 줄은 몰랐다.

그러나 대체 왜? 고영희의 판단에는 티끌만큼의 합리적인 이유도 없었다. 하나연은 두 손으로 머리를 쥐어뜯으며 넋두리했다.

"내가 지금 꿈을 꾸는 건가요? 무슨 몰래카메라 같은 건가?"

운전석의 이진수가 조심스레 말했다.

"몰래카메라 얘기가 나왔으니 말인데. 이것도 어쩌면 한 사장 장난질 아닐까요?"

뒷좌석 깊숙이 찌그러져 있던 하나연이 앞으로 바짝 몸을 당겼다.

"그게 무슨 말이에요?"

"이상하잖아요? 오유라가 어떻게 고영희와 접촉했겠어요? 희망연대 내부에 쥐새끼가 있다는 거죠. 한 사장이 고영희의 위치를 그쪽에 찔러 준 거예요."

깜짝 놀란 하나연이 다시 물었다.

"진짜예요?"

"그렇다니까요? 한 사장 그 인간, 지금 우리랑 다른 맘 먹고 있어요. 박형민 기자가 나한테 전부 불었거든요."

이진수는 하나연에게 자초지종을 설명했다. 휴가 기간 오유라 일당을 추적했던 일이며, 그들에게서 자백을 받아 냈던 일 따위를 간추려 전달했다.

미행의 과정이나 물리적 충돌, 자백을 받아 낸 경위 등에 대해서는 어물쩍 얼버무렸다. 하나연도 꼬치꼬치 캐물을 경황은 없었으니, 이진수로서는 여러모로 다행이었다.

이진수가 덧붙였다.

"고영희가 아무 이유 없이 떠날 리 없잖아요? 이거 분명히 오유라가 꼬신 거예요. 애초에 한 사장이 오유라한테 정보를 흘려서 이 사달이 난 거라고요."

하나연이 초조한 듯 손톱을 깨물었다. 그녀가 물었다.

"한 사장은 왜 자살골을 넣죠? 노망이라도 났나?"

"상황을 복잡하게 만들 생각이겠죠. 희망연대가 깔끔하게 이겨 버리면 그다음엔 변호사님을 견제할 방법이 없을 테니까."

"그래도 이건 좀 심하잖아요? 밥그릇 싸움하다가 밥상 뒤엎게 생겼는데."

"한 사장이라고 일이 이렇게까지 될 줄 알았겠어요? 겉으로는 세상사에 통달한 듯 떠들어 대는데, 사람이란 게 다 거기서 거기죠. 본인이 겪은 것 이상으로는 내다보질 못하니까요. 그 노친네는 아마 오유라가 쳐들어와서 고영희랑 머리끄덩이 잡고 드러누울 줄 알았을걸요? 자기가 평생 밥 빌어먹던 게 그 짓거리니까."

허공을 향해 맹렬히 쏘아붙이던 이진수가 뒤늦게 말을 아꼈다. 다 소용없는 얘기다. 지금 한 사장의 아둔함을 탓해 봐야 무슨 소용인가? 낌새를 챘을 때 막지 못한 이진수의 잘못도 컸다.

물론 애초에 고영희를 챙기지 못한 것은 하나연의 불찰이었다.

처음부터 사건의 중심에는 고영희가 있었지만 정작 희망연대의 그 누구도 그녀의 마음을 챙기지는 못했다. 뒤늦게 고영희의 속내를 헤아려 본들 죽은 자식 불알 만지기다.

어쨌거나 사고는 터졌고, 지금은 뒷수습을 논의할 때였다. 이진수는 룸미러로 하나연의 안색을 살폈다. 다행히 멘탈은 멀쩡해 보였다.

하나연은 손목시계를 내려다보았다. 예정된 기자회견까지는 한 시간 남짓 남았다. 그녀가 말했다.

"아직 시간이 있어요. 기자회견장으로 가요."

"알겠습니다."

"갓길에 차 좀 대 주세요. 트렁크에서 전투복 좀 꺼내게요."

"넵."

이진수가 트렁크에서 큼직한 보스턴백을 꺼내 왔다. 캔버스 재질의 낡은 가방에는 팔꿈치가 해진 정장 재킷과 뒤축이 닳은 싸구려 단화가 들어 있었다.

모두 희망연대에 합류하면서 새로 산 제품들이다. 팔꿈치와 뒤축의 닳은 흔적은 2000방짜리 사포를 온종일 문대서 만들어 냈다. 재킷의 라펠에는 이름도 기억나지 않는 각종 자선단체 배지가 주렁주렁 달려 있었다.

하나연은 싸구려 고무줄로 풍성한 중단발을 질끈 묶었다. 왼팔에는 스와치 시계와 유니세프 팔찌를 찼다. 준비를 마친 하나연의 모습은 제법 관록 있는 인권변호사처럼 보였다. 그녀가 말했다.

"출발하시죠. 무슨 일이 벌어질지 기대되네요."

"넵, 대장님. 출발하겠습니다."

이진수는 기자회견이 열리는 가양 시청을 향해 거칠게 차를 몰았다.

* * *

시청 대강당에는 기자들이 운집해 있었다. 오유라와 진상은 먼저 와서 기다리고 있었다. 고영희의 기자회견은 그들에게 주어진 사실상 마지막 기회나 다름없었다. 그러므로 오늘의 쇼는 완벽해야만 했다.

초조한 마음을 억누르며, 오유라는 천천히 강당을 둘러보았다. 김주미 시장의 최측근 몇몇도 눈에 띄었다. 오유라는 눈살을 찌푸리며 혀를 찼다.

'새끼들, 판세를 보러 왔구나. 기회주의자 같으니라고.'

아무래도 상관없다. 실추되었던 오유라의 입지도 반나절 뒤면 복권될 것이다. 그렇게만 된다면 지난날의 굴욕을 몇 배로 되갚아 줄 생각이었다. 오랜 시간이 걸려도 좋다. 군자의 복수는 10년이 지나도 늦지 않다고 했다.

말아 쥔 주먹에 절로 힘이 들어갔다. 굳게 다문 오유라의 입술이 고집스레 씰룩거렸다. 지금은 오직 가증스러운 김주미 일당에게 자신의 부활을 보여 주고 싶은 마음뿐이었다.

오유라가 고개를 돌려 진상에게 물었다.

"영희는?"

진상이 우물쭈물 대답을 얼버무렸다. 오유라가 다그쳤다.

"뭐 하자는 거야? 곧 시작하잖아."

"그게, 영희가 아직……."

오유라는 초조하게 벽시계를 바라보았다. 기자회견 15분 전인데 주인공이 도착하지 않았다. 고영희가 없으면 기자회견이 다 무슨 소용인가? 맨몸으로 전쟁터에 나온 꼴이다.

다급해진 오유라가 진상의 손목을 잡아끌었다. 대기실로 들어와 문을 닫았다. 오유라가 진상의 멱살을 움켜잡고 벽으로 몰아붙였다. 오유라가 말했다.

"어떻게 된 거야? 매번 일 처리를 이딴 식으로밖에 못 해?"

"아침부터 전화기가 꺼져 있더라고. 분명히 시간 맞춰서 오겠다고 했는데⋯⋯."

우물거리는 진상의 명치를 손가락으로 쑤시며, 오유라가 으르렁댔다.

"네가, 데리러, 갔어야지! 옆에 딱 끼고 앉아서 감시했어야지!"

지금 와서 기자회견을 연기하기란 불가능했다. 국민적 관심이 집중된 사안이었다. 방송 3사와 종편, 각종 언론매체 기자들이 연단 앞에 진을 치고 있었다.

대기실 바깥에 운집한 군중의 목소리에 오유라는 압박감을 느꼈다. 웅성대는 소음이 꼭 숙취 다음 날의 이명 같았다. 오유라는 대기실 의자에 앉아 숨을 골랐다. 조바심에 자꾸만 입술을 깨물었다. 바짝 마른 입술에서 엷은 피 맛이 났다.

'이 멍청한 계집애, 대체 정신을 어디에 팔고 다니는 거야?'

사랑의 집 직원이 대기실 문을 조심스레 두드렸다.

"대표님, 이제 시작해야 할 것 같은데요."

오유라는 고개를 돌려 시계를 봤다. 어느새 예정된 시각을 10분이나 넘겼다. 급한 대로 오유라가 먼저 연단에 올라 시간을 끌기로 했다. 마이크 앞에 서서 여러 차례 헛기침을 했다. 웅성대는 소리가 잦아들었다.

목소리를 가다듬고 발표를 시작하려는 찰나였다. 어디선가 앳된 목소리가 들려왔다.

"잠시만요!"

모두의 시선이 소리의 진원지로 향했다. 고영희가 숨을 헐떡이며 회견장으로 뛰어 들어왔다. 오유라의 얼굴에 환한 미소가 걸렸다.

"15분 뒤에 다시 시작하겠습니다."

기자들에게 양해를 구한 오유라는 고영희의 손을 붙잡고 대기실로 이동했다. 오유라가 버럭 짜증을 냈다.

"한 시간 일찍 오라고 했잖아. 왜 늦었어?"

다그칠 생각은 아니었지만 자기도 모르게 목소리가 높아져 있었다. 고영희가 꾸벅 고개를 숙이며 대답했다.

"늦잠을 자는 바람에…… 죄송해요."

마음 같아서는 쌍욕을 퍼붓고 싶었지만, 오유라는 짐짓 괜찮다며 그녀를 달랬다. 진상이 미리 준비한 회견문을 고영희에게 건넸다. 오유라가 말했다.

"우선은 숨 좀 고르고. 물 한 잔 마실래?"

"괜찮아요."

"좋아. 바로 올라갈 수 있지?"

고영희는 굳은 결심을 한 듯 결연한 얼굴로 고개를 끄덕여 보였다. 그러나 오유라는 못 미더운 눈치였다. 리허설을 못 한 것이 못내 마음에 걸렸다. 고영희가 회견문을 제대로 읽을 수나 있을지 걱정이었다.

'암만 중졸이래도 문맹은 아니겠지? 새삼 기가 막히네. 내가

어쩌다 이 멍청한 지지배한테 인생을 걸게 된 거지?'

아무렴 어떠랴? 애초에 고영희는 도시락에 딸려 오는 일회
용 젓가락 같은 존재다. 써먹고 버리는 물건에 만듦새를 따질
상황이 아니었다.

사랑의 집 내부 고발자를 자처했던 고영희가, 이제는 진술을
번복하고 희망연대를 성토한다는 모양새는 그 자체로 의미가
있었다. 어차피 중요한 내용은 보도 자료로 뿌려 두었으니 기
자들이 찰떡같이 베껴 쓸 것이다.

고영희는 연단에 올라 좌중을 살폈다. 구름처럼 모인 기자들
은 고영희의 입만 바라보고 있었다.

별안간 대강당 입구에서 부산스러운 소음이 들렸다. 하나연
변호사와 이진수 실장이었다. 오유라의 측근들이 두 사람을 제
지했으나 이진수가 그들을 밀치며 길을 텄다.

뒤늦게 도착한 한 사장이 하나연을 쫓아왔다. 한 사장이 하
나연에게 다가가 물었다.

"하 변! 뭐가 어떻게 돌아가는 거야? 고영희가 사꾸라였어?"

곁에서 듣고 있던 이진수가 투덜거렸다.

"한 사장님, 자꾸 일본 말 좀 쓰지 마세요. 우리같이 젊은 사
람들은 못 알아듣는다니까요?"

"프락치였느냐 이 말이야. 고영희가 오유라 꼬붕이었냐고!"

하나연은 아무 말도 하지 않았다. 그저 냉정한 얼굴로 연단
에 선 고영희를 뚫어지게 바라볼 따름이었다. 고영희도 하나연
을 마주 바라보았다.

고영희의 얼굴은 마치 불구경 나온 어린애처럼 발갛게 상기되어 있었다. 고영희는 고개를 살짝 기울여 하나연에게 눈인사를 건넸다.

그제야 하나연의 얼굴에도 변화가 생겼다. 감정을 숨긴 채 굳어 있던 표정이 서서히 무너져 내렸다. 언제나 정중하던 그녀의 얼굴은 어느새 분노와 적개심으로 일그러져 있었다.

한 사장이 불쑥 하나연의 팔을 붙잡았다. 한 사장이 나직이 속삭였다.

"우리 이대로 무너지면 안 돼요. 끝날 때까지는 끝난 게 아니라니까? 지금부터는 군말 없이 내 방식으로 갑시다."

하나연은 넋이 나간 얼굴로 대답이 없었다. 한 사장은 답답한 마음에 멱살이라도 잡고 싶은 심정이었다.

그러나 이진수는 여전히 하나연을 믿고 있었다. 차를 타고 오는 길에 하나연이 보여 준 차분한 모습을 생각하면 그녀에게 뭔가 묘수가 있는 것이 분명했다.

한 사장이 소매를 걷어붙이고 연단으로 뛰어들려는 찰나, 이진수가 앞을 막아서며 말했다.

"지금은 안 됩니다."

"무슨 소리야?"

이진수가 하나연을 돌아보며 말했다.

"분명히 변호사님한테 무슨 계획이 있을 거예요, 그렇죠?"

하나연은 말없이 고개를 끄덕였다. 그러고는 잠자코 고영희를 노려보았다. 이진수 역시 고개를 끄덕이고는 결연한 표정으로 연단을 바라보았다. 한 사장이 보채듯이 말했다.

"하 변호사, 정말이지? 무슨 계획이 있는 거지? 나 믿는다?"

하나연은 속으로 생각했다.

'너 같으면 있겠냐?'

* * *

고영희는 연단 아래 기자단을 바라보았다. 시야 가득 새하얀 플래시 세례가 쏟아졌다.

오유라와 진상은 고영희를 보좌하듯 좌우에 나란히 앉아 있었다. 때마침 오유라도 하나연과 한 사장을 발견했다. 한 사장은 당황한 기색을 감추지 못한 채 머리를 쥐어뜯고 있었다. 하나연은 반쯤 체념한 듯 멍하니 연단을 바라볼 따름이었다.

승리감에 도취된 오유라가 고영희를 향해 몸을 기울였다. 오유라가 턱짓으로 하나연 일행을 가리키며 귓속말을 했다.

"저길 좀 봐. 지금도 쟤들이 널 돕는 걸로 보이니? 쟤들은 그냥 부동산 투기꾼이야. 쉼터 부지를 빼앗으려고 널 이용한 거라고. 그러니까 너는 쟤들한테 미안해할 필요 없어. 앞으로는 너 잘될 일만 생각해야 해. 알았지?"

고영희는 굳은 얼굴로 고개를 끄덕이며 대답했다.

"네, 대표님."

오유라의 차가운 시선이 이내 하나연을 향했다. 득의양양한 얼굴로 희망연대 떨거지들을 노려보았다. 멀리서도 한 사장의 붉으락푸르락한 얼굴을 알아볼 수 있었다.

고영희가 한 걸음 내디디며 거대한 마이크 앞에 섰다.

공공선을 내세운 칼춤이 만연하는 이 사회에서, 누가 새로이 정의의 이름 아래 공익성의 잣대를 거머쥐게 될 것인가? 누가 정의의 간택을 받을 것인가? 사랑의 집인가, 희망연대인가? 오유라인가, 하나연인가?

모두가 고영희의 입을 바라보고 있었다. 그녀의 앙다문 입술에 얽히고설킨 이해관계의 실마리가 물려 있었다.

마침내 고영희가 입을 열었다. 툭, 하고 떨어진 첫 마디는 다소 엉뚱한 것이었다.

"저는 성폭력 피해자입니다."

그것은 작지만 무거운 진실이었다.

일순 찬물이라도 뿌린 듯 좌중이 조용해졌다. 연단을 노려보던 하나연도, 달려 나갈 기세로 비스듬히 서 있던 한 사장도 멍청한 얼굴로 고영희를 바라보았다. 고영희가 재빨리 말을 이었다.

"저를 성폭행한 사람은 오유라 대표의 남편, 진상입니다. 이 사람은 그동안 쉼터에 상주하면서 저를 상습적으로 추행해 왔습니다."

고영희의 폭탄선언과 함께 사진 기자들의 플래시 라이트가 연단에 작렬했다. 예광탄처럼 날아드는 카메라의 불빛. 곧이어 기자들의 속사포 같은 질문이 쏟아졌다.

"입증할 만한 증거가 있습니까?"

"지금에서야 이 사실을 밝히는 이유가 뭐죠?"

"말씀하신 내용은 사랑의 집과 사전협의 된 사안인가요?"

회견장은 어느새 고성과 비명이 오가는 전장이 되었다. 고영희의 좌우에서 오유라와 진상이 자리를 박차고 일어섰다. 진상의 움직임이 조금 더 빨랐다.

고영희의 마이크를 빼앗기 위해 진상이 몸을 날렸다. 거의 동시에 시청 관계자 한 명이 연단에 뛰어올랐다. 시청 관계자가 진상의 허리춤을 붙잡아 바닥에 메쳤다. 두 사람은 한데 엉켜 연단을 뒹굴며 몸싸움을 벌이기 시작했다.

그 모습을 본 한 사장이 이진수를 향해 소리쳤다.

"전에 말했지? 저 친구가 내 오촌 종질이야. 우리도 얼른 가서 돕자고."

이진수도 얼결에 한 사장을 따라 재킷을 벗어 던졌다. 그때, 하나연이 연단을 향해 뛰쳐나가며 소리쳤다.

"그루밍 성범죄입니다! 취약 상태의 피해자를 노린 범죄라고요!"

그렇게 작은 몸집에서 우레와 같은 사자후가 터져 나올 줄은 아무도 예상하지 못했다. 연단을 향해 맹렬히 달려 나가는 하나연의 모습은 한 마리의 포효하는 맹수 같았다.

하나연의 목소리를 들은 기자들의 마이크가 오유라를 겨누었다. 비수 같은 질문이 오유라를 향해 날아들었다.

"오 대표님은 이 사실을 알고 계셨나요?"

"남편을 쉼터 관리인으로 채용했다는 의혹은 사실이었

네요?"

"피해자의 진술을 인정하십니까?"

기자회견장의 분위기가 순식간에 뒤집혔다. 오랜 세월 이 땅에서 뿌리내려 온 거대한 맥락이 작동하기 시작한 것이다.

횡령이나 사기에는 관대하지만, 성범죄만은 용서할 수 없다는 국민 정서. 한편으로는 사건의 정황이나 내막에 대한 지대한 관심. 그 두 가지가 한데 맞물려 놀라운 시너지를 만들어 냈고 기자들은 재빠르게 그 냄새를 맡았다.

자극적 추문의 사육제가 열리면 대중의 호기심은 살진 희생양을 요구했다. 그 핏빛 제단에 마침내 오유라가 올라온 것이다. 황색 사제복을 입은 언론이 그녀의 치부를 향해 횃불을 들이밀기 시작했다.

오유라는 기이하게 일그러진 얼굴로 굳어 있었다. 식은땀을 흘리며 숨을 몰아쉬던 진상이 공황 발작을 일으켰다. 이윽고 거대한 손아귀에 짓눌리기도 한 듯 몸이 꼬부라진 채 쓰러져 버렸다.

고영희는 오유라가 건네준 진술서를 보란 듯이 찢어 버렸다. 방송사 카메라에 그 모습이 고스란히 담겼다. 고영희가 외쳤다.

"저에게 거짓 진술을 강요한 것도 오유라 대표예요. 사랑의 집에서는 아무도 저를 지켜 주지 않았어요. 제 앞으로 나오는 지원금도 저는 받아 본 적이 없습니다. 다들 저를 이용하려고만 했다고요! 당신들, 그리고 당신들도!"

고영희가 말을 마치기 무섭게 오유라가 비명을 지르며 달려

들었다. 제지하는 사람들을 때려눕히며, 오유라는 고영희의 머리채를 붙잡아 흔들었다. 그악스러운 손길에 풍선 인형처럼 나풀거리던 고영희가 연단 아래로 굴러떨어졌다.

14

TV에서는 온종일 사랑의 집 관련 기사가 흘러나왔다. 고영희의 머리채를 잡아 흔드는 오유라의 모습은 어느새 밈이 되어 인터넷을 떠돌기 시작했다. 사건 현장 영상은 수백 개의 유튜브 채널에서 수백만 번 재생되었다.

사랑의 집 사무실은 초상집처럼 무거운 정적에 휩싸여 있었다. 오유라는 물수건을 얼굴에 덮고 소파에 드러누워 있었다.

김주미 시장을 비롯한 지역 정치인들이 잇따라 규탄 성명을 발표했다.

"우리 가양시에서 발생한 추악한 범죄 사실에 안타까운 마음을 금할 길이 없습니다. 다시는 이런 일이 재발하지 않도록 조속히 법 제정에 나서겠습니다. 지역을 대표하는 정치인으로서 책임감을 가지고, 부패와 비리로 얼룩진 사랑의 집 비리를 엄중히 파헤치겠습니다. 자체 조사단을 꾸려 이번 일에 연루된 사람들을 발본색원해 일벌백계하겠습니다."

화면 속 김주미 시장은 결연한 말투로 성명문을 읽어 나갔다. 그녀의 말 한마디 한마디가 오유라의 가슴을 아리게 만들었다.

서로의 치부를 가려 주던 평생의 동료가 하루아침에 돌아설 줄이야. 오유라는 신경질적으로 물수건을 집어 던졌다. 축축한 수건이 65인치 TV 화면에 쩍 하고 달라붙었다.

진상이 수건을 탈탈 털어 다시 오유라의 얼굴을 덮어 주었다. 진상이 말했다.

"배 안 고파? 뭐라도 좀 먹을래?"

별안간 오유라가 비명을 지르며 뛰어올랐다. 그녀의 매서운 손바닥이 진상의 뺨으로 날아들었다. 굶주린 맹수처럼 달려드는 오유라의 얼굴은 땀과 눈물로 뜨겁게 젖어 있었다. 오유라가 소리쳤다.

"기껏 먹여 살려 주고 체면 차려 주면서 반평생을 살아왔는데 네가 어떻게 날 배신해? 딸뻘 되는 애한테 그런 짐승 같은 짓을 해?"

진상은 오유라의 손찌검을 피해 몸을 웅크린 채 오히려 목소리를 높였다.

"그건 고영희의 일방적인 주장일 뿐이라고. 지금 남편 말을 안 믿고 외간 여자 말을 믿겠다는 거야?"

오유라가 씩씩대며 물었다.

"똑바로 대답해. 너 걔랑 잤니?"

"아니라고. 그런 일 없었다고."

오유라는 도리질하는 진상을 소파에 밀쳐 넘어뜨렸다. 무릎
으로 진상의 목을 찍어 누르며 손바닥으로 따귀를 후려갈겼다.
오유라가 그의 귓전에 소리를 질렀다.

"예, 아니요로 대답해. 잤어, 안 잤어?"

몸부림치던 진상이 다급히 외쳤다.

"아니라고 했잖아. 제발 진정해."

"잤냐고!"

"이 여자가 보자 보자 하니까!"

진상은 악다구니를 쓰는 오유라를 밀치며 일어섰다. 오유라
는 바닥에 엎드린 채 흐느꼈다. 잠시 망설이던 진상은 오유라
에게 다가가 몸을 숙였다. 껵껵대는 오유라를 등 뒤에서 부둥
켜안았다. 진상이 말했다.

"나한테 여자라고는 오직 당신뿐이야. 평생을 그렇게 살아왔
다고. 당신도 알잖아? 내가 이 촌구석에서 당신 뒤치다꺼리나
했던 게 나 좋으라고 그랬던 것 같아? 나도 내 인생을 살고 싶
었어. 작가가 되고 싶었다고! 내가 꿈을 접은 건 당신을 내조하
기 위해서였어. 널 사랑했으니까."

훌쩍이며 숨을 고르던 오유라가 흐느끼며 물었다.

"아니지? 고영희 걔가 거짓말한 거지? 제발 아니라고 말해."

진상은 잠시 침묵했다. 그러고는 어물쩍 입을 열었다. 진상
이 나지막이 속삭였다.

"여보, 무죄 추정의 원칙이란 게 있잖아. 나 아직은 무죄야.
지금까지 결론 난 거 하나도 없잖아."

진상의 대답에 오유라는 입고 있던 블라우스 앞섶을 잡아 뜯으며 울부짖었다.

"내 눈앞에서 꺼져. 다시는 돌아올 생각 하지 마."

허둥지둥 달아나는 진상의 뒷모습은 초라하기 그지없었다. 오유라는 바닥에 드러누웠다 몸을 가눌 힘조차 없었다.

한동안 오유라는 고영희를 떠올렸다. 어리고 순진한 여자였다. 처음에는 정말 그런 사람인 줄 알았다. 궂은일을 시킬 때도 말없이 웃어 보이던 그 멍청한 얼굴.

'걔는 속으로 나를 얼마나 비웃고 있었을까? 말 잘 듣는 척, 착한 척은 다 해 놓고 사람 뒤통수를 치더니 이제는 내 남편이랑 바람을 피워? 이 더러운 위선자!'

생각은 돌고 돌아 다시 진상에게로 돌아왔다.

'도대체 뭐가 아쉬웠니? 꾸준히 들어오는 쉼터 월급에, 그간 아버지로서 쌓아 온 평판과, 30년을 함께 한 아내를 모두 내던질 만큼 몸이 달았니?'

오유라는 진상이 고영희에게 느꼈을 욕정을 도무지 이해할 수 없었다. 다른 사람도 아닌 고작 고영희 따위에게?

누군가와 몸을 섞는다는 건 상대방을 자신과 동일 선상에 놓는 행위이다. 본래 둘 사이의 위계가 어떠했건 간에 발가벗고 뒹구는 순간 이미 대등한 관계다.

그리고 누군가와 대등한 관계를 맺는 이상 공정한 거래를 해야만 한다. 상대가 원하는 것을 주거나, 그러지 못할 경우 벌을 받거나.

고영희는 진상에게 무엇을 바랐던 걸까? 진상은 자신의 욕정을 해결하는 대가로 무엇을 주기로 약속했나? 아무리 생각해도 오유라는 알 수 없었다.

* * *

진상은 공원 벤치에 앉아 담배 한 갑을 다 피웠다. 그에게 남은 거라곤 휴대 전화 하나와 30만 원 남짓한 예금 잔고뿐이었다. 진상은 휴대 전화를 만지작거리며 고민에 잠겼다.

'누구에게 전화해야 하나?'

막상 필요할 때가 되니 도움을 청할 곳이 없었다. 문우들은 이런 일에는 보탬이 되지 않았다. 몇몇 작가는 진상을 두둔하는 시와 논설을 SNS에 발표했다가 국민의 조롱거리가 되었다.

평생 대중의 관심을 갈구했던 그들이었지만, 그들에게는 혹평과 질타를 견뎌 낼 강철 같은 낯짝이 없었다. 진상을 두둔했던 소수의 문인들은 몇 줄의 사과문만 남기고 자신들이 살아왔던 어둠 속으로 되돌아갔다.

진상은 텅 빈 밤하늘을 바라보며 소주병을 들이켰다.

그냥 죽어 버릴까 고민하던 그때, 전화벨이 울렸다. 고영희였다.

깊이 생각할 겨를도 없이 전화를 받은 진상이 물었다.

"여보세요? 영희니?"

"네."

"너 오늘 나한테 왜 그랬냐? 내가 범죄자야? 정말 그렇게 생각해?"

몇 초간의 침묵이 흐른 뒤 고영희가 되물었다.

"……선생님은 저한테 왜 그랬어요?"

"왜 그랬냐니? 내가 뭘 어쨌다고? 우리 사랑한 거 아니었어? 꼭 나를 그렇게 나쁜 놈으로 만들었어야 속이 후련했냐?"

흐느끼는 진상을 오히려 달래려는 듯, 고영희가 말했다.

"그건 사랑이 아니었어요. 선생님이 저한테 했던 모든 행동이 옳지 못한 일이라는 걸 알게 됐거든요. 모르면 모를까, 아는데 어떻게 거짓말을 해요?"

가슴이 답답해진 진상이 셔츠 단추를 거칠게 풀어 헤쳤다. 느슨했던 윗단추 하나가 어둠 속으로 포물선을 그리며 사라졌다. 서늘한 밤바람이 앞섶을 비집고 들어오자 이유도 없이 화가 치밀어올랐다. 진상이 말했다.

"그건 사랑이었어. 너와 내가 동의해서 맺은 관계였다고. 대체 왜 이제야 문제 삼는 거야? 그때는 이런 얘기 없었잖아?"

"……그래서 뭘 어떻게 하고 싶으신데요? 예전으로 다시 돌아가고 싶어요?"

고영희의 질문에 진상이 준엄한 말투로 대답했다.

"나를 범죄자로 몰아갔던 거 정정해. 정정하고 사과해."

진상의 말을 들은 고영희는 냉소했다. 고영희가 다시 물었다.

"그럼 저는 상간녀가 되는 거예요? 그렇게 되면 오 대표님 마음이 좀 편해지실까요?"

"너는 꼭 내가 감방 가는 꼴을 봐야겠니? 그렇게 해야 네 마음이 편하겠어?"

"그랬다면 이렇게 전화하지도 않았겠죠. 사실 저는 선생님이 감옥에 간다고 해서 달라질 건 없다고 생각해요."

고영희의 말을 들은 진상의 가슴에 한 줄기 희망이 비추는 듯했다. 그가 뭔가 말을 하려는데, 고영희가 먼저 나서서 말을 이었다.

"이 문제를 해결할 방법은 하나뿐이에요. 하나연 변호사가 원하는 것을 주는 거죠. 그럼 희망연대도 사랑의 집에 더는 볼 일 없을걸요? 우리 얘기도 사람들 관심에서 멀어질 거예요."

"그 여자가 원하는 게 뭔데?"

"당연히 쌍봉산 쉼터죠. 쉼터만 희망연대에 넘기면 그 여자도 조용해지지 않겠어요?"

진상은 잠시 고영희의 말을 곱씹어 보았다. 일견 타당한 생각이었다. 지금의 이 고통에서 벗어날 수만 있다면 쉼터가 대수랴, 마누라도 기꺼이 넘겨줄 판이었다.

문제가 있다면 진상이 사랑의 집 운영에 관여할 수 없다는 사실이었다. 망설이던 진상이 대답했다.

"그건 법인 재산이라 내가 처분할 수 있는 게 아니야."

"법인 실세는 선생님이라면서요? 법인인감도 선생님이 관리하는 거 아니었어요?"

고영희의 지적에 진상은 말문이 막혔다. 실세 어쩌니 했던 말은 고영희를 안심시키기 위해 지어낸 얘기였을 뿐, 그녀가 그걸 정말로 믿고 있을 줄은 몰랐다.

아니, 차라리 다행이다. 법인 인감은 오유라의 사무실 금고에 보관되어 있었다. 금고 비밀번호는 진상과 오유라의 결혼기념일이었다.

만약 고영희의 말대로 인감을 훔쳐 하나연이 원하는 것을 내준다면? 그때는 고영희도 자신의 진심을 믿어 주지 않을까? 거기에까지 생각이 미치자 진상은 마치 진짜로 고영희와 사랑에 빠진 듯한 기분이 들었다.

다시 한번 고영희의 믿음을 살 수만 있다면 어떻게든 이 난관을 벗어날 수 있을 것만 같았다.

진상이 대충 얼버무렸다.

"그건 그렇지. 어차피 다 내가 관리하는 거야."

"그럼 뭐가 문제예요? 공짜로 넘기라는 것도 아닌데. 법인 인감 가져와서 계약서에 도장 찍으면 되잖아요."

쉼터 부지와 건물은 시세대로라면 수억은 받을 수 있었다. 그 돈이라면 동남아로 건너가 새 삶을 시작할 수도 있을 것이다. 마음이 흔들리는 와중에 고영희가 말했다.

"그 돈으로 우리, 새로 시작해요."

이건 또 무슨 소리인가? 마음을 읽히기라도 한 것 같아 정신이 번쩍 들었다. 진상이 얼빠진 목소리로 되물었다.

"뭐라고?"

"전에 나한테 그랬잖아요. 마누라가 떠나면 곁에 있어 달라면서요? 거짓말이었어요?"

고영희의 목소리에 원망의 기색은 없었다. 진상은 자신을 다독이는 듯한 그녀의 따스한 말투에 복받치는 감정을 느꼈다. 진상은 애써 울음을 삼키며 말했다.

"영희 너, 내 마음을 읽었니?"

세상으로부터 철저히 버려진 지금, 그의 곁에 남겠다는 사람이 또 어디에 있을까? 반생을 함께 살아온 오유라에게도 받아본 적 없는 위로를 고영희에게서 찾은 기분이었다.

어느새 진상은 아이처럼 흐느끼고 있었다. 진상이 말했다.

"……거짓말 아니야. 나 너 사랑해."

고영희가 말했다.

"울지 말고 나랑 같이 떠나요. 전 원래 이 나라가 싫었어요."

"영희야. 미안하고, 고맙다."

진상의 말에 고영희는 코웃음이 나오려는 것을 애써 참아야 했다. 미안하면서 한편으로 고맙다는 건 대체 무슨 의미일까?

사이다처럼 속 시원히 욕을 퍼부어 주면 기분은 조금 나아질지도 모른다. 그러나 그런 방식으로는 이 추물을 제거할 수 없다. 그래서 고영희는 더더욱 참아야 했다. 달콤한 승리가 눈앞이었다.

진상은 하나연 변호사에게 쉼터를 매각하겠노라고 고영희와 약속했다. 고영희의 말대로 사랑의 집 법인 인감을 빼돌려 계약을 할 생각이었다. 진상의 계획은 엄밀히 말해 횡령이었다.

그러나 들키지 않은 범죄는 죄가 아니고, 잡히지 않은 범인은 범죄자가 아닌 법. 진상은 자신이 신봉하는 무죄 추정의 원칙에 비추어 사리를 따져 보기 시작했다.

잠시간의 고민 끝에 이번 일은 해 볼 만하다고 결론 내렸다. 서둘러 계약을 마무리한 뒤 오유라가 알아채기 전에 현금을 챙겨 떠나면 되는 것이다.

도피 자금이 마련되면 번잡한 도시를 떠나 남국의 쪽빛 바다로 날아갈 수 있을 것이다. 훈풍이 부는 파도 위를 미끄러지는 돛단배와, 키를 잡은 고영희의 따스한 미소.

진상은 들뜬 마음에 가슴이 두근거리는 것을 느꼈다.

* * *

기자회견장에서의 한바탕 소동이 끝난 뒤 희망연대 사람들은 분주히 뒷수습에 나섰다. 하나연은 희망연대의 공식 입장문을 작성해 언론사에 전달했다. 현장 뒤처리는 한 사장과 이진수가 맡았다.

한 사장은 오촌 종질이라던 시청 직원에게 남몰래 뒷돈을 건넸다. 그 장면을 이진수에게 들키자 멋쩍게 웃으며 얼버무렸다.

"명절 아니면 통 만날 일이 없어서 말이야. 올해 세뱃돈 주는 걸 깜빡했지 뭐야?"

"저도 세뱃돈 좀 주세요. 설날에 찾아뵐게요."

이진수가 퉁명스레 대답했다. 한 사장은 이진수의 어깨를 두드리며 호탕하게 웃었다.

"그럼. 언제든지 찾아와. 따지고 보면 우리도 이제 한솥밥 먹는 식구 아닌가?"

고영희는 구급차에 실려 병원으로 이송되었다. 몇 군데 찰과상과 타박상을 입긴 했지만 다행히 크게 다친 곳은 없었다. 눈두덩에 멍이 들고 입술이 터진 덕분에 사진발이 제대로 받았다. 기자들이 사진을 찍는 동안에는 머리도 산발을 한 채 내버려 두었다.

심신 안정을 위해 병원 침대에 홀로 남게 되자 고영희는 비로소 안도의 미소를 지을 수 있었다. 어쩔 줄 몰라 하던 오유라의 모습이 눈에 선했다. 자신이 좀 더 노련해진 것 같다는 생각에 괜히 기분이 좋았다.

그날 밤, 하나연이 병문안을 왔다. 하나연은 기자회견장에서 봤던 모습 그대로 수수한 차림이었다. 하나연이 물었다.

"몸은 좀 괜찮니?"

"크게 다친 데는 없대요. 얼굴이 좀 상해서 그렇죠."

고영희는 고개를 돌려 시퍼렇게 멍든 왼쪽 눈가를 보여 주었다. 하나연은 고영희의 침대 맡에 편의점 봉투를 내려놓았다. 봉투에는 주전부리와 음료 따위가 들어 있었다. 하나연이 맥반석 반숙 달걀을 집어 고영희에게 건넸다.

"멍 빼는 데 계란이 좋대. 이걸로 문질러 봐."

하나연의 진지한 얼굴을 본 고영희가 실소를 터뜨렸다. 고영희는 달걀을 제 이마에 부딪혀 껍질을 벗겼다. 윤기가 도는 삶은 달걀을 한 입 크게 베어 물었다. 고영희가 말했다.

"멍 뺄 때 문지르는 건 날계란이에요. 삶으면 소용없어요."

"편의점에 날계란은 없던데?"

"됐어요. 날계란보다 이게 더 맛있으니까."

뺨을 오물거리는 고영희를 바라보며, 하나연이 물었다.

"오늘 일은 왜 그랬니? 나랑 상의도 없이."

고영희가 으스대며 대답했다.

"지난 몇 주간 언니랑 지내다 보니까 알게 된 게 있어요. 언니는 마음이 너무 여려요."

자신이 이룬 첫 번째 성취에 한껏 도취된 듯한 말투였다. 아마 고영희 자신은 느끼지 못하고 있을 테지만. 하나연은 그녀의 마음을 충분히 이해할 수 있었다.

문득 스무 살 무렵의 기억이 떠올랐다.

친구들과 MT를 가기로 한 날이었다. 동아리의 누군가가 아버지의 01년식 코란도를 몰고 왔다. 그때는 운전석의 그 친구가 어찌나 듬직하던지. 주유소에 들러 기름 넣는 모습조차 어른스러워 보였다.

운전을 할 줄 안다는 게 자랑거리가 되는 나이가 있다. 하물며 그 큰 무대에서 멋진 쇼를 연출해 낸 고영희. 스스로가 얼마나 자랑스러울까? 지금 고영희에게는 어떤 충고를 해도 들리지 않을 것임을 하나연은 알고 있었다.

하나연이 조심스레 말했다.

"나한테 털어놓지 그랬어? 오늘 같은 난장판이 아니었어도 우리가 함께 해결할 수 있었을 텐데. 어려운 선택을 너한테 떠넘긴 것 같잖아."

"언니가 떠넘긴 게 아니라 제가 선택한 거예요. 괜히 경찰에 신고하는 것보다는 직접 해결하는 게 낫지 않아요?"

"법 테두리 안에서 해결하는 게 느려도 가장 확실한 방법이야."

"됐거든요? 어차피 저 같은 애한테는 아무도 관심 없어요. 방송이라도 나오니까 내 말을 들어 주지. 솔직히 언니도 마찬가지 아니에요?"

하나연은 뭐라고 대답을 하려다 관뒀다.

따지고 보면 고영희의 말이 맞는다. 하나연은 남달리 정의로운 사람도 아니었고, 스스로를 선한 사람이라 여기지도 않았다. 고영희를 돕기로 했던 것은 그 일이 자신의 커리어에 도움이 되기 때문이다.

어차피 세상에 무해한 인간이란 존재하지 않는다고, 하나연은 생각했다. 인식의 범주를 끝없이 확장하다 보면 5000원짜리 커피를 마시는 일상조차 제3세계 아동 노동을 방조하는 행위가 되어 버린다.

그래서 하나연은 그냥 합리적인 사람이 되기로 했다. 법이 허용하지 않는 일은 하지 않고, 내야 할 세금을 탈루하지 않는 것. 그것이 그녀가 발을 딛고 사는 흑과 백의 어느 중간쯤이었다.

한동안 말이 없는 하나연을 보자 어색했던지, 고영희가 물었다.

"이제 어떻게 되는 거예요? 우리가 이긴 거 맞죠?"

"그렇게 쉽게 결론지을 일은 아니야. 아직 지루한 절차들이 남아 있거든."

"그런 건 변호사들이 하는 일이죠?"

물어보는 고영희의 표정이 어두웠다. 하나연이 자못 쾌활하게 대답했다.

"그래. 그러니까 너는 걱정할 거 없어. 결국 우리가 이길 거야. 사람들이 그들의 민낯을 봤으니까."

고영희가 다시 물었다.

"쉼터는 어떻게 되는 거예요? 사랑의 집이 없어지면 쉼터도 사라지나요?"

하나연은 고영희에게 진실을 말해야 할지 잠시 고민했다. 쉼터는 한 사장 손으로 넘어갈 거란 얘기를 해야 하나?

한 사장이 어떤 사람인지, 희망연대의 정체가 무엇인지 밝혀야 하나? 그럴 수는 없었다. 뒤이어 떠오르는 말이라곤 온통 자기변명뿐이었기 때문이다.

조금 전까지만 해도 두 사람은 오유라의 민낯에 대해 말하고 있었다. 사실 인간은 누구나 똑같은 맨얼굴을 가지고 있다고 말해 주고 싶었지만 차마 입이 떨어지지 않았다. 진실을 알게 된 고영희가 자신에게서 어떤 얼굴을 보게 될지 두려웠다.

'나는 정의로운 사람이 아니야. 어쩌면 좋은 사람조차 아닐지도 몰라.'

아무래도 상관없었다. 마음을 다잡은 하나연은 거짓말을 하기로 했다. 그녀가 말했다.

"나도 몰라. 누가 인수하느냐에 달렸겠지."

고민하던 고영희가 말했다.

"그 쉼터 말인데요. 오유라 대표가 누구한테 팔 수도 있는 거예요?"

"법인 재산이니까 당연히 팔 수 있지."

"그럼 차라리 희망연대에서 그 땅을 사면 안 되나요?"

고영희의 질문에 하나연은 내심 당황했다. 희망연대의 설립 목적이 애초에 쉼터 부지 매입이었다는 사실은 내부자들끼리만 공유하는 대외비였다. 하나연은 그 비밀이 고영희에게까지 새어 나갔으리라고는 생각하지 않았다.

한편으로는 의구심이 들었다. 어쩌면 고영희도 진실을 알고 있는 건 아닐까? 혹시나 하는 마음에 하나연이 되물었다.

"왜? 쉼터가 마음에 들어? 거기서 계속 살고 싶은 거야?"

고영희는 별일 아니라는 듯 어깨를 으쓱 들어 보였다.

"아뇨. 그냥 궁금해서 물어봤어요."

사실 고영희는 2차 기자회견 무렵, 오유라와 진상으로부터 희망연대 창립의 진짜 목적을 전해 들었다. 한 사장의 계획도, 희망연대의 진실도, 하나연 변호사가 어떻게 합류하게 되었는지도 이미 알고 있었다.

그러나 고영희는 하나연이 싫지 않았다. 하나연은 위선자일지언정 그녀에게 아무런 해도 끼치지 않았으니까. 오히려 고영희가 기회를 잡을 수 있도록 도와준 사람이었으니까.

어찌 되었든 고영희는 조만간 진상이 하나연에게 연락을 취할 것임을 알고 있었다. 그리고 하나연은 진상의 제안을 거절하지 못할 것이다. 그걸 알고 있었기에 고영희는 조바심을 숨긴 채 아무것도 모르는 척할 수 있었다.

이제는 진상으로부터 쉼터 매각 대금을 빼돌릴 방법을 생각해 내야만 했다. 시간은 충분했다. 어차피 병상에서는 남는 게 시간이다.

* * *

사무실로 돌아가는 와중에 모르는 번호로부터 전화가 걸려왔다. 하나연이 전화를 받았다. 어딘지 익숙한 중년 남성의 목소리가 들려왔다.

"하나연 변호사님 되십니까?"

"네. 실례지만 어디시죠?"

상대는 하나연의 질문에 잠시 머뭇거리며 뜸을 들였다. 남자가 말했다.

"……저 진상입니다. 기자회견장에서 뵀었죠?"

"혹시 오유라 대표님 남편 되시는?"

"네. 그날은 추태만 보인 것 같아서 민망하네요."

멋쩍게 웃는 진상의 말투에 하나연은 내심 당황했다. 눈치 빠른 이진수가 뒷좌석을 돌아보았다. 이진수는 운전석에서 하나연의 통화를 듣고 있었다. 굳어 있던 하나연이 이내 정신을 차렸다.

"어쩐 일로 연락 주셨어요?"

"그, 쉼터 때문에요. 건물과 부지를 매각할까 하고요."

전혀 예상하지 못했던 제안이었기에 하나연은 다시 한번 물어볼 수밖에 없었다. 진상은 쉼터 부지와 건물을 시세대로 매각하고 싶다는 의사를 분명히 했다. 거래는 오유라 모르게 진행하고 싶다고 말했다.

하나연은 생각했다.

'이 인간, 또 자기 와이프 배신할 생각이구나.'

그렇다고는 해도 상대가 이렇게 적극적으로 나오는 것은 상당히 이례적인 일이라고 생각했다. 고영희가 다리를 놓지 않았다면 불가능한 일이었을 테지만, 그런 속사정까지 하나연이 알 수는 없었다.

'조심해야 해. 어쩌면 함정일지도 모르니까.'

통화가 녹음되고 있을지도 모른다는 생각이 들자 하나연은 말을 아꼈다.

그녀가 말했다.

"무슨 일인지는 몰라도 얘기는 한번 들어 보고 싶네요. 만나서 상의하시죠."

진상이 흔쾌히 동의했다.

"좋습니다. 기왕이면 빨리 만나 뵙고 싶은데요."

"곧 연락드릴게요. 저희도 내부적인 검토가 필요해서요."

약속 시간과 장소를 정한 뒤 전화를 끊었다. 이진수가 룸미러로 뒷좌석을 살폈다. 하나연은 이진수의 눈을 피해 창밖을 바라보았다.

'이게 정말 잘된 일일까?'

괜한 의구심이 들었다. 싸움은 아직 끝나지 않았다. 대세가 기울었다 해도 아직은 오유라의 숨통을 끊지 못했다. 자칫 희망연대의 대의가 훼손된다면 오유라에게는 기사회생의 기회가 될지도 모른다. 그러니 더더욱 조심해야 했다.

물론 한 사장이야 쉼터만 얻으면 되는 사람이니, 그에게는 좋은 일이다. 그러나 원하는 바를 이룬 한 사장이 과연 희망연대에 대한 지원을 계속할지는 의문이었다. 괜히 골치 아픈 뒤처리만 떠안게 되는 건 아닌지 걱정이 되었다.

고민하는 하나연에게 이진수가 말했다.

"이거 그냥 한 사장한테 오픈하지 마시죠?"

차창 밖을 내다보던 하나연이 고개를 돌려 이진수를 바라보았다. 이진수가 다시 말했다.

"쉼터 부지를 우리가 먹자고요. 저랑 변호사님이랑 같이요. 저는 대출을 못 받는 형편이지만 당장 2억 정도는 조달할 수 있을 것 같아요."

하나연이 운전석을 향해 몸을 기울이며 물었다.

"지금 그 땅을 사자는 거예요? 우리 돈으로?"

이진수가 고개를 끄덕였다. 그가 말했다.

"어차피 사랑의 집은 망할 게 뻔하잖아요? 그렇다면 이제 슬슬 한 사장이 속내를 드러낼 텐데, 어쩔 생각이세요? 막말로 한 사장은 쉼터 땅만 먹으면 끝이잖아요. 그 사람이 우릴 계속 데리고 있을 이유가 있겠어요? 우리가 식구처럼 돈독한 사이도 아니고."

그 말에는 하나연도 동의하는 바였다. 최악의 경우 쉼터 부지를 얻은 한 사장이 희망연대를 해체해 버릴 수도 있었다. 물론 그렇다 해도 하나연이 손해만 보는 것은 아니었다. 그녀에게는 천하의 오유라를 꺾었다는 명성이 남을 테니까.

그러나 이진수는 입장이 좀 달랐다. 애초에 이진수는 그림자 뒤에 숨어 더럽고 치사한 일을 도맡았던 사람이다. 그가 했던 일은 공식적으론 입증할 수 없었고, 어디 가서 내세울 만한 경력이 되지도 못했다.

따라서 한 사장이 배신한다면 이진수는 얻을 게 없었다. 게다가, 이진수에게는 한시라도 빨리 가양시를 떠나야 하는 이유가 있었다.

'박 기자가 내 정체를 다른 사람에게 발설하지 않았으리란 보장이 없지. 내가 가양시에 돌아왔다는 사실을 도미애가 알게 되면 모든 게 끝이야.'

누구보다 두려운 건 도미애였다. 그녀는 이진수의 입을 막기 위해서라면 무슨 짓이든 할 사람이었다. 그러니 하나연보다는 이진수가 훨씬 절박했다.

주저하던 하나연이 대답했다.

"그게 옳은 판단인지 잘 모르겠네요."

이진수는 노골적으로 비웃었다. 그가 말했다.

"까놓고 말해서 우리가 언제부터 그렇게 올바른 사람들이었습니까? 저야 뭐 합법과 불법의 경계에서 줄 타는 게 일이라지만. 제가 볼 때는 변호사님도 그다지 청렴하신 분은 아닌 것 같던데요?"

하나연이 지지 않고 되받았다.

"난 불법으로 뭐 해 먹은 적 없어요. 사람을 때리거나 협박한 적도 없고요."

"변호사님이야 원체 법률에 정통하시니까. 나라고 뭐 사람 때리고 욕하는 게 좋은 줄 아세요?"

이진수는 마치 아까부터 하나연이 자신과 같은 입장인 것처럼 말하고 있었다. 그 점이 하나연의 마음에 들지 않았다.

하나연이 물었다.

"뭐가 걱정인지 속 시원히 말이나 해 봐요. 왜 한 사장님이 우리를 배신할 거라 생각하는 거예요?"

이진수가 껄껄 웃으며 대답했다.

"그 인간은 이미 우릴 한 번 배신했어요. 두 번 못 하리란 법 있습니까? 우리가 뭐, 계약서라도 썼어요? 종이 쪼가리 한 장 없는데 한 사장을 어떻게 믿어요? 사기 전과 5범이 하는 약속을 믿으세요?"

"……."

"그러니까 그 땅, 보험 드는 셈 치고 우리가 사 버리자고요. 쉼터 부지가 그냥 넘어가게 두면 절대 안 돼요. 먼저 우리 몫을 받은 다음에 한 사장한테 다시 팝시다."

이진수는 받을 돈만 받으면 가양시를 떠나겠다고 말했다. 하지만 하나연은 희망연대에 남고 싶었다. 한 사장은 쉼터를 얻으면 당장 희망연대 설립에 들인 자금부터 회수하려 들 것이다. 하나연의 생각을 읽었는지, 이진수가 말했다.

"나는 희망연대가 어찌 되든 상관없어요. 변호사님은요?"

"저는 희망연대가 사업을 계속했으면 좋겠어요. 지금까지 이뤄 온 일들이 아깝잖아요."

정의감 때문은 아니었다. 세상이 선과 악으로 양분되어 있다고 생각한 적도, 스스로를 선한 사람이라고 자부한 적도 없다.

하나연이 믿는 세상은 합리와 비합리의 모호한 경계선상이었다. 인간은 누구나 주어진 여건에 따라 그 경계를 넘나들며 살아간다. 그녀 또한 예외일 수 없었다.

하나연의 양심은 희망연대를 완전히 포기하기를 적극적으로 거부하고 있었다. 이것이 더 나은 세상을 위한 합리적인 판단인지, 연민에 휘둘린 비합리에 불과한 것인지, 그녀도 좀처럼 알 수 없었다.

희망연대를 유지하겠다는 하나연의 대답에 이진수가 냉소했다.

"변호사님 생각은 그렇다 쳐도 한 사장은 그럴 생각이 없어요."

고민하던 하나연이 대답했다.

"실장님 말이 맞아요. 아무래도 쉼터 땅을 미끼로 한 사장을 설득해야겠어요. 돈은 언제까지 준비돼요?"

설득이라니, 끝까지 고상한 척하기는. 속으로 그렇게 생각하며 이진수가 말했다.

"지금 당장도 가능하죠. 그런데 모자란 자금은 어떻게 마련 하죠?"

"제가 어떻게든 준비할 수 있어요."

하나연에게도 나름의 계획이 있었다. 진상이 멋대로 쉼터를 매각한다면 그것은 횡령이 된다. 5억 이상을 횡령할 경우 특정 경제범죄가중처벌법에 의해 형량이 늘어나게 된다. 그러므로 진상이 원하는 가격이 얼마가 되건, 5억 이상을 부르지는 않을 거라는 게 하나연의 생각이었다.

진상이 욕심을 부린다면 법을 앞세워 적극적인 설득을 해야 할 것이다. 물론 이진수는 그것이 협박과 다르지 않다 생각하 겠지만.

현재로서는 모든 게 그녀의 희망 사항일 뿐이었다. 지금은 그저 3억 원에 달하는 대출을 받을 생각만으로도 가슴이 내려 앉는 기분이었다.

* * *

가양 시청 인근 한정식집, 수채(水彩)에 항공잠바 차림의 한 사내가 들어섰다. 브레이크타임이었지만 직원들은 사내를 제 지하지 않았다. 모두 그가 어떤 사람인지 알고 있는 눈치였다.

항공잠바의 차림새는 고급 식당과 다소 거리가 멀어 보였다. 다부진 체격에 거무스름한 얼굴은 단단한 나무 조각을 연상케 했다. 짧게 깎은 머리와 부러진 앞니가 눈에 띄는 남자였다.

매니저는 항상 비워 놓는 룸으로 항공잠바 사내를 안내했다.

"여사님 곧 도착하신다니까 조금만 기다리세요."

항공잠바 사내는 말없이 고개를 까딱였다.

그는 문을 마주 보는 자리에 앉아 도미애를 기다렸다. 제멋대로 상석에 앉아 있으면서도 개의치 않는 듯했다. 아마 문을 등지고 앉는 것을 극도로 꺼리는 습관 때문이리라.

별실에서 기다리던 도미애는 감시카메라를 통해 그 모습을 지켜보고 있었다. 잠시 후, 노크 소리와 함께 매니저가 들어왔다. 매니저가 말했다.

"도착했습니다."

손목시계를 살피며, 도미애가 말했다.

"15분 뒤에 내려갈게요."

"식사도 그때 같이 올릴까요?"

"되는대로 차려 주세요."

도미애는 알고 있었다. 어차피 그는 한 숟가락도 뜨지 않을 것이다. 항공잠바 사내는 남이 내온 음식을 먹지 않는다. 자신의 정체를 아는 식당에서는 더더욱.

너무 이르지도 늦지도 않은 시간에 도미애가 룸으로 들어섰다. 항공잠바는 자리에서 일어나 허리를 숙였다. 자리에 앉은 도미애가 먼저 입을 열었다.

"오래간만이네요."

항공잠바가 물었다.

"이번에는 무슨 일로?"

험상궂은 겉모습과 달리 그의 목소리는 높고 여린 미성이었다.

도미애는 두툼한 돈 봉투와 명함 하나를 건넸다. 명함에는 하나연 변호사의 이름과 직함이 적혀 있었다. 뒷면에는 손 글씨로 쓴 주소가 적혀 있었다. 도미애가 말했다.

"요즘 핫한 희망연대, 아시죠?"

항공잠바는 말없이 고개를 끄덕였다. 도미애가 말했다.

"걔네들 컴퓨터 하드디스크가 필요해요."

"가져올까요?"

"가져올 것까진 없고. 알아서 폐기해 주세요. 윗분들이 불안해하시니까. 아예 소각해 버리는 게 제일 확실할 것 같기도 하고."

"알겠습니다."

항공잠바는 별다른 질문도 없이 자리에서 일어났다. 도미애가 덧붙였다.

"조용히 처리해 주세요. 누굴 상하게 해도 안 되고, 특히 하나연 변호사는 절대 건드리지 마세요."

한창 대중의 주목을 받는 하나연을 건드리는 일은 여러모로 부담스러웠다. 행여나 그녀의 신변에 문제가 생긴다면 자연스레 언론이 따라붙을 것이고, 높으신 분들의 말 못 할 고충을 해결해 주던 도미애의 은밀한 비즈니스도 꼬리를 밟히게 될 것이다.

항공잠바는 노련한 청부업자였기에 그 점을 명확히 이해하고 있었다. 그가 말했다.

"유명한 분이던데. 조심하겠습니다."

도미애가 물었다.

"참, 이진수에 대해 뭐 들은 거 없어요?"

"사라졌다고 들었습니다만."

항공잠바의 대답은 무미건조했다. 원체 말이 없는 타입이긴 했지만 속마음을 숨기는 부류는 아니었다. 잠시 항공잠바를 지켜보던 도미애는 소주잔을 들어 입안에 털어 넣었다. 그녀가 말했다.

"그 사람이 돌아왔다네요."

항공잠바의 눈빛이 잠시 흔들렸다. 도미애가 조심스레 덧붙였다.

"나도 들은 얘기예요."

항공잠바가 말했다.

"사람 찾는 건 제 일이 아닙니다."

"알고 있어요. 좌표를 찍어 주는 건 제 일이었죠. 괜한 말에 신경 쓰지 마세요. 아직은 뜬소문일 뿐이니까."

항공잠바는 이해했다는 듯 가볍게 목례했다.

그가 떠난 뒤, 도미애는 혼자 룸에 남아 소주잔을 기울였다. 도미애는 생각했다.

'희망연대의 하드디스크를 없앤다고 해서 증거가 사라질까?'

그럴 리가. 분명히 클라우드 서버에 백업 파일이 존재할 것이다. 혹은 친분 있는 기자들에게 이미 정보가 넘어갔을 수도 있다.

'무리수를 두는 걸 보면 김주미 시장도 어지간히 쫄리는 모

양이야.'

어차피 도미애는 개의치 않았다. 지금은 김주미의 가려운 구석만 긁어 주면 그만이었다. 고객이 하드디스크를 원하니 그 일을 처리할 따름이다.

따지고 보면 김주미 카르텔이 침몰한다 해도 도미애는 크게 잃을 것이 없었다. 곧 그녀를 필요로 하는 또 다른 고객이 나타날 테니까.

이것은 아주 간단한 수요와 공급의 원리였다. 먼 훗날 언젠가 거물이 된 하나연이 자신의 새로운 고객이 된다 해도 도미애는 놀라지 않을 것이다. 이미 그러한 일들을 숱하게 겪어 보았기 때문에.

다음 날 오후. 항공잠바는 도미애가 알려 준 주소지를 찾아갔다. 희망연대 사무실은 테헤란로가 내려다보이는 공유 오피스 건물에 위치해 있었다.

항공잠바는 작업복 조끼 위에 공구 가방을 둘러맨 차림이었다. 그 모습이 흡사 인터넷 설치 기사처럼 보였다. 통신 설비를 점검하러 왔다고 둘러대니 경비원도 그를 제지하지 않았다.

저녁 시간이라 그런지 아직은 근무 중인 사람들이 많았다. 침입자의 입장에서는 오히려 잘된 일이었다. 항공잠바는 사람들 틈에 섞여 엘리베이터에 올랐다. 도미애가 알려 준 층에 내렸다.

공용 사무실 입구는 휴게 공간이었다. 조용한 음악이 흘러나오는 가운데 누구는 쪽잠을 자고, 누군가는 배달 음식을 시켜 먹고 있었다. 개중에는 항공잠바가 아는 얼굴도 있었다.

항공잠바는 얼어붙은 듯 멈춰 서서 남자를 바라보았다. 짜장면을 먹고 있던 남자 또한 당황한 얼굴로 항공잠바를 올려다보았다.

이진수였다. 잠시 멍하니 항공잠바를 바라보던 이진수가 말했다.

"어쩐지 낯이 익더라니."

항공잠바도 물론 그를 알고 있었다. 항공잠바가 물었다.

"떠났다더니?"

"돌아왔죠. 여기저기 다녀봤는데, 갈 데가 없더라고요."

항공잠바는 이해한다는 듯 고개를 까딱거렸다. 그러고는 손가락으로 자신의 부러진 앞니를 톡톡 두드려 보였다. 항공잠바가 말했다.

"밥 먹을 때마다 당신 생각이 나더군."

화답이라도 하듯, 이진수도 셔츠를 걷어 올리며 옆구리에 남은 칼자국을 보여 주었다. 오래전 서로가 서로에게 남긴 흔적이었다.

"여기 변호사 밑에서 일하나?"

항공잠바의 질문에 이진수가 대답했다.

"네. 운전기사로요."

"내가 오는 줄은 어떻게 알았지?"

"몰랐어요. 퇴근길에 변호사님 모셔다 드리려고 저녁 먹는 중인데요."

항공잠바는 한동안 이진수를 뚫어지게 바라보았다. 마침내 그가 다시 입을 열었다.

"피차 못 본 걸로 하지."

이진수가 고개를 저으며 말했다.

"내 입장도 있는데. 그건 어렵죠."

"이봐. 하드디스크 하나면 돼. 여사님 성격 알잖아."

이진수는 들고 있던 짜장면 그릇을 테이블에 던지듯 내려놓았다. 이진수가 짜증스레 쏘아붙였다.

"어차피 도미애한테 다 꼰지를 거잖아요? 존대하면서 대접 좀 해 주니까 내가 졸로 보여요?"

항공잠바가 이죽거렸다.

"차라리 돌아오질 말지 그랬냐? 조용히 잊힐 수도 있었을 텐데."

이진수는 얼른 떠나라는 듯 고갯짓으로 엘리베이터를 가리키며 말했다.

"밥때 됐는데 힘 빼지 말고 꺼지시죠."

항공잠바는 아까부터 이진수의 오른손이 파카 주머니에 들어가 있다는 사실을 인지하고 있었다. 주머니는 깊고 입구가 넓었다. 그 안에 무엇이 들어 있을지 가늠하기 어려웠다. 반면 자신의 손에 들린 것은 문을 따기 위한 공구 상자뿐이었다.

이진수가 껄끄러운 상대라는 건 항공잠바 자신이 누구보다 잘 알고 있었다. 5년 전 도미애의 지시로 이미 한 번 그를 제거하려 했으니까.

313

지금으로서는 선택의 여지가 없었다. 항공잠바가 천천히 물러나며 말했다.

"늦기 전에 알아서 사라져라. 하루 준다."

이진수는 생각했다.

'젠장, 나도 그러고 싶네. 지금 당장 택시라도 잡아타고 영영 떠나 버리고 싶다고. 하지만 아직 한 사장한테 정산을 못 받았는걸.'

속으로는 죽을 맛이었지만 티를 내서는 안 될 일이었다. 식은땀에 겨드랑이가 축축하게 젖어 오기 시작했다. 이진수가 말했다.

"도미애한테 전해요. 나 여기 싸우러 온 거 아니라고. 일주일만 시간을 달라고요. 준비되면 얌전히 떠나 줄 테니까."

이진수의 말에 항공잠바는 냉소했다. 아마도 짐승 같은 본능으로 이진수의 나약함을 꿰뚫어 보았으리라. 5년 사이에 그도, 이진수도 많이 늙었다.

이진수는 아무래도 상관없다는 듯 어깨를 으쓱 들어 보이며 덧붙였다.

"어차피 난 더 잃을 것도 없어요."

항공잠바는 아무 소득 없이 자신의 낡은 소나타로 돌아왔다. 운전석에 앉아 곧바로 도미애에게 문자 메시지를 보냈다.

이진수를 찾았습니다. 희망연대 밑에서 일하고 있는데, 일주일 안에 떠난답니다.

잠시 후 도미애로부터 문자 메시지가 도착했다.

사람을 붙일 테니 작업 준비해 주세요.

15

진상이 하나연의 사무실로 찾아왔다. 에스코트는 늘 그렇듯
이진수의 몫이었다. 이진수가 남몰래 현금 다발이 든 쇼핑백을
하나연에게 건넸다. 이진수가 귓속말했다.

"미행은 없었습니다."

"고생하셨어요."

"나머지 돈은 준비하셨죠?"

"그럼요."

하나연의 대답에 이진수는 한시름 놓은 표정이었다. 오늘따
라 이진수는 뭔가 쫓기는 사람 같았다. 하나연도 눈치채긴 했
지만 큰 거래를 앞두고 긴장한 탓이려니 생각하고 달리 묻지
않았다.

하나연을 놀라게 한 사람은 오히려 진상이었다. 진상은 전에
없이 초췌한 몰골이었다. 눈가와 두 뺨은 해골처럼 우묵하게
내려앉았다. 며칠간 깎지 않은 희끗희끗한 턱수염이 깡마른 턱

선을 수북하게 덮고 있었다. 그의 몸에서는 몹시도 쿰쿰한 땀 냄새가 났다.

하나연은 불안한 듯 눈을 굴리는 진상을 사무실로 안내했다.

"잠시만 앉아 계세요."

"예, 변호사님."

진상은 하나연을 향해 연신 머리를 조아렸다. 이진수는 굽신 거리는 진상의 뒷모습을 바라보았다. 진상의 때 묻은 셔츠 목 깃은 누렇게 변색되어 있었다.

하나연은 미리 써 둔 계약서와 준비한 현금 가방을 가져와 진상과 마주 앉았다. 하나연이 먼저 법인인감증명서 등을 꼼꼼 히 확인했다.

이윽고 진상이 하나연에게서 계약서를 넘겨받았다. 내용을 대강 훑어본 진상이 냉큼 도장을 찍었다. 이제 쉼터는 합법적 으로 하나연의 소유가 되었다.

하나연이 현금 가방을 건네며 말했다.

"4억 9900만 원이에요."

"감사합니다."

"확인해 보셔도 돼요."

"맞겠죠, 뭐."

돈 가방을 받아 든 진상이 황급히 자리에서 일어났다. 이진 수가 사무실 문밖에서 그를 기다리고 있었다. 짧게 깎은 머리 와 거대한 체격이 자못 위압적이었다. 돈 가방을 움켜쥔 진상 의 손아귀에 힘이 들어갔다.

잔뜩 긴장한 진상을 내려다보며 이진수가 말했다.

"모셔다 드릴까요?"

진상은 화들짝 놀라며 손사래를 쳤다. 도박에서는 돈을 따는 것 이상으로 중요한 게 있다. 그건 바로 딴 돈을 하우스 밖으로 안전하게 가지고 나오는 일이다.

진상은 이진수의 정체를 알고 있었다. 또한 하나연과의 거래가 자신의 인생을 건 한 판의 도박이라는 사실도 잘 알고 있었다.

진상이 우물쭈물 대답했다.

"괜찮습니다. 급한 일이 있어서 먼저 가 보겠습니다."

이진수는 비스듬히 물러서며 길을 열어 주었다. 진상이 허리를 숙이며 잰걸음으로 사무실을 빠져나갔다. 그의 뒷모습을 바라보며 이진수가 혀를 찼다.

"저렇게 얼렁뚱땅인 사람은 처음 봤어요."

하나연은 아무래도 상관없다는 듯 어깨를 으쓱 들어 보였다. 하나연이 말했다.

"자기 딴에는 마음이 급했겠죠. 저 양반, 어디 가서 크게 도둑질할 깜냥도 못 돼요."

"그나저나 짧은 시간에 그 돈은 어떻게 만드셨어요?"

"값나가는 물건은 중고나라랑 당근마켓에 죄 내다 팔았죠. 신용 대출도 풀로 땡겼고요."

하나연의 말에 이진수가 이죽거렸다.

"이제는 휴일에도 전투복 입고 출근하시겠네요."

"그러게요. 본의 아니게 겉과 속이 같은 사람이 됐어요. 그나 저나 한 사장이 우리 뜻대로 움직여 줄까요?"

"되게 해야죠. 변호사님이나 저나 본전 뽑으려면 앞으로 바 쁘겠군요."

하나연은 한동안 문가에 서서 사무실을 떠나는 이진수를 바 라보았다.

새삼 가슴이 답답하고 두근거렸다. 저렇게 잡스러운 인간과 마침내 동업자가 되었다는 사실이 하나연은 못내 불쾌하고 껄 끄러웠다.

* * *

진상은 고영희와 함께 정선으로 향했다. 두 사람 모두 입을 꾹 다문 채였다. 라디오도, 음악도 없었다. 기분 나쁜 노면 진 동과 풍절음만이 불길하게 귓전을 맴돌았다.

뒷좌석에는 현금 4억 9000만 원이 든 돈 가방이 실려 있었 다. 두 손으로 운전대를 감아쥔 진상의 모습은 어딘지 불안해 보였다. 핏발 선 그의 두 눈을 바라보며, 고영희가 조심스레 물 었다.

"어디로 가는 거예요?"

진상이 대답했다.

"강원랜드."

"우리 공항 가는 거 아니었어요?"

"나중에. 그 전에 먼저 해야 할 일이 있어."

고영희는 조수석 깊숙이 몸을 묻으며 고개를 돌렸다.

차창 밖으로 강원도의 웅장한 산세가 펼쳐졌다. 그야말로 첩첩산중이었다. 평소라면 여행을 떠나는 기분에 들떴겠지만, 오늘은 모든 게 두렵기만 했다.

아이는 고영희의 품에 안겨 잠들어 있었다. 고영희는 잘 자는 아이를 괜스레 다독여 얼렀다. 겁이 났다. 무슨 이유에서인지 낯선 동네로는 가고 싶지 않았다.

뒷좌석의 돈 가방과 조수석의 젊은 여자, 품에 안은 아이. 진상에게는 이 모든 게 그저 전리품에 불과할지도 모른다. 혹은 버거운 짐이려나?

망설이던 고영희가 말했다.

"우리 그냥 돌아가면 안 돼요?"

진상이 냉소하며 되물었다.

"어디로?"

고영희는 아무 대답도 할 수 없었다. 난데없이 심장이 쿵쾅거렸다. 불길한 예감이 슬그머니 고개를 쳐들었다. 그도 그럴 것이, 진상의 동선은 고영희의 계획으로부터 한참이나 벗어나 있었기 때문이다.

원래는 인천공항에서 돈 가방을 가로챌 생각이었다. 구체적인 방법까지 깊게 생각한 것은 아니었다. 그저 지금까지 잘해왔으니 앞으로도 행운이 따르리라 믿었을 따름이다.

그녀가 알아본 바에 의하면, 비행기를 타기 위해서는 출발

세 시간 전에 미리 공항에 도착해야 했다. 세 시간을 기다리는 동안 진상도 한 번은 화장실을 갈 테니 그 틈에 돈을 가지고 도망치면 된다는 게 그녀의 계획이었다.

고영희가 물었다.

"그냥 지금 비행기 타러 가면 안 돼요? 돈은 필리핀에서 환전해도 되잖아요."

여태껏 한 번도 비행기를 타 본 적이 없는 고영희는 순진하게도 현금 다발을 들고 공항 검색대를 통과할 수 있으리라 믿고 있었다. 진상이 고개를 가로저으며 대답했다.

"우린 필리핀 안 갈 거야."

당황한 고영희가 진상을 바라보았다.

진상은 팔을 뻗어 고영희의 손등 위에 손을 포갰다. 그가 말했다.

"영희야. 나는 횡령죄로 감옥에 갈 거야."

고영희는 어리둥절한 표정으로 진상의 얼굴을 멍하니 바라보았다. 처음 듣는 이야기였다. 그가 이렇게 순순히 자신의 죄를 인정하리라고는 생각지도 못했다. 고영희가 다시 물었다.

"그럼 우리 돈은요? 선생님이 교도소에 가면 돈도 다 뺏기는 거 아니에요?"

"카지노에서 탕진했다고 하면 돼. 내가 감옥에서 2~3년 몸으로 때우고 나오면 그 돈은 깨끗이 세탁되는 거야."

"지금 선생님 혼자서 모든 죄를 뒤집어쓰겠다는 거예요?"

진상이 킥킥 웃으며 대답했다.

"뭐, 내가 법인 재산을 멋대로 처분한 건 사실이잖아. 남은 인생을 도망치며 살긴 싫어. 차라리 죗값 받고 털어 버리는 게 낫지. 동남아에 가 봐야 연고도 없잖아? 애 키우기엔 한국이 더 좋아."

말을 마친 진상은 고영희를 마주 바라보았다. 붉게 충혈된 그의 두 눈 가득 맑고 투명한 눈물이 고여 있었다. 미소 짓는 뺨을 타고 한 줄기 뜨거운 눈물이 흘러내렸다. 그리고 마침내 고영희는 자신을 향한 진상의 마음이 진심임을 깨닫게 되었다. 고영희는 생각했다.

'미친놈이 혼자서 무슨 망상을 하는 거야?'

어쨌거나 잘된 일이었다. 자기도 모르게 웃음이 나오는 탓에 고영희는 황급히 고개를 돌렸다. 두 손으로 얼굴을 감싼 채 씰룩씰룩 웃는 모습이 옆에서는 마치 흐느끼는 듯 보였다. 고영희의 반응에 진상 역시 적잖이 감동한 눈치였다.

진상은 끝내 참아 왔던 울음을 터뜨렸다. 연인을 위해 희생을 각오한 자신의 모습에 도취된 탓에 도무지 눈물이 멈추질 않았다.

"영희야. 내가 없는 동안 이 돈을 잘 보관해 줘. 옥바라지 필요 없다. 가끔 면회 와서 영치금이나 넣어 줘라."

"선생님……."

"출소하면 너한테 정말 잘할게. 널 행복한 여자로 만들어 줄게."

고영희는 아무 말도 하지 않았다. 섣불리 입을 열었다가 난

생처음 찾아온 천금 같은 기회가 달아나 버릴 것만 같아 두려
웠다.

한편으로 고영희는 진상의 선택을 이해할 수도 있을 것 같
았다. 몇 년만 몸으로 때우면 5억을 버는 셈이니, 이 얼마나 수
지맞는 장사인가? 변변한 경력도 없는 저런 인간이 어디 가서
그런 목돈을 모으겠는가? 노가다를 뛰더라도 십수 년은 굴러
야 할 텐데.

고영희는 진상의 늙고 주름진 손에 단단히 깍지를 끼고 고
개를 끄덕였다. 그녀의 눈에도 어느새 물기가 어려 있었다. 고
영희가 말했다.

"……기다릴게요."

두 사람은 약 일주일간 카지노에 머물렀다. 다양한 경로를
통해 4억 9000만 원의 현금을 칩으로 바꾸었고, 그걸 다시 현
금으로 바꾸어 김장용 비닐에 나눠 담았다. 돈 가방은 어느새
자그마한 손가방 다섯 개로 나뉘어 있었다.

진상은 손가방들을 고영희의 여행용 캐리어에 담았다. 그러
고는 주소가 적힌 메모장을 품에서 꺼내 고영희에게 건넸다.
진상이 말했다.

"서산으로 가. 거기에 내 본가가 있어. 손가방 하나는 밭에
묻고, 다른 하나는 비닐하우스 안쪽 고추 건조기에 숨겨 둬."

"어머님이 고추 말릴 때 돈다발이 타 버리면 어쩌죠?"

"고추 농사 빡쎄. 울 엄마 나이가 팔순이라 이제 농사 못 지어."

"알았어요. 나머지 가방은요?"

"하우스 뒤편 야산에 개 키우는 농막이 있어. 그 근처에 적당히 묻어 둬."

이로써 진상이 할 수 있는 모든 준비는 끝났다. 이제 경찰서를 찾아가 자수하는 일만 남았다. 횡령한 돈은 도박으로 탕진했노라 진술할 것이다. 법의 심판을 받고 나면 홀가분하게 다시 시작할 수 있다.

더는 구차한 변명도, 자기 합리화를 위해 급하게 지어낸 논리도 필요 없다. 진정한 평화는 자신의 행동에 책임을 진 뒤에야 찾아온다는 개똥철학을 가슴에 새겼다. 요란했던 날들을 지나, 마침내 진상은 한평생 느껴 보지 못했던 자유를 깨닫게 된 것이다.

'더는 나 자신을 속이지 않겠어. 잘못을 저질러 놓고 잘못이 아니었다고 우기는 짓 따위 그만둘 거야. 앞으로는 잘못을 저지르면 후딱 사과하고 치워 버려야지.'

출소 뒤에는 아무래도 목사가 되는 게 좋겠다고 생각했다. 하나님 앞에 회개하면 몸도 마음도 깨끗해질 것 같은 기분이 들었다. 진상은 아픔을 통해 훌쩍 성장한 스스로가 자랑스러웠다.

마지막으로 고영희에게 당부했다. 자신은 초범이라 실형이 나와도 길어야 3년일 테니, 그동안만 꾹 참고 견뎌 달라고. 출소하면 고향 집에 묻어 둔 돈으로 다시 시작하자고.

고영희는 서울행 버스를 타는 진상을 눈물로 배웅했다. 버스가 시야를 벗어날 때까지 터미널에 서서 손을 흔들었다. 그가 떠난 뒤에는 서산행 버스표를 찢어 쓰레기통에 버렸다.

한 시간 뒤. 고영희도 서울행 버스에 올랐다. 품에는 칭얼대는 아이를 안고, 가방에는 5억여 원의 현금을 가득 실은 채.

* * *

진상을 내쫓고 약 보름여의 시간이 흘렀다.

그동안 오유라는 두문불출하며 법인 장부를 정리하고 의혹 해명을 위한 자료를 만들었다. 재기를 위해 반격을 준비하는 것이 아니었다. 그보다는 차라리 피해를 최소화하기 위한 퇴각 작전에 가까웠다.

아마 오유라가 다시 시민단체나 정치권에 발을 들이기는 어려울 것이다. 김주미 카르텔의 온실 밖에서 새 삶을 시작하려면 제법 두둑한 자금이 필요할 터였다. 밥집을 하든, 술집을 열든 돈이 필요했다. 아이들이 다 큰 게 그나마 다행이었다.

첫째 아들의 군 복무가 못내 마음에 걸렸다. 이번 사건만 아니었다면 알음알음 면제를 받거나 공익으로 빠지는 건데. 없는 집 자식처럼 현역병으로 입대시킬 생각을 하니 어미 된 심정으로 피눈물이 흘렀다.

"엄마가 못난 탓에 멀쩡한 내 아들만 고생하는구나. 세상에 내 아들이 무슨 죄가 있다고. 어떻게 키운 우리 아들인데……."

상심에 빠져 한동안 흐느끼던 오유라는 마침내 마음을 굳혔다.

이민을 가야겠어. 모든 재산을 정리하고 이 망할 놈의 나라를 떠나리라. 가짜 뉴스와 정치적 음해 공작이 난무하는 잔인한 세상에서 커 갈 아이들을 생각하면 숨이 막혔다. 오유라는 아들이 있는 미국으로 건너가 훗날을 도모하리라 다짐했다.

마음을 굳힌 오유라는 한 사장과 접촉해 쉼터를 매각하겠다고 말했다. 시간이 별로 없었다. 시세에 못 미치는 헐값에 급하게 처분해야 했다.

한 사장은 크게 기뻐하며 직접 사랑의 집 사무실을 찾아왔다. 한 사장이 이죽거리며 인사말을 건넸다.

"그동안 고생 많으셨습니다. 상황이 좀 민망하게 됐습니다만, 각자의 입장이 달랐을 뿐이니 이해해 주실 거라 믿습니다."

"그러시겠죠. 어쨌거나 일은 일이니까요."

오유라는 능글맞은 한 사장이 죽이고 싶을 만큼 미웠다. 안주머니에 총이 있었다면 단박에 얼굴을 쏴 버렸을 것이다.

오유라는 미리 준비한 계약서를 내밀었다. 오유라가 말했다.

"쉼터 부지와 건물 일체 8억에 넘길게요. 가격에는 동의하시죠?"

한 사장이 껄껄 웃으며 대답했다.

"마음에 드네요. 좋습니다."

"입금은 언제 가능한가요? 주말이라 여의치 않으시겠지만……."

"절반은 오늘, 나머지 절반은 차주 월요일에 드리죠. 계산은 전액 현금으로 하겠습니다만. 날인 전에 등기부는 떼어 봐야 하지 않겠어요?"

한 사장이 손짓으로 고광택을 불렀다. 고광택이 메고 있던 배낭을 테이블에 올려놓았다. 배낭에는 5만 원권 지폐 다발이 가득 들어 있었다.

다소 주눅이 든 말투로, 오유라가 말했다.

"금액이 맞는지 한번 확인해 볼게요. 등본은 그쪽에서 좀 봐 주실래요?"

"그럽시다. 천천히 하시죠."

오유라는 고광택이 지켜보는 와중에 돈을 세기 시작했다. 형광등 불빛에 낱장을 일일이 비춰 보며 위폐가 아닌지 확인했다. 수억 원에 달하는 돈다발을 이런 식으로 다 세려면 한나절도 부족할 것 같았다.

고광택이 헛기침을 하며 눈치를 줬다. 오유라의 이마에 땀방울이 맺히고 겨드랑이가 축축하게 젖어 들기 시작했다. 그녀는 내심 극심한 압박감을 느끼고 있었다.

거기에는 몇 가지 이유가 있었다. 우선은 부동산 매입대금 수억 원을 현금으로 박아 버리는 한 사장의 배포에 적잖이 놀랐고, 새삼 그가 조직폭력배 출신이라는 사실이 떠올랐기 때문이었다. 고광택의 셔츠 밑에서는 위압적인 용 문신이 꿈틀거리고 있었다.

오유라가 돈을 확인하는 동안 한 사장은 인터넷으로 등기부 등본을 조회해 보았다. 한 사장은 미간을 잔뜩 찌푸린 채 한동안 모니터를 들여다보았다. 별안간 안경을 벗고 손 두덩으로 눈꺼풀을 문질러 댔다. 한 사장이 중얼거렸다.

"눈이 침침해서 그런가, 헛것이 다 보이네."

곁눈질로 보던 오유라가 말했다.

"왜요? 뭐가 잘 안 되세요?"

"등기부에 소유자가…… 하나연으로 되어 있네?"

한 사장의 말에 오유라는 저도 모르게 코웃음을 쳤다. 오유라는 모니터를 바라보며 눈을 끔뻑이는 한 사장을 한심하다는 눈으로 쳐다보았다.

한 사장이 싸늘하게 가라앉은 목소리로 말했다.

"오 대표. 지금 나랑 장난하자는 거예요?"

"아니, 갑자기 무슨 소리예요? 사람 황당하게……."

"좋게 대하니까 내가 점잖은 사람으로 보입디까? 진짜 장난질이 뭔지 내가 한번 보여 드려?"

씩씩대며 다가온 한 사장이 오유라의 덜미를 낚아챘다. 겁에 질린 오유라를 데려다가 모니터 앞에 앉혔다. 한 사장이 외쳤다.

"보쇼. 당신 나 몰래 하 변호사한테 땅 팔았어요?"

오유라는 넋이 나갈 지경이었다. 모니터상의 등기부등본은 진짜였다. 쉼터 부지와 건물은 하나연 명의로 되어 있었다. 갑구의 소유권 변경 일자를 살펴보니 매매는 불과 보름 전에 이루어졌다.

오유라는 감전된 사람처럼 펄쩍 뛰어올랐다. 진상이다. 진상의 짓이 틀림없었다. 법인인감을 훔쳐다가 기어이 사고를 친 것이다.

당황한 건 한 사장도 마찬가지였다. 하나연이 고분고분한 인간은 절대 아니라는 걸 알고 있었지만 설마 뒤로 딴마음을 먹었을 줄이야.

한 사장은 재빨리 이진수에게 전화를 걸었다. 지난 반년간 하나연의 비서 겸 운전기사 노릇을 해 왔으니 지금도 분명 함께 있으리라 생각한 것이다.

몇 차례 신호음이 지나고 이진수가 전화를 받았다.

"네, 사장님."

한 사장이 다급히 말했다.

"이 실장! 지금 어딘가?"

"사무실 근처에 있는데요. 바람 좀 쐴 겸 나왔어요."

"바람 다 쐬었으면 얼른 올라가서 하 변호사 잡아 와."

이진수가 태연스레 물었다.

"변호사님을요? 왜요?"

"쉼터 부지를 나 몰래 지가 날름 먹어 버렸어. 그 여자한테 뒷빵 제대로 맞았다고! 당장 붙잡아서 폐차장으로 끌고 와."

길길이 날뛰는 한 사장과 달리 이진수는 차분했다. 느긋한 말투로, 이진수가 말했다.

"싫은데요."

"뭐?"

"오유라를 끌어내릴 때까지 사장님 보좌하고 변호사님 지키는 게 제 일이잖아요. 땅 소유권이 누구한테 가든 그게 저랑 무슨 상관입니까? 어차피 사장님이나 변호사님이나 우리 편인데."

답답해진 한 사장이 버럭 소리를 질렀다.

"하나연이가 왜 네 편이야? 넌 내 편이지, 인마. 전에 나랑 약속했잖아?"

이진수가 시큰둥하게 대답했다.

"약속을 하긴 했는데요. 전 아직 제가 받기로 한 돈, 땡전 한 푼 받은 게 없거든요?"

한 사장은 노여움에 찬 비명을 지르며 테이블을 걷어찼다. 노기를 띤 한 사장의 주름진 얼굴은 어느새 투견판의 도사견처럼 험상궂게 변해 있었다. 한 사장이 고광택에게 소리쳤다.

"애들 싹 다 불러 모아. 지금 당장 하 변호사 사무실로 간다."

"네, 사장님."

"너희들은 와서 현금 챙겨."

한 사장의 질책에 건달 몇이 달라붙어 분주히 돈다발을 챙겼다. 오유라가 한 장 한 장 세어 가며 가지런히 정리해 둔 5만 원권 뭉치가 다시금 가방으로 쓸려 들어갔다.

눈치 빠른 오유라는 상황이 어떻게 돌아가는 건지 금방 감을 잡았다. 경험과 직관이 빛을 발하면서 별안간 기가 막힌 아이디어가 떠올랐다.

오유라는 난장판이 된 사무실에 엉덩이를 깔고 앉았다. 머릿속으로 드라마 속 슬픈 장면들을 상상하자 이내 눈물이 흘러나왔다. 호흡이 올라올 때쯤 그녀의 목소리도 비탄에 잠긴 듯 들리기 시작했다.

준비를 마친 오유라가 어디론가 분주히 전화를 걸었다. 잠시 후 익숙한 목소리가 전화를 받았다.

"《가양일보》박형민입니다."

오유라가 흐느끼며 말했다.

"박 기자님! 우리 남편이 범인이었어요. 그동안 사랑의 집 비리라고 방송 탔던 거, 지금 보니까 전부 그이가 뒤에서 꾸민 일이었지 뭐예요?"

박 기자가 되물었다.

"뭐라고요? 다시 한번 말씀해 주시겠어요?"

"우리 남편 말이에요. 그 인간이 사랑의 집 땅을 홀랑 팔아먹고 날랐다니까요? 그동안 횡령하고 후원금 빼돌린 것도 전부 그 인간 짓이었다고요!"

16

자정을 훌쩍 넘긴 시각.

한 사장의 제네시스를 뒤따라온 카니발 한 대가 하나연의 공유 오피스 건물 앞에 도착했다. 카니발의 문이 열리자 트레이닝복 차림의 건장한 청년들이 쏟아져 나왔다. 고광택을 비롯한, 한 사장이 부리는 가양시의 양아치들이었다.

한 사장이 고광택에게 지시를 내렸다.

"정문이랑 후문 하나씩 지키고, 너희 둘은 주차장 입구에서 기다려. 광택이는 애들 데리고 사무실로 올라가고. 하 변호사 찾으면 지하 주차장으로 끌고 와."

고광택이 물었다.

"이 실장은 어떻게 할까요?"

"그 쥐새끼가 설마 그 여자 편을 들겠니? 덤비면 제껴 버려."

건달들은 한 사장의 지시에 따라 일사불란하게 움직였다. 문득 잊은 게 있다는 듯, 한 사장이 고광택을 불러 세웠다. 고광택이 다가오자 한 사장이 목소리를 낮추며 말했다.

"혹시 모르니까 조심해. 이 실장 걔, 보통 사람은 아니다."

당부를 마친 한 사장이 고광택의 목덜미를 토닥거렸다. 황소처럼 두껍고 우람한 고광택의 덩치가 오늘따라 듬직했다. 건물 앞에 도열한 패거리를 향해 한 사장이 말했다.

"가자."

주말 새벽이라 건물은 텅 비어 있었다. 갑자기 건장한 체격의 청년들이 들어서자 당황한 야간 경비원이 자리에서 일어났다. 경비원이 물었다.

"무슨 일로 오셨습니까?"

한 사장이 대답했다.

"거래처 회의하러 왔습니다."

손목시계를 살피며 의심스러운 눈으로 쳐다보는 경비원을 향해 한 사장이 미소를 지어 보였다. 한 사장이 말했다.

"스포츠용품 업체 스폰 때문에요. 이쪽은 우리 선수부 애들이니까 오해하지 마시고요."

"방문증 작성하셔야 하는데요."

한 사장은 경비원에게 고개를 끄덕여 보였다. 곧이어 고광택에게 손짓을 하며 말했다.

"자네들 먼저 올라가. 여기는 내가 알아서 할 테니."

건달들은 한 사장을 향해 허리를 굽히고는 엘리베이터에 올랐다. 경비원이 조심스레 물었다.

"무슨 종목 선수들이에요?"

한 사장은 곁눈질로 층별 안내도를 훑어보았다. 언뜻 골프용품 수입업체가 눈에 띄었다.

"골프 선수. KPGA 아시죠?"

"이야. 골프 치시는 분들이라 그런지 다들 허리가 무슨 통나무 같네요. 옛날에 박세리 한창 유명했을 때는 저도 골프 좀 쳤는데요."

"아, 그 시절에는 굉장했죠."

한 사장은 경비원과 능청스레 대화를 나누며 시간을 끌었다. 얼마나 지났을까? 예상보다 너무 많은 시간이 지체되었다. 한 사장은 자못 초조한 듯 손목시계를 흘끔거렸다.

'여자 하나 끌고 오는 데 뭐가 이렇게 오래 걸려?'

개운치 못한 예감이 들었다. 뭔가가 잘못되었다는 생각이 들 무렵, 마침내 엘리베이터가 1층을 향해 내려오기 시작했다.

* * *

한 사장 패거리가 들이닥치던 시각.

하나연은 사무실에 홀로 남아 있었다. 그녀는 휴게실 소파에 걸터앉아 초조한 듯 엘리베이터를 바라보았다. 1층에서 엘리베이터가 올라오는 것을 보며 하나연은 크게 심호흡을 했다.

엘리베이터 문이 열리고 낯선 사내들이 내렸다. 하나연은 무릎에 가지런히 놓인 두 주먹을 움켜쥐었다. 각오도, 준비도 이미 마쳤다. 남은 일은 그저 담대하게 기다리는 것뿐.

다섯 명의 건달들이 복도에 좌우로 늘어섰다. 가장 마지막에 내린 사람은 고광택이었다. 품이 넉넉한 셔츠 소매를 팔뚝까지 걷어붙인 채였다. 위압적인 용 문신이 전완근의 굴곡을 따라 징그럽게 꿈틀거렸다. 그가 주먹을 움켜쥘 때마다 마디가 불거진 손아귀에서 우두둑 소리가 났다.

고광택이 하나연에게 목례를 하며 공손하게 인사를 건넸다.

"변호사님 안녕하십니까. 간만에 뵙네요."

하나연은 말없이 고개를 끄덕였다. 예상은 했지만 막상 깡패들을 대면하니 겁이 나서 아무 말도 나오지 않았다.

고광택이 다시 한번 정중하게 말했다.

"모시러 왔습니다. 사장님이 밑에서 기다리세요."

하나연이 손목시계를 내려다보며 대답했다.

"너무 늦었는데. 다음에 얘기하면 안 될까?"

"사장님이 오늘 꼭 만나자고 하셔서요. 저희랑 가시죠."

고광택이 하나연을 향해 손을 내밀었다. 예의를 차리면서도 위압적인 태도였다. 거절했다가는 손목을 붙잡힌 채 끌려 나가게 되리라는 것을 하나연도 알고 있었다.

하나연이 고광택을 도발하며 코웃음을 쳤다.

"여자 하나 잡자고 떼로 몰려왔니? 덩칫값 좀 해라."

"자꾸 반말하지 마시고요. 시간 끌지 말고 얼른 갑시다. 벌써 새벽 1시예요."

고광택은 얕은 수작에 말려들지 않겠다는 듯, 짜증이 섞인 목소리로 대꾸했다. 그러고는 다짜고짜 하나연의 목덜미를 붙잡아 일으켜 세우려 했다.

그때였다. 낮은 비명과 함께 사무실 입구를 지키던 똘마니 하나가 나자빠졌다. 건달들이 일제히 몸을 돌려 소리의 진원지를 바라보았다.

"뭐야!"

고함과 동시에 또 한 놈이 이마가 깨진 채 나가떨어졌다. 무슨 일이 벌어졌는지 알아차렸을 때는 이미 늦었다. 이진수가 그들을 향해 매서운 기세로 야구 방망이를 휘두르고 있었다.

이진수에게는 복잡한 셈법 따위가 필요 없었다. 기습에는 오로지 두 가지의 원칙만이 존재하기 때문이다. 상대가 예상치 못한 타이밍에, 최대한 무자비하게. 그가 기습을 선호하는 이유도 바로 그 단순함의 미학 때문이었다.

고광택과 건달들은 바짝 얼어 있었다. 한 놈은 두 손으로 머리를 감싼 채 몸을 웅크렸고, 나머지는 불안한 듯 어깨를 맞댄 채 한 발짝 물러섰다.

자고로 위기는 그 사람이 어떤 부류인지를 보여 주는 법. 자신만만하게 쳐들어온 것치곤 별 볼 일 없는 놈들 같았다.

'생각해 보면 한 사장이 자랑하던 인맥이란 것도 고작해야 돈으로 매수한 시청 직원 나부랭이였잖아?'

이진수는 새삼 한 사장이 우스웠다. 겉으로는 전국구 조폭 오야붕이라도 되는 양 으스대지만, 밑에 두고 부리는 애들을 보면 어느 수준인지 짐작이 갔다.

더욱 기세가 오른 이진수는 좌우로 방망이를 휘두르며 거침

없이 전진했다.

다급해진 고광택이 소리쳤다.

"잡아!"

머뭇거리던 건달들이 몸을 낮추며 이진수에게 달려들었다. 이진수는 왼손 주먹으로 가장 가까이 있던 놈의 턱을 쳐올렸다. 휘청거리는 녀석을 밀치며 공간을 만들었다. 동시에 방망이를 낮게 휘둘러 놈의 왼쪽 무릎을 후려갈겼다.

'으악!' 하는 비명과 함께 놈이 고꾸라졌다.

빡빡머리 건달 하나가 이진수의 정수리를 향해 각목을 내려쳤다. 이진수는 물러서지 않았다. 오히려 놈의 정면을 향해 온몸으로 뛰어들었다.

빡빡이의 명치를 왼쪽 어깨로 들이받았다. 그와 동시에 녀석의 두 다리를 싸잡아 뽑아 올렸다. 반원을 그리며 허공으로 날아가던 빡빡이의 머리가 사무실 카펫에 내리꽂혔다.

기회를 노리던 거구의 똘마니 한 놈이 순식간에 달려들어 이진수의 방망이를 움켜잡았다. 자신보다 힘센 놈과 드잡이하며 시간 끌 생각이 없었다.

이진수는 야구 방망이를 내던지고 거구의 가슴팍을 힘껏 걸어찼다. 꿈쩍도 하지 않았다. 마치 벽을 걸어차는 기분이었다.

고광택이 자동차 보닛 같은 거구의 등짝을 손바닥으로 두드렸다.

"들어가!"

거구의 똘마니는 어린애 머리통만 한 주먹을 휘두르며 달려

들었다. 놈의 오른손 주먹이 이진수의 이마를 강타했다. 순간 눈앞에 하얀 섬광이 번쩍거렸다.

이진수는 재빨리 팔꿈치를 앞세우고 턱을 숨겼다. 가드 위로 눈먼 주먹이 날아들었다. 팔꿈치는 인체에서 가장 단단한 부위 중 하나다. 아무렇게나 주먹을 휘두르다가는 자기 손을 다치기 십상이었다.

퉁퉁 부어오른 듯한 놈의 두 주먹을 바라보며, 이진수는 생각했다.

'딱 동네 양아치 수준이네. 어설프게 달려들다가 벌써 중수골(中手骨)이 부러진 모양이지?'

아니다. 가만히 생각해 보니 놈의 주먹은 원래부터 저렇게 거대했다. 또 한 번 눈앞에서 별이 번쩍거렸다. 이진수는 생각을 고쳐먹었다. 이대로 몇 대 더 얻어맞았다가는 팔이 부러질 것만 같았다.

이진수는 양손으로 놈의 옷깃을 그러잡았다. 그와 동시에 쇠를 덧댄 워커 끝으로 녀석의 정강이를 걷어찼다. 일격을 당한 거구의 똘마니가 펄쩍 뛰어올랐다.

이진수는 왼손으로 놈의 멱살을 틀어잡은 채, 오른쪽 팔꿈치를 깎아내리듯 휘둘렀다. 둔중한 타격음과 함께 놈의 콧대가 주저앉았다. 동시에 놈의 하단전(下丹田)에 무릎을 쑤셔 박은 이진수가 거구의 뒷깃에 손을 집어넣었다. 온 힘을 다한 깃 조르기로 경동맥을 압박하자 거구의 똘마니는 눈을 까뒤집으며 기절해 버렸다.

이제 한 사장 패거리 중에 남은 사람은 고광택뿐이었다. 고광택이 셔츠 목 단추를 느슨하게 풀며 말했다.

"전부터 실장님 솜씨가 궁금하긴 했어요. 왕년에 싸움 좀 하셨다길래."

이진수는 대답 대신에 기습적인 앞손 주먹을 날렸다. 고광택이 어깨 뒤로 턱을 숨기며 물러섰다.

이진수의 주먹 끝이 고광택의 광대뼈에 얹혔다. 타점이 맞지 않은 탓에 무게감은 없었다. 애초에 순순히 맞아 주리라 기대한 것도 아니었다. 첫 번째 주먹은 후속 공격을 위한 과정이었을 뿐. 물러나는 놈을 따라 들어가며 뒷손을 날리는 대신, 붙잡아서 바닥에 메다꽂을 작정이었다.

달려들던 이진수가 순간적으로 몸을 낮추었다. 무릎 높이로 상체를 떨어뜨리며 고광택의 오금을 향해 팔을 뻗었다.

이진수의 움직임을 읽은 고광택이 가슴을 바닥에 깔고 납작 엎드렸다. 놈의 무게중심이 낮아진 탓에 이진수가 힘을 쓰기 어려웠다.

발목을 낚아채는 일도 불가능했다. 멀찍이 달아난 고광택의 두 다리는 이미 이진수의 전진을 막는 단단한 지지대가 되어 있었다.

찰나의 순간 고광택의 왼팔이 이진수의 왼쪽 뺨을 휘감듯 타고 들어왔다. 고광택이 팔오금으로 이진수의 턱을 들어 올렸다. 무게중심이 뜨자 이진수는 힘을 쓰기 어려운 상태가 되었다. 당연히 고광택을 밀어붙이던 압박도 느슨해졌다.

때를 노린 고광택의 왼손이 곧바로 궤적을 바꿔 이진수의 가슴팍을 파고들었다. 이진수의 상체를 지지하던 왼손 상박은 어느새 고광택의 왼쪽 손아귀에 단단히 붙잡혀 있었다.

그와 동시에 고광택의 오른손이 이진수의 오른쪽 등허리를 휘감았다. 고광택은 옆으로 반 바퀴 이동하며 이진수의 등 뒤로 잽싸게 돌아 나갔다.

모든 것이 순식간에 벌어진 일이었다. 어설픈 정면 태클에 대응하는 교과서적인 스프롤이었다.

꼼짝없이 뒤를 내준 이진수는 적잖이 놀랐다. 애송이라고만 생각했던 고광택의 레슬링 실력이 생각보다 상당했던 것이다. 고광택이 말했다.

"실장님 귀 뒤집힌 거 보고 대충 눈치 깠어요."

이진수는 대꾸 대신 두 손으로 바닥을 짚고 상체를 일으켜 세웠다. 등에 올라탄 고광택을 앞으로 떨쳐 내기 위해서였다. 별안간 이진수의 눈앞에서 캄캄해졌다. 아래턱에 감각이 없었다.

겨드랑이가 열린 틈으로 고광택의 주먹이 비집고 들어온 것이다. 이진수는 팔꿈치를 몸통에 붙이며 다시금 바닥에 엎드렸다. 턱 밑으로 주먹이 들어올 공간을 내주지 않기 위한 본능적인 움직임이었다. 그 바람에 도리어 광대뼈 위쪽이 노출되고 말았다.

멀찍이 떨어져 지켜보던 하나연이 애타게 소리를 질러 댔다.

"일어나세요. 얼른 일어나라고요!"

이진수는 짜증이 치밀었다. 일어나고 싶은 마음이 누구보다

간절한 사람은 다름 아닌 이진수였다. 그러나 고광택의 거센 압박 탓에 움직임이 여의치 않았다.

거북이처럼 엎드린 이진수의 머리 위로 매서운 주먹이 내리 꽂혔다. 열린 공간으로 손을 집어넣어 목을 조를 수도 있었겠지만, 고광택은 이 싸움을 빨리 끝낼 생각이 없는 듯했다.

고광택은 이진수의 등에 매달려 무방비로 노출된 그의 안면을 향해 쉴 새 없이 주먹을 날렸다. 이진수의 얼굴이 점차 발갛게 부풀어 오르기 시작했다. 코와 입술은 이미 피투성이였다.

속수무책으로 얻어맞던 이진수가 몸을 뒤집으며 드러누웠다. 실신 직전의 마지막 몸부림이었다. 고광택은 이진수의 명치를 깔고 앉아 그의 안면에 주먹세례를 퍼부었다.

승리를 확신한 고광택이 시건방을 떨기 시작했다.

"빨리 끝났으면 좋겠지? 차라리 후딱 기절하면 편할 텐데. 근데 그렇게 쉽게 끝내 줄 생각은 없거든?"

이진수는 포기하지 않았다. 남은 힘을 그러모아 허리로 브리지를 튕겨 보았지만 역부족이었다. 고광택은 자신의 힘을 과시하듯, 세월의 멍에로 인해 둔중해진 지난 세대의 싸움꾼을 자근자근 부수어 나갔다.

의식이 흐려지는 와중에 이진수는 간신히 고광택의 두 손목을 붙잡았다. 갓 태어난 아이가 누군가의 손가락을 움켜쥐듯, 나약하고 간절한 움직임이었다.

그때였다. 하나연이 괴성을 지르며 고광택에게 달려들었다.

하나연이 두 손으로 고광택의 귀를 잡아 비틀었다. 놈이 새된 비명을 질렀다. 하나연이 이진수를 향해 외쳤다.

"이제 어떻게 하면 돼요?"

상황을 파악한 이진수가 힘겹게 입을 열었다.

"얼굴을 때려요."

"얼굴 어디? 어딜 때려야 되는데요?"

"눈깔!"

심성이 어지간히 못된 경우가 아니고서야, 훈련받지 않은 사람이 누군가의 얼굴을 때린다는 건 쉽지 않은 일이다. 다행히 하나연은 이게 천성에 맞았다.

그녀의 매서운 손바닥이 고광택의 코를 후려쳤다. 눈은 어쩐지 말캉말캉한 느낌이 나서 기분 나쁠 것 같았기 때문이다.

"악!"

고광택이 분노에 찬 고함을 질렀다. 고광택은 자신의 손목을 붙잡은 이진수를 거칠게 뿌리쳤다. 그러고는 두 팔을 뻗어 하나연의 머리채를 움켜잡았다. 덕분에 이진수는 자신의 가슴팍을 깔고 앉은 고광택의 무게중심이 앞으로 비스듬히 기울어지는 것을 느꼈다.

이진수는 다시 한번 허리를 튕기며 고광택을 떨쳐 냈다. 몸을 일으킨 이진수가 고광택의 바짓가랑이를 붙잡고 늘어졌다. 당황한 고광택이 구둣발로 이진수의 머리를 걸어찼다. 이진수가 뒤로 벌렁 나자빠지며 바닥에 머리를 부딪혔다.

하지만 하나연은 포기하지 않았다. 두 눈을 질끈 감은 채 허공을 향해 힘차게 두 팔을 휘둘러 댔다. 고광택의 얼굴에 불그

죽죽한 손톱자국이 생겼다.

"이게 진짜."

고광택은 그악스럽게 달려드는 하나연의 따귀를 올려붙였다. 거칠게 저항하는 그녀를 주먹으로 몇 차례 쥐어박았다. 바닥에 엎어진 하나연은 한동안 일어나지 못했다. 고광택이 말했다.

"그러니까 말로 할 때 얌전히 따라오면 좋잖아."

그 순간, 뒤에서 이진수가 달려들어 고광택의 사타구니를 강하게 움켜쥐었다. 고광택은 새우처럼 꼬부라지며 '헉' 하고 숨을 내뱉었다.

고광택이 고통에 몸부림치는 사이, 하나연이 자리를 박차고 뛰어올랐다.

"이 개새끼야!"

단화를 벗어 쥔 하나연이 뒤축으로 고광택의 눈을 후려갈겼다.

* * *

기절해 널브러진 건달들 틈에서, 산발이 된 하나연이 물었다.

"119를 불러야 할까요?"

이진수가 엄지로 엉망이 된 자신의 얼굴을 가리키며 퉁명스레 말했다.

"불러야죠. 사람이 이 모양이 됐는데."

하나연이 가쁜 숨을 몰아쉬며 말했다.

"나 지금 숨이 안 쉬어져요. 숨을 못 쉬겠어요."

흥분이 가라앉지 않은 듯 격앙된 목소리였다. 이진수는 우선 하나연을 벽에 기대어 앉게 했다. 그가 말했다.

"천천히 내쉬세요. 다 뱉어 내면 오히려 숨쉬기 편해요."

하나연은 이진수가 시키는 대로 깊게 숨을 내쉬었다. 그대로 잠시 멈춘 채 구령에 맞춰 천천히 다섯을 세었다. 다시 천천히 들이쉬었다. 호흡이 한결 편안해졌다. 하나연이 말했다.

"머리를 맞아서 그런지 좀 띵하고 이상하네요."

"아드레날린 때문이에요."

하나연의 호흡이 안정되고 심박수가 떨어지자 이진수도 천천히 몸을 일으켰다. 가죽 재킷은 온통 피투성이였다. 길게 찢겨 나간 이마에서는 지금도 피가 콸콸 쏟아지고 있었다.

이진수는 피가 흐르도록 내버려 둔 채 절뚝거리며 걸음을 옮겼다. 정신을 차린 하나연이 다가와 이진수를 부축했다. 그녀가 물었다.

"많이 다쳤어요? 걸을 수 있어요?"

"전에 얘기했잖아요. 다섯은 무리라고."

말을 마친 이진수가 무릎을 꺾으며 주저앉았다. 하나연은 그의 곁을 서성이며 머뭇거렸다. 바닥에 쓰러진 고광택을 가리키며 하나연이 물었다.

"저 사람, 죽진 않았겠죠?"

이진수는 대답 대신 무표정한 얼굴로 하나연을 바라보았다. 하나연은 어쩐지 무안한 마음이 들었다. 누군가를 해치지 않아도 되는 위치에서 평생을 살아온 그녀로서는 제법 당혹스러운 경험이었다.

이진수가 냉소했다.

"왜요? 나쁜 사람이 된 것 같아서 불편해요? 그럼 뭐, 아무도 해치지 못하는 사람은 선합니까?"

* * *

한 사장은 손목시계를 내려다보았다. 뭔가 잘못된 게 틀림없었다. 어쩌면 이진수가 하나연 편으로 돌아섰는지도 모른다.

그렇다고는 해도 이쪽은 다섯이 올라가지 않았나? 제아무리 이진수라 한들 쪽수에는 도리가 없을 거라고, 한 사장은 생각했다.

'사무실 문 걸어 잠그고 농성이라도 하는 모양이지? 순순히 따라올 여자는 아니니까.'

한 사장은 안주머니에서 손수건을 꺼내어 연신 이마를 닦았다.

마침내 엘리베이터가 내려오기 시작했다. 한 사장은 엘리베이터 앞에서 재킷을 고쳐 입었다. 양손은 바지 주머니 깊숙이 찔러 넣었다. 지금은 하나연에게 최대한 권위적인 모습으로 기억되고 싶었다.

정작 엘리베이터 문이 열리자 한 사장의 기대는 물거품이 되고 말았다.

엘리베이터 정중앙에 하나연이 버티고 서 있었다. 턱을 치켜든 채 팔짱을 낀 당당한 모습이었다. 한 사장은 요사스러운 환각이라도 본 사람처럼 멍하니 입을 벌렸다.

하나연이 한 사장에게 말했다.

"타세요. 얘기 좀 하게."

하나연의 말이 끝나기가 무섭게 통나무처럼 두꺼운 손 하나가 튀어나왔다.

멱살을 잡힌 한 사장이 엘리베이터로 끌려 들어왔다. 정신을 차렸을 때는 손을 쓸 방법이 없었다. 피 칠갑을 한 이진수가 엘리베이터 안에 버티고 서서 죽일 듯한 눈으로 쏘아보고 있었기 때문이었다.

사무실에 도착한 뒤에야 한 사장은 상황을 파악할 수 있었다. 만신창이가 된 고광택 패거리는 사지가 결박된 채 탕비실에 쓰러져 있었다.

하나연이 말했다.

"앰뷸런스 부르려고요. 이 사람들 좀 실어 가라고. 아닌가? 경찰을 부르는 게 나으려나?"

이진수가 별안간 한 사장의 손목을 꺾으며 덧붙였다.

"사장님도 구급차에 자리 하나 마련해 드릴까요?"

"봐 줘. 내가 잘못했네."

읍소하는 한 사장에게 이진수가 물었다.

"뭘 잘못하셨는데요?"

"난 이 실장 자네가 하 변이랑 같은 편인 줄 몰랐지."

이진수가 한 사장의 관절을 움켜쥔 손아귀에 힘을 주었다. 고통을 참지 못한 한 사장이 짧은 비명을 질렀다. 이진수가 다시 물었다.

"또?"

"내가 처신을 잘못했어. 자네들한테 심하게 굴 생각은 없었네. 이거 좀 놓고 얘기하면 안 될까?"

그제야 이진수도 조금은 분이 풀린 듯했다. 이진수는 사무실 바닥에 한 사장을 집어던졌다. 소파에 걸터앉은 하나연이 한 사장을 내려다보았다. 하나연이 말했다.

"다 끝났어요. 우리가 사랑의 집을 박살 냈다고요. 다 이긴 마당에 우리끼리 싸워 봐야 누가 득을 보겠어요?"

한 사장이 대답했다.

"……이득 볼 사람은 없지."

"안 그래도 요즘 오유라 부부 때문에 세상이 시끄러운데. 굳이 이목을 끌 필요 있을까요? 우리끼리 조용히 합의하고 넘어가시죠."

"무슨 합의?"

"오늘부터 사장님은 재단 운영에서 손 떼세요. 이 실장님 밀린 보수와 성과급도 지급하시고요. 그럼 제가 쉼터 땅을 사장님께 팔게요."

하나연의 제안에 한 사장의 얼굴이 빨갛게 달아올랐다. 한 사장이 목소리를 높였다.

"판다고? 그건 원래 내 땅이야!"

지켜보던 이진수가 말없이 다가왔다. 그러고는 한 사장의 옷깃에 피범벅이 된 손을 문질러 닦았다. 비릿한 피 냄새에 한 사장의 목이 자라처럼 움츠러들었다.

　하나연이 타이르듯 말했다.

　"우긴다고 될 일 아니죠? 제가 그 땅을 8억에 매입했으니 그 값 그대로 넘기겠다는 거예요. 그럼 사장님도 손해는 아니잖아요? 어차피 사야 할 땅인데. 오유라한테 사나 저한테 사나 무슨 차이예요?"

　틀린 말이 아니었다. 게다가 하나연이 제시한 가격은 한 사장이 처음 생각했던 금액과 동일했다. 그런데도 한 사장은 뭐가 그리 억울한지 바득바득 이를 갈았다.

　한 사장은 앓는 소리를 내며 하나연이 내미는 계약서에 지장을 찍었다. 4억 원에 달하는 현금이 자동차 트렁크에 실려 있었다. 원래대로라면 오늘 당장 오유라의 수중에 들어갔어야 할 돈이다.

　하나연이 분주히 현금을 세는 사이, 이진수는 한 사장에게 밀린 임금과 활동비에 대한 청구서를 들이밀었다.

　잠시간의 무의미한 실랑이 끝에 한 사장은 약속했던 인센티브를 전액 현금으로 지급하기로 합의했다. 한 사장은 날이 밝는 대로 돈을 마련하겠노라고 약속했다.

　한 사장이 한탄하듯 혼잣말을 중얼거렸다.

　"기껏 반년 넘게 공을 들였더니, 손해 보는 거래를 했구먼."

　이진수가 냉소하며 대꾸했다.

"애초에 약속한 대로 됐을 뿐인데 뭐가 손해라는 거예요?"

누가 뭐라건 한 사장의 셈법으로는 명백한 손해였다. 그러나 이진수의 서슬에 차마 토를 달 수는 없었다. 한 사장이 쭈뼛대며 말했다.

"아니 나는 그냥. 자네들한테 서운해서 그러지. 하 변호사도 나중에 똑똑히 두고 봐. 내가 그 땅 개발해서 보란 듯이 남겨 먹을 테니까."

노기를 띤 한 사장의 말에도 하나연은 아리송한 눈웃음을 지어 보일 따름이었다.

5만 원권 현금 다발을 트렁크에 갈무리하며 하나연이 말했다.

"다들 고생하셨어요. 4억이 비는데, 잔금은 언제까지 가능하시죠?"

"이달 말까지 마련해 볼게."

이진수는 한 사장의 제안이 마음에 들지 않았다. 도미애의 눈을 피해 하루라도 빨리 가양시를 떠나야 했기 때문이다. 이진수가 말했다.

"그렇게 오래는 못 기다려요. 깔끔하게 내일 시마이 합시다."

"……내일 끝내자고. 알았어."

"기왕 주기로 한 거 빨리 주고 치워 버리는 게 낫죠. 쉼터 잔금이랑 제 수고비까지요."

"알았다니까? 내일 사무실로 와서 받아 가라고."

한 사장의 대답에 이진수가 손뼉을 치며 자리에서 일어났다.

"자, 다들 원하던 걸 얻었으니 이만 헤어지시죠. 앞으로 다시 만나는 일 없길 바라겠습니다."

이진수와 하나연은 한 사장을 배웅해 엘리베이터에 태워 보냈다.

한 사장을 태운 엘리베이터가 떠난 뒤에도 두 사람은 한동안 불 꺼진 복도에 멍하니 서 있었다. 마침내 기나긴 여정이 끝났다는 사실에 안도감과 함께 피로가 몰려왔다.

하나연이 이진수에게 물었다.

"내일 아침에 돈 받으러 가신다고요?"

"아뇨. 병원 들렀다가 곧바로 한 사장 집 앞에서 뻗치려고요. 사람 일은 어떻게 될지 모르는 거니까."

이진수는 턱짓으로 4억 원의 현금 다발을 가리키며 덧붙였다.

"이 돈은 우선 반반 나눕시다. 모자라는 돈은 제가 한 사장한테 받아 드릴게요."

"이건 제 생각인데요. 한 사장이 정말로 그 돈을 줄 것 같지는 않아요. 그런 걱정 안 돼요?"

이진수는 별일 아니라는 듯 대답했다.

"걱정은 무슨. 떼인 돈 받는 게 제 본업입니다."

이진수는 비틀거리며 걷기 시작했다. 남겨진 사람 따위는 아무 상관 없다는 듯이. 하나연은 당황했다. 피와 땀 냄새가 진동하는 텅 빈 사무실에 혼자 남겨지는 것이 새삼 두려웠다.

불 꺼진 복도의 어둠 속으로 사라져 가는 이진수의 뒷모습을 바라보며, 그녀는 끝내 아무 말도 할 수 없었다. 문득 이진수가 했던 말이 가슴에 맴돌았다.

누구도 해칠 수 없는 자는 선한가?

모두에게 무해한 인간은 결코 선한 사람일 수 없다. 누구도 해하지 못하는 자가 선한 게 아니라, 해할 수 있음에도 그러지 않는 자가 선한 것이다.

승자가 된 하나연의 미래에는 절대 선과 절대 악 사이의 무수한 갈림길이 존재했다. 그녀는 진정 정의로운 변호사가 될 수도, 제2의 오유라가 될 수도 있을 것이다.

하나연은 생각했다. 오유라를 꺾고 한 사장을 굴복시킨 뒤에야 마침내 선택권이 주어진 셈이라고. 누군가를 해칠 수도 있는 힘을 가지게 되었는데, 앞으로는 무엇을 할 것인가?

고민하던 하나연은 고개를 흔들어 잡념을 떨쳐 버렸다. 그녀가 체념한 듯 중얼거렸다.

"어차피 세상은 끔찍하고, 사람들은 다 별로야."

17

현금 다발은 생각보다 무거웠다. 만 원권과 5만 원권 지폐가 뒤섞인 탓이다. 손가방 다섯 개에 나뉘어 있던 돈을 한데 모으니 대략 15킬로그램 정도 나가는 듯했다. 여행용 캐리어가 아니었다면 들고 다닐 엄두도 내지 못했을 거라고, 고영희는 생각했다.

'이제 어디로 가지?'

고영희는 스타벅스에 앉아 반나절을 고민했지만 끝내 답을 찾지 못했다. 통창 너머 어디론가 바쁘게 오가는 사람들을 바라보며 그녀는 문득 외롭다는 생각이 들었다.

품에 안은 아이가 또다시 칭얼거렸다. 해가 짧아지면서 날씨는 점점 쌀쌀해지고 있었다. 옷깃을 여며도 서늘한 기운이 악착같이 비집고 들어왔다.

급한 대로 고영희는 시내의 한 모텔을 찾아 들어갔다. 유흥가 초입에 있는, 짙은 회색빛의 화강석으로 마감한 야트막한 건물이었다.

　카운터는 새까만 시트지를 붙인 섀시로 막혀 있었다. 사람 머리 하나가 겨우 드나들 법한 자그마한 유리창 너머로 나이를 가늠할 수 없는 한 남자의 기침 소리가 들렸다. 남자의 아이패드에서는 철 지난 예능 프로그램의 웃음소리가 흘러나왔다.

　고영희가 다가서자 카운터의 남자가 물었다.

　"미성년자예요?"

　"아니요."

　"신분증 좀 보여 주세요."

　고영희는 지갑에서 주민등록증을 꺼내어 창 너머로 건넸다. 카운터에서는 날숨처럼 탁하고 뜨거운 공기가 흘러나왔다.

　카운터의 남자가 곁눈질로 고영희를 올려다보았다. 그가 물었다.

　"대실 하실 거예요?"

　"네?"

　"쉬고 갈 건지, 자고 갈 건지⋯⋯."

　"자고 갈게요."

　"6만 원입니다."

　지갑에는 천 원짜리 몇 장이 전부였다. 주머니에는 꼬깃꼬깃해진 고속버스 티켓과 영수증 몇 장이 들어 있을 따름이었다.

　이상한 일이다. 분명히 어제부로 부자가 되었는데 지갑에는 단돈 6만 원이 없다니. 문득 고영희는 돈이 모두 여행용 캐리어에 들어 있다는 사실을 깨달았다.

등줄기에서 식은땀이 흘렀다. 친구 하나 없는 낯선 도시에서 5억 원이 든 현금 가방을 끌고 다녔다는 게 새삼 어리석다는 생각이 들었다.

'대체 무슨 짓을 한 거야?'

여기서 가방을 열면 사람들이 돈뭉치를 보게 될 것이다. 이상하게 여기지는 않을까? 혹여 나쁜 사람들이 가방을 빼앗으려 들지는 않을까? 경찰에게 도움을 청해도 결국엔 돈의 출처를 캐묻겠지?

고삐 풀린 생각이 새하얘진 머릿속에 어지러이 발자국을 찍어 댔다. 고영희는 소매로 이마를 닦았다. 한편으로는 안주머니를 어수선히 뒤적거렸다.

카운터의 남자가 물었다.

"오래 걸리세요?"

"잠시만요. 죄송합니다."

우물쭈물하는 고영희에게, 카운터의 남자가 정중히 양해를 구했다.

"뒤에 계신 분 먼저 도와 드릴게요."

고영희는 화들짝 뒤를 돌아보았다. 30대로 보이는 남녀가 서로 팔짱을 낀 채 어색한 듯 서 있었다. 모르는 사람들이었다.

고영희가 대답했다.

"이따가 다시 올게요."

고영희는 서둘러 거리로 나왔다. 해는 이미 들쭉날쭉한 빌딩 숲 너머로 모습을 감춘 뒤였다.

'몇 달 치 숙박비를 한꺼번에 결제하는 게 낫겠지? 매일 이렇게 마음 졸일 순 없잖아.'

그럴 만한 돈은 있었다. 하지만 목돈이 있다는 걸 누구에게도 들키기 싫었다. 이 돈이 정말로 쓸 수 있는 돈인지조차 아직 실감이 나지 않았다.

또다시 캐리어를 끌고 길을 나섰다. 싸구려 캐리어는 보도블록의 요철을 지날 때마다 유난히도 삐걱대는 것 같았다.

그렇게 15분 남짓 걸었을까? 사거리 횡단보도를 건너려던 고영희는 누군가에게 손목이라도 붙잡힌 사람처럼 황망히 걸음을 멈추었다. 하수구 덮개에 캐리어 바퀴가 끼어 버린 것이다.

어떻게든 바퀴를 빼내 보려고 애를 썼지만 역부족이었다. 고영희는 짜증스레 캐리어의 밑동을 걷어찼다. 묵직한 캐리어가 거짓말처럼 쉽게 딸려 올라왔다. 부러진 바퀴는 여전히 하수구에 끼인 채였다.

등에 업은 아이가 기다렸다는 듯 울음을 터뜨렸다. 그제야 고영희는 자신이 곤경에 처했다는 사실을 실감할 수 있었다. 믿고 의지할 가족이 있다는 건 운이 좋은 사람들의 얘기다. 그녀는 살아오는 내내 운이 좋았던 적이 별로 없었다.

'근데 그게 내 잘못은 아니잖아!'

애당초 돈 가방을 만든 건 진상이었다. 이 돈을 땅에 묻는다 한들 그게 무슨 속죄가 될까? 차라리 궁한 사람이 좋은 일에 쓰는 편이 나았다. 잘못을 저지른 건 자신이 아니라, 자신을 이 지경이 될 때까지 방치한 세상이라는 생각이 들었다.

그렇게 생각하니 머리가 다소 맑아지는 기분이 들었다. 겨울 외투를 벗어 던지듯 개운한 느낌이었다. 뒤따르는 자기 연민은 제법 달콤하기까지 했다.

'내 잘못이 아니야. 난 하나도 잘못한 게 없어. 온전히 이 세상이 잘못된 탓이야.'

오유라 부부와 함께 지내며 어느새 고영희 또한 그들의 사고방식을 닮아 가고 있었던 것이다.

'될 대로 되라지. 어떻게든 살아왔으니 또 어떻게든 살아지겠지.'

그때, 고영희의 머리를 스쳐 지나가는 한 사람이 있었다.

* * *

사무실 한쪽 벽에는 서류가 빼곡히 채워진 박스들이 늘어서 있었다. 내일이 오면 박스는 모두 말죽거리 사무실로 돌아갈 것이다.

하나연은 텅 빈 사무실에 혼자 남아 내용 증명을 작성하고 있었다. 오늘의 마지막 업무. 승소가 확실한 명도 소송 건과 관련한 대수롭지 않은 일이었다.

새로운 일거리는 일부러 받지 않았다. 내일부터는 한 달 휴가를 내고 제주도 여행을 떠날 계획이었다. 책상 밑에는 미리 꾸려 둔 여행 가방이 놓여 있었다. 자신에게 주는 선물로 큰맘 먹고 지른 리모와 캐리어.

업무를 마무리한 뒤 사무실을 나서려는 찰나, 노크 소리가 들렸다. 하나연은 핸드백에 넣어 둔 호신용 페퍼 스프레이를 움켜잡았다.

하나연이 외쳤다.

"누구세요?"

대답 대신 침묵이 되돌아왔다. 본능적으로 페퍼 스프레이를 쥔 손에 힘이 들어갔다. 문이 열리자 낯익은 얼굴이 나타나 꾸벅 고개를 숙였다.

"안녕하세요."

고영희였다. 하나연은 돌아온 그녀가 내심 놀랍고도 반가웠다. 다시는 보지 못할 줄 알았는데.

고영희는 굳은 얼굴 위에 다양한 감정을 뒤집어쓰고 있었다. 미안해하는 찡그린 눈썹 아래로 뻔뻔한 눈웃음이 걸려 있었다. 고집스럽게 앙다문 입술은 어찌할 바를 모르겠다는 듯이 비죽거렸다.

하나연은 왠지 그녀가 돌아온 이유를 알 것 같았다. 하나연이 말했다.

"앞으로는 어쩔 셈이야?"

"모르겠어요."

머뭇거리는 고영희의 대답에 하나연이 다시 물었다.

"갈 곳은 있고?"

"아직은요. 변호사님은 이제 어쩔 생각이세요? 희망연대는요?"

조심스레 묻는 고영희를 향해 하나연이 미소를 지어 보였다. 하나연이 말했다.

"희망연대는 계속될 거야."

"쉼터는요?"

"쉼터는 이제 없어. 애초에 필요도 없었고."

고영희는 고개를 끄덕였다. 얼굴을 돌려 사무실을 쭉 훑어보았다. 한쪽 벽에 늘어선 서류 상자와 리모와 캐리어. 그녀 역시 어디론가 떠나려는 모양이라고 고영희는 생각했다.

'그럼 그렇지. 사람은 다 똑같아.'

무엇을 기대한 걸까? 모든 일은 결국 제자리로 돌아가게 되어 있다. 고영희는 희망연대가 계속되리라는 하나연의 약속을 믿을 수 없었다. 모진 말투를 가장한 채, 고영희가 말했다.

"갈 곳이 없어서 찾아온 건 아니에요. 계속 신세 지는 것도 싫고요. 전 그냥……."

하나연이 고영희의 말을 잘라먹었다.

"그럼 나 보고 싶어서 온 거야?"

차가운 기색은 아니었다. 하나연은 온화한 미소를 지으며 고영희의 두 눈에 시선을 고정했다. 말문이 막힌 고영희는 잠시 머뭇거렸다. 아무리 생각해도 대답이 궁했다.

고영희는 고장 난 캐리어를 끌며 돌아섰다.

"……갈게요."

하나연은 처음부터 고영희의 캐리어를 눈여겨보고 있었다. 그녀의 상상 속에서는 이미 고영희가 구상했던 당돌한 계획이 분주하게 재구성되고 있었기 때문이다.

고영희가 쉼터 얘기를 꺼낸 뒤, 갑작스레 진상이 찾아왔던 일이 과연 우연일까? 쉼터를 매각한 진상이 자수했던 일은? 고영희는 그동안 어디로 사라졌던 걸까?

언론은 진상이 횡령한 돈을 카지노에서 모두 탕진했다고 적었다. 이 또한 상투적이지만 항상 통하는 수법이었다.

'만 원짜리 물건은 언제나 9900원에 팔아야 하는 법.'

하나연은 사무실을 나서려는 고영희를 불러 세웠다. 그녀가 말했다.

"네 말대로 진상이 찾아왔어."

고영희가 어깨 너머로 하나연을 돌아보았다.

"전 그런 말 한 적 없어요."

하나연은 고영희의 대답 따위 아랑곳없다는 듯 덧붙였다.

"네 말대로, 나한테 쉼터 땅을 넘기겠다고 하던데?"

"잘됐네요. 원하던 게 그거였잖아요. 얼마에 샀어요?"

하나연이 캐리어를 가리키며 말했다.

"5억. 그 정도 현금이면 네 가방에도 다 들어가겠다. 무겁진 않니?"

고영희도, 하나연도 한동안 말이 없었다. 텅 빈 책상 하나를 사이에 둔 채 두 사람은 서로를 향해 날 선 침묵을 겨누고 있었다. 팽팽한 긴장감이 두 사람 사이를 가로질렀다.

고영희가 먼저 입을 열었다. 단호하고 냉정한 말이 튀어나왔다.

"돈을 돌려 드릴 순 없어요."

하나연이 대답했다.

"돌려받을 생각 없어. 난 이미 내 몫을 받았거든. 그건 이제 네 돈이야."

"저 변호사님한테 거짓말했어요."

"알아. 처음부터 그럴 생각이었잖아."

말을 마친 하나연은 자신의 리모와 캐리어를 끌어다가 바닥에 눕혔다. 안에 들어 있던 여행용품이며 옷가지 따위를 꺼내어 책상에 올려놓았다.

텅 빈 캐리어를 앞에 두고 하나연이 말했다.

"내 가방이랑 바꾸자."

고영희가 놀란 눈으로 하나연을 바라보았다. 고영희가 물었다.

"제 가방은 망가졌어요. 바퀴도 없는 걸 어디에 쓰려고요?"

"내 가방은 80만 원짜리야. 이 정도면 길에서 바퀴가 빠질 일은 없겠지."

잠시 망설이던 고영희는 마침내 자신의 남루한 캐리어를 열었다. 지폐 뭉치는 그 안에서 제멋대로 흐트러져 있었다.

고영희가 현금을 옮기는 동안 하나연은 멀찍이 떨어져서 지켜보기만 했다. 어쩐지 이 돈만은 자신이 손을 대서는 안 된다는 생각이 들었기 때문이다.

성범죄자에게서 훔친 돈을 피해자에게 건네는 일은 선한 행위인가? 부패한 법인의 재산을 횡령하는 일은 정의로운가? 하

나연은 자신이 합리와 비합리의 경계선상 어디쯤을 걷고 있는
지 마음속으로 가늠해 보았다.

고영희가 일을 마쳤다. 이제는 하나연의 차례였다. 바퀴 빠
진 캐리어에 여행용품과 옷가지를 아무렇게나 쑤셔 넣었다. 지
퍼를 여미고 나니 참으로 볼품없었다. 하나연은 오히려 만족스
럽다는 듯 환하게 웃어 보였다.

하나연이 말했다.

"5억은 엄청 큰 돈이야. 그저 운이 좋았기 때문일 수도 있고,
거짓말로 남을 속인 덕분에 얻은 돈일 수도 있어. 뭐가 됐든 이
젠 네 책임이야. 그래도 너무 겁먹거나 주눅 들지는 마."

고영희는 멀뚱히 서서 새로운 캐리어를 바라볼 따름이었다.
한편으로는 하나연이 고맙기도 했다. 그녀가 대답했다.

"……잘못되더라도 제가 책임질게요."

하나연은 명함을 몇 개 추려 고영희에게 건네주었다. 인권변
호사로 활동하며 친분을 쌓은 시민단체 사람들의 연락처였다.
하나연이 아는 한, 그들은 모두 정직한 사람들이었다. 또한 고
영희에게 실질적인 도움을 줄 수 있는 사람들이었다.

고영희는 앞으로도 많은 것을 배워야만 할 것이다. 부동산에
서 월세 알아보는 법, 아르바이트를 얻는 법, 아이를 제대로 키
우는 방법 등. 어쩌면 하나연이 소개해 준 사람들이 고영희의
길잡이가 될 수도 있을 것이다.

하나연이 당부했다.

"돈은 한 번에 다 쓰지 말고. 당장 집이나 차 같은 거 사지

마. 출처를 추적당하지 않게 매달 조금씩만 써. 네가 일해서 버는 돈은 대부분 저금하고 생활비만 현금으로 꺼내 쓰는 거야. 그래야 네 돈에도 힘이 생기지. 결국 네가 일해서 버는 돈이 힘 있는 돈이거든."

그제야 고영희의 얼굴에 미소가 걸렸다.

"정의로운 변호사가 돈세탁하는 방법을 알려 줘도 돼요?"

하나연은 잠시 망설이다가 대답했다.

"나는 원래도 착한 사람은 아니었으니까. 늦었어. 얼른 가."

고영희의 홀로서기에는 많은 시행착오가 따를 것이다. 그 또한 전적으로 고영희가 감내할 몫이었다. 모든 것은 그녀 자신의 의지로 결정한 일이기 때문에.

하나연은 생각했다.

'오랜 시간이 지난 뒤에도 여전히 네 바짓단이 깨끗할 수 있을까? 네가 겪은 고통이 그 돈을 정당화할 수 있을까? 그 돈을 무사히 다 쓰게 되면, 너는 지금보다 행복해질까?'

질문의 답은 오직 고영희만이 알고 있으리라. 그녀가 선한 사람인지 악한 사람인지 지금 판단하는 것은 별반 의미 없는 일이라는 생각이 들었다.

가방 속 돈은 앞으로 여러 사람의 삶을 구원할 수도, 그저 누군가의 욕심만을 채우기 위해 낭비될 수도 있을 것이다. 그 또한 때가 되면 드러날 일이었다.

동행은 여기까지였다. 뒤돌아 손을 흔드는 사람들처럼 서로가 무사하기를 바라며 헤어질 때였다.

사무실을 떠나며 고영희가 말했다.

"세상에는 이상한 사람이 참 많아요, 그쵸? 근데 생각보다는 좋은 사람도 많은가 봐요."

"더 살아 봐. 나중에는 걔들도 다 이상해 보일 테니까."

하나연의 대답에 고영희가 깔깔 웃었다. 그것이 하나연이 기억하는 고영희의 마지막 모습이었다.

* * *

오유라와 진상의 지리멸렬한 법정 다툼이 시작되었다.

절차상 다소 시간이 걸리긴 했으나 진상의 횡령죄에 대해서는 이론의 여지가 없었다. 결국 진상에게는 유죄가 선고되었다. 진상은 횡령을 제외한 모든 혐의에 대해 부인으로 일관했다.

재판이 계속될수록 오유라와 진상의 감정싸움은 깊어졌다. 급기야 서로의 치부를 앞다퉈 폭로하는 상황이 되었다. 당사자도 잊고 있었던 메모와 녹취록, 비자금 장부 따위가 쏟아져 나왔다.

대중의 관심 역시 뜨겁게 달아올랐다. 결국 두 사람 모두 감옥에 가게 될 거라고, 호사가들은 떠들어 댔다.

와중에 《가양일보》박형민 기자는 오유라와 김주미 시장의 유착 관계를 폭로하는 대형 특종을 터뜨렸다. 박형민 기자가 반년 넘게 묵혀 두었던 한 사장의 USB가 마침내 세상에 모습을 드러냈다.

쌍봉산 쉼터 가든파티에 참석했던 사람들 모두 호된 곤욕을 치렀다. 영원할 것 같았던 김주미의 카르텔에도 미세한 균열이 생겼다.

김주미 시장은 자신의 영향력을 총동원하여 어떻게든 기사를 막아 보려 했다. 그러나 박 기자도 순진하게 덤빈 것은 아니었다. 오랜 시간 준비해 온 맞춤형 반박 자료가 1면에 실리자 모두의 관심이 삽시간에 김주미 시장에게 옮겨붙었다.

김주미를 지지하는 시민단체가 언론사를 고발하고 기자들을 고소했다. 지지자들은 각종 포털사이트의 아이디를 돌려 가며 여론전에 나섰다.

전관 출신 변호사들이 법원을 들락거렸다. 말이 많던 도시 재생 위원회는 당분간 휴면기에 들어섰다. 바야흐로 온 나라가 불바다였다.

하나연은 희망연대 대표직에서 물러났다. 사임의 이유를 묻는 박형민 기자에게, 하나연이 대답했다.

"옛말에 지혜는 교묘함을 믿지 않고, 용맹은 힘을 믿지 않고, 강함은 무리를 믿지 않는다고 했어요. 지금 한 말은 오프 더 레코드예요."

박형민 기자는 한동안 하나연이 했던 말을 이해하지 못했다. 가끔씩 그녀의 말이 떠올랐지만 이내 뒷전으로 미뤄 두었다. 이미 대중의 관심은 하나연에게서 멀어지고 있었기 때문이다.

혜성처럼 등장해 곧장 정계로 진출할 것 같았던 정의로운 변호사는 그렇게 서서히 잊혔다. 몇 달이 지나자 더는 그녀의 이름을 기억하는 사람조차 찾아볼 수 없었다.

이따금 심층보도를 통해 오유라의 알려지지 않은 추태가 드러날 때면 기사 말미에 하나연의 이름 한 줄이 언급되는 정도였으나, 그마저도 한때였다.

사람들은 하나같이 청렴하고 강직한, 정의로운 사람을 희망연대의 후임자로 뽑아야 한다고 말했다. 그러나 정치적 수사 이상으로 그 말에 무게를 두는 사람은 없었다.

대신에 희망연대는 감시와 견제의 시스템을 만들었다. 대표자 한 사람이 무소불위로 권력을 휘두를 수 없도록 조직을 개편했고, 다수의 외부 감사기관에 내부 자료를 공개했다. 한 사람의 정의로운 영웅이 대의(大義)를 독점하지 못하도록 했다.

그러므로 가까운 미래에 누군가가 단체를 사유화하거나 기득권화하는 일은 일어나지 않을 거라고 사람들은 믿었다.

매스컴의 영향 때문일까? 희망연대 법인계좌로 후원금이 밀려들었다. 후원금은 희망연대의 사업 목적에 맞게 사용되었다. 후원금은 투명하게 관리되었으며, 무리한 수익사업을 벌이거나 전시성 이벤트에 기금을 낭비하는 일도 없었다.

물론 이러한 방식이 언제나 옳았던 것은 아니다. 대표자의 입김이 약하니 의사 결정의 속도가 느렸다. 규모가 큰 사업을 추진하거나 거액의 후원금을 유치하는 일도 예전보다는 어려워졌다.

하지만 사람들은 희망연대가 조금 느리게 성장해도 좋다고 생각했다. 그들 대부분은 희망연대가 소수 운영진의 이익을 대

변하는 조직이 되는 것을 용인하지 않았다. 그보다는 도움이
필요한 사람들에게 실질적인 지원을 제공하기를 바랐다.

그리고 여기에 사람들이 알지 못했던 또 하나의 사실이 있다.

하나연은 시간당 25만 원이라는 조건으로 희망연대 재단과
자문 계약을 맺었다. 경력에 비해 후한 대접이었다. 희망연대
의 후광 덕분인지 수많은 분쟁 당사자들이 하나연을 찾아왔다.

그녀는 예전처럼 오랜 시간 일할 필요도, 남의 시선을 의식
하며 궂은일을 도맡을 필요도 없었다. 성공한 법조인의 삶. 하
나연은 마침내 학창 시절부터 꿈꾸던 미래를 성취한 셈이었다.

훗날 그 사실을 알게 된 박 기자는 한동안 잊고 있었던 하나
연의 말을 떠올렸다. 권불십년(權不十年)이요, 화무십일홍(花無
十日紅)이라. 지혜는 교묘함을 믿지 않고, 강함은 무리를 믿지
않는다는 것.

하나연은 자신이 있어야 할 자리에서 가장 높은 대접을 받
고 있었다. 그 사실을 알게 되었을 때 박형민은 마침내 그녀가
말하고자 했던 바를 깨닫게 되었다.

18

한 사장의 집은 짙은 어둠에 잠겨 있었다. 얼핏 봐도 100평이 넘는 대지에 높다란 벽을 둘러친, 흡사 성채 같은 저택이었다. 2층 서재 방의 암막 커튼 사이로 가느다란 불빛이 새어 나왔다.

이진수는 조심스럽게 주변을 살폈다. 행인은 없었다. 귀를 기울여도 인기척이 들리지 않았다. 이진수는 대문 옆 담장에 사다리를 걸었다. 감시카메라가 지켜보고 있었지만 신경 쓰지 않았다.

마당으로 뛰어내린 이진수는 현관으로 다가가 문고리를 잡아당겨 보았다. 당연하게도, 문은 잠겨 있었다. 이진수는 베란다 통유리에 얼굴을 바짝 가져다 붙였다.

집 안을 들여다본 이진수가 혼잣말을 중얼거렸다.

"쥐새끼 같은 노인네."

거실은 텅 비어 있었다. 원목 마루에 흙과 먼지가 흩어져 있었고, 그 위로는 새하얀 신발 자국이 어지럽게 찍혀 있었다. 마치 급하게 이사를 떠난 빈집처럼 스산한 풍경이었다.

이진수는 가스 배관을 타고 2층으로 올라갔다. 2층 창문은 닫혀 있었지만 잠겨 있지는 않았다. 이진수는 워커를 신은 채 집 안으로 성큼성큼 걸어 들어갔다. 망설임 없이 한 사장의 서재로 걸음을 옮겼다. 서재에서는 두 사람의 목소리가 들려왔다.

젊은 청년의 목소리.

"금고째로는 못 옮길 것 같은데요."

이어서 한 사장의 목소리가 들렸다.

"1층에 구루마 있으니까 거기에 올리자."

"계단으로는 못 내려가요. 너무 무거워서⋯⋯."

"금고가 무거워야 금고지. 디자인은 다 고만고만해도 묵직한 게 양품이라고. 시간 없다. 안에 내용물만 챙겨."

듣고 있던 이진수가 체중을 실은 뒷발로 서재 문을 걷어찼다. LED 랜턴으로 불을 밝힌 방 안에서 한 사장이 화들짝 뒷걸음질 쳤다. 낯익은 얼굴의 남자가 금고의 현금 다발을 보스턴백으로 옮겨 담고 있었다. 한 사장의 오촌 종질, 가양 시청 공무원이라던 안경잡이였다.

이진수의 갑작스러운 등장에 당황한 한 사장이 말했다.

"이 실장 왔어? 새벽에 연락도 없이 어쩐 일이야?"

이진수가 냉소했다.

"내 돈 그거 얼마나 한다고 야반도주를 하세요? 없이 사는 분도 아니고."

"뭔 소리야? 야반도주라니 누가?"

한 사장은 오히려 큰소리를 치며 안경잡이의 어깨를 떠밀었다. 안경잡이가 이진수에게 삿대질을 하며 윽박질렀다.

"당신 뭐야? 주거 침입으로 고발당하고 싶어?"

이진수는 대답 대신 안경잡이의 손가락을 붙잡아 꺾어 버렸다. 펄쩍 뛰어오르는 놈의 머리채를 움켜쥔 채 얼굴을 몇 대 쥐어박으니 기절한 듯 잠잠해졌다. 이진수가 한 사장에게 말했다.

"헤어지는 마당에 이게 뭡니까? 서로 깔끔하게 마무리해야 뒤탈이 없죠."

"이 실장 너, 지금 나 가르치냐?"

한 사장은 책상에 놓여 있던 날붙이를 빼 들었다. 10센티미터 남짓한 앙증맞은 편지 칼이었다. 한 사장이 이진수를 향해 어설프게 칼을 휘둘렀다.

이진수가 상체를 뒤로 빼며 한 사장의 가슴팍을 걷어찼다. 호리호리한 몸집의 한 사장이 허공을 날아가 방구석에 처박혔다.

이진수는 과거 자신과 치고받았던 무수한 뒷골목 싸움꾼들을 떠올리며 헛웃음을 터뜨렸다. 그들에 비하면 한 사장은 어린 아이나 다를 바 없었다. 이진수가 한 사장을 타이르며 말했다.

"적당히 합시다. 피차 험한 꼴 볼 일 없게."

비틀대며 일어선 한 사장의 눈에는 독기가 서려 있었다. 한 사장은 앓는 소리 대신 독살 맞은 욕지거리를 내뱉었다.

"이 새끼가 보자 보자 하니까. 넌 내가 만만하냐?"

이진수가 뭐라고 대답하려는 찰나, 한 사장이 그를 향해 몸을 날렸다. 체중이 실린 새파란 칼끝은 이진수의 목을 겨누고 있었다.

이진수의 복부와 허벅지에는 숱한 흉터가 남아 있다. 하나같이 이보다 능숙하고 예리한 칼에 입은 상처였다.

이진수는 반사적으로 한 사장의 손목을 낚아채며 손등을 뒤집어 꺾었다. 한 사장의 칼은 너무나 손쉽게 이진수의 손으로 넘어왔다.

빼앗은 칼로 한 사장의 경동맥을 짓누르며, 이진수가 그를 밀어붙였다. 한 사장의 주름진 목덜미에 검붉은 핏방울이 맺혔다. 한 사장은 애원하듯 두 손을 높이 들고 뒷걸음질 쳤다. 그의 얼굴은 이미 식은땀으로 번들거렸다.

한 사장이 말했다.

"이 실장, 잠깐 타임."

벌벌 떠는 한 사장에게 이진수가 이죽거렸다.

"이렇게 눈먼 칼에 맞아 죽으면 내가 쪽팔려요. 죽어야 낫는 병도 있다던데, 한번 죽어 봐야 정신을 차리시겠어요?"

한 사장은 여태껏 수많은 이들을 겪어 왔다. 감옥에서 어지간한 폭력배, 사기꾼, 살인자 들과 부대끼며 반평생을 살아온 사람이었다. 야수처럼 형형한 이진수의 눈을 바라보며 한 사장은 문득 이러다 죽겠구나 하는 생각을 했다.

돌이켜 보니 벌을 받는 기분이었다. 어쩌면 폐차장에서 고초를 겪던 때가 기회였는지도 모른다. 다소 손해를 보더라도 그쯤에서 멈췄더라면 좋았을 것을.

그까짓 땅이 뭐라고. 이미 죽을 때까지 써도 다 못 쓸 돈이 있는데. 하루 세 끼 따뜻한 밥과 몸을 누일 집으로는 부족했던가? 그러나 지금 가진 것에 만족한다면 그것이 남자의 삶이겠는가?

어쨌거나 한 사장은 눈앞의 결과를 있는 그대로 받아들이기로 했다. 평생을 세상에 맞서 싸웠고 또 한 번 패배했을 뿐. 그걸로 충분했다.

실실 웃던 한 사장이 말했다.

"누가 그러던데? 삶은 언제 끝날지 모르는 음악이니까, 춤이나 추다 가면 그만이라고."

말을 마친 한 사장은 두 팔을 벌린 채 눈을 감았다. 평온한 얼굴로 그가 덧붙였다.

"커튼콜은 없겠지? 잘 놀다 가네."

이진수는 대꾸도 없이 한 사장의 따귀를 세차게 올려붙였다. 그러고는 바닥에 엎어진 한 사장을 워커 발로 짓밟기 시작했다.

비참하게 매를 맞는 처지가 된 후에야 한 사장도 비로소 깨달은 바가 있었다. 강철 같은 의지와 냉철한 이성, 빠꾸 없는 사나이 인생. 그런 건 죄다 헛된 말장난이었다. 뼈 한 번 부러져 본 적 없는 샌님들의 허황된 낭만이었다.

오직 고통만이 진짜다. 진짜가 가장 두렵고 고통이 제일 무섭다. 책상머리에서 명령만 할 뿐, 현실을 뛰어 본 적 없는 사람들은 종종 그 사실을 잊어버린다. 한 사장 또한 그랬다.

이진수는 한 사장의 머리를 주먹으로 쥐어박으며 윽박질

렸다.

"아까부터 뭔 개소리야? 사람이 잘못을 했으면 미안하단 말이 먼저 나와야지."

아, 고작 그런 거였나? 한바탕 꿈을 꾸고 일어난 기분이었다. 한 사장은 두 팔로 머리를 감싸며 애원했다.

"미안하네. 내가 잘못했어."

"뭘 잘못하셨는데?"

"도망치려고 했던 것 맞아. 속이려고 해서 미안해. 거짓말이 입에 붙다 보니 나도 모르게 그만……."

이진수는 마룻바닥에 가래침을 뱉었다. 그러고는 바짓가랑이에 매달려 흐느끼는 한 사장의 뒤통수를 손바닥으로 후려쳤다. 이진수가 말했다.

"커튼콜? 주접떨지 말고 얼른 내 돈이나 내놔요."

그제야 한 사장은 새우처럼 몸을 꼬부리며 입에 머금고 있던 피를 뱉어 냈다. 몸을 움직일 때마다 앓는 소리가 절로 나왔다.

어쨌거나 살아남았다. 아직은 죽지 않았다.

죽지 않은 이상 죽음은 그저 관념에 불과했다. 오직 고통만이 현실이었다. 한 사장은 한시라도 빨리 이 지긋지긋한 고통을 떨쳐 버리고 싶었다.

한 사장이 팔을 뻗어 안경잡이가 꾸려 놓은 돈 가방을 가리켰다. 한 사장이 말했다.

"가져가."

이진수는 곁눈질로 가방 안 현금 액수를 가늠해 보았다. 약속했던 돈보다 훨씬 많은 금액이었다. 가방을 둘러메니 어깨를 짓누르는 묵직한 감각이 더할 나위 없이 좋았다. 이진수가 말했다.

"앞으로는 그냥 남들처럼 사세요. 너무 애쓰지 마시고."

한 사장이 끙끙대며 대답했다.

"이 실장 너, 다시는 이 동네 얼씬거리지 마라."

이진수가 코웃음을 치며 대답했다.

"그럴 생각입니다. 나도 먹고살자고 하는 일이니까 사장님이 이해하십쇼."

말을 마친 이진수는 곧바로 몸을 돌려 떠나 버렸다.

한 사장의 집을 나서며 이진수는 문득 하나연을 떠올렸다. 이진수가 마음만 먹으면 한 사장의 돈은 오롯이 그의 차지가 될 테지만, 하나연과는 어쩐지 척지고 싶지 않았다.

이진수는 돈 가방을 열고 하나연에게 돌려줄 돈 2억 원을 추렸다. 돈은 5만 원권 지폐로 에너지드링크 박스에 넣어 하나연의 사무실 문고리에 걸어 두었다.

이진수는 곧바로 하나연에게 전화를 걸었다. 자다 깬 사람처럼 탁한 목소리로, 그녀가 전화를 받았다.

"여보세요?"

"접니다."

"어떻게 됐어요? 돈은 받았어요?"

"사무실 문고리에 걸어 놨어요."

이진수의 대답에, 전화기 너머 하나연이 화들짝 소리를 질렸다.

"그걸 그렇게 팽개쳐 두면 어떡해요?"

"급하면 택시 타고 오시든가요. 난 이제 떠납니다. 다시 볼
일 없을 거예요."

"실장님, 그러지 말고 일단 그 돈 챙겨서……."

이진수는 끝까지 듣지도 않고 전화를 끊어 버렸다.

작별의 시간이다. 지긋지긋한 이 도시도 마지막이다. 거리로
나오자 매서운 바람이 달려들었다. 계절은 어느덧 겨울이었다.

* * *

이진수는 지난 반년간 버려두었던 폐차장으로 향했다. 암벽
같은 고철 더미도, 앙상한 골조를 드러낸 사무실 건물도 어쩐
지 낯설었다. 장기 출장을 마치고 집에 돌아온 기분이었다.

삐걱대는 계단을 따라 2층으로 올라갔다. 부루스타와 식기
류, 자잘한 짐이며 잡동사니 따위에는 눈길도 주지 않았다. 영
영 돌아오지 않으리라 결심했으니 더는 쓸모없는 물건들이다.

책상을 끌어다 벽걸이 에어컨 밑으로 옮겼다. 이진수는 책상
을 밟고 올라가 에어컨 커버를 뜯어냈다. 쿨링팬은 진작 탈거
된 상태였다.

열교환기 뒤편 빈 공간에는 비닐봉지를 씌운 돈다발이 청테
이프로 고정되어 있었다. 만약의 상황을 대비해 숨겨 둔 비상금
이다. 이진수는 돈다발을 뜯어내 백팩에 차곡차곡 집어넣었다.

일을 마친 이진수가 자신의 트럭으로 돌아가려는데, 창밖에서 요란한 엔진음이 들려왔다. 이진수는 몸을 낮추고 바깥을 내다보았다. 쥐색 스타렉스 한 대가 사무실 앞에 멈춰 섰다.

곧이어 차 문이 열리고 등산복을 입은 한 무리의 사내들이 쏟아져 나왔다. 개중에 항공잠바의 모습도 보였다.

'젠장, 꼬리를 밟혔구나.'

이진수는 새삼 자신에게 닥칠 미래가 두려웠다. 한편으로는 후회가 되기도 했다. 불운이란 부지불식간에 찾아오는 것임을 한동안 잊고 살았다. 지금은 그간 배우고 익힌 요령에 따라 행동하는 수밖에 없었다.

이진수는 재빨리 책상으로 달려갔다. 손에 잡히는 대로 만화책과 잡지 따위를 집어 하복부와 등허리에 덧대고 청테이프를 몇 바퀴 둘렀다. 그 위에 가죽 재킷과 파카를 껴입으니 두툼한 갑옷을 입은 기분이 들었다. 그래도 여전히 온몸의 떨림은 멈추지 않았다.

캐비닛에서 알루미늄 야구 배트를 꺼내 들고 사무실 밖으로 나섰다. 항공잠바와 똘마니들은 계단 아래에 버티고 서서 이진수를 기다리고 있었다. 이진수가 호기롭게 소리쳤다.

"안 올라오냐? 후딱 일 보고 끝내자."

"기다려. 여사님 곧 오신다."

항공잠바의 말이 끝나기 무섭게 또 다른 차 한 대가 도착했다. 검은색 벤츠 S클래스가 폐차장 공터를 가로질러 미끄러지듯 다가왔다. 뒷좌석 문이 열리고 쥐색 캐시미어 코트와 머플러 차림의 한 여자가 나타났다.

도미애였다. 그녀가 이진수를 향해 말했다.

"이진수. 오래간만이네."

도미애의 입으로 자신의 이름을 듣는 순간 이진수는 가벼운 어지럼증을 느꼈다. 당장이라도 구토가 나올 것만 같았다. 다급한 와중에도 이진수는 도미애 패거리의 숫자와 체격, 들고 있는 연장 따위를 유심히 살폈다.

일곱 명. 하나같이 다부진 인상이다. 놈들의 회칼에는 테이핑이 되어 있지 않았다. 한 사장 패거리의 얼치기들과는 차원이 다른 놈들이었다.

이진수는 한 손으로 난간을 붙잡고 짧게 대답했다.

"도 여사도 그동안 많이 늙었네."

도미애가 물었다.

"절이 싫어 떠난 중이, 왜 돌아왔을까?"

"미안하다. 먹고살기가 힘들어서."

도미애는 코웃음을 쳤다. 이진수의 대답이 그녀에게는 황당한 농담처럼 들렸던 것이다.

김주미의 카르텔은 하나연과 희망연대로 인해 큰 피해를 입었다. 그리고 희망연대의 행동대장은 다름 아닌 이진수였다.

게다가 그는 한때 도미애의 약점을 쥐고 흔들었던 전례가 있지 않은가? 5년이 흘렀지만, 당시를 돌이켜 보면 도미애는 아직도 간담이 서늘했다. 여러모로 이진수가 이 자리에서 두 발로 걸어 나갈 가능성은 없어 보였다.

도미애가 이진수를 올려다보며 말했다.

"먹고살기 힘들면 이제 그만 살자. 어차피 넌 더 잃을 것도 없는 놈이잖아."

이진수가 소리쳤다.

"진짜 이렇게까지 하기야? 난 네가 시키는 대로 다 했어. 네 치부도, 과거도 전부 거기에 묻어 버리고 왔다고. 뭘 더 바라는 건데?"

도미애는 핸드백에서 위스키 플라스크를 꺼냈다. 고개를 젖히고는 내용물을 단숨에 비워 버렸다. 도미애가 말했다.

"네 주둥이도 같이 묻고 왔어야지."

이진수는 체념한 듯 고개를 젖혀 새벽하늘을 올려다보았다. 희뿌연 입김이 허공으로 기다랗게 흩어졌다. 이진수가 말했다.

"해 뜬다. 얼른 일 보자."

도미애는 턱짓으로 항공잠바에게 지시를 내렸다. 회칼을 앞세운 청부업자들이 기합을 내지르며 달려들었다.

이진수는 계단을 올라오던 한 놈의 가슴팍을 걷어찼다. 놈이 난간을 붙잡고 버티는 틈에 알루미늄 배트로 후려쳤다. 수박을 깨듯 묵직한 감각이 손끝을 타고 올라왔다.

뒤를 돌아보니 이미 몇 놈이 철골조를 타고 2층으로 기어 올라왔다. 이진수는 놈들을 향해 배트를 휘두르며 격렬히 저항했다. 이진수도 알고 있었다. 놈들에게 둘러싸이는 순간 끝장이라는 사실을.

"끌어내!"

항공잠바의 외침에 놈들이 다시 달려들었다. 이진수는 사무실로 몸을 피했다. 문을 걸어 잠그고 캐비닛과 책상으로 막아 두긴 했지만 오래 버티기는 힘들어 보였다.

도미애의 똘마니들은 격렬하게 문을 두드리는가 싶더니 이내 잠잠해졌다. 곧이어 둔중한 해머 소리가 들려왔다. 놈들이 해머를 내려칠 때마다 경첩에서 찌그덕거리는 소리가 났다. 문짝은 점점 유통기한 지난 통조림처럼 흉물스레 부풀어 올랐다.

이제 살아남을 방법은 단 하나뿐이다. 목숨을 걸지 않으면 목숨을 구할 수 없다.

이진수는 담요에 생수를 들이부었다. 축축하게 젖은 담요를 몸에 두른 뒤 주머니칼로 부탄가스 통마다 구멍을 뚫기 시작했다. 매캐한 가스 냄새가 여섯 평 남짓한 사무실을 가득 메웠다.

이진수는 창문 앞에 등을 대고 서서 놈들이 들어오기만을 기다렸다. 마침내 항공잠바와 똘마니들이 문을 부수고 들이닥쳤을 때, 이진수는 들고 있던 라이터에 불을 붙였다.

쾅.

거대한 폭발과 함께 화염과 연기가 솟구쳤다. 컨테이너 철판은 종잇장처럼 우그러졌다. 몇 안 되는 집기들은 지저깨비가 되어 흔적도 없이 사라졌다. 똘마니들 대부분은 불길에 휩싸이거나 폭발에 나가떨어졌다.

이진수도 마찬가지였다. 폭발의 충격으로 정신을 잃은 채

2층 창문 아래로 내던져졌다. 항공잠바가 세워 둔 스타렉스가 낙하하는 이진수를 온몸으로 받아 냈다. 체중을 버티지 못한 천장이 우묵하게 내려앉았다.

깨진 유리창과 파편 따위가 이진수의 몸 위로 우박처럼 쏟아져 내렸다. 멈추지 않는 이명, 흐릿해진 시야. 축축하고 미지근한 액체. 정신을 차린 이진수가 젖은 담요를 걷어 내고 몸을 일으켰다.

참을 수 없는 통증에 왈칵 피를 토했다. 그래도 가야만 한다. 어서 빨리 이 음험한 도시를 떠나야 했다.

폐차장 사무실은 불길에 휩싸여 있었다. 이진수는 불길을 등지고 절뚝거리며 걸었다. 공터에 세워 둔 자신의 트럭을 향해 다가가던 이진수는 이내 무릎을 꺾고 주저앉았다.

도미애의 똘마니 하나가 트럭을 지키고 있었던 것이다. 갑작스러운 폭발 때문에 똘마니 역시 놀란 듯했으나 별다른 부상은 없어 보였다. 지금의 몸 상태로 놈을 쓰러뜨리고 트럭을 탈취하기란 불가능했다.

이진수는 고개를 돌려 도미애를 돌아보았다. 그녀는 귀를 틀어막고 주저앉아 몸을 떨고 있었다. 도미애 역시 이진수를 바라보았다. 깊이를 알 수 없는 검은 눈동자 위로 맹렬한 불길이 타오르고 있었다.

한편으로 이진수는 그 불길 속에서 또 다른 환영을 보았다. 동그란 얼굴과 시원시원한 눈매가 영락없이 제 엄마를 닮았던, 엄마 없는 어린아이. 지난 5년간 단 한 번도 그 아이를 생각한 적이 없는데. 왜 갑자기 그 생각이 나는지 알 수 없었다.

환영 속 아이는 방문 밖으로 빼꼼히 고개를 내밀며 이진수에게 외쳤다.

'뛰어.'

이진수는 몸을 일으켜 스타렉스를 향해 달렸다. 다행히 차에는 시동이 걸려 있었다.

"잡아!"

악에 받친 도미애가 핏대를 세우며 고함을 질렀지만 아무도 움직이지 않았다. 모두가 귀가 먹어 버린 지금, 도미애의 명령은 오직 그녀 자신에게만 들리는 절규였다.

이진수는 있는 힘껏 가속페달을 밟았다. 스타렉스가 도미애의 벤츠를 들이받으며 우측으로 비껴 나갔다. 폐차장을 빠져나가며, 이진수는 사이드미러로 자신의 트럭을 흘겨보았다.

트럭에는 한 사장의 돈이 실려 있다. 이진수의 전 재산이 거기에 있다. 불타는 폐차장이 이진수의 등 뒤로 멀어져 갔다. 온 세상이 고요한 어둠이었다.

이진수는 씩씩대며 중얼거렸다.

"괜찮아. 다시 시작하면 돼."

아니. 괜찮을 리 없다.

이진수는 주먹으로 핸들을 내려쳤다. 운전석 창밖으로 피범벅이 된 머리를 내민 채 비명을 질렀다. 짐승이 울부짖는 듯한 그 모습에 새까만 어둠조차 놀라 달아나는 것 같았다.

이명이 멈추지 않았다. 시야가 점차 흐릿해졌다. 이진수의 의식 또한 서서히 밤의 어둠 속으로 침잠하기 시작했다.

스타렉스는 속도를 줄이지도, 머뭇거리지도 않았다. 아슬아슬하게 중앙선을 밟으며 영영 멈추지 않을 기세로 달렸다. 맞은편 커브에서 쓰레기차 한 대가 달려오고 있었다.

쌍봉산 너머로부터 새파랗게 먼동이 트고 있었다.

〈끝〉

거울 앞에 선 누아르

— 김시인(문학 평론가)

누아르를 가장 누아르답게 하는 것은 무엇일까? 검다(noir)는 이름에 걸맞게 냉소적이고 음울한 분위기, 낙후된 도시를 배경으로 펼쳐지는 범죄의 내러티브, 매혹적인 팜파탈, 한국의 경우 여기에 더해 피와 땀으로 얼룩진 조폭들의 세계까지. 그 모든 관습에 앞서 누아르를 가장 누아르답게 하는 것은 누가 뭐래도 그 장르가 가진 전복성일 것이다. 공정이 무너진 미국 사회에 대한 분노 속에서 태어난 탓일까. 누아르는 태생적으로 불온한 전복성을 지니고 있기 때문이다. 아마 그것이야말로 오랜 세월이 지난 지금까지도 누아르가 유효한 장르로서 살아남은 비결일 것이다. 하지만 아이러니하게도 누아르는 여성에게만은 언제나 가장 보수적인 장르였다. 2000년대 이후 한국에 등장하기 시작한 여성 누아르는 누아르 그 자신이 마침내 전복의 대상이 되고 말았다는 경종의 울림이자, 철저하게 타자로 살아왔던 여성들의 반격이다.

사실 여성이 주체가 된다는 것은 그 설정만으로도 남성적인 장르인 누아르에 대한 저항이 되는 법이지만, 『요란한 아침의 나라』가 보여 주고자 하는 것은 단순히 성별만 바뀐 누아르, 그 이상인 듯하다. 『요란한 아침의 나라』는 유구하게 평가절하되어 온 여성적 특질들을 재평가하고, 여성 누아르만이 가질 수 있는 전복적 가능성을 세심히 탐색한다.

『요란한 아침의 나라』를 아주 거칠게 한 줄로 요약하자면 '미혼모 시설을 사이에 둔 이들의 치열한 이권 다툼'이라 정리할 수 있을 것이다. 흥미로운 사실은 『요란한 아침의 나라』가 이 단출한 이야기를 단일 주인공이 아닌 다중 주인공을 통해 이끌어 가고 있다는 점이다. 한국형 조폭 누아르의 박진감에 익숙한 독자라면 이야기가 분산되는 다중 주인공 플롯을 다소 심심하게 느낄 위험이 있다. 그럼에도 굳이 다중 주인공을 선택했다는 점에서 이 작품은 자신이 가진 목적을 분명히 하고 있다. 이를테면 『요란한 아침의 나라』는 독자들에게 익숙한 관습을 향유하는 즐거움을 안겨 주는 데 별 관심이 없으며, 주인공들의 면면을 비교함으로써 기존 누아르와 차별화되는 지점들을 짚어 내는 데 관심이 지대하다는 것 말이다. 이진수를 주인공 1번 타자로 내놓은 것 역시 그 목적을 위한 전략적인 선택이라고 볼 수 있다. 전직 경찰, 떠돌이 폭력배, 부패한 전직 조폭 한 사장의 의뢰를 받아 일하는 모호한 도덕성까지. 여러모로 매우 전형적인 누아르 주인공인 이진수는 독자들에게 이 작품의 정체성이 누아르임을 알리는 상징적인 존재다. 더불어 그는 앞으로 펼쳐질 이야기가 어떻게 기존의 누아르와 차별화되는지 비교해 볼 수 있는 기준점이기도 하다. 가까운 예를 들어 이진수를 단일 주인공이라 철석같이 믿고 있던 독자들일수록 오유라라는 새로운 인물을 맞닥뜨렸을 때 더욱 큰 낯섦을 느끼게 되는데, 그것은 그녀가 이진수가 상징하는 전통적 누아르에서 매우 이질적인 인물이기 때문이다. 이 작품에서 오유라를 위시한 여성 권력자들은 전부 성적 매력을 무기로 가진 팜파탈과는 거리가 멀다. 팜파탈이 누아르에서 철저한 응징의 대상이 된 건 그녀가 가진 성적 주체성이 남성들을 불편하게 했기 때문이다. 그렇다면 오늘날 『요란한 아침의 나라』가 보여 주는 여성들은 어떨까? 김주미 시장이 가진 정치력, 도미애가 가진 재력, 오유라의 인맥은 한때 남성의 전유물로 여겨졌던 것으로, 팜파탈의 성적 매력과 비교할 수 없을 만큼 강력한 힘이다. 다시 말해 이 여성들은 팜파탈보다 훨씬 더 불편하고 위험한 존재가 되어 누아르 속으로 돌아온 것이다. 그러한 전복성은 가장으로서 큰소리치고 사는 오유라와 그녀 앞에서 설설 기며 잘난 것이라고는 반반한 얼굴밖에 없다는 옴파탈 진상을 통해 더욱 극대화되어 드러난다. 하지만 『요란한 아침의 나라』는 여기서 머무르지 않고 하나연이라는 또 다른 주인공과 미혼모 쉼터라는 경기장을 통해 '여성 누아르'의 전복적 가능성을 실험한다.

가부장 사회에서 모성은 팜파탈의 성적 매력과 달리 찬양받고 신성시된 여성적 특질이다. 하지만 그건 다시 말해 모성이 남자에게 별로 위협적이지 않은 특질이라는 뜻도 된다. 흥미롭게도 『요란한 아침의 나라』는 주요 인물들의 이해관계가 첨예하게 부딪히는 경기장을 미혼모 쉼터로 설정함으로써 모성을 아주 강력한 무기로 변화시킨다. 여기서 미혼모 쉼터는 모든 여성에게 모성이 있어서가 아니라, 사회가 모든 여성에게 모성을 당연하게 기대하기 때문에 가능한 여성들의 홈그라운드다. 오유라가 사회운동가 시절의 순수한 동기를 잃고 오히려 어린 미혼모 고영희를 착취하고 있음에도 그녀의 모성이 좀처럼 의심받지 않는다는 점은 여성성과 모성이 얼마나 긴밀하게 연결되어 왔는지 잘 보여 주는 부분이다. 조폭들의 세계, 폭력이 만연한 도시 같은 남성들의 홈그라운드에서 여성들이 자연히 변두리로 밀려나게 되었듯, 미혼모 쉼터라는 여성들의 홈그라운드에서 남성들은 자연히 불리한 위치에 놓이게 된다. 정치력이나 재력이야 남자들도 충분히 가질 수 있지만 모성은 전통적으로 여성의 생득적 특질로 여겨져 왔기 때문이다. 이처럼 『요란한 아침의 나라』는 이 기울어진 운동장을 통해 남자와 여자의 전통적 위치를 효과적으로 전복한다. 재미있는 점은 또 다른 주인공인 하나연이 이 비밀스러운 경기에 참여할 수 있었던 것 역시 남자들이 궁지에 몰린 덕분이라는 것이다. 전통적 누아르의 덕목이었던 이진수와 한 사장의 거친 남성성은 처치 곤란한 것이 되고, 그들은 결국 경기에서 이기기 위해 여성이자 인권변호사인 하나연을 '흑기사'로 소환해서 싸울 수밖에 없는 처지로 전락한 것이다. 이 작품에서 하나연의 위치는 아주 중요하고 독특하다. 한 사장의 말마따나 '얼굴마담' 역할로 가장 늦게 경기에 참전한 하나연이 이 경기의 최종 승자가 된 비결은 무엇일까? 사실 하나연은 흔히 우리가 모성을 이야기할 때 떠올리는 선량하고 푸근한 이미지와는 거리가 먼 인물이다. 그녀는 인권변호사지만 누아르의 주인공답게 순수한 선의나 정의감으로 일하지 않으며, 도덕성의 기준이 모호하고 염세적이다. 게다가 한 사장의 의뢰가 수상쩍다는 것을 알면서도 수락할 만큼 신분상승 욕구를 지녔다는 점에서 이진수와 별다른 것이 없어 보인다. 그런 하나연이 이 작품의 여타 인물들과 뚜렷이 차별화되는 지점은 딱 하나다. 고영희를 대하는 방식 말이다. 모두가 그 어린 미혼모를 협박과 착취의 대상 혹은 발랑 까진 팜파탈로 여길 때, 하나연은 고영희를 동등한 협상의 대상이자 보호가 필요한 그루밍 성범죄의 피해자로 대한다. 하나연이 고영희에게 보여 준 건조한 모성은 혈연 중심의 생물학적 모성이 아니라 타자를 향해 열려 있는 대안적 모성이다. 그녀가 베푼 대안적 모성은 상처 입은 고영희를 진상의 뒤통수를 치는 전복적인 존재로까지 성장시키고, 마지막 순간 연대의 손을 내밀도록 이끄는 강력한 무기 역할을 한다. 자, 여기까지만 보면 하나연의 모성은 이 분열된 세계를 서둘러 봉합하려는 일종의 미봉책이 되는 것은 아닌가, 이렇게 이 작품이 '누아르'에서 멀어지고 마는 것이 아닌가 하는 염려가 들기 마련이다. 실제로 많은 작품들이 모성을 얼렁 뚱땅 만능 접착제처럼 사용하고 있기에 제법 합리적인 의심이다. 하지만 『요란한 아침의 나라』는 하나연을 모성적 영웅이 아닌 경계에 선 인물로 만듦으로써 그와 같은 곤경을 피해 간다. 만약 하나연이 영웅이었다면 김주미 시장이 쌍봉산 가든파티 영상을 파기해 달라 요청했을 때 단호하게 거절하고 세상에서 악을 멸하는 데 앞장섰을 것이다. 하지만 하나연은 그들의 얼굴을 모자이크 처리해 주고 그저 오유라의 대체품이 되어 달라는 요구를 거부하는 데서 멈춘다. 선도 악도 아닌 미묘한 선에 머물며 근원적인 문제에 대한 섣부른 봉합을 피하는 것이다. 그러나 하나연의 대안적 모성은 세상을 근본적으로 바꿀 수는 없을지언정, 스스로와 주변인의 운명을 바꾸는 데는 성공한다. 그것은 이진수와 하나연이 맞는 결말의 간극에서 분명해진다. 이진수는 전형적인 누아르 주인공답게 비극적인 파국과 죽음을 맞이함으로써 쓰레기 같은 삶을 벗어나는 데 실패하지만, 하나연은 학창 시절부터 꿈꾸던 성공한 법조인이 되어 '자신이 있어야 할 자리에서 가장 높은 대접을 받'게 된다. 하나연은 세상을 구한 영웅은 아니었지만, 그 스스로와 고영희의 작은 세상만은 구할 수 있었던 것이다. 이 작은 구원의 가능성이야말로 대안적 모성을 지닌 '여성적 누아르'가 기존의 누아르와 본질적인 차별화를 이루는 지점이다.

여성 누아르를 가장 여성 누아르답게 하는 것은 무엇일까? 『요란한 아침의 나라』는 범죄로 물든 밤의 나라를 떠나 어머니의 품처럼 따뜻한 아침의 나라에서 경기를 개최하고, 조용히 숨죽이고 있던 여성성에 요란한 목소리를 부여하며 그에 대한 답을 찾아갔다. 하지만 아마 여러 주인공들을 선택했을 때부터 『요란한 아침의 나라』는 자신의 답이 결코 유일한 답이 될 수 없음을 알고 있었을 것이다. 한 작품 안에서조차 서로 그토록 다르던 여성들이다. 하물며 작품 밖 세상이라면 말해 무엇 하겠는가. 우리는 아마도 세상에 존재하는 여성의 숫자만큼이나 다양한 여성 누아르가 내놓을 저마다의 대답을 기대해도 좋을 것이다.

요란한 아침의 나라

1판 1쇄 찍음 2023년 4월 6일
1판 1쇄 펴냄 2023년 4월 13일

지은이 | 신원섭
발행인 | 박근섭
편집인 | 김준혁
펴낸곳 | 황금가지

출판등록 | 2009. 10. 8 (제2009-000273호)
주소 | 06027 서울 강남구 도산대로 1길 62 강남출판문화센터 5층
전화 | **영업부** 515-2000 **편집부** 3446-8774 **팩시밀리** 515-2007
홈페이지 | www.goldenbough.co.kr

도서 파본 등의 이유로 반송이 필요할 경우에는 구매처에서 교환하시고
출판사 교환이 필요할 경우에는 아래 주소로 반송 사유를 적어 도서와 함께 보내주세요.
06027 서울 강남구 도산대로 1길 62 강남출판문화센터 6층 민음인 마케팅부

© 신원섭, 2023. Printed in Seoul, Korea

ISBN 979-11-7052-271-3 03810